Grasse, 1890. Die Lavendelpflückerin Florence weiß, welche Macht Düfte haben können. Ihre Begabung, neue Parfüms zu erschaffen, ist einzigartig. Gemeinsam mit dem Gerbersohn Horace Girard versucht sie, eine kleine Parfümerie aufzubauen. Doch den Außenseitern gibt in der von wenigen Familien beherrschten Parfümbranche erst einmal niemand eine Chance.

Paris, 1952. Anouk hilft in der Apotheke ihrer Mutter aus und träumt davon, Parfümeurin zu werden. Als junges Mädchen hat sie ein Parfüm gerochen, das ihr im Gedächtnis geblieben ist, dessen Namen sie aber nicht kennt. Keines der Parfümhäuser will sie aufnehmen, erst der weltmännische Stéphane erkennt ihr Talent und bietet ihr eine Ausbildung an. Gegen den Willen ihrer Mutter reist Anouk nach Grasse, zum Haus der Familie Girard.

MARTINA SAHLER setzt mit diesem Roman der Stadt Grasse und der Welt der Parfüms ein Denkmal. Ihre Recherchereise hat sie nach Berlin, Paris, in die Provence und an die französische Mittelmeerküste geführt. Mitgebracht hat sie ein Paket an historischen und aktuellen Geschichten rund um die Luxusindustrie sowie den unverwechselbaren Duft der Erinnerung. Mit ihren bisherigen historischen Serien hat sie eine begeisterte Leserschaft gewonnen. Sie lebt mit ihrer Familie in der Nähe von Köln.

Von der Autorin sind in unserem Hause außerdem erschienen:
Die Stadt des Zaren
Die Zarin und der Spion
Die englische Gärtnerin – Blaue Astern
Die englische Gärtnerin – Rote Dahlien
Die englische Gärtnerin – Weißer Jasmin

MARTINA SAHLER

DAS HAUS DER DÜFTE

Roman

Ullstein

Besuchen Sie uns im Internet:
www.ullstein.de

Wir verpflichten uns zu Nachhaltigkeit
- Klimaneutrales Produkt
- Papiere aus nachhaltiger Waldwirtschaft und anderen kontrollierten Quellen
- ullstein.de/nachhaltigkeit

Der Roman ist bereits unter dem Namen Pauline Lambert veröffentlicht worden.

Ungekürzte Ausgabe im Ullstein Taschenbuch
1. Auflage Dezember 2022
© Ullstein Buchverlage GmbH, Berlin 2021/List Verlag
unter dem Namen: Pauline Lambert
© 2021 Martina Sahler
Umschlaggestaltung: zero-media.net, München,
nach einer Vorlage von Sabine Kwauka
Titelabbildung: Bridgeman Images / Buyenlarge Archive (Rose);
shutterstock / © alaver (Stadt); / © AlinArt (Wolken) /
© Aksol (Schwalben)
Satz: LVD GmbH, Berlin
Gesetzt aus der Berling
Druck und Bindearbeiten: ScandBook, Litauen
ISBN 978-3-548-06681-3

Teil 1

1946–1952

Anouk

1

November 1946

»Du tust mir weh, *maman*!« Anouk Romilly versuchte, ihre Hand aus dem Griff ihrer Mutter zu lösen. Zischend lief der Zug in den Bahnhof Gare du Nord ein. Dicht gedrängt neben den anderen Passagieren, Koffer und Reisetasche zwischen den Füßen, standen sie im Gang des dritten Waggons. Jemand stieß Anouk die Kante eines Kartons in die Knie, ihr Hut verrutschte, als ein Mann einen Sack aus der Gepäckablage über ihren Köpfen zog.

Isabell Romilly umklammerte die Finger ihrer Tochter. Dabei hatte Anouk vor wenigen Monaten ihren vierzehnten Geburtstag gefeiert, eine junge Dame, die sehr wohl ohne mütterlichen Schutz in einer Stadt zurechtkam, von der manche behaupteten, sie sei der feinste Ort der Welt. Paris.

Wie unwürdig, an der Hand der Mutter den ersten Schritt in ihr neues Leben zu setzen. Aber an diesem Tag kam sie gegen Isabell nicht an.

Durch die Scheiben sahen sie das Gewimmel der Menschen, elegante Herrschaften und Handwerker in ihrer Zunftkleidung, Bettler und Familien mit Kindern, Paare und Polizisten, Gruppen von dunkelhäutigen Männern und afrikanische Frauen mit Säuglingen im Tragetuch.

Endlich kam der Zug zum Stehen. Stationswärter rissen die Türen auf. Isabell und Anouk setzten sich mit den anderen in Bewegung.

»Pass auf den Koffer und deinen Rucksack auf.« Isabell sprang aus dem Zug. Kurz musste sie Anouk loslassen, drehte sich aber sofort zu ihr um, kontrollierte, dass sie sicher auf dem Bahnsteig landete.

Mutter und Tochter trugen ihre Ausweise und ihr Geld in Lederbeuteln am Hals unter den Jacken, dicht am Körper. In ihrem Gepäck lag alles, was sie besaßen. Drei Kleider aus Leinen, zwei aus Wolle, flache Schuhe für den Sommer, Haarspangen, Gürtel, Ledertaschen mit ihren Toilettenartikeln, ein paar Bücher. Ihr Hab und Gut war in der Normandie während der vergangenen Kriegsjahre geschrumpft. Wenn sie auf der Flucht vor den Gefechten von einem Ort zum nächsten wechselten, mussten sie stets einen Teil zurücklassen. Am Ende hatten sie den Familienschmuck bei einem Händler in Flers versetzt, der ihnen dafür genug auszahlte, um alle Brücken hinter sich abzubrechen und nach Paris zu reisen. Hier hatte Isabell von Tante Georgette eine Apotheke geerbt.

Es gab kein Zurück mehr.

Anouk sah sich um. Ob es einen größeren Bahnhof auf der Welt gab? Ein Monstrum aus schmutzigem Glas und Eisenstreben, angefüllt mit einem babylonischen Sprachengemisch, dem Quietschen der Eisenbahnbremsen und knarzenden Durchsagen.

Während Anouk all diese Eindrücke aufsaugte, zog Isabell die Schultern hoch und duckte sich, als witterte sie an jeder Ecke Gefahr. Panisch zerrte sie an Anouks Hand.

»Wir müssen uns nicht beeilen, *maman*. Die Apotheke nimmt uns keiner weg. Lass mich endlich los! Ich bin kein Kleinkind!«

»Ich muss raus.« An ihrem Keuchen bemerkte Anouk, dass ihre Mutter kurz vor einem Anfall stand. Ihre Ängste hatten sich in den letzten Jahren nach dem Tod ihres Mannes vervielfacht. Manchmal brachte Anouk Verständnis dafür auf, aber oft riss diese Furchtsamkeit an ihren Nerven, wie jetzt, da sie in der Menschenmenge ohnehin nicht schneller vorankamen, egal wie ungeduldig Isabell an ihr zog. Anouk hatte sich ihre erste Begegnung mit der Stadt, in der das Herz der Welt schlagen sollte, unbeschwerter gewünscht.

Ein brandiger Geruch umwehte Anouk, sie hob die Nase, versuchte die einzelnen Komponenten herauszuriechen. Diesel, Rauch und heißer Stahl, dazu Schweiß und Moder, faulige Atemluft, verschütteter Kaffee.

Da mischte sich ein Duft in die Bahnhofsluft, der sie stocken ließ. Er hüllte sie ein, ohne aufdringlich zu sein. Anouk kostete ihn aus. Er schmeckte nach Freiheit. Nach Abenteuer und Sehnsucht.

Wie von selbst entglitt ihre Hand der ihrer Mutter, sodass sie sich umdrehen konnte, die Nase erhoben, um diesem Parfüm nachzuspüren.

Ein Damenduft? Oder für Herren? Auf jeden Fall ein außergewöhnliches Parfüm, eine in Duftakkorden erzählte Geschichte, eine Poesie. Etwas Ähnliches hatte Anouk nie gerochen. Es brachte eine völlig unbekannte Saite in ihr zum Schwingen.

Sie sah stilvoll gekleidete Damen mit taillierten Mänteln und Schirmen, Herren in Anzügen und mit Mallory-Hüten. Ihr Blick glitt über Paare und Familien und die Frauen in ihren exotischen Gewändern, aber der Duft wehte davon. Anouk setzte drei Schritte zurück, bis sie ihn wieder mit voller Intensität wahrnahm. Ein warmes Sirren durchströmte sie. Es roch nach Sommernächten am Meer, nach Reisen um den Globus und einer immerwährenden Liebe.

Da drüben, die Dame mit dem breitkrempigen Hut ...? Oder die Mutter in dem Kostüm mit dem Jungen an der Hand? Der Herr im Trenchcoat, der sich mitten in der Menschenmenge eine Gauloise aus der Schachtel schüttelte? Anouk schaute sich um. Bloß diesen Geruch nicht verlieren! Aber es gelang ihr nicht, die Quelle des Parfüms zu finden.

»Bist du von allen guten Geistern verlassen?« Isabells Gesicht war kalkweiß. In ihren Augen stand Entsetzen. Sie hob eine Hand zum Schlag, aber in letzter Sekunde behielt sie Gewalt über sich.

»Ich ... entschuldige, *maman*.«

Isabell hakte sich bei ihr ein und zog sie in Richtung Ausgang.

Anouks Nase war immer wach, ob auf Blumenwiesen oder Firmengeländen, Kosmetikgeschäften, Märkten oder in fremden Häusern. Manchmal hatte sie sich schon gewünscht, sie ausschalten zu können, wenn Gerüche sie zu überrumpeln drohten. Es gab kein Stück Obst, keinen Salat, keinen Bissen Brot, die sie nicht erschnupperte, bevor sie sie aß. Ihre Mutter versuchte seit Jahren vergeblich, ihr diese Marotte auszutreiben.

Jeder Duft ist vergänglich, das wusste Anouk, doch dieser im Gare du Nord würde in ihrem Gedächtnis bleibende Spuren hinterlassen. Ein Willkommensgeschenk, das ihr Paris machte. *Bienvenue*. So würde sie ihn nennen, bis sie herausfand, was es war.

Nieselregen empfing sie auf dem Place Napoléon III, auf den Straßen standen Pfützen, um die die Menschen einen Bogen schlugen. Anouk war froh, dass sie ihre Pumps mit dem niedrigen Absatz trug. Mit ihren geliebten Ballerinas wäre sie nicht trockenen Fußes zur Métro gekommen. Auch die schmal geschnittenen Hosen fand sie praktisch. Sie wünschte nur, sie hätte so einen Mantel mit Webpelzkragen, wie ihn viele Pariserinnen trugen. In ihrer bis zur Hüfte herabhängenden Wolljacke war sie das Mädchen vom Land.

»Schau, da ist die U-Bahn.« Anouk übernahm die Führung, zog die Mutter hinter sich her. Sie hatte zwar keine Ahnung, welche Métro nach Saint-Germain-des-Prés fuhr, aber das würde sie herausfinden.

Isabell machte sich an ihrer Hand schwer wie ein Maulesel. Sie blieb am Treppenabsatz stehen, als Anouk die Stufen hinabhasten wollte. Anouk drehte sich zu ihr um und sah, dass die Knie ihrer Mutter zitterten. »Ich kann da nicht runter. Ich kann das nicht.«

Anouk presste die Lippen aufeinander. »Es ist die schnellste und billigste Art, in die Rue de Seine zu kommen. Ich bin müde, ich bin hungrig, und mir ist kalt. Ich will endlich ankommen.«

Mit einer ruppigen Handbewegung wischte sich Isabell eine Träne weg. »Ich kann nicht.«

Und nun? Ein Taxi war ausgeschlossen. Solange sie nicht wussten, wann sie Geld verdienen würden, mussten sie sich ihre Reserven einteilen.

»Zu Fuß?« Anouk musterte ihre Mutter von der Seite. Isabell war eine schöne Frau trotz der Spuren von Furcht und Verbissenheit in ihrem Gesicht. Der leichte Nieselregen lockte ihre dunklen Haare, die unter dem Hermès-Seidenschal hervortraten. Das Tuch war der einzige Luxusartikel in ihrer Garderobe.

Isabell nickte. Im Zug hatten sie sich den Stadtplan von Paris angesehen. Anouk wusste, sie wären eine gute Stunde unterwegs. »Ich hole den Schirm aus meinem Koffer.«

Kurz darauf schlugen sie den Weg in Richtung der Rue la Fayette ein, kreuzten die Boulevards, durch die vor zwei Jahren die Panzer der Alliierten vorgerückt waren und wo die Franzosen Freudentränen über die Befreiung von den Nationalsozialisten vergossen hatten. Paris war von der Zerstörung verschont geblieben und strahlte eine fast unberührte Schönheit aus.

Anouk fühlte sich überwältigt von der Menge und dem Lärm der hupenden Autos. Der Modergeruch des Kastanienlaubs mischte sich mit den Abgasen des Straßenverkehrs. Sie starrte in die Gesichter der Pariser, bestaunte die Fassaden der klassizistischen Gebäude mit ihren handtuchgroßen Balkonen. An manchen hingen Kästen mit verwelkten Sommerblumen. Sie erzählten von der Hitze im August, von der im Novemberniesel nichts mehr zu spüren war.

Der Schirm war zu klein für beide Frauen, Anouk ließ sich berieseln und strahlte ihre Mutter an. Der Ärger darüber, dass sie sich mit ihrem Gepäck diesen Weg antaten, war gewichen. Hier oben gab es mehr zu sehen, zu hören, zu riechen als im Untergrund.

Isabell erwiderte das Lächeln nicht. Sie hielt den Kopf wie eine Schildkröte, die sich in ihren Panzer zurückziehen wollte.

Über die Rue Poissonnière führte sie der Weg durch Les Halles, die Markthallen der Stadt, den Bauch von Paris. Hier kam der Verkehr zum Erliegen, Autos standen kreuz und quer auf den Straßen. Die Fahrer riefen sich Beleidigungen zu und unterstrichen ihre Worte mit Gesten und Hupen. Anouk suchte sich ihren Weg über die Fahrbahn und sog an den Marktständen den Duft von Äpfeln und Auberginen, exotischen Früchten, Oliven und Rohmilchkäse ein. Doch das außergewöhnliche Parfüm aus dem Gare du Nord war immer noch gegenwärtig. Herb und gleichzeitig süß, vanillig und würzig. Es blieb wie eingebrannt in ihrer Erinnerung.

Als sie die Hallen hinter sich ließen, hörte der Regen auf, aber der Himmel über Paris war grau wie ein trüber See.

Entlang der Rue de Pont Neuf erreichten sie das mit Lindenbäumen bewachsene Ufer der Seine, die die Stadt in zwei

Hälften teilt. Auf dem Wasser dümpelten bunt bemalte Hausboote.

Sie passierten Modegeschäfte und Parfümerien, deren Namen Anouk nichts sagten. Keine Dependencen von Houbigant und Guerlain, Coco Chanel und Christian Dior. Sie hatte einiges über Paris gelesen. Die Unternehmen mit Weltruf lagen in der Rue Royal oder an der Place Vendôme. Rechts überragte das dekorativ gestaltete Kaufhaus La Samaritaine mit seiner dem Fluss zugewandten Glasfront die Reihen der Wohnhäuser, eine weitere Adresse auf Anouks Liste. Im Erdgeschoss, hieß es, lockten die Stände der Parfümhersteller die Kundinnen mit Duftproben und kunstvollen Flakons.

Kurz vor Pont Neuf hielt Isabell an, lehnte sich an die Ufermauer, stellte den Koffer ab und zog sich den Gurt der Reisetasche über den Kopf. »Lass mich ein paar Minuten ausruhen, bitte.« Die älteste Brücke der Stadt führte auf die Île de la Cité mit der Kathedrale Notre-Dame und dann weiter zum linken Seineufer.

Widerwillig setzte Anouk ihr Gepäck ab und strich sich mit den Fingern den Pony aus der Stirn.

An ihren Fersen pochten schmerzhaft zwei Blasen. Die Pumps hielten zwar das Wasser ab, waren allerdings nicht für eine lange Wanderung durch die Stadt geschaffen. Sie traf den Blick ihrer Mutter. Obwohl sich Isabell bemühte, sich nichts mehr anmerken zu lassen, erkannte Anouk die Angst darin. »Wird es jetzt gehen?« Sie wies auf die steinerne Brücke, die für ihre Mutter ein fast unüberwindbares Hindernis darstellte.

Isabell schluckte. »Ja doch, natürlich.«

Nicht zum ersten Mal zweifelte Anouk an der Entscheidung, die Normandie zu verlassen, um sich in Paris eine neue Existenz aufzubauen. Auch wenn sie hungrig war nach allem, was ihr die Weltmetropole bieten konnte.

Ihrer Mutter gegenüber hatte sie nur ein einziges Mal erwähnt, dass sie davon träumte, als Parfümeurin arbeiten zu dürfen.

»Was für ein Hirngespinst«, hatte Isabell erwidert. »Man braucht Geld, um sich als Parfümeurin selbstständig zu machen, und die edlen Marken sind alle in den Händen von alteingesessenen Familien. Düfte sind ein flüchtiges Geschäft, nichts, was auf soliden Füßen stehen kann. Wenn dir daran liegt, in einem Labor die Essenzen zusammenzumischen und zu experimentieren, bist du in unserer neuen Apotheke genau richtig. Ich zeige dir gerne, wie wir den Thymian in den Hustensaft mischen und den Baldrian in den Schlaftee, *ma petite poupée.*«

Anouk hatte mit den Augen gerollt, wie meistens, wenn ihre Mutter nichts, aber auch gar nichts verstand, und wenn sie sie bei diesem verhassten Kosenamen nannte! Sie war kein Püppchen, das ein anderer nach Belieben ausstaffieren und lenken konnte. Sie war eine junge Frau mit einem ausgeprägten Dickschädel, das sollte ihre Mutter nie vergessen.

»Statt Pharmazie zu studieren, könnte ich auf eine Parfümschule gehen. Es gibt eine sehr gute in Paris.«

»Und wie willst du das finanzieren?«, hatte Isabell gefragt. »Du glaubst nicht im Ernst, dass ich eine solche Ausbildung unterstütze. Ich dachte, wir wären uns einig, dass du Apothekerin wirst und irgendwann das Geschäft übernimmst, das wir gemeinsam aufbauen wollen.«

Danach hatte Anouk darauf verzichtet, ein weiteres Mal mit ihrer Mutter über ihre Zukunftspläne zu sprechen.

Ohne solide Ausbildung würde es schwer werden, eine Anstellung in einem der Parfümhäuser zu finden, das war Anouk klar. Vielleicht würde es ihr gelingen, eine bezahlte Praktikantenstelle zu ergattern, bei der sie ihr Talent beweisen konnte? In zwei, drei Jahren, wenn sie ihren Geruchssinn weiter schulte.

Beim ersten Schritt auf das Seineufer stieß Isabell die Luft aus, als hätte sie sie in den letzten zehn Minuten angehalten. Sie lehnte sich an die Kaimauer, um wieder zu Atem zu kommen. Anouk nutzte die Chance, den Stadtplan aus dem Rucksack zu holen. Die Hinweisschilder waren verwirrend, wiesen ins Quartier Latin, nach Saint-Germain-des-Prés, zum weitverzweigten Komplex der Universität Sorbonne … Anouk drehte die Karte in den Händen und versuchte, sich zu orientieren.

Der Himmel klarte auf, als sie die Rue de Seine erreichten und an den Fassaden vorbeigingen, bis sie vor einem Schaufenster mit einem grünen Holzrahmen ankamen. Die Farbe blätterte großflächig ab. In ehemals goldenen Lettern stand unter der Markise »Pharmacie«. Zu beiden Seiten hingen Laternen mit zerbrochenem Glas. Anouks und Isabells Blicke wanderten höher in die erste Etage, wo schiefe Verschläge die Fenster verbargen. Am Dach schienen oberhalb der Regenrinne ein paar Ziegel zu fehlen. Eine dreifarbige Katze balancierte auf dem Sims und musterte sie von oben herab.

Hoffnungslosigkeit stieg in Anouk bei der Vorstellung auf, dass dieses baufällige Haus ihr neues Zuhause sein sollte. In der Nachbarschaft gab es einen Gemüseladen, dessen Besitzer seine Körbe auf die Straße stellte. Von nebenan drang der Duft einer Patisserie in ihre Nasen und erinnerte Anouk daran, dass sie seit dem frühen Morgen nichts mehr gegessen hatten. An der Kreuzung standen Bistrostühle und Tische auf dem Bürgersteig. Der Geruch von Tabak und Rotwein drang zu ihnen und das Gelächter von Menschen in saloppen Hemden und Hosen, offenbar Studenten, die hier wenige Hundert Meter von der Universität entfernt lebten.

Keine Parfümerien, keine Modehäuser, keine Juweliere.

Isabell zog den Schlüssel aus ihrer Reisetasche. Sie ruckelte an der Tür, bevor sie sich öffnen ließ. Das Aroma von Kampfer und Kamille, Salbei und Staub schlug ihnen entgegen. Spinnennetze zogen sich über die Regale mit den Flaschen und Tiegeln. Der Verkaufsraum war klein, mit gutem Willen erkannte man jedoch, was die Apotheke einmal ausgemacht hatte. Die Treppe in den ersten Stock knarrte, als sie mit ihrem Gepäck hinaufstiegen. Oben erwartete sie eine gut ausgestattete Küche mit einem Kohleofen, einem Gasherd und sogar einem Kühlschrank, aber alles war klebrig und schmutzig. Offenbar hatte Tante Georgette in den letzten Wochen ihres Lebens nicht mehr geputzt.

Im Wohnzimmer stand ein Sofa, von dem aus man direkt durch die Fenster auf die Rue de Seine schaute. Darauf ließ sich Isabell sinken. Sie klopfte neben sich.

Anouk war sich nicht sicher, ob sich der weite Weg aus Rouen gelohnt hatte, wenn dies das Ziel war. Isabell dagegen blühte mit jedem Herzschlag auf. Ihre Haltung schien straffer, ihre Wangen waren hellrot.

»Hab Mut, Anouk.« Isabell legte den Arm um die Schultern der Tochter. »Dies wird unser Zuhause. Von hier vertreibt uns keiner mehr.«

Anouk scheiterte an ihrem Lächeln. Das Haus fühlte sich falsch an. Die Muffigkeit der Teppiche und Vorhänge, der Schimmel an der Küchendecke, das Aroma von Sauermilch und Obstfäule, das die Decke auf dem Küchentisch verströmte, die Heilkräuter und der Salmiak unten aus der Apotheke. Die Gerüche umwehten sie, erzählten von einem öden Leben in einem Apothekerhaus. Sie verschwanden erst, als Anouk die Fensterläden öffnete.

Zurück blieb nur dieser Duft vom Gare du Nord, den sie vom heutigen Tag an immer mit Paris und ihren Wünschen verbinden würde. Er stärkte ihre Zuversicht, dass, wenn sie nur an in ihrem Verlangen festhielte, die Stadt ihr irgendwann zu Füßen liegen würde. *Bienvenue.*

2

Mai 1952

»Es tut mir leid, Mademoiselle ...« Die Sekretärin im Geschäftsbereich von Guerlain an der Avenue des Champs-Élysées schaute auf den Bewerbungsbogen, »Mademoiselle Romilly, wir bevorzugen Absolventen der Parfümschulen. Die Erfahrung in der Apotheke Ihrer Mutter reicht nicht. Sie bringen nicht die Voraussetzungen mit, um bei uns zu arbeiten.« Sie musterte sie von oben bis unten, nicht uninteressiert. »Es sei denn, Ihnen schwebt eine Stelle im Verkauf vor?«

Anouk wollte nicht hinter einem Verkaufstresen stehen, sondern vor einer Regalwand voller Duftessenzen, um aus ihnen neue Kompositionen zu mischen. Wenn sie doch nur einmal eine Parfümprobe herstellen dürfte!

Seit sie in Paris lebte, hatte sie sich alle Geschäfte der namhaften Parfümhäuser angesehen und sich von dem Flair bezaubern lassen. Zwar hatte sie, wie es ihre Mutter verlangte, weitere drei Jahre die Schule besucht und war für ein Studium an der Sorbonne zugelassen. Aber Anouk hielt auch nach dieser Zeit an ihrem Traum fest.

Guerlain gehörte für Anouk zu den wichtigsten Adressen. Die Firma bestand in der vierten Generation. Dem Gründervater hatte sein *Eau de Cologne Impériale*, das er Kaiserin Eugénie zu ihrer Vermählung mit Napoleon III. geschenkt hatte, den Titel des königlichen Hofparfümeurs eingebracht. In den Galeries Lafayette hatte Anouk an einem mit dem Parfüm getränkten Teststreifen schnuppern dürfen, genau wie an dem berühmten *Shalimar*. Sie hatte versucht, die einzelnen Komponenten zu erkennen. Wie großartig es wäre, selbst solche Kunstwerke zu kreieren und den Duft zu mischen, der ihr seit ihrer Ankunft im Gare du Nord nicht mehr aus dem Sinn ging. In den vergangenen sechs Jahren hatte sie ihn in keiner Parfümerie entdeckt. Wie konnte es sein, dass ein so faszinierendes Parfüm unauffindbar war?

»Wie soll ich Erfahrungen sammeln, wenn ich keine Chance dazu bekomme?«, brach es aus Anouk heraus. Es war nicht die erste Absage. Sie hatte bei Houbigant, Dior und sogar bei Mademoiselle Chanel angefragt. In keinem Haus war sie am Sekretariat vorbeigekommen. Die Damen komplimentierten sie mehr oder minder höflich auf die Straße zurück, sobald sie erklärte, dass sie auf eine Anstellung hoffte. Auf eine Apothekertochter ohne Empfehlungen und Titel hatte keiner in der Luxusindustrie gewartet.

Anouk hatte mit Rückschlägen gerechnet, aber inzwischen breitete sich Verzweiflung in ihr aus und das Gefühl, dass sie niemals Parfümeurin sein würde. Sie trug das Hermès-Seidentuch ihrer Mutter. Es roch blumig und frisch nach *Eau de Lubin*, Isabells Lieblingsduft. Sie durfte nicht vergessen, es in ihre Tasche zu stecken, bevor sie heimkehrte und es heimlich zurück in den Schrank ihrer Mutter legte.

Ein mitleidiger Zug legte sich über das Gesicht der Sekretärin hinter dem Schreibtisch. »Sie scheinen eine gesicherte Zukunft in der Apotheke Ihrer Frau Mutter zu haben. Sie sollten das zu schätzen wissen.«

»Besten Dank für den Rat«, gab Anouk erzürnt zurück, bevor sie sich umdrehte. Ihre Absätze klapperten auf den

Marmorfliesen, als sie den Geschäftsbereich durch den Verkaufsraum mit seinen Glasregalen verließ. Sie sah sich selbst in den Spiegeln, die die Flakons in Szene setzten, spürte die Blicke der Verkäuferinnen und Kundinnen, bis sie draußen auf der Flaniermeile stand.

Sie fühlte sich ausgelaugt wie nach einem Marathon. Immer und überall nur Absagen. Zu Hause unter ihrem Kopfkissen lag ein Brief des Parfümhauses Karine & Manon Bonnet, eine kleine Firma mit einem wenig bekannten Sortiment und nur einer Handvoll Stammkundinnen. Die Firmeninhaberinnen hatten sie zumindest zu einem Gespräch eingeladen. Sollte das ihre letzte Hoffnung sein?

Sie schaute auf ihre Armbanduhr. Kurz vor halb drei. Ihrer Mutter hatte sie versprochen, dass sie am Nachmittag in der Apotheke helfen würde. Ihr Mitarbeiter Henri Dubois stand zwar ebenfalls in seinem weißen Kittel hinter dem Verkaufstresen, aber selbst zu zweit war der Andrang in der Rue de Seine inzwischen kaum noch zu bewältigen.

Anouk sprang die Treppen zur Métro hinab. Was ihre Mutter sagen würde, wenn sie erführe, dass sie sich in der Mittagspause keineswegs um die Aufnahme an der Universität Sorbonne gekümmert hatte? Bald müsste sie ihr gestehen, dass sie nach wie vor kein Interesse an einem Pharmaziestudium und ihre ursprünglichen Pläne niemals aufgegeben hatte. Verdammt, warum stieß sie nur immer auf verschlossene Türen?

Die Zeit reichte, um eine Station weiter zu fahren, und für einen Abstecher in den Jardin du Luxembourg. Nach den Düften der Innenstadt und der Parfümerie musste sie ihre Nase durchlüften. Sie sehnte sich nach der Klarheit, die sie zwischen den Blumenrabatten des liebevoll angelegten Parks fand. Ihr Geruchssinn kam zur Ruhe, als sie an den Reihen von Narzissen, Tulpen und Lobelien entlangging und sich auf das von der Sonne gewärmte Holz der Bank niederließ. Sie hob den Kopf, um das frische Grün der Linden einzuatmen und das heuige Aroma des Rasenschnitts. Die Enttäuschung über die erneute Ablehnung fiel von ihr ab. Immer wieder hatten sie sie gefragt, warum sie sich nicht in einer Parfümschule bewerbe, etwa in der École Givaudan. Ihre Mutter würde sie bei einem solchen Vorhaben niemals unterstützen, das hatte sie ihr deutlich zu verstehen gegeben.

Sie sprang auf und lief den Weg zurück zur Rue de Seine.

Zehn Minuten später sah sie von Weitem die Apotheke mit dem grün glänzenden Holzrahmen. Sie zog sich das Tuch vom Hals und stopfte es in ihre Jackentasche.

Anouk fühlte dumpfen Druck in ihrer Brust. Je mehr Absagen sie bekam, desto näher rückte ein Leben in der Rue de Seine in den Fußstapfen ihrer Mutter. Sicher, die Universität hatte ihren Reiz, genau wie ein Studentenleben im Schatten von weltberühmten Philosophen wie Sartre und Simone de Beauvoire. Paris war voller Denker und Künstler, die Konventionen über Bord warfen und dem Leben einen neuen Zauber einhauchten. Und kulturell lebte sie hier im Überfluss. In den Abendstunden konnte es sich Anouk aussuchen, ob sie ein Kellerkonzert von Juliette Gréco mit ihren existenzialistischen Chansons besuchte oder eines der zahlreichen Kinos, in denen sie Marilyn Monroe in »Asphalt Dschungel« sehen konnte und Maureen O'Hara in »Rio Grande«.

»Die Welt kann einer geistreichen Frau in diesen Jahren am linken Seineufer zu Füßen liegen«, sagte Isabell.

Anouk träumte nicht von Macht oder Philosophie oder davon, Menschen in ihren Bann zu ziehen. In ihren Träumen tanzten die Düfte von Zimtrinde und Mairose, von staubigem Leder, trockenen Hölzern, süßen Orangenblüten. Parfüm war wie ein stärkendes Elixier. Wenn es passte, vervollkommnete es das Leben, verhalf zu neuem Selbstbewusstsein. Diesen Zauber wollte Anouk erschaffen.

Entschlossen betrat sie die Apotheke, die Türglocke schlug laut an. Ihre Mutter füllte eine selbst gemischte Heilcreme in einen Tiegel für einen Mann, Henri Dubois reichte einer Dame eine Papiertüte voller Medikamente. »Halten Sie sich bitte an die Dosierung, die Ihnen der Arzt verordnet hat.«

Nie vergaß er, die Kunden auf Dosierung und Nebenwirkungen hinzuweisen. Schon in seiner Probezeit hatten ihn seine Gewissenhaftigkeit und sein Fleiß für die Apotheke unentbehrlich gemacht.

Anouk begrüßte erst ihre Mutter, dann Henri mit Wangenküssen. »Du bist zehn Minuten zu spät.« Isabell war blass um die Nase. »Warum hältst du dich nicht an das, was wir verabreden? Es macht mich krank, wenn du nicht pünktlich bist.«

Das wusste Anouk. Ihr Alltag war geregelt mit festen Essenszeiten, Pausen, Arbeit und Freizeit. Ihre Mutter hatte sich in einen Kokon von Ritualen eingesponnen, und wenn Anouk nicht achtgab, war sie bald ebenfalls darin gefangen. Ja, ihre Mutter hatte es geschafft: Die Apotheke und die Wohnung waren ihr Refugium, das sie nur selten verließ, alles war nach ihren Wünschen eingerichtet. Selbst zum Einkaufen schickte sie lieber die Tochter. Solange sie sich in ihrer Welt bewegte, verloren ihre Ängste an Bedeutung. Nur leider versuchte ihre Mutter, Anouk in diesem engen Leben mit einzumauern. Bei dem Gedanken, dass die Apotheke in Saint-Germain-des-Prés ihr ganzes Leben sein sollte, schnürte es Anouk die Kehle zu.

»Jetzt bin ich ja da.« Sie eilte in den hinteren Raum, in dem sie Salben und Tees anrührten, hängte ihre Jacke an einen Haken und schlüpfte in ihren Kittel. Alles hier hüllte sie ein in das strenge Odeur von Heilkräutern und Zweckmäßigkeit, kein Aroma hier berauschte sie. Sie schloss die Augen, versuchte, die Unbehaglichkeit zu vertreiben. Dann eilte sie in den Verkaufsraum, um ihre Mutter und Henri zu unterstützen.

Erst zwei Stunden später kam Anouk zu Atem. Sie stärkte sich an dem Pfefferminztee, den Henri aufgebrüht hatte. Derartige Nettigkeiten galten, wie Anouk wusste, nicht etwa ihr, sondern ihrer Mutter. Für sie fiel stets etwas ab, genau wie von den Macarons mit Schokolade und Pistazien, die Henri hin und wieder nach der Mittagspause mitbrachte und die sie am allerliebsten aß. Insgeheim amüsierte sich Anouk über seine schwärmerischen Blicke, wenn ihre Mutter beim Naschen genießerisch seufzte.

»Als hätten sie sich abgesprochen, alle zur gleichen Zeit zu kommen. Ich habe wunde Füße vom Hin-und-her-Laufen, und unter meinen Fingerkuppen bildet sich Hornhaut vom Tippen auf der Kasse«, jammerte sie.

Isabell lachte. »Beklag dich nicht! Diese Apotheke ist unser Leben.«

Deines vielleicht, dachte Anouk, aber sie sprach es nicht aus.

»Wie war es in der Sorbonne?«, fragte Henri. »Hast du dich für das kommende Semester einschreiben können?«

Anouk wünschte, das Lügen würde ihr leichterfallen oder sie wäre gar nicht erst gezwungen zu flunkern. Lange konnte sie das überfällige Gespräch mit ihrer Mutter nicht mehr hinauszögern. Sollte sie sich Henri anvertrauen? Er hatte auf Isabell einen guten Einfluss und vermochte die Wellen zu glätten, wenn Mutter oder Tochter aufbrausten. Ach, hätte sie nur eine Zusage von einer Pariser Parfümerie! Etwas Greifbares statt kümmerlicher Pläne. »Ich habe in den Büros niemanden angetroffen. Ich versuche es nächste Woche noch einmal.« Sie spürte das Glühen auf ihren Wangen und beschäftigte sich rasch damit, Hustenpastillen und Fieberthermometer in den Regalen neu zu sortieren. In ihrem Rücken erklang der melodische Glockenklang der Tür, dann eine zu laute Stimme, die die Apotheke vollständig auszufüllen schien.

»Henri, mein Lieber, wie schön, dich zu sehen. Du siehst prächtig aus!«

Henris Stirn färbte sich rot. »Stéphane. Was verschlägt dich in unser Viertel?«

»Nichts als die Sorge um dein Befinden, Cousin.« Der Mann lachte, kam um den Tresen herum, fasste Henri an den Schultern und küsste links und rechts seine Wangen.

Anouk musterte den Fremden in seinem langärmeligen weißen Hemd, weit genug aufgeknöpft, dass man ein Büschel dunkler Locken sah. Dazu trug er eine schwarze Stoffhose und Schnürschuhe. Die Haare hielt er sich mit einer Sonnenbrille aus dem Gesicht. Kein Mann, wie man ihn alle Tage in der Apotheke sah. Während er sich mit Henri unterhielt und ihre Mutter die nächste Kundin, eine alte Dame mit Krückstock, bediente, schaute Anouk an Henris Cousin vorbei durch das Schaufenster. Sie verstand nichts von Autos, aber das mitternachtsblaue – windschnittig, sportlich, extravagant – vor dem Geschäft auf dem Bürgersteig war eindeutig ein Ferrari. Passanten waren gezwungen, einen Bogen um das Fahrzeug herum zu machen, als gehörte dem Besitzer die Straße.

»Willst du mich nicht mit den reizenden Damen bekannt machen?« Der Mann schaute von Isabell zu Anouk. Sein Lächeln war verführerisch.

»Das sind Mutter und Tochter Romilly. Madame gehört die Apotheke«, gab Henri Auskunft. Er wies auf den Besucher. »Und dies ist mein Cousin Stéphane Girard.«

Beim Lächeln zeigte der Mann gepflegte Zähne. Mit seinen eng zusammenstehenden Augen war er nicht wirklich gut aussehend, aber er verströmte eine Aura von Weltgewandtheit und Selbstvertrauen, die Anouk für ihn einnahm. Sie schätzte ihn auf Ende dreißig. Zur Begrüßung beugte er sich über Isabells Hand, Anouk zog er an sich und gab ihr Wangenküsse. Sein Atem roch nach Tabak und Minze, sein Hemd schwach nach Lavendel, und er trug einen Herrenduft, der aus einem einzigen Akkord zu bestehen schien, zitrus-harzig, wie Bergamotte und Moos. Er passte perfekt zu seinem selbstsicheren Auftreten. *Chypre*? Nein, eher nicht. *Magie de la Lune*? Sie beugte sich vor und roch unauffällig ein weiteres Mal.

»Stéphane, es ist ungünstig zu den Geschäftszeiten. Warum hast du dich nicht angekündigt? Dann hätte ich mir freinehmen können.«

Anouk fand es schwer vorstellbar, dass Henri und dieser Fremde miteinander verwandt waren. Henri besaß Krawatten mit Paisleymuster, knöpfte seine Hemden bis zum Hals zu und trug in der kalten Jahreszeit einen Pullunder darüber. Er lachte zwar laut, wenn ihn etwas erheiterte, aber im Alltag sprach er leise, als sei das, was er zu sagen hatte, nicht wichtig.

»Das ist nicht nötig, mein Lieber. Ich komme nur auf einen Sprung vorbei, weil ich im Bon Marché ein Treffen hatte.« Er verzog den Mund. »Ein hartes Stück Arbeit, unsere Parfüms in ihr Sortiment zu bringen. Letztendlich hat sie die Qualität überzeugt. Drei Monate geben sie uns Zeit, um den Markt zu erobern. Klopf auf Holz, Henri, damit deine Familie nicht am Hungertuch endet.«

Henri stimmte nicht in sein Lachen mit ein. Anouk starrte zwischen den beiden Männern hin und her. Parfüm? Familie? Was hatte Henri mit ihren Träumen zu tun? Konnte sie den Fremden einfach ansprechen?

»Die Girards fallen immer auf die Füße«, gab Henri mit deutlich bitterem Unterton zurück. »Im Übrigen lebt meine Familie in Paris. Mit Grasse verbindet mich nichts.«

Anouk nahm all ihren Mut zusammen. »Entschuldigen Sie, Monsieur, verstehe ich das richtig, dass Sie in der Parfümindustrie arbeiten?« Sie kannte das Parfümhaus Girard, ein paar der Düfte, ihr Flaggschiff *Florence*, aber der Name Girard war häufig in Frankreich. Eine Ader pochte an ihrem Hals.

Mit neu erwachtem Interesse wandte sich der Fremde ihr zu, legte die Hand auf die linke Brust und verbeugte sich. »Stéphane Girard, verantwortlich für Vertrieb, Kundenpflege und Reklame in unserem Familienunternehmen. Sehr erfreut! Hat Ihnen Henri nie von seiner enervierenden Verwandtschaft erzählt?«

»Leider nein.«

»Ich fand es unwichtig.« Henri nickte Isabell zu, die ihm zu verstehen gab, dass sie die neu eintretenden Kunden übernahm. Er verzog sich mit Anouk und Stéphane an das andere Ende der Verkaufstheke. »Ich weiß nicht, warum wir uns ausgerechnet während der Geschäftszeit unterhalten müssen. Das ist ungünstig, Stéphane.«

»Ich wollte nur kurz vorbeischauen und heute noch zurück nach Grasse.«

Strom lief durch Anouks Adern. Grasse in der Provence war der Inbegriff der Parfümherstellung, eine Stadt, zwanzig Kilometer von der Côte d'Azur entfernt, aus der die hochwertigen Rohstoffe für Parfüms kamen und in der die wichtigsten Parfümfamilien ihren Ursprung hatten. Girard gehörte zur Elite der Luxusfirmen, und ihr Kollege Henri, der eher nach zwei Tage getragenem Hemd als nach edlem Herrenduft roch, stand in Verbindung zu ihr?

»Das ist schade, ich hätte mich gern noch ausführlich mit Ihnen unterhalten«, sagte Anouk.

Stéphane hob eine Braue, schaute über seine Schulter. »Sie mögen Sportwagen? Wir können gerne eine Spritztour ...«

Henri öffnete den Mund, um dazwischenzugehen. Anouk

kam ihm zuvor. »Autos interessieren mich nicht, aber Düfte. Sie zum Beispiel tragen eine Komposition aus Bergamotte und Eichenmoos, wie man sie in *Chypre* von Coty findet. Doch da ist mehr. Eine Thymiannote.« Sie atmete langsam ein und aus. »Das müsste der Herrenduft *Magie de la Lune* aus Ihrem eigenen Haus sein, nicht wahr?«

»*Chapeau*, Mademoiselle!« Er klatschte in die Hände, sein Gesicht voll Überraschung und Bewunderung. »Sind Sie selbst Kundin unserer Produktlinien?«

»Leider nein. Ihre herrlichen Düfte kann sich eine Apothekenhelferin nicht leisten. Aber die Girards betreiben ein Geschäft an der Place Vendôme. Ich war schon oft dort und habe mich durch die Parfüms probiert. Übrigens heiße ich Anouk.«

Er hob scherzhaft den Zeigefinger. An seinen Schläfen bildeten sich Fältchen. »Oh, là, là – Sie gehören also zu den Leuten, die sich kostenlos einen Duft für das nächste Rendezvous abholen, Mademoiselle Anouk?«

»Aber nein, Monsieur. Es macht mir nur Spaß, Gerüche zu verstehen und sie in Gedanken zu neuen Kompositionen zusammenzusetzen.«

»Dann sollten Sie nicht zwischen Heftpflastern und Heilsalben stehen, sondern Parfümeurin werden.«

In Anouks Zügen regte sich kein Muskel. Sie sah ihm fest in die Augen. Erst als Stéphanes Lachen verebbte und er ihr ernstes Gesicht betrachtete, flog ein Ausdruck des Erstaunens über seine Züge. »Das ist es, was sie in Wahrheit wollen«, stellte er fest.

Drei Kunden traten gleichzeitig ein. Henri eilte ihrer Mutter zur Seite. Das Glockenspiel kam nicht zur Ruhe.

Anouk senkte die Stimme. »Das will ich mehr als alles andere. Ich muss es aus eigener Kraft schaffen, nur mit meiner Nase.«

»Mein liebes Kind, zugegebenermaßen hat es mich beeindruckt, dass Sie mein Parfüm erkannt haben, doch das kann Zufall gewesen sein. Ich bin jedoch weit davon entfernt, Elan mit Talent zu verwechseln. In dieser Branche haben nur die besten, die feinsten Nasen eine Chance. Woher soll ich wissen, dass Sie dazugehören?«

»Lassen Sie es mich beweisen.«

Als die nächste Kundin den Laden betrat, hob Anouk die Nase und sog den Hauch ein, den der Luftzug zu ihr trug. »Das ist einfach. *Chanel N° 5*.«

Er zog die Mundwinkel herab und nickte. In der darauffolgenden Viertelstunde kam er aus dem Staunen nicht heraus. Einige Herrschaften verströmten teure Düfte wie *L'Heure Bleue* von Guerlain, *Quelques Fleurs* von Houbigant oder das blumig-animalische Flair von *Shocking* von Elsa Schiaparelli. Sie lachten gemeinsam, weil Anouk bei einem Studenten im fleckigen Pullover Bratenfett herausroch, bei einem Kind mit verschmiertem Mund, an der Hand seiner nach Kölnisch Wasser duftenden Mutter, Vanilleeis und bei einem alten Mann mit Béret über der Glatze Mottenkugeln. Viele Düfte kannte sie beim Namen, bei manchen roch sie nur einzelne Komponenten, die sich zu einem Akkord verbanden. »Da ist etwas Frisches, Vitalisierendes …«, sagte sie leise, als eine Frau die Pharmazie betrat und sich mit ihrer Mutter beriet. Anouk hielt schnuppernd die Nase hoch, spürte ihr Herz pochen. Dieser Duft war ein Teil von *Bienvenue*, nur ein verschwindend geringer, aber er war enthalten. Ihre Erinnerung trog sie gewiss nicht. »Es duftet frisch und grün und rein in der Herznote.« Ihre Gedanken glitten für einen Moment zu dem Duft im Gare du Nord.

Stéphane schnüffelte ebenfalls in die Luft. »Ah, das ist Petitgrain. Es wird aus den Blättern, Ästen und unreifen grünen Früchten der Bitterorange gewonnen und …«

Petitgrain. Anouk würde sich eine Notiz machen. Irgendwann würde sie alle Bestandteile von *Bienvenue* kennen.

»Nun, ich bin höchst beeindruckt, Mademoiselle Anouk.« Wenn Stéphane sie beim Namen nannte, hörte es sich an, als gehörte sie nicht in die Rue de Seine, sondern in die französische Welt der Düfte. »Meine Nase ist nicht fein genug, um all die Nuancen eines Parfüms zu erkennen, doch meine Erfahrung reicht, um zu wissen, dass Sie mit Ihren Analysen absolut richtiglagen. Ich habe mir all das mühsam antrainieren müssen, aber Ihnen scheint diese Fähigkeit in die Wiege gelegt worden sein. Das ist selten, wissen Sie das? Sie haben eine Gabe, etwas Geniales, das auf gar keinen Fall in dieser Apotheke von Paris brachliegen sollte.«

Die letzten Worte hatte Henri mitbekommen. Er verabschiedete seinen Kunden und trat zu Stéphane und Anouk. »Verdreh dem Mädchen nicht den Kopf. Anouk gehört nicht zu der Sorte Frau, die dir hinterherläuft.«

Eine Zornesfalte erschien zwischen Stéphanes Brauen. »Was erlaubst du dir, Henri? Weißt du überhaupt, was in dieser jungen Frau steckt?«

Ihre lauten Stimmen weckten Isabells Aufmerksamkeit. Sie verabschiedete ein Ehepaar, das mit einer Tüte Blutreinigungstee die Apotheke verließ, und stellte sich zu ihnen. »Es tut mir leid, wir haben erst in einer halben Stunde Ladenschluss. Könnten Sie Ihr Gespräch bis dahin aufschieben?«, wandte sie sich an Stéphane.

»Oh, erst in einer halben Stunde? Darf ich Ihre Tochter heute Abend zum Essen ausführen? Es wäre mir ein Vergnügen.«

»Lass es nicht zu, Isabell!«, rief Henri, bevor er sich an seinen Cousin wandte. »Ich habe dir gesagt, du sollst die Finger von ihr lassen. Sie ist ein anständiges Mädchen, demnächst Studentin, die sich in nicht allzu ferner Zukunft mit einem vernünftigen Mann vermählen wird. Du wirst ihr nicht das Herz brechen.«

»Du verstehst nichts, Henri.« Und an Isabell gewandt: »Betrachten Sie mich als wohlmeinenden Verwandten. Mit ihrem ausgeprägten Geruchstalent hat Ihre Tochter mein Interesse geweckt. Ich würde sie gern näher kennenlernen.«

»Das kommt alles überraschend. Ich weiß nicht, was ich dazu sagen soll.« Isabell blickte Hilfe suchend zu Henri, dessen Miene sich verdüsterte. Er setzte zu einer weiteren Erwiderung an, aber Anouk kam ihm zuvor.

»Mit wem ich mich zum Essen verabrede, entscheide ich allein.« Mit einem Lächeln wandte sie sich an Stéphane. »Es wäre auch mir ein Vergnügen, Monsieur Girard. Holen Sie mich um halb acht hier ab? Ich werde fertig sein.«

»Wolltest du nicht heute noch nach Grasse, Stéphane?«, bemerkte Henri trocken.

»Pläne können sich ändern, lieber Cousin.« Der Mann aus Grasse verneigte sich vor Anouk. »Mademoiselle Anouk.« Dann wandte er sich Isabell zu, beugte sich über ihre Hand und sah ihr in die Augen. »Kaum zu glauben, dass Sie Mutter und Tochter sind. Ich hätte Sie für Schwestern gehalten.«

Isabell kräuselte spöttisch die Lippen. Sie mochte Männer wie diesen Girard nicht, dennoch fiel es ihr schwer, sich gegen seinen Charme zu wappnen. Es war lange her, dass sie Komplimente gehört hatte. Sie wusste, dass seine Schmeicheleien nur dazu dienten, sie für ihn einzunehmen, damit er ihre Tochter ausführen durfte. Er hob lässig die Hand, bevor er die Apotheke verließ.

Henri schloss hinter ihm die Ladentür.

»Er ist ein Windhund, Anouk, der dir das Blaue vom Himmel verspricht und dich am Ende fallen lässt«, hob Henri an, und Isabell stimmte ein. »Ich dachte, ich hätte dich zu einem Mädchen erzogen, das seinen Wert kennt. Seit wann lässt du dich nach zehnminütiger Bekanntschaft von solch aufgeblasenen Gockeln zum Essen einladen? Wäre er nicht Henris Cousin, hätte ich nicht übel Lust, es dir zu verbieten, Mademoiselle.«

»Entschuldige, *maman*, aber ich werde mir künftig nichts mehr verbieten lassen.« Anouks Worten folgte ein bleiernes Schweigen. Isabell war zu geschockt, um zu sprechen, und Henri überlegte, wie er den drohenden Streit zwischen Mutter und Tochter verhindern konnte. »Im Übrigen war ich heute nicht in der Universität, sondern bei Guerlain, um mich für einen Praktikumsplatz zu bewerben. Es war nicht meine erste Anfrage, ich habe bisher nur Absagen bekommen. Trotzdem halte ich daran fest, Parfümeurin zu werden.«

»Aber … die Apotheke. Du hast hier alles, was dein Herz begehrt.«

»Nein, *maman*, das habe ich nicht. Dies ist dein Leben. Ich will etwas anderes. Stéphane Girard ist der Erste, der mir bestätigt, dass ich gut darin bin, Düfte zu erkennen, dass ich begabt bin, dass meine Nase eine besondere ist. Ich wusste das schon lange, aber wie soll ich damit umgehen, wenn mir nie jemand die Gelegenheit gibt, mich zu beweisen? Oder wenn die eigene Mutter meine Fähigkeiten und meinen Traum mit einem Schulterzucken abtut, als gäbe es wichtigere Dinge im Leben.«

»Was erhoffst du dir denn? Glaubst du im Ernst, er verschafft dir eine Stelle als Parfümeurin bei den Girards? Mag sein, dass ihn dein feiner Geruchssinn beeindruckt hat, aber mehr noch wird er von deiner Schönheit schwärmen, wenn ihr euch heute zum Essen trefft«, behauptete Henri.

»Wenn das passiert, weiß ich mich meiner Haut zu wehren.« Natürlich gab es Anouk zu denken, dass Henri so schlecht über seinen Cousin sprach. Sie hielt große Stücke auf seine Meinung und würde wachsam bleiben.

Isabell schlug die Hände vors Gesicht und weinte.

Anouk zog den Kittel aus und hängte ihn im Hinterraum an den Haken. Es war schon Viertel nach sechs, und sie wollte Zeit haben, um sich in ihrem Zimmer für das Dinner vorzubereiten. Vielleicht der wichtigste Abend in ihrem bisherigen Leben.

3

Der Kronleuchter überstrahlte das Ambiente in Cremeweiß, Zimtfarben und Gold. Auf den Tischen schimmerten Porzellan und Silberbesteck, dazwischen Blumengestecke. Die Gäste im Hotel Ritz an der Place Vendôme trugen Abendkleidung, unterhielten sich leise und legten zwischen zwei Bissen das Besteck auf dem Teller ab. Es roch nach gebratenen Pilzen, erhitztem Rotwein, Oliven und Zitrone. Anouk trug ein grünes Kleid mit engem Oberteil und schwingendem Rock, der bis zu den Knöcheln reichte. Dazu hatte sie ihren einzigen Schmuck angelegt, Ohrstecker aus Silber.

Stéphane hatte sie wie versprochen am Abend direkt vor der Apotheke abgeholt. Allerdings war er eine halbe Stunde zu spät vorgefahren, sodass sie sich schon gefragt hatte, ob sie zu große Hoffnung in diese Verabredung gesetzt hatte. Als er ankam, hatte er ihr nur lächelnd ohne Entschuldigung die Beifahrertür geöffnet. Möglicherweise gehörte es in seinen Kreisen zum guten Ton, sich zu verspäten.

An Stéphanes Arm schritt Anouk hinter dem Oberkellner her. Er führte sie zu dem Zweiertisch, den Stéphane telefonisch reserviert hatte. Neben einer Herrentasche, die er an einer Schlaufe um sein Handgelenk trug, hielt er einen antiquiert wirkenden Koffer aus nachgedunkeltem Holz in der Hand.

Anouk schaute sich um. Die in Falten wallenden Volants, die Kerzenlüster an jeder Wand, die Goldapplikationen am Stuck. Was für eine Pracht, was für ein Luxus. Am Ende zu verspielt, zu vordergründig luxuriös. Wie viel vornehmer das Restaurant wirken würde, wenn es seine Bedeutung selbstverständlicher nähme und auf Zurückhaltung setzte. Sie schrak zusammen, als sie Coco Chanel erkannte, die an einem Tisch mit einem halben Dutzend Männern und Frauen saß und sich lebhaft unterhielt. Ihr Gesicht prangte auf allen Modezeitschriften. Die Damen um sie herum traten in bunt schillernder Garderobe auf, doch Mademoiselle Chanel trug nur ein eng anliegendes schwarzes Kleid, sie war geübt darin, sich durch ihren Stil abzuheben.

Stéphane zog den Stuhl für Anouk zurück, sie setzte sich. Er nahm ihr gegenüber Platz, bestellte eine Flasche Chardonnay, Gänseleber mit Cidre-Gelee, Schaumsüppchen von Brunnenkresse und *moules marinières*.

»Haben Sie Mademoiselle Chanel entdeckt, Anouk?« Stéphane wandte sich zu der berühmten Modeschöpferin um. Die beiden nickten sich zu. »Wenn sie sich in Paris aufhält, ist sie im Ritz praktisch zu Hause. Man trifft sie oft hier.« Ein interessierter Blick aus braunen Augen traf Anouk.

»Sie wirkt unglaublich charismatisch. Kennen Sie sie persönlich?«

»In der Welt des Luxushandels kennen wir uns alle. Und wir geben vor, eine große glückliche Familie zu sein. In Wahrheit ist es ein Haifischbecken, und der Kampf um Ruhm und Kundschaft ist erbarmungslos. Fressen und gefressen werden.« Er lachte, als hätte er gescherzt, aber Anouk hörte die Ernsthaftigkeit in seinen Worten. Ob Stéphane selbst zu den Haien gehörte? Er sah nicht aus wie einer, der sich fressen ließ. »Lassen Sie uns von angenehmeren Dingen plaudern. Erzählen Sie mir von sich.«

Sie hob die Schultern und lächelte dem Kellner zu, der ihre Gläser füllte. Sie würde nur einmal daran nippen. Alkohol hatte keinen guten Einfluss auf ihr Geruchsvermögen. »Ach, mein Leben ist nicht interessant. Meine Mutter und ich sind vor ein paar Jahren nach Paris gezogen, an meinen Vater erinnere ich mich nicht, und seit ich denken kann, will ich nur eins: Parfümeurin werden. Aber ich laufe gegen Wände, seit ich es versuche.«

»Ihre Mutter schien nicht begeistert von der Idee.«

Sie roch an ihrem Glas, sog das fruchtig-kühle Aroma in die Nase. »Ich liebe meine Mutter. Wir haben viel durchgemacht und uns hier in Paris gemeinsam etwas aufgebaut. Aber die Apotheke ist ihre Welt. Am liebsten würde sie mich dort gefangen halten. Je mehr sie es versucht, desto stärker ist mein Drang, mich zu befreien.«

Stéphane schaute sich um. Manchmal glitt ein Lächeln über seine Züge, manchmal nickte er. Kannte er so viele Menschen im Ritz? Sie entdeckte eine Frau in einem silbergrauen Kleid mit auffallendem Lidstrich. Sie warf einen Blick unter langen Wimpern zu Stéphane, den dieser mit einem Nicken erwiderte. Er mochte sich in der Welt der Reichen und Schönen auskennen, aber sein Benehmen befremdete Anouk. Was dachte er sich dabei, während ihrer Verabredung mit anderen zu kokettieren?

»Ich liebe meine Freiheit nicht weniger als Sie.« Erstaunlicherweise hatte Stéphane, obwohl augenfällig abgelenkt, jedes ihrer Worte mitbekommen. »Was haben Sie versucht, um einen Fuß in ein Parfümhaus zu bekommen?«

Der Kellner servierte die Gänseleber. Anouk erzählte Stéphane von all ihren missglückten Vorstellungsgesprächen in den großen Häusern. »Ohne verwandtschaftliche Beziehungen oder Empfehlungen scheint es aussichtslos zu sein. Eine Parfümschule kann ich mir nicht leisten. Meine letzte Hoffnung ist das Geschäft von Karine und Manon Bonnet an der Avenue de l'Opéra, ein kleiner Laden nur, aber die richtige Branche. Sie haben mich für morgen zu einem Gespräch eingeladen.«

Als Anouk die Namen der Schwestern Bonnet nannte, nahm Stéphanes Gesicht von einer Sekunde auf die andere erboste Züge an. Er trank einen Schluck aus dem Wasserglas. »Um Himmels willen, was für eine Verschwendung wäre Ihr Talent bei diesen Bauerntölpeln! Tun Sie sich das nicht an, liebste Anouk! Bei den beiden lernen Sie nichts. Ihr Stammbaum geht auf bettelarme Bauern in Grasse zurück. Ihre niedere Herkunft versuchen die Schwestern wettzumachen, indem sie sich wie zwei Diven geben. Unmögliche Leute, mit denen Sie sich tunlichst nicht in der Öffentlichkeit zeigen sollten, wenn Ihnen Ihr Ruf in der Branche etwas wert ist.«

»Sie kennen wirklich jeden, der mit Parfüm zu tun hat, oder?« Anouk lehnte sich zurück, damit der Kellner die leeren Teller wegräumen konnte.

»Ich kenne viele, ja, aber kaum jemanden besser als die Familie Bonnet.« Sein Gesichtsausdruck verfinsterte sich. »Der Vater der beiden Frauen, Xavier Bonnet, hat um die Jahrhundertwende in Grasse gelebt und mit seinem Bruder Raymond eine Destillerie betrieben. Als mein Großvater sein Parfümimperium aufbaute, kam es zu einem erbitterten Krieg zwischen den Bonnets und den Girards. Die Bonnets sind ein Stamm von geistesgestörten Kriminellen und intriganten Faulenzern. Auf ihr Konto gehen nicht nur Brandstiftung und Ehebruch, sondern auch ...« – er beugte den Kopf vor, sie kam ihm entgegen – »kaltblütiger Mord.«

Anouk zuckte zusammen. Stéphane hatte eine blumige Art zu reden, ein bisschen wie ein Märchenerzähler, aber wie stand es um den Wahrheitsgehalt seiner Geschichten? Anouk musterte ihn zweifelnd. Gleichzeitig überlegte sie, ob sie den Termin für das Vorstellungsgespräch am nächsten Tag wahrnehmen sollte oder nicht. »Das klingt entsetzlich.« Sie beugte sich über die duftende grüne Schaumcreme, den zweiten Gang des Menüs.

»Ich glaube an Sie, Anouk. Ihr Auftritt in der Apotheke war überzeugend. Selten habe ich einen Menschen kennengelernt, der mehr für die Parfümbranche geeignet scheint als Sie. Es wäre eine Schande, wenn Sie Ihr Talent an die Bonnets verschwenden. Die nehmen Sie mit Kusshand! Um Sie dann gnadenlos auszubeuten.«

»Leider steht mir die Welt nicht offen, wie Sie es annehmen. Das Haus Bonnet ist meine letzte Chance. Ich weiß nicht, wo in Paris ich mich sonst noch vorstellen soll. Ich habe alle Häuser durch.«

Stéphane klopfte auf seinen Koffer, der neben seinem Stuhl stand. »Die Bonnets sind nicht Ihre letzte Chance. Wenn sich mein Verdacht bestätigt und Sie ein Nasengenie sind, dann will ich Sie meiner Familie vorstellen. Ich bin in unserer Firma für die Reklame und die Pflege der Kundenkontakte zuständig, aber ich habe darüber hinaus Einfluss auf meinen Großvater, der die Firma immer noch leitet. Ich weiß, dass er begeistert von Ihnen sein wird, Anouk, und Ihnen neue Möglichkeiten eröffnen wird.«

Anouk ließ seine Worte sacken, versuchte zu verstehen, was er ihr anbot und was das mit dem Koffer zu tun hatte. Ihr Herz pochte, als sie sich ausmalte, vor den Firmengründer zu treten. Doch was konnte sie Stéphane glauben, und womit wollte er sie lediglich beeindrucken?

Inzwischen waren sie beim Hauptgang angekommen und lösten die in Wein marinierten Muscheln aus den Schalen. Stéphane zog die Brauen zusammen. Von einer Sekunde auf die andere verschwand seine Begeisterung. »Eine Katastrophe. Wie kann der Koch so etwas rausgeben? Es ist viel zu salzig.«

Anouk schmeckte an ihrer Portion nach, fand, dass sie selten Köstlicheres gegessen hatte. Stéphane hatte schon den Ober herangewinkt und ließ die Muscheln abräumen. Auf die Versuche des Kellners, ihm etwas anderes von der Speisekarte anzubieten, reagierte er mit einer herablassenden Handbewegung, die dem Mann bedeutete, er möge sich rasch entfernen. Anouk schaute dem Spektakel peinlich berührt zu. Stéphane sprach zu laut, die anderen Gäste schauten zu ihnen. Er warf die Leinenserviette mit Schwung auf den Tisch. Wie schade, dass der Abend so endete.

In die Runde um Coco Chanel kam Bewegung. Offenbar hatte auch die Modemacherin ihr Essen beendet. Sie trat an ihren Tisch. Stéphane erhob sich, sie tauschten Wangenküsse. »Mein Lieber, mal wieder in Paris? Geschäftlich oder der Liebe wegen?«

»Im Zweifelsfall immer der Liebe wegen«, gab er lachend zurück. »Aber diesmal hatte ich mehrere Termine in den Kaufhäusern. Du weißt ja, die Einkäufer wollen umworben werden.«

Mademoiselle Chanel nickte verstehend, obwohl sich Anouk sicher war, dass die Händler ihr die Türen einrannten, um ihre Düfte anbieten zu dürfen. Sie musterte Anouk für den Bruchteil einer Sekunde. »In so reizender Gesellschaft heute?«

»Nicht nur reizend, sondern auch hochbegabt. Merk dir das Gesicht von Anouk Romilly. Ich werde sie zu einem Star machen.«

Nichts hatte Anouk an diesem Abend eingeschüchtert: nicht das Hotel, in dem sich die Reichen und Berühmten aus ganz Europa trafen, nicht das Ambiente, nicht das köstliche Menü und nicht dieser weltgewandte Mann mit seinem Ferrari und seiner millionenschweren Familie. Aber dass er behauptete, sie würde in der Parfümbranche von sich reden machen, ließ ihr das Blut in den Kopf steigen. Sie öffnete den Mund, um abzuwiegeln, aber Coco Chanel winkte schon zum Abschied. »Nur das Beste für Sie, Anouk. Ich behalte Sie im Auge.« Ihr Lächeln war gewinnend.

»Puh.« Anouk sackte auf ihrem Stuhl zusammen. »Wie konnten Sie das sagen! Ich fühle mich schrecklich.«

Stéphane stieß ein Lachen aus. »Ich würde gern ein Experiment mit Ihnen machen, Anouk. Vertrauen Sie mir? Keine Sorge, es wird Ihnen gefallen.«

Wenn sie geglaubt hatte, Stéphane an diesem Abend ein wenig kennenzulernen, so hatte sie sich getäuscht. Was war sein wahres Gesicht? Das des arroganten Industriellen oder das des impulsiven Kreativen?

Wenig später verließen sie das Restaurant, schlenderten entlang der Place Vendôme am Louvre vorbei und zum Quai des Tuileries. Die Nacht hatte sich über Paris gebreitet, die Straßenlaternen und Schaufenster erstrahlten im hellgelben Licht.

Stéphane bot Anouk seinen Arm und tätschelte ihre Hand, als sie sich bei ihm einhakte. Sie überragte ihn mit ihren Pumps um wenige Zentimeter.

Sie fanden eine Bank direkt am Seineufer, umstanden von Linden, erhellt von einer gusseisernen Straßenlampe.

»Also?« Merkwürdigerweise verspürte Anouk nicht den Hauch von Unsicherheit in Stéphanes Gesellschaft.

Er zog den Koffer auf seinen Schoß und ließ die Schlösser aufschnappen. Zwischen kleinen Schubfächern lagen beschriftete Glasfläschchen mit durchsichtigen, pastelligen und wie Bernstein schimmernden Essenzen. In einem Fach sah sie Teststreifen aus Papier. »Voilá«, sagte Stéphane, »die Schatzkiste unseres Unternehmens. Mein Großvater hat mir den

Aromenkoffer geschenkt, als er selbst aufhörte, für die Firma durchs Land zu fahren. In den Anfangszeiten von Girard hat er darin die Parfümkreationen meiner Großmutter in die noblen Hotels an die Riviera gebracht, um sie Kundinnen vorzustellen. Ich nutze den Koffer für die Essenzen der wichtigsten Duftaromen. Ich reise nie ohne ihn, weil es mir immer passieren kann, dass ich die Bestandteile eines Parfüms analysieren möchte, mir Nuancen ins Gedächtnis rufen oder die Qualität von Rohstoffen vergleichen will. Bei der Kundenpflege passiert es mir manchmal, dass mir ein unbekanntes Parfüm der anderen Häuser begegnet. Mithilfe des Aromenkoffers kann ich es meiner Familie gegenüber vor meiner Rückkehr telefonisch beschreiben. Auf dem Markt ist es wichtig, schnell zu reagieren. Meine Schwester Vivienne ist als Parfümeurin auf solche Informationen angewiesen.«

Anouk strich mit den Fingern über die Gläser, nahm eines heraus. »Darf ich?«

»Gern, dafür sind wir hier.«

Sie hielt das Glas hoch und betrachtete die Flüssigkeit im Licht der Laterne. »Jasmin« stand auf dem Etikett und daneben die Zahlen für den Monat und das Jahr, in dem dieses Öl gewonnen wurde.

»Nehmen Sie sich Proben von den Düften, die Sie interessieren, und schildern Sie mir, was die Aromen in Ihnen auslösen.«

»Sind es natürliche Düfte?«

»Nicht nur. Die natürlichen Aromen sind leichter zugänglich, da Name und Duftstoff übereinstimmen. Orangenöl riecht nach Orangen, Punkt. Aber wonach riecht Benzylacetat? Zunächst erinnert es an Bonbons oder Bananen, im Laufe der Zeit wird dem Duftliebhaber jedoch bewusst, dass es ein Bestandteil von Jasmin ist. Ich bin gespannt, wie Sie es beschreiben.«

Anouks Fingerspitzen glühten. Sie griff nach weiteren Phiolen, roch daran. Ohne Eile, sie war ganz bei sich und hatte Stéphanes Anwesenheit vergessen. Ein Universum an natürlichen und künstlichen Gerüchen offenbarte sich ihr. Zwischendurch pausierte sie wenige Minuten, schritt zum Flussufer und sog die Luft ein, die nur das Aroma junger Blätter und feuchter Steine mit sich trug.

Stéphane beobachtete sie aufmerksam, als sie beschrieb, was sie roch. Die Aromen führten sie in Herbstwälder voller Moos, rauschenden Blätterbergen, borkigen Rinden. Sie begleiteten sie in Blumenfelder mit aufgehenden und verwelkten Blüten, in Meereshöhlen, in denen es salzig, bitter und dunkel, aber betörend roch, und in alte Küchen mit likörhaftem Rosenduft, Zitronen und Thymian. Im Geiste wandelte Anouk durch diese Räume, ließ sich allein von ihrer Nase führen. Dann wehte ihr ein Aroma entgegen, das sie elektrisierte. Ihr Atem stockte, aber sie versuchte, sich nichts anmerken zu lassen. Sie war wieder im Gare du Nord. Dieser Geruch gehörte zu *Bienvenue*. Süße, Vanille, Waldmeister. Sie las das Etikett. Tonkabohne.

»Was ist das für eine Pflanze?«

»Der Tonkabohnenbaum wächst in Südamerika. Wir brauchen bei der Verwendung nur die Bohnen, deren Duft mit Alkohol extrahiert wird. Sie wird übrigens zur Parfümierung von Zigarren verwendet. Also eher ein Herrenduft.«

»Es hat etwas Hypnotisches und Sinnliches an sich. Das Aroma könnte den Charakter einer Frau unterstreichen.«

»Das stimmt! Ich wusste, Sie sind gut. Ein Parfümeur sollte keine Angst vor ungewöhnlichen Entscheidungen haben, um das Besondere zu erschaffen.«

Sie glitt zurück in die Welt, die der Koffer voller Düfte vor ihr ausbreitete. Ihr Geruchsgedächtnis erkannte die künstlichen Aromen wie Menthol statt Pfefferminzöl, Citral statt Zitronenöl, Novoviol statt Veilchen. Sie tauchte ein in die natürlichen Gerüche, bis ihre Nase satt war. Sie lächelte Stéphane an, nicht fragend, nicht herausfordernd, sondern wie eine Frau, die einen Glücksmoment auskostete. »Welche zauberhaften Düfte man mit diesen Aromen erschaffen könnte. Ich würde am liebsten sofort meine Ideen verwirklichen.«

»Du bist hinreißend.« Wie selbstverständlich wechselte Stéphane zum vertrauten Du. Er klappte den Koffer zu, in dessen Holzfächern er alle Flaschen verstaut hatte. »Also bitte, Wunderkind, stell mir ein Parfüm zusammen, das mich umwirft.«

Anouk lehnte sich auf der Bank zurück. Gleichzeitig spürte sie Stéphanes Bein an ihrem und nahm seinen Geruch wahr. Davon würde sie sich nicht ablenken lassen. »Patschuli und Eichenmoos sollten die Grundlagen sein. Darüber würde ich mit dunklem Leder und Jasmin arbeiten, und das erste Aroma beim Sprühen sollte auf jeden Fall Orangenblüte enthalten. Dazu etwas Frisches, etwas Ausgleichendes, Entspannendes, einen geringen Anteil an Honigduft ...« Sie forschte in ihrem Gedächtnis nach einem Aroma aus dem Koffer. Nichts schien zu einem an diesem Abend perfekten Parfüm für Stéphane zu passen.

»Du kennst dich mit den diversen Noten eines Parfüms aus? Basis, Herz und Kopf?«

»Ach, nur was man mitbekommt, wenn man sich für Düfte interessiert.«

»Dir ist klar, dass du gerade aus dem Handgelenk in wesentlichen Teilen *Bandit Suprême* aus dem Hause Robert Piguet nachempfunden hast, ja? Außer den von dir genannten Bestandteilen enthält es Ylang-Blütenduft und Galbanumharz. Und ausgerechnet zu mir passt ein so provozierendes, gravitätisches und brillantes Parfüm?«

Anouks Augen glänzten. Pärchen schlenderten in der Dunkelheit Arm in Arm an ihnen vorbei, ältere Herrschaften mit Hunden an der Leine, Nachtschwärmer. Erst jetzt nahm Anouk wahr, dass sie an einem belebten Ort zusammensaßen. Für ein paar Minuten hatte sie sich gefühlt wie der einzige Mensch auf der Welt.

»Ich wusste nicht, dass es die Komposition schon gibt. Ja, sie passt zu dir, Stéphane, wenn du sie nicht längst für dich entdeckt hast.«

»Ein Girard hat es nicht nötig, auf fremder Leute Kunstwerke zurückzugreifen.« Er versuchte, scherzhaft zu klingen, doch Anouk hörte die Überheblichkeit darin. Stéphane fuhr fort: »Er kann sich inspirieren lassen, aber jedes Haus, das etwas auf sich hält, hat seine eigene Note.«

»Welche ist eure?«

»Nun, mit unseren Parfümeuren hatten wir in den letzten Jahren wenig Glück. Das Geschäft basiert zum Teil auf den Kompositionen, die bereits meine Großmutter erschaffen hat und die sich zu Klassikern entwickelt haben. Im Übrigen halten wir uns bei den Damenparfüms an den Maiglöckchenduft, den die meisten Kundinnen zurzeit bevorzugen, und bei den Herren an strenge Düfte von Wurzeln und Holz.«

Anouk versuchte, sich vorzustellen, wie ein Parfümeur für ein solches Unternehmen arbeitete. Sicher standen ihm im Labor meterlange Regale mit Aromen und Probedüften aus allen Teilen der Welt zur Verfügung.

»Uns fehlt das Originelle, das Mutige.« Seine Stimme wurde tiefer und leiser. Er sah sie forschend an. Einen Moment befürchtete Anouk, er könnte versuchen, sie zu küssen. Bloß das nicht! Damit würde er das Vertrauen zerstören, das sich zwischen ihnen langsam entwickelte.

Zu ihrer Erleichterung stoppte er wenige Zentimeter von ihrem Gesicht entfernt. »Komm mit mir nach Grasse, Anouk.

Lern meine Familie kennen und beeindrucke sie mit deiner Gabe. Deine Nase ist Gold wert, wusstest du das?«

Anouk schluckte. »Ich ... wie stellst du dir das vor?«

»Lass mich dein Mentor sein, Anouk. Mit deiner Begabung gehörst du zur handwerklichen Elite. Du musst noch viel lernen, aber ich stelle dich den Menschen vor, die dir bei deiner Karriere nützlich sein werden. Alles, was du tun musst, ist, deine Nase zu schonen und Gerüche zu komponieren, die unsere Konkurrenz vor Neid erblassen lassen. Kannst du dir das vorstellen?«

In Anouks Kopf überschlugen sich die Gedanken. »Was bedeutet es, wenn du mein Mentor bist? Welche Verpflichtung gehe ich damit ein?«

Stéphane legte beim Lachen den Kopf in den Nacken. Es hörte sich glücklich an. Er schien zu glauben, dass er Anouk für seine Pläne gewonnen hatte. »Die einzige Verpflichtung, die du eingehst, ist, dein Bestes zu geben, wenn ich dich meiner Familie vorstelle. Ich möchte, dass du ihnen allen genauso imponierst wie mir.«

Anouk schwieg und malte sich aus, wie eine solche Begegnung verlaufen könnte.

Stéphane nahm ihre rechte Hand in beide Hände und hauchte einen Kuss darauf. »Ich werde dich nie zu etwas drängen, was du nicht selber willst.«

Sie musterte seine braun gebrannten Züge, die lange Nase, die schmalen Lippen. Sein Blick war harmlos wie der eines Welpen. »Was, wenn deine Familie mich ablehnt?«

Er ließ ihre Hand los, starrte einen Moment auf das träge fließende Wasser der Seine. »Das wird nicht passieren. Mein Großvater ist das Oberhaupt der Firma, bei ihm liegen letztlich die Entscheidungen. Er wird dich mögen. Wir sind schon lange auf der Suche nach einem Parfümeur, der uns alle überzeugt.« Er stieß ein abgehacktes Lachen aus. »Für meine Eltern wird eine der wichtigsten Fragen sein, wie viel du uns kosten wirst. Mein Vater ist ein Kaufmann mit Leib und Seele, seiner Sparsamkeit und Investitionen verdankt es die Firma, dass sie sich bis heute an der Spitze hält.«

»Mir ist es wichtig, dass ich von meinem Verdienst auf eigenen Füßen stehen kann. Ich will von niemandem abhängig sein.«

War es so weit? Würde sie aufbrechen in ein Leben in Freiheit? Es lag außerhalb ihrer Vorstellungskraft, sich einen Alltag in Grasse vorzustellen, einer Stadt, die sie nicht kannte, weit weg von Paris, der Apotheke, ihrer Mutter.

Wehmut überfiel sie, gleichzeitig spürte sie den Drang, sich in einer anderen Welt zu entfalten. Sollte sie sich einem Mann wie Stéphane Girard anvertrauen und ihr Leben in Paris hinter sich lassen?

4

»Nimm dir die Zeit, die du brauchst, Anouk.« In der Rue de Seine stieg Stéphane aus seinem Wagen, um für sie die Beifahrertür zu öffnen. Die Wärme des Frühsommertags hatte sich zwischen den Häusern verfangen. Von den umliegenden Bistros drang Geplauder und leises Lachen zu ihnen. Auf dem Bürgersteig standen sie sich dicht gegenüber. »Aber lass mich nicht zu lange warten.«

»Wann fährst du nach Grasse?«

»Morgen. Wenn du auf mein Angebot eingehst, komme ich zurück und hole dich ab.«

Anouk nickte. »Ich danke dir, Stéphane. Lass mir drei Wochen, um alles hier zu regeln.«

Er küsste sie liebevoll auf die Wange. »Ich freue mich auf unser Wiedersehen.«

Als er in seinem Sportwagen davonfuhr, glitt Anouks Blick die Hausfassade hinauf. Oben im Wohnzimmer bewegte sich die Gardine.

Ihre Mutter kam ihr im Flur der Wohnung entgegen. Sie knetete ihre Hände. In ihrem bleichen Gesicht wirkten ihre Augen übergroß. »Wie war's?«

Anouk trat auf sie zu, drückte ihr einen Kuss auf die Wange.

»Alles prima, *maman*. Er hat sich benommen wie ein Gentleman. Ich hatte einen wunderbaren Abend. Wir waren im Ritz, und ich habe Coco Chanel gesehen.«

»Hat er ... hat er noch einmal Grasse erwähnt und das Haus der Girards?«

»Aber natürlich! Das interessiert mich doch besonders!«

»Und?« Isabell hielt die Luft an, während sie auf eine Antwort wartete.

Anouk lachte. »Wir haben über Parfüms geredet, es war ein gutes Gespräch.« An diesem Abend würde sie ihre Mutter nicht noch stärker in Unruhe versetzen, indem sie sie vor vollendete Tatsachen stellte. Sie wollte sich Zeit nehmen, um alles zu überdenken und ihre nächsten Schritte abzuwägen. Gleichzeitig wusste sie, dass die Entscheidung in ihrem Herzen längst gefallen war.

In ihrem Zimmer griff sie nach dem Brief des Parfümhauses Bonnet, las die Einladung zum Gespräch noch einmal durch. Morgen Mittag sollte sie sich vorstellen. Einen Moment lang zögerte sie. Dann fasste sie den Entschluss, in aller Früh im Haus Bonnet anzurufen.

Am nächsten Vormittag nutzte sie den Kundenandrang bei Öffnung der Apotheke, um in den hinteren Raum zu laufen, in dem das Telefon stand. Ihre Mutter und Henri waren beschäftigt, sie würden sie nicht überraschen.

Die Herzlichkeit von Karine Bonnet, nachdem sie den Termin abgesagt hatte, überraschte sie. »Das bedauere ich, Mademoiselle Romilly. Ihr Anschreiben, in dem Sie Ihre Beziehung zu Düften schildern, hat in unserem Haus alle beeindruckt. Ich hätte Sie gern kennengelernt.«

Kurz stutzte Anouk und zweifelte an ihrer Entscheidung, in dieser Angelegenheit Stéphane Girard vollkommen zu vertrauen. Aber das Haus Girard besaß Weltruf, die Schwestern Bonnet kannten nur wenige Parfümliebhaber. »Danke, Madame, das ehrt mich.« Sie hielt es für sinnvoller, Stéphane Girard und Grasse nicht zu erwähnen.

In den zehn Tagen darauf trafen drei Briefe von Stéphane ein, in denen er ihr die Schönheiten seiner Heimatstadt schilderte und wie neugierig seine Familie auf sie sei. Leider gelang es Anouk nicht, die Umschläge vor ihrer Mutter abzufangen. Isabell verfolgte mit einem Stirnrunzeln, dass der Kontakt zwischen Anouk und Stéphane nicht abbrach, aber sosehr sie nachforschte, um herauszufinden, was die beiden sich denn zu schreiben hatten: Anouk verriet ihr mit keiner Silbe, mit welchen Plänen sie sich befasste. Sie musste den richtigen Zeitpunkt abwarten.

Wann immer sie es in den nächsten Tagen einrichten konnte, besuchte sie die Parfümerien der Stadt. Vor allem in der Filiale des Hauses Girard hielt sie sich lange auf und versuchte, sich sämtliche Produktlinien zu merken. Die Duftkreationen konnte sie leicht behalten, einmal gerochen, hatte sie gute Parfüms für immer in ihrem Gedächtnis. Die dazugehörigen Namen verwirrten sie, weil sie gar nichts mit dem, was sie wahrnahm, zu tun hatten. Eine Linie, die sich *Magie du Soleil* nannte, war für sie »Frischsilbersüß«, die Marke *La Chérie de Madeleine* merkte sie sich als »Fruchthoniglavendel«. Das Angebot der Girards war groß, sie deckten den Geschmack eines breiten Publikums ab, aber Anouk erkannte, dass *Florence* nach mehr als fünfzig Jahren immer noch das Aushängeschild des Hauses war. Die Flakons in ihren weißen Verpackungen nahmen den größten Ausstelltisch in der Parfümerie ein. Bis die ersten Verkäuferinnen darüber tuschelten, was die junge Frau so häufig im Verkaufsraum zu suchen hatte, ohne sich für ein Produkt zu entscheiden, hatte Anouk sich alles gemerkt und fühlte sich für die Begegnung mit der Familie Girard gewappnet.

Sie rief Stéphane an und teilte ihm mit, dass sie zur Abreise bereit sei. Jetzt gab es kein Zurück mehr.

Beim Mittagessen am Samstag darauf konnte Anouk dem Gespräch mit ihrer Mutter nicht mehr ausweichen. Sie aßen die *soupe au pistou*, die Isabell am Abend vorbereitet hatte.

»Ich werde nach Grasse reisen. Stéphane hat mich eingeladen.«

»Oh nein!« Isabell legte den Löffel ab. Ihre Augen schwammen sofort in Tränen. »Bitte nicht, Anouk, bitte nicht! Tu mir das nicht an!«

»So eine Chance bekomme ich kein zweites Mal im Leben. Ich muss das jetzt tun.«

»Du kannst auch hier glücklich werden. Denk noch einmal darüber nach! Wer weiß, was dich dort erwartet!«

»Es ist keine Hals-über-Kopf-Entscheidung, *maman*. Schon vor drei Wochen, als wir zusammen im Ritz gegessen haben, hat er mir angeboten, mich zur Parfümeurin auszubilden. Ich habe mir Bedenkzeit ausgebeten.«

Isabell rieb sich die Augen. »Ich habe das kommen sehen, Anouk. Du hast so geheimnisvoll getan, und dann diese Briefe … Dieses Gefühl ist mir entsetzlich vertraut. Damals, als dein Vater starb, fühlte es sich auch an, als würde ich in einen Abgrund stürzen. Es kam unerwartet, er war ein starker Mann, als Gärtner erfolgreich. Und dann legt er sich einfach hin und stirbt. Ich dachte damals, dass ich es kein zweites Mal ertragen würde, verlassen zu werden. Du warst noch klein, ich wusste nicht, wie ich uns beide durchbringen sollte. Hab dich oft mitgenommen in die Apotheke, in der ich gearbeitet habe, dich im Hinterzimmer spielen lassen. Damals hatte ich zum ersten Mal dieses Gefühl von Todesangst. Seitdem ist es mein ständiger Begleiter.«

»Ich sterbe nicht. Im Gegenteil. Ich versuche, mein Leben zu leben.«

Isabell schluckte. »Ich kann nicht glauben, dass du es wirklich wahr machen willst.«

»Alles zieht mich nach Grasse, aber ich will dir nicht wehtun. Bitte mach es mir nicht schwer, *maman*. Ich muss hier raus.«

»Mich zerreißt die Vorstellung, dich nicht mehr beschützen zu können.«

»Ich werde zwanzig. Ich kann schon lange auf mich selbst aufpassen.«

»Und wenn du hier in Paris eine Parfümschule besuchst?«

Anouk zuckte zusammen. Wie sehr hätte sie sich im vergangenen Jahr eine solche Unterstützung gewünscht. Jetzt gab es kein Zurück mehr. »Es ist zu spät. Ich gehe nach Grasse.«

Isabell wischte sich die Augen, hielt die Hände an die Schläfen gepresst. »Wann willst du abreisen?«

Anouk griff über den Tisch nach der Hand ihrer Mutter. »Stéphane holt mich nächste Woche Montag ab.«

Isabell schluchzte, neun Tage nur noch. Anouk stand auf, legte von hinten die Arme um sie und drückte ihre Wange an ihre Schläfe. In ihrem Entschluss blieb sie fest.

»Ich akzeptiere ja, dass du mit der Pharmazie nichts anfangen kannst, wirklich, dafür habe ich Verständnis. Von mir aus werde Parfümeurin, aber bleib bitte, bitte in Paris. Ich ertrage es nicht, wenn tausend Kilometer zwischen uns liegen, *ma petite poupée.*«

Anouk löste sich von ihr und setzte einen Wasserkessel auf den Gasherd, um Kaffee aufzubrühen. »Nenn mich nicht so.«

»Du weißt, dass ich es nicht so meine, Anouk.«

»Ich habe hier alles versucht, was möglich ist. Es ist unfassbar schwer, in die Branche einzusteigen. Stéphane Girard ist der Erste, der bereit ist, mir eine Chance zu geben, weil er mein Talent erkannt hat.«

Es nagte an Isabell, dass sich Anouk keinen Deut auf sie zubewegte. Sie wusste, wie kraftvoll und eigensinnig sie sein konnte, aber sie hatte immer angenommen, dass sie letzten Endes auf sie – ihre Mutter – hören würde.

Isabell gingen die Argumente aus. Vielleicht schlug sich Henri auf ihre Seite und ihm fiel etwas ein, wie man sie zum Bleiben überreden konnte?

In der nächsten Woche schlenderte Anouk durch die Galeries Lafayette, um sich von ihrem gesparten Geld sommerliche Garderobe für Südfrankreich zuzulegen: zwei leichte Kleider, ein Paar Sandalen, Caprihosen, zwei kurzärmelige Blusen, ein schwarzes Etuikleid im Stil von Coco Chanel. Ein Original aus der Kollektion der Modeschöpferin konnte sie sich nicht leisten.

Isabell verbarrikadierte sich gleich am Montag im Labor der Apotheke mit Henri. Sie ließ die Jalousien geschlossen. Egal, wenn die Kunden an diesem Vormittag ein wenig länger vor der Tür warten mussten.

Alles war ihr gleichgültig, es zählte nur der weitere Lebensweg ihrer Tochter. Sie schilderte Henri, was Anouk ihr offenbart hatte, und schloss: »Was kann ich tun, um sie davon abzuhalten?«

Sie saßen auf zwei Bürostühlen nebeneinander, auf dem Labortisch verschiedene Tiegel und Tuben mit selbst hergestellten Cremes und Pasten. Draußen hämmerte ein Kunde an die Glastür. Isabell würde nicht öffnen, bevor sie irgendeine Idee hatte, wie sie ihr Mädchen vor der größten Dummheit ihres Lebens bewahren konnte. Henri war nicht gut auf Stéphane zu sprechen. Vielleicht schaffte er es, auf Anouk Einfluss zu nehmen.

»Wenn du sie liebst, musst du sie loslassen«, erwiderte Henri. »Du kannst sie nicht vor den Widrigkeiten des Lebens beschützen. Wir lernen alle nur durch eigene Erfahrungen, niemals durch die unserer Eltern.«

Isabell verzog den Mund. Das hatte sie sich anders vorgestellt. »Wie kommt es, dass dein Verhältnis zu Stéphane so unterkühlt ist? Wie seid ihr miteinander verwandt?«

Henri wiegte den Kopf, sein Knie berührte Isabells. »Wir haben keine Beziehung zueinander, hatten nur selten Kontakt, aber die wenigen Begegnungen haben mir gereicht. Stéphane ist arrogant, selbstsüchtig, ein verzogener Egoist. Meine Mutter Odette war eine Girard, doch sie ist ihren eigenen Weg gegangen. Mein Großvater hat meine Mutter nie mit einem Centime unterstützt. Sie hat sich, gemeinsam mit meinem Vater, in Paris alles aus eigener Kraft aufgebaut. Beide sind an der Sorbonne, ihr Fachgebiet sind synthetische Duftstoffe. Die anderen in der Familie hängen ihr Fähnchen in den Wind. Sie lassen sich in Grasse von Stéphanes Großvater an der Nase herumführen. Es sind keine gesunden Verhältnisse in der Familie Girard, alle tanzen nach der Pfeife des Seniors.«

»Ausgerechnet dort soll sich mein Mädchen behaupten. Kannst du ihr nicht von deinen Eltern erzählen? Vielleicht ergibt sich ein anderer Weg für Anouk in die Welt der Parfüms? Dann könnte sie hier an der Universität studieren.«

Henri hob die Schultern. »Ich kann es gern versuchen, aber versprich dir nicht zu viel.«

»Ich habe solche Angst, sie zu verlieren, Henri. Ich fürchte mich vor der Einsamkeit.« Ihre Augen schwammen in Tränen.

Henri nahm ihre Hand in seine, drückte sie, streichelte sie mit dem Daumen. Das hatte er nie zuvor gewagt, aber es fühlte sich richtig an. »Wirst du wirklich einsam sein?« Trotz ihres aufgewühlten Zustands erkannte sie die Bedeutung seiner Frage. Sie wusste, dass sie mehr für ihn war als die Besitzerin der Apotheke. Sie beugte sich vor. Einen Herzschlag später spürte sie seinen Mund auf ihren Lippen, weich, fragend.

»Es ist gut, dass du da bist, Henri.« Sie löste sich von ihm. »Ich habe dich sehr gern.«

Ein Schatten flog über sein Gesicht. Hatte er mehr erwartet? »Ich dich auch, Isabell. Ich werde immer für dich da sein, wenn du mich brauchst.« Er sprang auf. »Ich schließe die Tür jetzt auf.«

Isabell hielt Henri nicht zurück, als er mit klimperndem Schlüsselbund die Apotheke durchquerte. Draußen standen mehrere Kunden. Isabell erhob sich, strich sich den Kittel glatt und ordnete mit den Händen ihre Frisur. Bevor sie in den Verkaufsraum trat, warf sie einen Blick in den Spiegel an der Tür des Hinterzimmers. Ob sie sich noch einmal auf eine Beziehung einlassen konnte, in der sie am Ende doch wieder die Verlassene war? Es gab Grenzen für alles, was ein Mensch aushalten konnte.

Das letzte gemeinsame Wochenende verbrachte Isabell auf der Couch im Wohnzimmer liegend, einen feuchten Lappen auf der Stirn, die Beine auf Kissen hochgelegt. Manchmal stöhnte sie und linste zu ihrer Tochter, die durch die Wohnung fegte und ihren Koffer packte. Vorsichtig hob Anouk einen Bilderrahmen von der Wand. Auf dem Foto waren Isabell und sie in ihren Kitteln vor der frisch renovierten Apotheke zu sehen. Sie hatten die Arme umeinander gelegt und strahlten in die Kamera. Es sah nach Glück aus, dabei wusste Anouk, dass sie nur ihrer Mutter zuliebe posiert hatte.

»Nimm es gerne mit.« Isabell sog zitternd die Luft ein, als Anouk es zurückhängte. In ihren Koffer packte sie vor allem die neue Garderobe, dazu ein paar Bücher über Parfümherstellung und eine Kiste mit Probeflaschen verschiedener Düfte, die sie im Lauf der Zeit gesammelt hatte. Was würde sie in Grasse brauchen? Stéphane hatte ihr ein Gästezimmer in Aussicht gestellt.

»Anouk?« Isabells Stimme schien jeden Moment vor Schwäche zu versiegen.

»Hm?« Anouk gab sich betont gleichgültig, obwohl es ihr leidtat, dass ihre Mutter glaubte, sie könne sie jetzt noch von ihren Reiseplänen abbringen.

»Schau mal im Küchenregal in der Blechdose. Da müssten hundert Franc sein.«

Mit zwei Schritten war Anouk bei Isabell, kniete sich neben das Sofa und legte ihre Arme um sie.

»Lass dich von niemandem aushalten. Das hast du nicht nötig. Ich werde dir weiterhin deinen Lohn überweisen, den du in der Apotheke verdient hast. Ich will nicht, dass du dich von jemandem abhängig machst.«

»Danke, *maman*, ich liebe dich, und Weihnachten komme ich bestimmt zu Besuch!«

Isabell schluchzte. Weihnachten war ein halbes Jahr hin! Jemand klopfte an die Wohnungstür. Isabell warf den Lappen weg und setzte sich auf. Mit zwei Fingern fuhr sie unter ihren Augen entlang, um die Tränen wegzustreichen.

Anouk ließ Henri herein und begrüßte ihn mit Wangenküssen. »Alles schon gepackt?«, erkundigte er sich.

»Fast.«

»Hast du über ein Studium an der Sorbonne nachgedacht?« Am Abend zuvor hatte Henri ihr bei Tee und Mandelbiskuits am Küchentisch von seinen Eltern und der naturwissenschaftlichen Fakultät erzählt. Anouk hatte interessiert zugehört, aber nicht einmal in Erwägung gezogen, sich auf synthetische Stoffe zu spezialisieren. An der Arbeit mit Parfüms und Essenzen faszinierten sie gerade die verschiedenen Arten, um Duftöle aus Pflanzen zu gewinnen – sei es mit kaltem oder warmem Fett, in das die Blüten gesteckt wurden, oder mit Wasserdampf. Sie freute sich unbändig darauf, diese althergebrachten Techniken kennenzulernen und aus den gewonnenen Ölen natürliche Düfte zu kreieren. »Tut mir leid, Henri, du weißt, dass mein Entschluss feststeht.«

Ja, das wusste er. Dennoch fühlte er sich verpflichtet, für Isabell nichts unversucht zu lassen. Er zog eine Schachtel aus der Hosentasche. »Einmal umdrehen bitte«, sagte er zu Anouk, bevor er ihr eine Halskette umlegte. Sie sah an sich hinab und erkannte einen winzigen in Silber eingefassten Rosenquarz. Sie nahm ihn behutsam zwischen Daumen und Zeigefinger, fühlte die warme Glätte des Edelsteins.

»Man sagt dem Stein nach, dass er Herzen heilen könne. Ich hoffe, du wirst ihn nie brauchen, aber wenn dir jemand wehtut, soll er dich trösten.«

Anouk drehte sich um und umarmte Henri. »Wie wunderschön! Danke!«

Kurz vor neun Uhr am Montagmorgen, diesmal sogar überpünktlich, hielt vor der Apotheke in der Rue de Seine der Ferrari mit dem offenen Verdeck. Anouk lief zwischen Wohnung und Verkaufsraum hin und her, schleppte ihren Koffer und ihre Handtasche heran, sprang ein paarmal auf der Stelle, als Stéphane draußen hupte.

Isabell war blass. In ihren Händen zerrupfte sie ein Papiertaschentuch. Henri legte den Arm um ihre Schultern. Isabell merkte es kaum, während sie zusah, wie Anouk die Tür öffnete.

Unter dem wolkenlosen Sommerhimmel stieg Stéphane aus dem Fahrzeug und verbeugte sich vor Isabell und Henri. Dann half er Anouk, ihren kleinen Koffer zu verstauen. All ihre liebsten Dinge, ihre Garderobe, ihre Zukunftsträume. Sein weißes Hemd war wieder zu weit aufgeknöpft, fand Isabell, und die Goldkette auf seiner Brust sprach nicht von Stil. Ein Lebemann, der es nicht wagen sollte, Anouk ein Haar zu krümmen. Tausend Kilometer würden sie nicht davon abhalten, ihrer Tochter zu Hilfe zu eilen, wenn sie sie brauchte.

Einer plötzlichen Eingebung folgend befreite sich Isabell

aus Henris Arm und eilte in die Wohnung hinauf. Sekunden später kehrte sie mit den Händen auf dem Rücken zurück, stellte sich vor ihre Tochter und zog das Hermès-Seidentuch hervor. »Ich habe viel zu selten Gelegenheit, es zu tragen. Und es passt perfekt zu deinen Augen, *ma petite poupée*.«

Dieses eine Mal protestierte Anouk nicht. Ihre Kindheit und Jugend schienen in dem Kosenamen mitzuschwingen. Nun ließ sie sie hinter sich zurück. Das Seidentuch floss wie kühles Wasser durch ihre Hände, sie hielt es an die Nase, sog den Duft von *Eau de Lubin* ein und band sich das Tuch um den Kopf. Hatte ihre Mutter gemerkt, dass sie es sich manchmal heimlich ausgeliehen hatte? Isabells Blick war unergründlich. Am Hals verdrehte Anouk beide Enden und knotete sie im Nacken zu. Isabell fand, ihre Tochter hatte nie schöner ausgesehen. Sie umfing ihr Gesicht, küsste sie auf den Mund. »Werde glücklich, Anouk.«

Henri war sofort an ihrer Seite, griff nach Isabells Hand. Sie schauten zu, wie Anouk auf dem Beifahrersitz Platz nahm, ihnen einen letzten Kuss zuwarf, bevor sie die Beine von sich streckte. Der Motor des Sportwagens sprang an. Stéphane setzte den Blinker und ließ den Ferrari auf die Straße rollen. Einmal trat er zum Abschied das Gaspedal im Leerlauf durch, dann nahm der Wagen Fahrt auf. Henri und Isabell winkten, bis das Automobil an der nächsten Kreuzung abbog. Die losen Enden von Anouks Seidenschal flatterten im Wind.

Teil 2

1890–1917

Florence

5

Grasse, 1890

Horace Girard war davon überzeugt, dass ein Menschenleben allein nicht ausreichte, um sich an den Gestank von Gerbereien zu gewöhnen. Seine eigenen Eltern gehörten zur Zunft der Gerber, sein Leben als Nachfolger war vorbestimmt. Horace würde sich aber lieber vom Turm der Kathedrale Notre-Dame-du-Puy stürzen, statt bis an sein Lebensende Tiere zu häuten. Unglücklicherweise hatte er nicht die geringste Ahnung, womit er stattdessen seinen Lebensunterhalt verdienen sollte.

An diesem Mittwochabend im August wusch er sich den Oberkörper und das Gesicht mit dem Brunnenwasser im Hof. Die Gerber legten sich in schattige Ecken auf ihre Decken, um sich von der Arbeit zu erholen.

Kaum jemand beachtete Horace, der in ein sauberes Schnürhemd schlüpfte, sich die Haare zurückstrich und mit dem Kamm aus seiner Hosentasche einen Scheitel zog. Nur die Frauen warfen ihm verstohlene Blicke zu. Ansehnlich war der junge Girard, darin war sich die weibliche Belegschaft auf dem Gerberhof einig.

Horace rannte von der Gerberei an der Avenue de Provence bis zur Rue Mirabeau. Je näher er dem Haus des alten

Parfümeurs Didier Archambauld kam, wo Florence auf ihn wartete, desto schneller wurde er.

Im Mai hatten sie sich verlobt. In die Freude mischte sich Verunsicherung, weil er mit seinen siebenundzwanzig Jahren einer Familie immer noch keine Zukunft bieten konnte. Das Geschäft mit dem Leder lief nur mäßig, irgendwann würden sie am Rand der Armutsgrenze leben, und dazu dieser Gestank. Eine Frau wie Florence führte man nicht in eine Welt aus verwesenden Tierleichen. Man ließ sie baden in Jasminblüten, vor Sonnenaufgang gepflückt, damit sie ihren vollen Duft entfalteten.

Am Vormittag hatte Horace bei Molinard, dem größten Parfümhaus in der Stadt, angeklopft und sich erkundigt, ob man ihn ausbilden würde, zum Destillateur, zum Parfümeur möglicherweise. Der alte Molinard hatte sich demonstrativ in einer gezierten Geste den Handrücken vor die Nase gehalten und war einen Schritt zurückgewichen. »*Mon dieu*, das ist nicht dein Ernst, Gerbersohn, oder?«

Die Zeichen standen schlecht für Horace. Das wusste er seit frühester Jugend. In Grasse gehörte man entweder in diese oder in jene Zunft, und er gehörte zur falschen. Eine Zeit lang hatte er in Erwägung gezogen, seiner Bestimmung zu entfliehen und die Stadt zu verlassen, nach Cannes zu ziehen, nach Marseille oder gar Paris. Dann, vor zwei Jahren, hatte er sich in Florence Monette verliebt, die er von Kindesbeinen an kannte. Sie hatte sich nie den Rasselbanden in der Stadt angeschlossen, stattdessen die Mutter zum Lavendelschneiden begleitet. Für Mutter und Tochter war das Kraut aus den Bergen die Haupteinnahmequelle.

Schon am ersten Wochenende im August endete das Lavendelpflücken, die Jasminernte begann, und in Grasse versammelte man sich, um zu feiern und zu tanzen. Florence hatte sich lachend mit ihm im Kreis gedreht, so leicht, als könnte sie fliegen. Von diesem Moment an hatte er darüber gewacht, dass sie keinem anderen ihr Lächeln schenkte. Ihr Lächeln war wertvoll, sie verschwendete es an niemanden aus reiner Höflichkeit. Die meisten Menschen fanden Florence zu ernst für eine Frau von zwanzig Jahren.

Das Lavendelschneiden war ein hartes Geschäft, den echten, wilden Lavendel gab es nur oben in den Bergen. Eine robuste Duftpflanze, die in achthundert Metern Höhe zwischen Pinien und Gestein auf kalkhaltigem Boden wuchs, struppig und üppig. Madame Monette und die anderen Tagelöhner mussten mühsam hochklettern, sie schnitten die Blüten in den heißen Sommermonaten und schleppten ihre Auslese täglich hinunter in die Stadt. Die Strapazen wurden etwas besser bezahlt als die Blütenernte auf den Feldern rund um Grasse, aber es reichte kaum aus.

Florence war nicht auf der Suche nach einem Mann, der sie aus diesen ärmlichen Verhältnissen herausholte, sie baute sich ihr eigenes Leben auf. Wenn sie ihre Ernte in der Destillerie Bonnet abgegeben und ihren Lohn entgegengenommen hatte, half sie am späten Nachmittag in der Rue Mirabeau in der Parfümerie von Didier Archambauld aus. Düfte waren ihr Leben. Horace fand diese Leidenschaft genauso unwiderstehlich wie das milde Bouquet von Pfirsichen, das ihre Haut verströmte.

Er konnte es kaum erwarten, sie endlich in die Arme zu nehmen.

Der Parfümeur Didier Archambauld verschränkte die Hände hinterm Rücken und trat an den Labortisch hinter Florence Monette, um ihr über die Schulter zu schauen. Er musste sich weit vorbeugen, sein Augenlicht wurde von Tag zu Tag schwächer, und in dem Laboratorium seines alten Hauses war es schummerig. Sein Geruchssinn hingegen war ausgeprägt wie eh und je. Die junge Frau hatte die Pomade mit dem Duft der hineingedrückten Blätter von Tuberosen in den Extrakteur gelegt und setzte Weinspiritus hinzu, um den Geruch auszuwaschen.

»Ich glaube, mit den Rosen wird uns ein ähnlich wertvolles Öl gelingen wie mit dem Jasmin«, sagte Florence, ohne ihre Arbeit zu unterbrechen.

»Ja, leider nur wenige Tropfen«, erwiderte der Parfümeur bedauernd und steckte zwei Finger in den gestärkten weißen Kragen, wie um sich Luft zu verschaffen. Seine grauen Haare wuchsen in einem Kranz um seinen Schädel und kringelten sich im Nacken. Wie jeden Tag trug er seinen an den Ärmeln fadenscheinigen schwarzen Gehrock. Aus seiner Jackentasche blitzte wie ein Relikt aus vergangenen Tagen ein Spitzentuch hervor.

Das Labor glich einer Schatzkammer, ein winziger Raum voll mit Fläschchen, Behältnissen, Messbechern, einer Präzisionswaage. Florence liebte diesen Hauch von Magie und Alchemie. Die zahlreichen Schränke und Schubladen enthielten alles, was eine Parfümerie benötigte: Reagenzglasgestelle, Büretten, Pipettenetageren, diverse Stative zum Filtrieren. In einer Ecke stand eine aus Schläuchen bestehende Vorrichtung zur Wasserdestillation. Daneben drei bauchige Behälter aus braunem Glas, die den aus Kartoffeln gebrannten Spiritus enthielten, vollständig geruch- und geschmacklos, eine wichtige Basis bei der Herstellung von Parfüm. Es gab einen Gasanschluss zu offenen und geschlossenen Platten sowie einen Bunsenbrenner, kupferne Wasserbehälter und einen kleinen Destillierapparat, der zur Untersuchung einzelner Extrakte oder des Alkoholgehalts genutzt wurde.

Florence hatte sich im Lauf des vergangenen Jahres mit allem vertraut gemacht und jedes Wort des alten Meisters aufgesogen. Sie wusste, wie viel er weiterzugeben hatte, und ahnte, dass seine Tage gezählt waren. Die Parfümerie Archambauld in der Rue Mirabeau hatte nur noch ein halbes Dutzend Kundinnen. Die Damen wohnten alle in Grasse und Umgebung, und ihr Geschmack glich sich: Sie bevorzugten blumige Düfte, die einen mit einer Schwäche für Flieder, die anderen für Rosen, Mimosen, Jasmin oder Narzissen. Florence hatte von Didier Archambauld gelernt, dass sie nie nur die Blüten im Sinn haben sollte, sondern ebenso die umgebenden Blätter, den Kelch oder den Stiel. »Wir dürfen uns nicht damit begnügen, einen Blumengeruch naturgetreu wiederzugeben. Wir müssen versuchen, ihn lebendig zu gestalten.« Eine frische, kühle Note könnte an einen Tautropfen erinnern, eine zarte holzige Nuance an den Wald, und zusammen ergaben sie ein Milieu, das das Bild der Blume deutlicher hervortreten ließ. Diesen Ratschlag hatte Florence bei dem Duft aufgegriffen, an dem sie seit einigen Tagen feilte. Ursprünglich ein Fliederduft mit Fantasiecharakter, entwickelte er sich immer weiter.

Jeden Morgen freute sie sich auf den späten Nachmittag, wenn sie nach dem Lavendelschneiden dem alten Parfümeur aushalf. Obwohl der ihre Arbeit mit nichts anderem vergütete als mit der Erlaubnis, ab und zu selbst ein Parfüm zu kreieren. Sie staubte die Flakons ab, polierte die Destillerie, fegte Spinnweben von Regalen und Schubladenschränken und half ihm, die braunen Flaschen mit den Duftölen zu beschriften. Selten überließ er ihr, wie heute, die Enfleurage, bei der die Blumen in einem langwierigen Prozess ihren Geruch an Schweineschmalz abgaben. Die Blüten waren teuer und erbrachten nur verschwindend geringe Mengen an Essenzen. Die meisten kostbaren Öle in den kleinen Glasbehältern auf den Regalen bildeten nur noch Pfützen, waren vertrocknet oder dem Sonnenlicht ausgesetzt und daher nicht mehr zu gebrauchen.

Florence' Liebe zu den Düften war in ihrer Kindheit entstanden. Ihre Mutter hatte ihr von einem der Stadtmärkte ein dünnes Glasröhrchen mitgebracht, verschlossen mit einem Korken. Auf dem Etikett stand in spitzer Handschrift *sent bon*, riecht gut, dabei roch das Wässerchen nur nach Thymian und Lorbeerblättern. Florence hatte bereits zu diesem Zeitpunkt die Welt der Wohlgerüche entdeckt. Die Landschaft der Provence war ein unerschöpflicher Quell an den schönsten Düften, aber in Parfüms eingefangen wurden sie nur für die Reichen. Für die weniger Betuchten gab es auf den Basaren *sent bon*. So eine Ungerechtigkeit!

Florence räumte auf und wusch sich in einer Schüssel die Hände. In einer Stunde würde Horace sie zu ihrem abendlichen Spaziergang abholen. Sie freute sich unbändig darauf. Sie wusste, er würde sich wieder eingeseift und geschrubbt haben, weil er fand, er roch nicht gut, der Gestank des Gerberhofs hänge in seiner Haut und seinen Haaren. Florence versicherte ihm immer wieder, sie liebe seinen Eigenduft von Sandelholz und Leder, er brauche sich nicht zu genieren. Mehr noch liebte sie die zärtliche Art, wie er sie küsste.

»Adieu, Monsieur Archambauld, ich wünsche Ihnen einen schönen Abend! Morgen bin ich zur gleichen Zeit wieder bei Ihnen!«

Der alte Parfümeur drehte gedankenversunken in einem der Regale die Flaschen so, dass man die Etiketten lesen konnte. »Florence ...«

Etwas an der Art, wie er ihren Namen aussprach, ließ sie innehalten.

»Du weißt, wie dankbar ich für deine Hilfe bin. Und wie sehr ich dich schätze.«

»Ich bin Ihnen dankbar, dass ich hierherkommen darf. Ich kann so viel von Ihnen lernen.«

»Ich müsste dich bezahlen für das, was du hier leistest.

Aber du weißt, wie es um die Parfümerie steht. Die wenigen Kundinnen tragen kaum die Kosten.«

»Wollen Sie nicht versuchen, das Geschäft wieder in Schwung zu bringen? Vielleicht gewährt eine Bank einen Kredit?« Die Vorstellung, dass Monsieur Archambauld seine Parfümerie aufgab, verursachte ihr Übelkeit. Dies war der Ort, an dem sie glücklich war.

Er winkte ab. »Nicht einem greisen Mann wie mir, und ich brauche auch kein fremdes Geld. Es ist kein Geheimnis, dass es nicht mehr lange dauern kann, bis man mich mit den Füßen voran aus dem Laden trägt.«

»Sagen Sie das nicht, Monsieur.«

»Es ist der Lauf der Dinge, Kind. Doch solange ich nicht weiß, was aus meinem kleinen Laden wird, kann ich die Welt nicht im Reinen mit mir verlassen.«

Sie schluckte. Das Haus war marode, die Parfümerie völlig veraltet. Welcher Parfümeur würde hier seine Zukunft sehen?

»Florence, könntest du dir vorstellen, die Parfümerie zu übernehmen? Du hast diese ungewöhnliche Begabung ...«

Sie schrak zusammen. Ihr Geruchssinn allein machte aus ihr doch keine Parfümhändlerin! »Wie sollte ich ein Geschäft führen? Ich habe nicht die geringste Ahnung von Konten und Buchhaltung, wie man mit Kundinnen spricht und mit Kaufleuten verhandelt.«

»Aber dein Verlobter.«

Florence stutzte. Ja, Horace träumte von einem Leben in Wohlgerüchen, und in der Gerberei seines Vaters hatte er das Rechnen gelernt. Aber ein Gerber, der sich zum Parfümeur berufen fühlte? Die alteingesessenen Firmen in Grasse wie Molinard und Galimard würden sie nicht ernst nehmen. Und die Kunden erst recht nicht.

Florence wurde es schwer ums Herz, wenn sie sich vorstellte, dass es die alte Parfümerie in der Stadtmitte bald nicht mehr geben würde. Ihre Zuflucht. Ein Ort, an dem sie etwas Besonderes sein und etwas Besonderes erschaffen konnte. Ihr Leben lang hatte sie sich als unbedeutend empfunden, Tochter einer Lavendelpflückerin, die sich nach Meinung der Mutter den Schulbesuch sparen und sie stattdessen bei der Arbeit unterstützen sollte. Das Lesen und Schreiben hatte sie sich selbst nachts in ihrem Zimmer bei Kerzenschein beigebracht, zuerst mit den abgelegten Schulbüchern anderer Kinder, später mit den Schriften über die Parfümeurskunst, die ihr Monsieur Archambauld überlassen hatte. An allem, was in ihrem Leben abseits des vorgeschriebenen Weges passiert war, hatte der alte Herr Anteil. Und jetzt sollte sie in seine Fußstapfen treten? Wenn nicht, würden andere Leute hier einziehen, womöglich einen Gemüseladen eröffnen oder eine Schneiderei. Ihr Haus der Düfte wäre Geschichte. Ein Schauer lief ihr über den Rücken bei der Vorstellung.

»Überleg es dir, sprich mit Horace und gib mir Bescheid. Vertrau dir, Florence. Dein Geruchssinn ist einzigartig. Und den Rest lernt ihr schon noch.«

Erst kurz vor Florence stoppte Horace seinen Lauf, der Scheitel vom Wind zerzaust. Sie wartete vor der Tür der Parfümerie auf ihn. An vielen Stellen bröckelte die Fassade des Geschäfts, vor den Fenstern fehlten die Holzverschläge.

Einen Moment lang sahen sie sich in die Augen, dann küsste Horace sie auf diese behutsame Art, die sie weich werden ließ in seinen Armen. »Bonjour, Horace.«

Monsieur Archambauld trat aus dem Laden. Abends traf er sich gern mit anderen älteren Männern auf dem Marktplatz zum Boule. Der Haustürschlüssel klimperte bei seinem Versuch abzuschließen. Horace war sofort bei ihm und verneigte sich vor ihm. »Darf ich Ihnen helfen, Monsieur Archambauld?«

Er drehte den Schlüssel, das Schloss knarrte.

»Du bist ein Guter«, sagte der alte Parfümeur. »Nun lass deine Liebste nicht länger warten.«

Florence liebte Horace' Art, anderen Menschen mit Respekt gegenüberzutreten. Die meisten jungen Kerle in diesem Alter waren Maulhelden – ihr Verlobter war einer, dem die Herzen zuflogen. Nicht nur sein gutes Aussehen hatte sie für ihn eingenommen nach jenem ersten Tanz auf dem Blumenfest.

Er nahm ihre Hand.

Als sie an dem heruntergekommenen Haus vorbeigingen, in dem Florence mit ihrer Mutter lebte, erklang aus einem geöffneten Fenster in der ersten Etage ein munterer Gruß. »Bonjour, Horace.« Estelle Monette ließ es sich nie nehmen, das junge Glück zu beobachteten, wenn die beiden sich zum Spaziergang trafen. Es gab viel Armut und Leid in diesem Teil von Grasse – ein Liebespaar wie Horace und Florence machte die Welt ein bisschen heller. Sie winkte zu ihnen herunter.

Horace warf ihr eine Kusshand zu. »Bonjour, Madame Monette. Sie sehen bezaubernd aus.« Estelle griff sich übertrieben ans Herz vor Freude. Ihre Haut war von der Sonne gegerbt, ihre Haare grau und zu einem schmucklosen Zopf geflochten – so war er, der junge Horace. Ein Charmeur, dem man nicht widerstehen konnte.

An der Route Napoléon führte der Ziegenpfad steil bergan. Florence sprang über die Steine, Horace in seinen Sandalen und mit dem doppelten Gewicht schnaufte nach wenigen Metern.

Florence' war in Gedanken bei Monsieur Archambauld. Hier trat sie auf einen lockeren Stein, der ein paar Kiesel ins Rollen brachte, dort knickte ihr Knöchel, weil sie über eine Wurzel stolperte. Das passierte ihr sonst nie.

Sie ließen die Pinien hinter sich, erreichten das Plateau,

von Gras bewachsen und voller Felsgeröll. Der Wind blies Locken aus Florence' Frisur und wehte sie über ihr Gesicht. Horace strich sich mit den Fingern die Haare zurück, aber die Brise brachte sie sofort wieder in Unordnung. Die Stadt mit ihren gelben, grauen und roten Dächern breitete sich in dem Talkessel vor ihnen aus. Auf der gegenüberliegenden Seite thronten prächtige Villen zwischen Pinienwäldern, Weinbergen und den Feldern mit Jasmin und Rosen.

Horace und Florence liefen den Höhenweg entlang. Hinter Serpentinen um grüne Hügel herum glänzte das Mittelmeer. Plötzlich blieb sie stehen, schaute hinab. Die Hitze flirrte über den Dächern der Stadt, brannte Risse in den steinharten Boden der Weinberge und Blumenfelder. Horace trat neben sie, sah gemeinsam mit ihr hinunter ins Tal.

»Es ist etwas passiert«, begann Florence.

Horace betrachtete sie von der Seite.

»Du kennst Monsieurs Archambaulds bedauerliche Lage ...«

Er nickte. »Er sieht immer weniger. Bald wird er seine Parfümerie schließen müssen. Ein Jammer um das schöne Haus. Er hat keine Familie, oder?«

»Genau darum geht es. Ich ... ich habe dir erzählt, dass Monsieur Archambauld überzeugt ist, dass ich eine Begabung habe.«

»Da hat er vollkommen recht.« Die Glasröhrchen mit den Tropfen von ihren ersten eigenen Kompositionen begeisterten Horace stets aufs Neue. Er liebte es, wie samtig sich diese Düfte auf ihrer Haut entwickelten.

»Monsieur Archambauld hat mich gefragt, ob ich das Geschäft nach seinem Tod übernehme.«

Horace ließ den Blick nicht von ihr. »Er will dir die Parfümerie überlassen?« Seine Stimme war atemlos.

Sie nickte. »Natürlich liebe ich die Parfümerie, ich habe

dort die wundervollsten Stunden verbracht, aber das Geschäft ist in den vergangenen zwanzig Jahren nicht renoviert worden. Du weißt, wie heruntergewirtschaftet es ist. Es ist der Konkurrenz in Grasse nicht mehr gewachsen.«

»Das kann man ändern.«

»Um die Parfümerie zum Laufen zu bringen, benötigt man Geld, viel Geld. Weißt du, was Essenzen und die hoch konzentrierten Absolues kosten? Das verdiene ich in meinem ganzen Leben nicht.«

Horace zog sie an sich. Sie spürte die Anspannung in seinen Armen. »Wir könnten es schaffen, Florence. Wir brauchen nur Mut.«

Sie konnten sich ausrechnen, dass sie kaum eine Chance hatten, mit einem Parfümhaus in Grasse Fuß zu fassen. Nicht der Gerbersohn mit der Lavendelpflückerin. Würde sie überhaupt jemand aus der Parfümbranche ernst nehmen? Würden Lieferanten und Kunden sie akzeptieren?

Dennoch spürte Florence ein Flattern in ihrem Herzen, ein Sehnen, ein Drängen. Warum denn nicht? Warum es nicht versuchen? Die Stimme in ihrem Inneren war leise, aber sie nahm sie deutlich wahr. Das Blut rauschte ihr in den Ohren.

Die Erwartungen, die an sie gestellt werden würden, die fehlende Erfahrung und der Mangel an Geld waren die gravierendsten Gründe, die dagegen sprachen, ein solches Wagnis einzugehen. Wer gab ihnen die Garantie, dass sie in eine sichere Zukunft schritten und sich nicht hoffnungslos verschuldeten? Viele Steine lagen auf dem Weg, aber es waren auch nie die Feiglinge, die die Welt aus den Angeln hoben.

6

Nach einer schlichten Hochzeit zog das junge Paar zu Monsieur Archambauld. Das Haus war aus dem Gestein der Gegend erbaut, das über die Jahrhunderte hinweg durch Wind und Sonne zu einer Farbe zwischen Honiggelb und Hellgrau verwittert war. Eine Wendeltreppe aus massiven Steinplatten führte vom Keller bis ins oberste Geschoss. Sie bewohnten zwei Räume mit schrägen Wänden direkt unter dem Dach. Ein Bett, ein Küchentisch mit vier Stühlen und ein Kohleofen reichten ihnen, um sich wie im Himmel zu fühlen. Der Holzboden war an vielen Stellen morsch. An den Hochsommertagen glich die Wohnung einem Backofen, weil es keine Fensterläden gab, die die Hitze abhielten. Horace hatte zwar mit der Renovierung des Hauses begonnen, aber ihre eigenen Räume mussten warten.

Monsieur Archambauld war schon lange nicht mehr zum Boulespielen gegangen. Er fühlte sich so schwach, dass er kaum das Bett in der ersten Etage verlassen konnte. Auf seinen faltigen Zügen lag ein Lächeln, wann immer Horace oder Florence nach ihm sahen. Oft gab er ihnen dabei Ratschläge, die sie zu schätzen wussten. Ein Parfümeur mit lebenslanger Erfahrung hatte viel weiterzugeben. Gleichzeitig statteten sie sämtlichen Parfümhäusern in Grasse einen Besuch ab und schauten sich unauffällig um, wie die anderen sich eingerichtet hatten. Sie gaben sich dabei als Kunden aus, um nicht unnötig für Gerede zu sorgen, bevor sie ihre eigene Parfümerie eröffnen würden.

»Das Haus ist mehr in die Höhe als in die Breite gebaut«, erklärte Monsieur Archambauld. »Versucht trotzdem, darauf zu achten, dass die Arbeitswege aus dem Lager ins Laboratorium, zum Anmischen, Abfüllen und Verpacken möglichst kurz sind. Das erspart euch viel Zeit, wenn das Geschäft in Gang gekommen ist.«

Horace schob das Bett des alten Mannes ans Fenster, sodass er auf die Rue Mirabeau blicken konnte und auf die Mandelbäume, die hier wuchsen. »Vergiss nicht, die Werkhalle im Hinterhof zu inspizieren. Ich habe lange nicht mehr hineingeschaut. Da sollte es noch Flakons und Fässer geben, die ihr nutzen könnt.«

Florence wechselte ihm regelmäßig die Bettwäsche und brachte ihm Suppe und Brot von ihren Mahlzeiten. »Ich freue mich so, dass ihr die Parfümerie weiterführen wollt, Florence. Du warst mir immer wie eine Tochter, und mit Horace hast du einen tüchtigen Mann gefunden. Bei ihm weiß ich dich in den besten Händen, wenn ich nicht mehr da bin.« Seine Stimme klang krächzend. Mehrfach räusperte er sich.

»Auch Sie sind ein besonderer Mann, Monsieur. Und Sie werden gesund werden und uns beim Wiederaufbau des Geschäfts anleiten. Ohne Sie schaffen wir es nicht.«

Den größten Ehrgeiz legte Horace in die Gestaltung der Geschäftsräume und Arbeitsräume im Erdgeschoss, im Keller und im Hinterhof nach den Ratschlägen von Monsieur Archambauld. Er lief mit dem Zollstock durch die Räume, als wollte er das Haus in handliche Stücke zerlegen. Er rüttelte an den Schubladenschränken, um ihre Festigkeit zu überprüfen, und klopfte mit einem Hammer gegen Wände und Stützpfosten. Er öffnete und schloss Fenster und überprüfte die Eingangspforte.

Er widmete sich vor allem auch dem Keller mit dem Lager für Rohmaterialien. Die Menge an natürlichen Rohstoffen, die sie benötigten, würde ihnen die Brennerei der Bonnets liefern. Exotische Stoffe sowie künstliche Aromen konnten sie von Roure beziehen.

Horace war nicht zu bremsen bei seinen Ideen und Plänen. Florence fragte sich, wo sie das Geld für all das hernehmen sollten. Wer würde ihnen einen Kredit geben?

Horace untersuchte die Anfuhrrampe im Parterre, die zur Packerei führte, sprang ein paarmal auf den Brettern herum, ob sie Gewicht aushielten oder ob sie bei der ersten Wagenladung zusammenbrechen würden. Er kam zu dem Schluss, dass sie für den Anfang genügen würde.

Die Halle im Hinterhof war voller Regale mit Glasflaschen, Holzkistchen und Kartons. Er trat in das Dämmerlicht, strich mit dem Zeigefinger über ein paar Flakons, in Strohbündeln und Pappen aus den Glashütten angeliefert. Es waren sogar ein gutes Dutzend der hochwertigen Glasstopfengläser vorhanden. In einer Holzkiste entdeckte er gegerbte Schafflederstreifen, wie er sie früher selbst hergestellt hatte. Sie dienten dem Verschließen der Flaschen. Vieles verstaubt und teilweise verrottet. Aber einen Teil des Materials konnten sie retten und weiterverwenden.

Florence würde sich auf die Komposition der Düfte konzentrieren, er wäre alles andere in einer Person: Abfüller, Etikettierer und Verkäufer. Sie mussten die Ärmel hochkrempeln, doch irgendwann würde sich das Blatt wenden und sie könnten viele Menschen einstellen, die sie bei den Arbeiten unterstützten. Ob das Haus dann groß genug wäre, bezweifelte Horace. In ein paar Jahren bauten sie sich vielleicht eine

Villa am feinen Boulevard Victor Hugo. In der Nachbarschaft von Molinard.

In seinen Träumen kannte er keine Grenzen.

Florence kam kaum zum Luftholen bei dem Tempo, das Horace vorgab. Er war besessen von der Aussicht darauf, sein Leben endlich in die eigenen Hände zu nehmen, die niederen Arbeiten der Gerberei hinter sich zu lassen und eine Firma der Wohlgerüche zu gründen. Aber darüber vergaß er nie, dass seine Liebe zu Florence der Grundstein war. »*Chérie*, die Zeit drängt! Wir müssen so bald wie möglich in die Herstellung und in den Handel einsteigen. Stell dir vor, wie deine Parfüms die Kundinnen begeistern werden. Du kennst die meisten Menschen in Grasse, sie werden neugierig sein auf deine Düfte.«

»Was, wenn unsere Parfüms keinen Anklang finden? Wenn uns das Geld ausgeht, wenn keine Kunden kommen?«

»Das wird nicht passieren. Nicht mit deiner Begabung und meiner Bereitschaft, alles zu geben. Wir werden bald dazugehören! Die Molinards werden uns zu ihrem jährlichen Neujahrsfest einladen!« Er zog Florence an sich. Für einen Moment legten sie die Wangen aneinander. »Wir werden uns alles aneignen, was man wissen muss. Du wirst die Parfümeurin unseres Hauses sein und ich nicht nur Abfüller, Etikettierer und Packer, sondern auch Präsident, Finanzchef und Produktionsleiter in einem«, sagte er auf diese fröhliche Art, die sie an ihm liebte.

Sie stimmte in sein Lachen ein. »Du bist ein größenwahnsinniger Träumer.« Sie fiel ihm um den Hals und küsste ihn. Er zog sie an sich. »Wir schaffen das. Versprochen?«

»Versprochen.«

Sein Kuss schmeckte nach Leidenschaft und Lebensfreude.

Monsieur Archambauld schlief friedlich in seinem Bett ein. Als Florence ihm den Morgentee brachte, spürte sie es sofort. »Horace? Bitte komm!«, rief sie die Treppe hinab. Er befestigte gerade ein neues Regal im Labor, ließ alles stehen und liegen und eilte in den ersten Stock. Florence liefen die Tränen über die Wangen, als sie auf den grauen Monsieur Archambauld blickte. Horace schluckte. Ihm war der Parfümeur mit seiner leisen Art ans Herz gewachsen. Und sie teilten ihre Liebe zu Florence, auch wenn die Zuneigung des Verstorbenen eine väterliche gewesen war.

Florence trat näher an das Bett heran. Auf dem Nachttisch lag sein Spitzentuch. Sie hob es an, hielt es sich an die Nase. Lavendel. Unter dem Tuch entdeckte sie einen Umschlag. *Für Florence*. Horace trat hinter sie, legte einen Arm auf ihre Schulter.

Sie hielten beide den Atem an, als ihnen aus dem Kuvert Geldscheine in die Hände fielen. Dazu ein kurzer Brief.

Liebe Florence, gib nicht alles für meine Beerdigung aus. Mir reichen ein Holzkreuz und ein Grab im Schatten der Kathedrale. Der Rest wird Dir helfen, Dir eine Zukunft aufzubauen. Eine Tochter wie Dich habe ich mir immer gewünscht.
Didier Archambauld

Sie besorgten einen Marmorstein mit Inschrift und kauften das Grab mit dem besten Ausblick über die Stadt. Dennoch war Geld übrig, um die Parfümerie zu erneuern. Monsieur Archambaulds Etage ließen sie wie auf eine geheime Absprache hin zunächst unberührt. Ein paar Tage ging Florence jeden Morgen in die Räume, um das Bett aufzuschütteln und sich daran zu erinnern, wie der alte Mann ihr zugeflüstert hatte: »Wir sind wie Musiker und Schriftsteller. Die einen arbeiten mit Tönen und Harmonien, die anderen mit Worten und Poesie und wir mit Düften.«

Den Verkaufsraum des Parfümhauses und das Labor richteten Florence und Horace als Erstes her. Bald glänzten die Spiegel und Fenster, die Theke war poliert, und im Labor ersetzte Florence einige Essenzen mit frischen. Sie orderten bei den Bonnets zunächst nur die geläufigsten und günstigsten und hatten sich eine Kranenflasche zugelegt, die zehn Liter fasste und mit der sie die noch von Didier Archambauld gekauften Flakons befüllen konnten. Zunächst würde Horace sie allein bedienen. Wenn ihre Pläne aufgingen, könnten sie schon bald einen Gesellen für diese Arbeit einstellen.

Bislang hatten sie nur die von Monsieur Archambauld übernommenen Kundinnen. Ein paar Nachbarn hatten vorbeigeschaut, mehr aus Neugier als mit Kaufabsichten. Das reichte auf Dauer nicht, um die Kosten zu tragen.

Mit der ersten Etage des Hauses gab sich Horace schließlich enorme Mühe, nachdem sie die Möbel des alten Herrn verkauft hatten.

Er tapezierte die Räume mit floral gemusterten Tapeten in Grün und Beige, stellte einen runden Tisch mit vier Stühlen auf den neuen Teppich und ans Fenster zwei Sessel mit einem Beistelltisch, daneben eine Vitrine, in der die schönsten Flakons ausgestellt werden sollten. Wie gediegen das aussah!

In den frisch renovierten Räumen würden sie künftig die neuen Kunden bewirten, eine Beletage, wie sie Galimard und Molinard besaßen. Irgendwann würde auch das Haus Girard seine betuchte Kundschaft mit Hummer und Veuve Clicquot beköstigen.

Diesen Traum wollte er mit Florence teilen. Er eilte die Treppe hinab und fand sie in ihrem Laboratorium vor einer Glasplatte sitzend, die sie mit einer fettigen Masse einrieb. Im Labor hing der intensive Duft von Jasmin. »Was machst du da, *chérie*?« Horace trat näher und sah zu, wie sie Jasminblüten ins Fett drückte.

Sie lächelte ihm über die Schulter zu, er küsste ihren Nacken. »Jasminblütenöl ist ungemein teuer, weil die Methode zur Gewinnung aufwendig ist. Es dauert mehrere Monate, während derer man laufend neue frisch gepflückte Blüten in das gereinigte Schweineschmalz drücken muss. Am Ende werden die Duftstoffe mit Alkohol aus der Pomade gelöst. Ich habe das für Monsieur Archambauld machen dürfen und hoffe, dass es mir auch jetzt gelingt, das *absolue d'enfleurage* herzustellen.«

»Natürlich gelingt dir das, Florence. Es macht den Anschein, als hättest du dein Leben lang nichts anderes getan. Und wie das duftet!«

Sie lächelte ein bisschen wehmütig. »Es ist eine aufwendige, aber auch sinnliche Arbeit. Ich fürchte nur, dass synthetische Riechstoffe sie bald unnötig machen.«

»Ich würde den Fortschritt der Chemie nicht verdammen. Wie viele Jasminblüten brauchst du, um einhundert Gramm Extrakt zu gewinnen? Raymond Bonnet meint, eine Million?«

Florence nickte. »Ja, ungefähr.«

»Wenn Jasminöl synthetisch hergestellt wird, wird es nur einen Bruchteil des natürlichen Extrakts kosten. Darauf wette ich.«

Florence und Horace haushalteten gut, doch ihr junges Parfümhaus brauchte mehr Kunden. Sie benötigten weitere, teurere Essenzen, mussten Reklame machen. Das alles kostete Geld.

Ein Besuch bei der Bank Crédit Fournier auf dem Chemin de l'Orme ließ sich nicht länger hinausschieben.

Mit erwartungsvollem Herzklopfen betrat Florence an Horace' Seite das Bankgebäude. Sie hatte nie die Dienste einer

Bank in Anspruch genommen. Was sie und ihre Mutter nicht für Essen und Kleidung ausgaben, steckten sie in das Leinensäckchen unter ihrer Matratze.

»Entschuldigung, Monsieur«, stieß Horace hervor, als er mit einem Mann mit Zylinder, Spitzbart und Gehrock zusammenstieß, der empört einen Schritt zurückwich. Einer, der es nicht gewohnt war, dass man ihn anrempelte. Den stadtbekannten Monsieur Molinard übersah man nicht. Seit über vier Jahrzehnten führte er eines der erfolgreichsten Parfümhäuser der Stadt. Florence stieg der Duft von Bergamotte und Moschus in die Nase.

Das Erkennen war beidseitig. Molinard, gut vierzig Jahre älter als Horace, zeigte beim Lächeln, das seine Augen nicht erreichte, eine breite Reihe gepflegter Zähne. »Ah, der junge Kollege mit den großen Plänen«, rief er betont jovial und klopfte ihm auf den Oberarm. Vor Florence verbeugte er sich mit schräg gelegtem Kopf. »Welch ein Vergnügen, Madame.« Er verstaute einen Umschlag mit Papieren in der Innentasche seines Rocks. »Ich hoffe, Sie haben nur die besten Gründe für einen Besuch in der Bank.«

Horace richtete sich zu voller Größe auf. Selbst mit dem Zylinder war der Mann eine Handbreit kleiner. Zum Glück hatte Horace zu diesem Antrittsbesuch in der Bank seinen besten Anzug angezogen. Einem wie Molinard wollte man nicht hemdsärmelig und mit Hosenträgern begegnen. Wie lange würde es dauern, bis er sich einem solchen Mann gegenüber ebenbürtig fühlte?

»Nun, wir stecken unsere Kraft in den Aufbau, wir haben Freunde, die uns helfen, wir haben Kenntnisse und Geschick. Wir werden die Parfümerie von Monsieur Archambauld zum Parfümhaus Girard ausbauen.«

»Viel Erfolg mit Ihrem unerschütterlichen Optimismus.« Der erfolgreiche Geschäftsmann wandte sich an Florence.

»Von Ihnen, Madame, hört man ja erstaunliche Dinge. Es heißt, Sie hätten eine auffallende Begabung? Falls sich Ihre Familienparfümerie als Seifenblase entpuppen sollte, stellen Sie sich gerne bei uns vor. Für Naturtalente findet sich in Grasse immer ein Auskommen.« Und mit einem Blick zu Horace: »Das gilt auch für Ihren Mann.«

Horace stieß die Luft aus, nachdem der andere den Zylinder gelupft und mit einem blasierten Grinsen an ihnen vorbei die Bank verlassen hatte.

»Was für ein Schnösel!« Florence legte eine Hand auf ihren Bauch, als müsste sie das ungeborene Kind darin beschützen. »Sind so die Menschen, mit denen wir künftig zu tun haben werden?«

Horace drückte ihre Hand. »Er hat Angst vor der Konkurrenz, die wir für ihn sein werden. Nehmen wir es als Kompliment.« Dann streckte er die Brust raus und schritt zu der Tür, hinter der der Bankdirektor sie erwartete.

Monsieur Lefevre hatte offenbar Bücklinge mit Zwiebeln zu Mittag gegessen. Das Odeur in seinem Büro war für Florence fast unerträglich. Schützend hielt sie die Hand an ihre Nase. Unter dem unangenehmen Aroma nahm sie das Parfüm des Mannes wahr, Zedernholz mit einer fruchtigen Kopfnote. Es hatte keine Chance gegen diese Ausdünstungen. Er sollte kräftig lüften und ansonsten besser ein Eau de Toilette großzügig verströmen, einen Duft aus Ingwer und Kardamom, Süßholz, Anis und Zitrone, mit einem Hauch von Weihrauch. In ihrer Wahrnehmung mischten sich die Essenzen zu einer Komposition. Schon nach wenigen Sekunden hatte sie eine Vorstellung von dem Duftwasser.

»… sind nicht der Erste und nicht der Letzte, der glaubt, aus dem Nichts heraus etwas Neues aufbauen zu können. Ich habe schon zu viele ehrgeizige Männer scheitern sehen. Am

Ende blieb ihnen nur ein Kredit, den sie ein Leben lang abstottern müssen.«

Die Stimme des Bankiers drang durch die Duftwolke in ihren Kopf. Horace saß auf der Kante des Stuhls, die Finger verkrampft ineinander verhakt. »Unser Plan hat Hand und Fuß. Schauen Sie sich die Zahlen an. Von unseren Fähigkeiten haben Sie sicher gehört. Da kann sich die Bank doch nicht querstellen! Sie waren über dreißig Jahre Geschäftspartner meines Vaters.«

»Nun, mich überzeugen Ihre Argumente nicht. Ich weiß nicht, wie viele Parfümhäuser inzwischen in der Stadt existieren, es sind unzählige, die im Schatten der beiden großen Konzerne stehen. Von einigen kenne ich die wirtschaftliche Situation. Sie gibt keinen Anlass zur Hoffnung. Sie, Monsieur Girard, müssen uns Ihre Vermögenswerte offenlegen. Wie stellen Sie sich die Entwicklung in den nächsten zwei Jahren vor? Womit wollen Sie erfolgreich sein? Sie kommen mit nichts und verlangen alles.«

Eine Woche später schob das Ehepaar Girard dem Direktor nicht nur eine Mappe mit einem umfassenden Geschäftsplan zu. Florence hatte das Eau de Toilette kreiert, das ihr beim ersten Besuch in der Bank in den Sinn gekommen war. Sie hatte es in einen dickbauchigen Flakon aus Baccaraglas gefüllt und mit einer Pumpe versehen, die feinste Tröpfchen versprühte, sobald man sie drückte. Diesmal galt es, den Geruch von altem Fett und gekochtem Ei in dem Büro zu überdecken. Monsieur Lefevre besaß wirklich einen bemerkenswerten Geschmack und eine erstaunliche Gelassenheit. Ein Mann, der Kunden empfing, sollte sich doch um ein angenehmeres Flair bemühen.

Er zog das Glas zu sich heran, drückte die Pumpe. In der nächsten Sekunde schwebte eine Wolke aus Wohlgeruch um seinen Schreibtisch. Er lehnte sich zurück, seufzte. »Welche Frische, welche Klarheit ... ah, herrlich!«

Florence und Horace starrten ihn an, nahmen jedes Zucken wahr, die Herzen voller Hoffnung, ihn milde zu stimmen.

Ein Schatten flog über das Gesicht des Bankiers. Er schob die Flasche zu den Girards zurück. »Na, na, na, ein Bestechungsversuch? Ich darf ein solches Geschenk nicht annehmen. Vermutlich haben Sie dafür viel Geld bei Galimard ausgegeben? Ein überaus angenehmer Duft, meine Frau wird ihn kennen.«

»Ich habe dieses Eau de Toilette für Sie komponiert, Monsieur.« Florence straffte die Schultern. »Es gibt den Duft noch nicht zu kaufen.«

»Ach so? Wie außergewöhnlich, Madame Girard! Dass Sie eine solche Meisterin sind ... Sie haben genau meinen Geschmack getroffen. Der Duft passt perfekt in das Büro und heitert mich auf. Gut möglich, dass Sie mit diesem Eau de Toilette prominent ins Geschäft einsteigen könnten.«

Florence lächelte. Horace rieb sich die Hände an seiner Hose ab. So viel hing von diesem Treffen ab! Falls Lefevre Ihnen einen Kredit zusagte, würden Sie in dieser Woche anfangen, das Laboratorium komplett auszustatten, und die alten, milchigen und angeschlagenen Flakons durch neue ersetzen.

Lefevre zog die Glasflasche wieder zu sich heran, versprühte einen weiteren Pumpstoß. Auf einmal wirkte sein von Falten gezeichnetes Gesicht wie das eines jungen Mannes, der sich verliebt hatte. Florence beobachtete ihn. Keine Komplimente über den von ihr kreierten Duft überzeugten sie mehr als eine solche Gefühlsregung. Sie hatten ihn für sich gewonnen.

Wie aus einem Traum erwachend, räusperte er sich, schob die Brille hoch und rückte in seinem Stuhl näher an den

Schreibtisch. Er öffnete die graue Mappe. »Dann wollen wir mal sehen, mit welchen Ideen Sie Ihr Geschäft aufzubauen gedenken.«

Eine halbe Stunde später fielen sich Horace und Florence auf dem Chemin de l'Orme in die Arme. Die Bank gewährte ihnen die Summe, die sie erhofft hatten. »Ich werde zu Ihren ersten Kunden gehören«, hatte Lefevre am Ende versprochen.

Horace' fühlte sich schon ein bisschen wie einer der großen Unternehmer. Nicht nur Grasse, sondern ganz Frankreich, die Welt würde ihnen zu Füßen liegen!

7

Die Spülungen, Aufgüsse und Absolues der einheimischen Pflanzen kauften die Girards bei Raymond und Xavier Bonnet, den Freunden aus Kindertagen. Obwohl der Weltkonzern Roure der Platzhirsch in Grasse war, hatten die Brüder Bonnet es gewagt, mit der alten Destillerie des Großvaters ein eigenes Geschäft für Duftextrakte zu gründen. Mit Erfolg. Der echte Lavendel mit seinen vielfältigen Aromen war einer der edelsten Rohstoffe der Luxusindustrie. Die Häuser Molinard und Galimard bezogen ihr Material zwar von Roure, aber alle anderen Parfümerien in Grasse verließen sich auf die angesehenen Söhne der Stadt. In deren Destillerie konnte man zusehen, wie die Lavendelsträuße im Bottich landeten und wie der Duft gezwungen wurde, Gestalt anzunehmen. Arbeiter stampften das Kraut mit Hölzern und Füßen, bevor sie unter dem geschlossenen Gefäß Wasser zum Kochen brachten. Der aufsteigende Dampf wallte durch den Lavendel hindurch, nahm das ätherische Öl auf und tropfte als Flüssigkeit durch den Kühler. Ein seit Jahrhunderten bewährtes System.

Die Brüder Bonnet wussten, wie groß die Verlockung war, bei einem krisensicheren Konzern wie Roure alle Materialien zu beziehen. Sie hatten nur ihre Brennerei, gerechte Preise und ihre Freundschaft anzubieten.

Mit Roure vereinbarte Horace Lieferungen von Duftstoffen, die die Firma von überallher aus der Welt bezog. Der Direktor des Konzerns spitzte die Lippen, als Horace ihn darauf verwies, dass er nur an den Exoten interessiert sei. »Wir haben den besten Jasmin, und den Mairosenduft liefern wir bis nach New York. Die Konditionen werden günstiger, wenn Sie einen Exklusivvertrag für alle Öle und Essenzen mit uns abschließen.«

Horace hob die Schultern. »Ihre Entscheidung. Für die exotischen Düfte gibt es einige herausragende deutsche Unternehmen, wenn Roure kein Interesse an einer Zusammenarbeit hat.« Er setzte sich durch.

Florence begann, im Laboratorium ihre eigenen Vorstellungen umzusetzen, alle Sinne auszuschalten und nur diesen einen aufs Äußerste zu schärfen. Im Schaufenster der Parfümerie Girard stellten sie die ersten Duftwässer und Parfüms aus.

Schon bald nach dem Besuch in der Bank klopften Kunden bei ihnen an, um genau dieses Eau de Toilette zu erwerben, das angeblich Zauberkräfte im Kampf gegen Essensgerüche und Muffigkeit besaß. *Pour Monsieur Lefevre* entwickelte sich zum ersten Kassenschlager des aufstrebenden Parfümhauses. Und der Erfolg beflügelte Florence' Kreativität. Sie überließ den Verkauf Horace und konzentrierte sich auf das Schaffen neuer, auch ausgefallener Kreationen, sie schwelgte in Gerüchen. Spezielle Aufmerksamkeit widmete sie dem Ausbau des allerersten Duftes, den sie unter der Anleitung von Monsieur Archambauld erschaffen hatte, den sie mit einem Hauch von Patschuli vervollkommnete. Ruhig hielten ihre Finger die Pipetten und Riechstreifen, ihr Blick war fokussiert auf jeden einzelnen Tropfen, den sie der Komposition beimischte.

So entwickelte sie das erste komplexe Parfüm, das die Basis für alles Weitere darstellte. Bei der Ausarbeitung des Duftes legte sie die Mengenverhältnisse penibel fest. Horace durfte später an der gläsernen Kompositionsbürette nicht um einen Millimeter abweichen, damit das von Florence erschaffene Dufterlebnis keinen Schaden nahm. Von Anfang an hatte sie ihm eingeschärft, wie wichtig das akkurate Einhalten der Maßangaben war. Horace explodierte manchmal fast vor Ungeduld, aber bei der Mixtur nach Florence' Vorgaben und dem Abfüllen der Flakons legte er einen Perfektionismus an den Tag, der selbst ihn überraschte.

Der Ruf des Hauses Girard verbreitete sich. Sie boten inzwischen fruchtige und orientalische Parfüms an, alles exquisite Nebenprodukte des Duftbouquets, an dem Florence schon lange arbeitete. Sie wollte etwas nie Dagewesenes schaffen, ließ sich von ihren Einfällen treiben. Ihr eigener Sinn für Schönheit und Ästhetik war ihr einziger Maßstab. Sie baute den Duft sorgfältig auf, schuf Kopf-, Herz- und Basisnote, wie Monsieur Archambauld es sie gelehrt hatte. Jedes Parfüm brauchte einen Verlauf: den flüchtigen Duft nach dem Sprühen oder Träufeln, den schwereren, der einige Minuten später dominierte, und den, der tagelang in der Kleidung hing.

Neue Kundinnen statteten dem Parfümhaus Girard einen Besuch ab, nachdem sie sich zuvor bei Molinard und Galimard umwerben hatten lassen. Inzwischen hatten die Girards eine Verkäuferin eingestellt. Während Florence im Labor arbeitete, führte Babette Roux, eine alleinstehende Witwe Anfang dreißig mit orangefarbenen Haaren und Sommersprossen, die Damen und Herren in die Beletage und beköstigte sie mit eingelegten Oliven, Tarte, Käsecroutons und Roséwein. Nur bei wichtigen Kunden kam Florence dazu, tröpfelte winzige Mengen ihrer ersten Kreationen auf Seidentücher und wedelte damit vor den Nasen der Damen herum. Deren Ehemänner – Industrielle aus Marseille, Hotelbesitzer aus Cannes, Bankiers aus Paris – schnupperten und waren begeistert. Von allen Kompositionen hatte sie Proben in einem aufwendig mit Intarsien ausgestatteten Sekretär, die Verkaufsware – von jedem Parfüm ein Dutzend Flakons – lagerte im Keller. Horace eilte die Treppen hinab, sobald sich eine Kundin entschieden hatte.

Die erstklassige Qualität der Parfüms und die zuvorkommende Bewirtung im Hause Girard in Grasse sprachen sich herum, der Terminkalender füllte sich. Immer mehr Kundinnen erkundigten sich bei Florence, ob sie für sie ein exklusives Parfüm erstellen würde, eines, das nur sie selbst besitzen würden und das ihre Persönlichkeit perfekt unterstrich. Eine italienische Opernsängerin bat um einen Duft für einen einzigen Abend, an dem sie hoffte, den Orchesterdirigenten zu verführen.

Horace überredete Florence, es zu versuchen. »Wir müssen selbstbewusster auftreten. Natürlich hat ein so exklusives Parfüm, von dir geschaffen, seinen Preis. Die Kundin wird ihn mit Freude zahlen, weil sie viel mehr bekommt als ein Duftwasser: etwas Einzigartiges.«

Florence, schwer atmend von der Schwangerschaft, überbot sich selbst. Ihre kühnen Ideen und hochwertigen Düfte machten das Haus Girard berühmt.

Eine englische Unternehmergattin mit runden Wangen und Kraushaar, Mrs Lyneson, die zum Urlaub mit ihrer Familie für vier Wochen in Cannes weilte, ließ sich beraten. Nachdem sie die Dame eine halbe Stunde lang beim Testriechen kennengelernt hatte, schlug Florence ihr eine Orchideenkomposition vor mit Gerüchen von Schokolade, Vanille, Honig, Rosen und Zimt. Die einzelnen Komponenten wedelte sie zum Proberiechen in den Raum, und das Gesicht der Engländerin leuchtete vor Entzücken. »Wann werden Sie es fertig haben? Kann ich es vor unserer Abreise abholen?«

»Ich will es gerne versuchen.« Die Zeit war kurz, aber Florence hatte in ihrem Geruchsgedächtnis eine klare Vorstellung. Sie würde sie nur umsetzen müssen.

Am Ende des Monats hatte Mrs Lyneson Tränen vor Glück in den Augen. Florence wusste, dass sie gute Arbeit geleistet hatte. Dass sie ihre Kundin dermaßen überwältigte, hatte sie jedoch nicht erwartet. Ohne einen Versuch, den Preis zu drücken, zahlte die Engländerin fast zweihundert Franc für den Flakon. Florence begriff den hohen Wert ihrer Kunst. Sie verlor die Scheu, solche exklusiven Preise zu nehmen. »Glaub mir, wenn wir es preiswerter anbieten würden, hätten wir weniger Kundschaft«, behauptete Horace. »In der Luxuswelt gehört es zum guten Ton, Preise zu bezahlen, die sich Normalsterbliche nicht leisten können.«

Im Mai kam ihr erster Sohn Antoine zur Welt. Florence fühlte eine neue Tiefe von Liebe, wenn Horace den Kleinen auf den Arm nahm und mit ihm durch die Parfümerie spazierte, als wollte er ihm seine Zukunft zeigen. Der Stolz und die Zuneigung in Horace' Augen bestätigten sie darin, dass sie mit diesem und keinem anderen Mann ihr Leben verbringen wollte. Das Kind machte ihr Glück perfekt.

Trotz alledem spürte Florence immer häufiger eine Schwäche in den Gliedern, die sie sich nicht erklären konnte. Ihr Sohn bereitete ihr Freude, die Arbeit im Laboratorium erfüllte sie. Außerdem half ihre Mutter, wo immer sie gebraucht wurde. Estelle Monette liebte es, den kleinen Antoine zu füttern, ihn zu kitzeln, zu baden und mit ihm zu schmusen, und stand jeden Morgen vor der Tür, um sich um das Kind zu kümmern. Dennoch atmete Florence manchmal schwer, als werde ihr das Leben zur Last. Häufig setzte sie sich hin, um zu Atem und Kraft zu kommen.

Täglich suchten neue Kundinnen die Parfümerie auf, ließen sich beraten und orderten Düfte. Manchmal widerstrebte Florence der Trubel um ihre Parfüms innerlich, obwohl ihr klar war, dass ein Geschäft wie ihres nicht in der stillen Kammer überlebte. Je lauter Horace ihre Düfte anpries, desto leiser wurde Florence. Oft unternahm sie Spaziergänge ins Umland, um den Geist freizubekommen, die Müdigkeit zu vertreiben und um in der Natur Frieden zu finden. Manchmal trug sie Antoine dabei im Tragetuch, wie sie es von den Lavendelpflückerinnen kannte. Die Jahreszeiten nahm sie mit all den wechselnden Gerüchen wahr: die Kühle der Luft nach dem Mistral, die Frische des Märzwindes, die über Stadt und Feldern lastende Sommerhitze und der Modergeruch des Herbstlaubs.

Horace erwartete stets ungeduldig ihre Rückkehr. »Fehlt dir die Zeit nicht für deine Kompositionen?«

»Ich brauche meinen Rückzug, um kreativ sein zu können.« Das musste er doch wissen, oder?

An ihrer Duftorgel war sie danach mit allen Sinnen wach und konzentriert. Sie schrak zusammen, als Horace an diesem Tag im April, an dem sie bei ihrer vormittäglichen Wanderung den Duft blühender Kirschbäume eingeatmet hatte, seinen Kopf in ihr Laboratorium steckte.

»Gehst du schon nach oben, *chérie*? Madame und Monsieur Faucheux aus Lyon sind gleich da.«

»Ja, natürlich.«

Auf dem Weg nach oben hörte sie Horace unten im Laden die Gäste begrüßen. »Wie schön, dass Sie uns die Ehre erweisen! Bitte treten Sie ein. Darf ich Ihren Mantel nehmen, Madame? Folgen Sie mir in die Beletage, meine Frau erwartet Sie. Wir haben eine Reihe von Düften zur Probe bereitgestellt, ich bin sicher, wir werden Sie so zufriedenstellen, wie Sie es von uns erwarten und ...«

Horace Girard, der Meister der leichten Gespräche.

Seinen Kleiderschrank hatte er inzwischen mit Gehröcken, Anzügen aus feinem Zwirn und italienischen Schuhen ausgestattet. Auch Florence besaß elegante Kleider, Kostüme und Hüte. Manchmal jedoch sehnte sie sich nach ihren Leinenkleidern und den Schnürstiefeln und der Luft in den Bergen.

Irgendwann fiel ihm auf, wie lange er ihr Lächeln nicht mehr gesehen hatte. Im Türrahmen zu ihrem Laboratorium stehend, betrachtete er sie ungewohnt nachdenklich. »Bist du glücklich, *chérie*?«

Florence schaute auf. »Natürlich. Wie sollte ich nicht glücklich sein bei dem, was wir geschaffen haben?«

Horace runzelte die Stirn. War da eine Spur von Traurigkeit in ihren Worten? Waren ihre Lippen blasser als sonst? Sie waren doch auf dem richtigen Weg! Erst in der Nacht hatte er sie gefragt, wie viele Kinder sie sich wünschte. Florence hatte die Arme um ihn geschlungen und ihm ins Ohr geflüstert, dass sie es nicht erwarten konnte, wieder schwanger zu sein. Sie waren sich einig, dass sie eine große Familie wollten, und wie es aussah, konnten sie sich die auch leisten, denn die Parfümerie lief gut.

Zwischen den individuellen Düften und der Verbesserung bestehender Parfüms nahm sich Florence Zeit, an dem Bouquet zu arbeiten, das sie noch mit Monsieur Archambauld verband. Inzwischen erinnerte es kaum noch an Flieder, eher an Wachsen, Werden, Wandel. Diesem Duft wohnte ein Zauber inne, der die Persönlichkeit jeder Frau unterstreichen würde. Sie spielte mit den Aromen, verbesserte die Haftbarkeit und arbeitete Neroli und Rosenöl ein. An einem Abend im Oktober inhalierte Florence die letzte Duftprobe, schloss die Augen, lächelte. Perfekt. Ein Parfüm, das sie über die Jahre geschaffen hatte und das sie für immer an dieses frühe Glück mit Horace erinnern würde.

Ein paar Minuten lang genoss sie es, der einzige Mensch auf der Welt zu sein, der diesen Duft einatmen durfte, und spielte mit der Idee, ihn nie mit jemandem zu teilen. Ein Parfüm, nur für sie selbst, ein Hauch des Himmels. Dann öffnete sie die Augen und schüttelte die Gedanken ab. Sie eilte an die Tür und rief laut genug durchs Haus, dass ihr Mann es in jedem Raum hören konnte. »Horace? Wo bist du?«

In derselben Sekunde vernahm sie Schritte auf der Treppe. Horace schien zu ahnen, dass etwas Außergewöhnliches passiert war. Sie reichte ihm eine Duftprobe auf einem Riechstreifen.

Er sog die Luft tief ein. Dann strahlte er. »Wie schaffst du das, Florence? Es ist … grandios.« Er nahm sie in die Arme und küsste sie. »Wir fassen das jetzt nicht mehr an! Genau so bleibt es! Heb die Formel gut auf!«

»Wie wollen wir es nennen?« Sie löste sich von ihm.

»Das liegt doch auf der Hand, *chérie*.«

Sie sah ihn ratlos an.

»Dieses Parfüm ist absolut deins, es kann nur *Florence* heißen. Was meinst du?«

»Ich weiß nicht …«

»Aber ich. Ich liebe dich für deine Bescheidenheit, du solltest nur aufhören, dein Licht unter den Scheffel zu stellen. Florence, du bist ein Stern.«

Mit heißen Wangen nickte sie. »Dann also gut. *Florence*.«

»Mit diesem Parfüm werden wir die Welt erobern«, versprach Horace und lief gleich in die Werkhalle, um zu erkunden, welche Behältnisse sie in ausreichender Zahl auf Vorrat hatten.

Danach eilte er zu Fuß zum Tischler Duval in der Avenue Chiris. Ihm schwebte ein Koffer aus Pinienholz vor, dunkles

Holz mit dichter Maserung, im Inneren zentimetergroße Schubfächer. Und genau so einen präsentierte ihm der Zimmerer eine Woche später. Was für ein edles Accessoire! Er befüllte ihn mit Probeflaschen aller Düfte des Hauses Girard. Auf den ersten Blick erkannte jede Kundin, jeder Einkäufer, dass er etwas Besonderes anbieten konnte.

In den darauffolgenden Wochen hatte er den Koffer immer dabei, wenn er die noblen Hotels an der Riviera besuchte, um neue Kundschaft zu finden. Den größten Anklang fand *Florence*. Wohlsituierte Herrschaften und internationale Händler bestellten das Parfüm in großen Mengen bei ihm. Es störte Horace nicht im Mindesten, dass man ihn in den höheren Kreisen bald den »Duftkünstler mit dem Zauberkoffer« nannte.

Doch es gab auch ein Publikum, das die Nase rümpfte. Am Ende des Sommers tauchte im Parfümhaus an der Rue Mirabeau die Gattin eines deutschen Stahlfabrikanten auf, Margarete Rust, mit ihrer Tochter Johanna. Beide trugen Hüte, groß wie Wagenräder. Die junge Frau stürmte voran und schaute sich im Verkaufsraum um. Ihre Mutter stand hinter ihr und hielt sich eine Hand vor die Nase. Horace war sofort zur Stelle und erkundigte sich nach den Wünschen.

»Mein Gott, hier riecht es dermaßen orientalisch! Jeden Augenblick rechnet man mit einem Kamel, das durch den Laden trampelt!«

Horace' freundliche Miene versteinerte.

»Meine Tochter wünscht sich einen eigenen Duft. Ich befürchte allerdings, hier werden wir nicht fündig werden. Zu ihr passen reine Rosendüfte, zarte Blüten, nicht diese ... diese intensiven Gerüche von zweifelhafter Moral, die Ihr Geschäft durchfluten.«

In Horace überstürzten sich die Gedanken. Sein erster Impuls war, die Dame nonchalant des Hauses zu verweisen, aber nein. Jede Kundin zählte, auch wenn ihm diese schwierig erschien. Er verneigte sich ein Stück tiefer. »Dann darf ich Sie in die Hände meiner Gattin geben? Sie arbeitet im Labor, aber ich bitte sie in die Beletage, um Sie persönlich zu beraten.«

»Ich fürchte, diese orientalischen Düfte sind uns zu unsittlich, und ...«

»Aber, Mutter! Ich finde, hier duftet es aufregend. Papa hat entschieden, dass du mir meinen Geschmack lassen sollst, nicht wahr?« Es klang fast ein wenig trotzig. Horace bemerkte, dass sich am Hals der Deutschen rote Flecke bildeten.

»Wir werden sehen.« Sie folgte ihm die Treppe hinauf, das Mädchen eilte hinterher. Horace ließ Mutter und Tochter am runden Tisch Platz nehmen, auf dem eine Karaffe Wasser und Gläser standen. Er schenkte den Damen ein und zog sich zurück, als Florence den Raum betrat.

Das Mädchen betrachtete sie wie eine Erscheinung. Groß gewachsen in einem schlichten dunkelblauen Kleid, die Haare aufgesteckt, begrüßte sie Mutter und Tochter. Die Damen Rust erhoben sich. Johanna knickste, Margarete neigte ehrerbietig den Kopf. Florence ließ sich ihre Vorstellungen schildern.

»Wir waren bereits bei Molinard und Galimard. Dort roch es ähnlich wie bei Ihnen. Es kann doch nicht sein, dass Parfüms heutzutage ein derart penetrantes Aroma haben. Diese orientalischen Düfte würde man eher in zwielichtigen Milieus und Künstlerkreisen vermuten, aber doch nicht in der Hautevolee.« Margarete Rust ließ keinen Zweifel daran, dass sie sich, über deutsche Kreise hinaus, der Elite der Gesellschaft zugehörig fühlte.

Florence versuchte sich ihr Unbehagen nicht anmerken zu lassen. Mit solchen Attitüden kamen viele ihre Kundinnen, sie sollte sich inzwischen daran gewöhnt haben.

»Die Parfümmode ist im Wandel, Madame Rust.«

Sofort kam Leben in Johanna, die Florence auf achtzehn oder neunzehn Jahre schätzte. »Das ist es, was ich meiner Mutter seit Monaten zu sagen versuche! Die Zeiten sind vorbei, in denen sich tugendhafte junge Damen Toilettenwasser auf die Bluse oder die Strümpfe tröpfelten. Und ich bin es leid, nach Kölnisch Wasser und Rosmarin zu duften! Ich will ein Parfüm, das meine Persönlichkeit unterstreicht.«

»Was ist verkehrt an *Eau de Cologne*?« In Madame Rusts Stimme schlich sich ein leidender Unterton.

Das Mädchen blieb unerbittlich. »Es wurde für die Hygiene entwickelt und als Allheilmittel gegen körperliches Unwohlsein. Mir ist nicht übel, ich will meinen eigenen Duft!«

Johanna Rusts Geist war hellwach, ihre Schlagfertigkeit bemerkenswert.

»Ich könnte mir vorstellen, dass *Florence* zu Ihnen passt. Geben Sie mir Ihren Arm.« Sie träufelte einen Hauch auf den Puls der jungen Frau und ließ es dort wirken, wo die Adern blau hervortraten. Jedes Parfüm entwickelte auf der Haut ein eigenes Aroma. Mensch und Duft mussten sich kennenlernen, nicht immer passten sie zueinander. Sie schloss die Augen und erkannte: Johanna Rust gehörte zu den Frauen, für die sie dieses Parfüm kreiert hatte.

»Das ist viel zu intensiv!«, rief ihre Mutter und wedelte sich Luft mit der Hand zu. »Johanna ist ein … ein Blumenmädchen!«

»Das bin ich längst nicht mehr. Ich bin erwachsen. Und ich habe keine Lust darauf, als Mauerblümchen in der Ecke zu stehen und zu hoffen, dass ein Mann von meiner Reinheit und Tugend beeindruckt ist. Ich will leben, verstehst du?«

Margarete Rust hielt sich die Hand an die Stirn, als erlitte sie einen Migräneanfall.

Sie wollte nicht wahrhaben, dass ihre Tochter erwachsen

war und dass Florence' Parfüm die Ausstrahlung einer jungen Frau unterstrich, die ganz modern nach Patschuli, Moschus oder Vanille duftete und die durch das Leben tanzen wollte.

Nicht alle Argumente überzeugten Madame Rust, aber am Ende gab sie sich geschlagen. Möglicherweise war Florence, nur wenige Jahre älter als Johanna, in ihrer natürlichen Noblesse das beste Aushängeschild für ihr eigenes Parfüm. »In Gottes Namen, dann nehmen wir einen Flakon von *Florence*. Du wirst es nur zu passenden Gelegenheiten auftupfen, und ich erwarte von dir, dass dieser Duft keinen Einfluss auf deinen Lebenswandel nimmt.«

Florence hielt ihren Blick. »Ich habe ihn nicht kreiert, um jungen Mädchen den Kopf zu verdrehen und zu Unsittlichem zu verleiten. Für mich und für die meisten meiner Kundinnen steht *Florence* für die Emanzipation der heranwachsenden Generation von Frauen. Lassen Sie das Neue zu, Madame Rust. Entwickeln Sie sich mit Ihrer Tochter, statt sie in ihrer Entwicklung zu bremsen.«

Auch Florence wuchs mit ihrem Geschäft. Bescheidenheit war in dieser Branche keine Tugend, aber ihre Zurückhaltung würde sie sich nicht nehmen lassen. Nach wie vor fand sie, dass ihre Düfte für sich allein sprachen. Aufwendige Flakons, Schaufensterplakate mit eleganten Damen, Anzeigen in Frauenzeitschriften und Tageszeitungen, Fächer als Werbegeschenke, parfümierte Postkarten für potenzielle Kundinnen … All das war notwendig. Zum Glück kümmerte sich Horace um diese Dinge, und er machte seine Sache gut. Der Erfolg ihrer Parfüms beruhte auf ihrer beider Arbeit.

Bald schafften es die Girards kaum noch, die Nachfrage zu bedienen. Sie stellten weitere Arbeiterinnen ein, die beim Abfüllen, Verpacken und Versenden behilflich waren. Das

Haus an der Rue Mirabeau drohte aus den Nähten zu platzen von all dem eifrigen Gewimmel.

Antoine lief bereits auf kurzen Beinen durchs Haus, Estelle versuchte an diesem Nachmittag vergeblich, ihn über die Treppen und Stockwerke einzufangen. Horace sprach ihr ins Gewissen, sie solle dafür sorgen, dass das Kind nicht den laufenden Betrieb störte und die Kundinnen vertrieb. Florence lachte über seinen Ernst und küsste ihn. »Die meisten Herrschaften freuen sich, wenn unser Sohn sich für das Geschäft interessiert. Wir sind nicht nur Unternehmer, wir sind auch eine Familie. Das kann jeder sehen, oder?«

»Du hast recht, Liebes.« Er erwiderte ihren Kuss und streichelte ihren Bauch. Sie rechneten täglich damit, dass ihr zweites Kind auf die Welt kam.

Florence wandte sich an Antoine, der ein weißes Tuch um den nackten Arm geschlungen hatte. »Was hast du da?«

Der Junge erzählte, dass ihn Soldaten mit ihren Gewehrschüssen getroffen hatten. Florence band ihm das Stück Stoff ab. Es war Monsieur Archambaulds Spitzentuch. Sie faltete es, reichte es Antoine und schaute ihm eindringlich in die Augen. »Leg das bitte wieder auf meinen Nachttisch. Das ist nicht zum Spielen da.«

»Ja, *maman*. Entschuldigung!«

In der Woche darauf war es so weit, die Hebamme rückte mit ihrem Koffer an, und vier Stunden später lag ein Mädchen in Florence' Armen. Horace betrat mit Antoine an der Hand das Schlafzimmer. Vater und Sohn staunten über die kleine Odette, die das Gesicht zu lustigen Grimassen verzog.

»Ich habe mir heute ein Grundstück am Boulevard Victor Hugo angeschaut. Würde es dir gefallen, in der Nachbarschaft der anderen namhaften Parfümhäuser zu wohnen?«

Florence spürte die Schwäche nach der Geburt, aber es war an der Zeit, größer zu denken. Sie waren erfolgreich, ihre

Familie wuchs, und der Boulevard gehörte zu den vornehmsten Wohngegenden von Grasse. Sie lächelte Horace an und streichelte Antoine über den Haarschopf. »Ja, ich glaube, das wäre das Richtige für uns.«

Im Jahr darauf stand das Haus zwischen den anderen Villen am Boulevard, ein Palais mit Türmen und großen Fenstern. In der ersten Etage gab es zahlreiche Gästezimmer an den langen Fluren, im Obergeschoss richtete sich die Familie Girard mit Möbeln aus Edelhölzern, samtbezogenen Sesseln und einem Bett mit einem Baldachin ein. Antoine und Odette schliefen im hell gestrichenen Kinderzimmer nebenan. Horace und Florence hatten diesmal an nichts gespart, der Erfolg ihres Parfümhauses eröffnete ihnen alle Möglichkeiten. Ein Traum, nach einer Kindheit und Jugend in Armut in solch einem Luxus zu schwelgen.

Der Verkaufsraum im Erdgeschoss war mit deckenhohen Spiegeln, zahlreichen Tischen, Vitrinen und behaglichen Sitzecken eingerichtet. Hier konnten sie ihr gesamtes Angebot präsentieren. Das Labor war größer als in der Rue Mirabeau, ein heller Raum mit Ventilator und Gasleitungen. Es war ausgestattet mit den besten Messinstrumenten, die es auf dem Markt gab, und mit Proben sämtlicher natürlicher und künstlicher Stoffe. Das Herzstück des Parfümhauses Girard. Im rückwärtigen Teil entstanden erste Werkhallen mit Abfüllanlagen und Packtischen. Horace entwickelte ein System, bei dem jeder nur einen Handgriff tat: Die einen füllten die Flaschen, die anderen verschlossen sie, eine dritte Gruppe klebte die Etiketten auf, und die vierte verpackte sie in Kartons. Bei den immer gleichen Tätigkeiten erwarben die Arbeiterinnen eine große Fertigkeit und Schnelligkeit, die Produktion verlief in geordneten Bahnen und war höchst effizient.

Die Expansion der Firma Girard hatte eine Reihe missgünstiger Beobachter: Galimard und Molinard verfolgten das ehrgeizige Treiben genauso alarmiert wie die unzähligen kleinen Häuser. Doch mit dem Einzug ins Palais Girard, wie die Leute die Villa nannten, schlossen Horace und Florence in die gesellschaftliche Elite von Grasse auf. Neid und Niedertracht waren damit nicht aus der Welt, sie verbargen sich nur hinter formvollendeten Einladungen und beherrschten Mienen.

Genau wie zwei Jahre zuvor Antoine wurde Odette Girard in der Kathedrale Notre-Dame-du-Puy getauft. Das Taufkleid aus spitzenbesetztem Leinen hatte schon ihr Bruder getragen. Florence' Mutter Estelle hatte es aus einem Koffer auf dem Dachboden gezogen und so lange mit einem Stück Lavendelseife gewaschen, bis der Gilb der vergangenen Jahrzehnte einem leuchtenden Weiß gewichen und der Duft in den Stoff eingezogen war. Horace hatte genörgelt, weil er fand, seine Kinder sollten in einem neuen Kleid getauft werden, hatte dann aber Florence und ihrer Mutter nachgegeben. Traditionen zu bewahren fanden alle wichtig. Horace jedoch schuf lieber selbst neue Bräuche, statt sich an gegebene gebunden zu fühlen.

Kaum war der offizielle Teil in der Kirche beendet, wanderte die Festgemeinschaft in die benachbarte Auberge. Die Gaststätte besaß eine mit wildem Wein überwucherte Terrasse, von der aus man die Straßen und Dächer inmitten der Bergmassive betrachten konnte.

Horace stand am Rand der Veranda, sah mit einem summenden Gefühl des Glücks auf seine Stadt und steckte sich eine Hongroise an, die er im Mundwinkel hielt. Die Sonne vergoldete an diesem Tag im späten September die Weinberge, wo sich die Erntehelfer zwischen den Reihen bückten, um die Trauben zu pflücken. Sie ließ die Kronen der Olivenbäume silbrig blinken und warf ihr Licht über die reifen Wassermelonen auf den Äckern am Dorfrand. Auf den Blumenfeldern sammelten die zurückgelassenen Triebe von Jasmin, Rosen und Mimosen in der Septembersonne Kraft für die kommende Saison. Drüben hinter dem Fluss führte ein Hirte seine Ziegen den Berg hinauf, auf den Straßen zogen Esel und Pferde Karren voller Heu, Äpfel und Fässer Olivenöl.

Eine schwere Hand klopfte auf seine Schulter. »Deine Odette ist ein Prachtmädchen!« Raymond Bonnet lachte sein Reibeisenlachen, das immer in einen Hustenanfall mündete. Er ruckte an der Krawatte um seinen Hals, ein Mann wie ein Bär mit über dem Hosenbund wallendem Wanst. Wäre es nach ihm gegangen, hätte er auch an diesem Tag sein rotes Halstuch bevorzugt, frisch gewaschen vielleicht.

Seine Finger, mit denen er sich eine der angebotenen Zigaretten aus dem Päckchen nestelte, waren gelb von Nikotin und dem Maispapier. »Du und Florence, ihr seid ein gutes Gespann. Eure Familie wächst, das Geschäft ist erfolgreich. Wer weiß, ob du irgendwann nichts mehr mit deinem alten Freund zu tun haben willst.« Es klang wie ein Scherz, aber Horace sah Sorge in seinem Blick. Kein Wunder, die Firma Girard gehörte zu den Hauptabnehmern der Duftrohstoffe von den Bonnets.

»Manchmal ist mir das, was ich von euch bekomme, nicht frisch genug, und dass ihr eure Stoffe in Kupferbehältern lagert, gefällt mir nicht. Glas ist besser. Auch Keramik lasse ich gelten, dicht gemacht mit Leinen und Bienenwachs, kein Harz.«

»Der Destillateur bin immer noch ich.« Raymonds Miene verschloss sich.

Horace legte den Arm um seine Schultern. »Selbstverständlich, und wir machen auch künftig unsere Geschäfte. Solange ihr an der Qualität arbeitet und das Handelswachstum nicht verschlaft, kannst du den Großteil deiner Produktion für uns reservieren. Die Mengen an Duftrohmaterial, Jasmin, Mairosen, Lavendel, Bergamotte und Orangenblüten, steigen, Raymond, und du willst doch nicht, dass ich auf zusätzliche Lieferanten zurückgreife, oder?« Das Schalkhafte in seinen Augen nahm seiner freundschaftlichen Warnung die Schärfe.

Raymond brummte nur. »Spiel dich nicht auf.« Es war nicht zu übersehen, dass sich Horace inzwischen in der Rolle des Wohltäters sah.

Florence schlenderte heran. Viele Blicke folgten ihr. In ihrem cremeweißen Kleid mit den Nadelstreifen wirkte sie nicht wie eine Frau, die zwei Kinder geboren hatte. Sie besaß immer noch die Anmut ihrer jungen Jahre. Auf dem Arm trug sie die in Spitze gekleidete Odette, an ihrem Rock hielt sich Antoine. Ihr folgten ihre Mutter und Freundinnen, allen voran Raymonds Frau Lilou. Sie war ein Stück kleiner als Florence, mit üppigen Rundungen, die sie mit einem in der Taille gegurteten Kleid betonte. In ihren Zügen lag etwas Zurückhaltendes, das nichts mit der Naivität zu tun hatte, die sie vordergründig ausstrahlte. Florence war eher umständehalber mit ihr befreundet. Mit der Frau des besten Freundes des eigenen Ehemannes sollte man auskommen, wenn man sich das Leben nicht unnötig schwer machen wollte. An Lilous Hand ging ihre Tochter Madeleine, die fast so alt wie Antoine war. Deren Taufe war im kleinsten Kreis gefeiert worden. Ob Lilou eifersüchtig darauf war, dass die Girards inzwischen die finanziellen Möglichkeiten besaßen, große Tauffeste auszurichten?

»Hast du gesehen, wie sich die Verkaufsleiterin von Roure ausstaffiert hat? Absolut geschmacklos«, hatte sie ihr eben ins Ohr geflüstert. »Ich frage mich, wieso ihr sie eingeladen habt.«

Florence fand nichts Bemerkenswertes an dem Seidenkleid

und dem federgeschmückten Hut. Das Bordeauxrot war auffällig, ja, ansonsten fügte sich Madame Marchand in ihrer Aufmachung nahtlos in die Festgemeinschaft ein. »Sei nicht so biestig, Lilou. Ihr braucht euch keine Sorgen zu machen, wir beziehen unsere Rohmaterialien von euch, nicht von Roure. Trotzdem gehören Vertreter aller Unternehmen in Grasse bei einem solchen Fest dazu. Das musst du doch verstehen. Uns liegt viel an einem guten Miteinander.«

Ein Lächeln flog über Florence' Gesicht, als sie die beiden Männer erreichte. Horace nahm sie in die Arme und küsste sie.

Raymond tat es ihm nach, küsste Lilou und die kleine Madeleine. Zwei junge Familien, in freundschaftlichem und geschäftlichem Sinn verbunden, die ihren Teil dazu beitrugen, dass die Stadt der Düfte gedieh.

Der Erfolg von *Florence* war nicht zu stoppen. Das Parfüm entwickelte sich zum Flaggschiff des Hauses Girard in Europa bis nach Russland. Der Nord-Express, der zwischen Paris und St. Petersburg pendelte, brachte russische Butter und Kaviar in den Westen. In die andere Richtung lieferten die Franzosen Erdbeeren, Blumen und Parfüms für die Empfänge des Zarenhofs nach Norden.

»Ich stelle mir vor, wie eine Zarentochter sich mit unserem Duft parfümiert«, sagte Florence, als sie abends neben Horace im Ehebett lag. Die beiden Kinder schliefen friedlich nebenan, und Florence spürte, dass weiteres Leben in ihr wuchs. Sie würde ein paar Tage warten, damit sie sicher war, bevor sie es Horace erzählte.

Er drehte sich zu ihr, streichelte ihre Wange. »Die Zeit, im Kleinen zu denken, ist vorbei. Wir haben es geschafft.«

»Ich liebe dich, Horace.«

»Ich liebe dich, Florence.«

Im März 1894 kam Gilles Girard auf die Welt, ein munterer Junge mit hellwachem Blick und ständig in Bewegung. Horace und Florence küssten ihr drittes Kind überglücklich, aber Horace erkannte, wie geschwächt sie nach Schwangerschaft und Geburt war, wie bläulich ihre Haut, wie mager ihre Schultern. Er beschloss, dass drei Kinder genügten. Kein weiteres Mal sollte Florence an die Grenzen ihrer Kräfte geraten.

8

Elf Jahre später, April 1905

Wie oft hatte Horace dem Freund geraten, mit der Entwicklung Schritt zu halten, die Brennerei zu erneuern, sorgfältiger zu destillieren. Raymond hatte nur abgewinkt mit seinen Händen, die besser zu einem Metzger als zu einem Destillateur gepasst hätten. Alles war groß an ihm: seine Nase, sein Mund, seine Ohren, sein Körper und seine Sehnsucht, mit seiner Familie ein unaufgeregtes Leben zu führen.

Sein Bruder Xavier zeigte sich einsichtiger, aber Raymonds Dominanz war er nicht gewachsen. Xavier war ein Feingeist, den man manchmal auf der Mauer an den Eingangsstufen sitzen sah, ein Bein hinabbaumelnd, den Rücken gegen die Hauswand gelehnt, das Akkordeon auf dem Schoß. Er sang seine Lieder von unerfüllter Liebe, begleitete sich dabei selbstvergessen. Mit seinen zimtbraunen Haaren und dem schwarzen Brillengestell fiel er auf in diesem Landstrich.

Als Horace in seinem Darracq Flying Fifteen in Richtung des Chemin du Servan zu den Bonnets ratterte, drückte eine Last auf seinen Nacken. An anderen Tagen gefiel es ihm, wenn Männer, Frauen und Kinder an den Straßenrändern stehen blieben und ihm hinterherschauten. Außer ihm besaßen nur ein halbes Dutzend Familien solch ein Automobil, das allerdings in den engen Gassen von Grasse an seine Grenzen geriet.

Die Firma Roure hatte in den letzten Jahren nicht aufgehört, um das aufstrebende Parfümhaus Girard zu werben. Sie hatten Moschus und Irisbutter zu Vorzugspreisen geliefert und hohe Rabatte zugesichert, wenn Horace exklusiv bei Roure bestellte. Manches Mal hatte er geschwankt. Letzten Endes war ihm seine Freundschaft zu Raymond und Xavier wichtiger gewesen.

Die Situation hatte sich verändert: Die Sorgfalt der Bonnets ließ zu wünschen übrig, die Preise anderer Lieferanten waren bei besserer Qualität niedriger. Horace sah sich gezwungen, Konsequenzen zu ziehen, um seine hohen Standards zu halten.

Weiß getüncht mit einem flachen Ziegeldach, die Fensterläden strahlend blau im Frühlingslicht, lag das Wohnhaus der Bonnets am Chemin du Servan vor ihm. Raymonds Bruder Xavier wohnte in einem eigenen Anbau, der jederzeit vergrößert werden konnte, falls er eine Familie gründete.

Horace parkte den Wagen direkt vor dem Eingang. Hinter dem Haus ragte der Turm der Brennerei auf, die Luft war erfüllt vom Duft Hunderter Narzissen, die die Bonnets auf dem angrenzenden Blumenfeld anbauten und die in voller Blüte standen. Später im Jahr kämen Rosen und Mimosen dazu, aber den Lavendel ließen sie wie eh und je mühsam aus den Bergen herunterholen.

Raymond begrüßte ihn an der Tür. »Deine Knatterdose ist nicht zu überhören. Komm rein, Horace.« Er trug Hosenträger über einem Schnürhemd. Um seinen Hals hatte er locker das rote Tuch geknüpft, das mit ihm verwachsen zu sein schien.

»Mein Sohn ist vor drei Tagen auf die Welt gekommen.« Sein Lächeln geriet schief.

Horace beglückwünschte ihn. Er hatte gewusst, dass es in der Familie Bonnet einen Nachzügler geben würde.

»Wir haben es bisher nicht bekannt gegeben, weil es Lilou nicht gut geht. Sie liegt im Bett mit Fieber und Schmerzen.«

»Oh, das tut mir leid. Dann sollte ich vielleicht ein anderes Mal wiederkommen.«

Raymond winkte ihn herein. »Komm, trink einen Absinth mit mir.«

Horace starrte auf seine Füße, dann gab er sich einen Ruck. Dieses Gespräch war notwendig, obwohl Raymond in diesen Tagen andere Sorgen hatte.

Die vierzehnjährige Madeleine lief an ihnen vorbei. Sie knickste. »Guten Tag, Onkel Horace, bitte verzeih, ich muss zu *maman*.«

»Lauf nur, Madeleine.« Er schaute ihr hinterher. Dass sie ihn Onkel nannte, war der alten Familienfreundschaft geschuldet, nicht etwa einer Verwandtschaft.

Sie prosteten sich zu, bevor Horace den Schnapsbecher hart auf dem Tisch absetzte und sich mit dem Handrücken über die Lippen wischte. Trotz des feinen Anzugs hielten sich manche Angewohnheiten aus seiner Jugend hartnäckig.

»Ich habe leider keine guten Nachrichten.« Er ließ sich ein weiteres Mal einschenken. Raymond fixierte ihn.

»Wo ist Xavier? Kann er dazukommen?«

»Er ist in der Brennerei.«

Gut, dann ohne den Bruder. Raymond war ohnehin derjenige, der in der Firma das Sagen hatte. Horace begann zu erzählen: von dem Angebot des Roure-Konzerns, das ihm die Möglichkeit verschaffte, weiter zu expandieren, von der nachlassenden Qualität der Duftöle aus dem Hause Bonnet, und obwohl sie von Kindesbeinen an befreundet seien …

Raymond hieb mit der Faust auf den Tisch, sodass die Becher umkippten und der Absinth in Rinnsalen auf den Steinboden tropfte. »Nach all den Jahren kommst du hierher und willst meine Existenz zerstören?« Sein Gesicht lief blutrot an, seine Stimme hallte von den Wänden.

Horace erhob sich ebenfalls. »Es kommt für dich nicht überraschend. Seit Jahren bemängele ich die Qualität deiner Ware und rate dir, deine Preise anzupassen. Du bist auf nichts eingegangen. Es tut mir leid, meine Entscheidung steht fest.«

»Und einen wie dich habe ich meinen besten Freund genannt! Sobald Roure dich am Haken hat, werden sie die Preise anziehen, und wage es nicht, dann zu uns zu kriechen. Mit diesem Tag bist du für mich gestorben, Horace Girard.«

Seine Stimme schnitt ihm in den Leib. Schlimmer hätte es nicht laufen können. Dennoch war er froh, diesen Schritt gemacht zu haben.

»Es tut mir leid, dass es so endet, Raymond. Wir kennen uns viele Jahre.«

»Das fällt dir jetzt ein, ja? Ein Heuchler bist du, Horace.« Er wies mit dem Finger zum Gartentor. »Verschwinde! Du wirst niemals mehr wieder über diese Türschwelle treten!«

Mit schweren Schritten verließ Horace das Haus der Bonnets.

Raymond verspürte den dringenden Wunsch, etwas zu zerstören. Tisch und Stühle umzureißen, Blumentöpfe zu zertreten, mit der Axt die Olivenbäume zu Kleinholz zu hacken. Ohne die Aufträge der Girards war sein Rohstoffhandel am Ende. In seinem Innersten brodelte es, sein Herz bockte, aber er kämpfte den Jähzorn nieder, als Madeleine mit dem drei Tage alten Lucas auf dem Arm auf der Terrasse erschien.

»*Maman* geht es nicht gut.«

Er besaß keine Reserven, bislang hatten die monatlichen Einnahmen für alles gereicht, was seine Familie zum Leben brauchte, und gelegentlich ein wenig Luxus, einen Büfettschrank oder ein Sommerkleid für seine Frau. Lilou. Herr im Himmel. Was hatte seine Tochter gesagt? Er starrte sie mit zusammengezogenen Brauen an.

»Bitte komm mit, Papa. Ihr Fieber ist hoch. Ich habe die Hebamme Camille schon geholt.«

Raymond nickte, wischte sich über die Stirn. Er würde sich mit Xavier besprechen. Vielleicht fiele ihm etwas ein, wie sie die Firma retten konnten.

Immer zwei Stufen auf einmal nehmend, hechtete er in das obere Stockwerk.

Lilou warf den Kopf hin und her. Ihr Gesicht war feuerrot, ihre Züge schmerzverzerrt. Camille saß blass daneben, tupfte ihr die Stirn mit einem feuchten Tuch ab. Sie wandte sich an Raymond. »Das kommt leider manchmal vor, dass der Wochenfluss nicht richtig läuft und sich Keime im Leib sammeln. Ich kann nichts für sie tun.«

Raymond blickte auf seine sich vor Schmerzen krümmende Frau. Eben noch war ihm vor Zorn heiß gewesen, jetzt spürte er sein Inneres kalt werden. Er wechselte einen Blick mit Camille, dann trat er näher ans Bett heran und nahm Lilous Hand.

»Xavier! Lass ihn nicht im Stich! Lucas braucht seinen Vater!« Ihr Flüstern klang in Raymonds Ohren wie Schreie. Lilous an die Decke gerichteter Blick erstarrte.

Raymond Bonnet stand vor den Trümmern seiner Existenz. Mit dem Haus Girard hatte er seinen wichtigsten Abnehmer der Duftöle verloren, und am Sterbebett verriet ihm seine Frau, dass sie eine andere war als die, die er zu kennen geglaubt hatte.

Die Hebamme Camille sorgte dafür, dass sich die Geschichte der Brüder Raymond und Xavier und der von beiden geliebten Lilou schnell verbreitete. Man erfuhr, dass es im

Haus Bonnet einen erbitterten Faustkampf gegeben hatte, und zwei Tage später sah man Xavier am Bahnhof von Grasse stehen, einen an den Ecken abgestoßenen Koffer in der Hand, sein Akkordeon auf den Rücken gebunden. Es hieß, Raymond hätte ihn zähneknirschend ausbezahlt, unter der Bedingung, dass er nie wieder zurückkehre. Manche Klatschmäuler erhöhten die Liebe zwischen Xavier und Lilou zu der einzig wahren, und wie herzzerreißend es gewesen sein musste, dass sie sich niemals zueinander bekennen durften. Dem Feingeist Xavier traute man allgemein tiefere Gefühle zu als seinem bärbeißigen Bruder Raymond.

Die weniger romantisch veranlagten Bürger von Grasse überlegten hinter vorgehaltener Hand, was denn aus dem Bastard wurde. Xavier hatte das Akkordeon seinem Sohn vorgezogen, und so verblieb Lucas in Raymonds Haus in Grasse. Es hieß, der kleine Kerl habe Glück, dass seine Halbschwester Madeleine sich seiner annahm. Vom Hausherrn selbst gab es, sobald Lucas zwischen der Brennerei und dem Haus und über die Felder zu laufen begann, nur Schläge.

Die Wandlung seines besten Freundes vom gutmütigen Polterer zum zornigen Menschenfeind erlebte Horace Girard am eigenen Leib. Im Juli brannte seine Werkhalle lichterloh. Auch wenn es einer der heißesten Sommer seit Menschengedenken war und durch einen einzigen Funken eine Katastrophe entstehen konnte, war Horace überzeugt, dass Raymond das Feuer gelegt hatte. Und der besaß die Dreistigkeit, bei den Löscharbeiten zuzuschauen, auf der anderen Straßenseite stehend, die Arme vor der Brust gekreuzt. Als Horace ihn entdeckte, hob er die Faust in seine Richtung. »Mach, dass du fortkommst! Wir werden dir dein Verbrechen schon noch nachweisen!«

Das geschah jedoch nicht. Die Gendarmerie kam zu dem Ergebnis, dass es sich nicht um Brandstiftung handelte.

Raymond war nach Horace' Meinung ebenfalls verantwortlich für die Schmiererei auf seinem Grund und Boden: Jemand hatte mit roter Farbe »Schweinestall« auf die Grundstücksmauer gepinselt. Und immer wieder flogen Steine durch die Fenster.

Als sie sich am Sonntag vor der Kathedrale trafen, mussten vier Männer Horace und Raymond zurückhalten, damit sie nicht aufeinander losgingen. Florence mischte sich ein. »Beruhige dich doch, Horace, bitte.« Ihre Stimme klang geschwächt.

Die beiden Männer nahmen sie kaum wahr. »Glaubst du, nur ich will mit euch nichts zu tun haben?«, schrie Bonnet. »Ihr habt euch inzwischen so viele Feinde gemacht, alle in Grasse hassen euch!«

Das stimmte nicht, das wusste Horace genau. Der Einzige, der Grund hatte, sie zu hassen, war Raymond Bonnet. Und ihm traute er inzwischen alles zu. Er war auf der Hut und überprüfte sein Automobil vor jeder Fahrt, ob sich jemand daran zu schaffen gemacht hatte. Die Gendarmerie war informiert und würde eingreifen, sobald man Raymond eines Verbrechens überführen konnte. Und Horace sorgte dafür, dass seine Familie alle Bande zu den Bonnets kappte.

Die Kirschbäume standen in voller Blüte. Sie dominierten den Garten des Hauses Girard und tauchten das Anwesen aus Wohntrakt, Verkaufsraum und Arbeitshallen in einen rosaweißen See.

»Viele Leute glauben, Kirschblüten würden duften.« Horace schritt seinen drei Kindern voran durch den Garten in die Werkstätten. Sie waren an diesem frühen Abend leer, die Angestellten auf dem Weg nach Hause. »Aber wir wissen, dass sie nur ein schwaches Aroma verbreiten, nicht wahr?« Er liebte es, seine drei Kinder an seinem Erfahrungsschatz teilhaben zu lassen. Dabei kam es selten vor, dass er sich ihnen widmen konnte. Florence war auf dem Höhepunkt ihres Schaffens, das Haus Girard gewann Kunden in der ganzen Welt. Sorgen bereiteten ihm Florence' Blässe und ihre Abgeschlagenheit. Kein Arzt hatte etwas finden können, kein Heilmittel half. Florence litt still. Er hoffte, dass sie sich an diesem Abend, an dem er sich um die Kinder kümmerte, früh ins Bett gelegt hatte, um sich auszukurieren, statt bis spät in die Nacht in ihrem Laboratorium zu arbeiten.

»Genau, das Destillieren der Blüten lohnt sich kaum«, stimmte ihm der fünfzehnjährige Antoine zu. Die dunklen Haare und die ebenmäßigen Züge hatte er von seinem Vater geerbt. In wenigen Jahren, wenn sich seine Schlaksigkeit ausgewachsen hatte und die ersten Bartstoppeln sprossen, würde er Horace' jüngeres Ebenbild sein. »Wir könnten mit den Blüten einen Probelauf durch die neue Destillerie machen. Ein Kirschwässerchen haben wir nicht in *mamans* Duftorgel. Sie könnte es für eine Seife verwenden.«

»Ich schätze es, wie du mitdenkst, mein Sohn.« Horace wandte sich um und klopfte seinem Ältesten auf die Schulter. Der Erstgeborene entwickelte sich prächtig, interessierte sich für alle Abläufe in der Fabrik und brachte sich mit eigenen Ideen ein. Im nächsten Sommer würde Antoine die Schule abschließen und dann die elterliche Firma von der Pike auf kennenlernen, bevor er ihm einen verantwortungsvollen Posten übertrug. Irgendwann würde er das Parfümhaus Girard fortführen, aber noch bestimmte Horace.

»Da seht ihr das Monstrum, das künftig für uns arbeiten wird!« Er deutete auf die kupferne Destillerie mit ihren Rohren und Bottichen, die schimmernd am anderen Ende der Werkhalle stand.

Wieder war Antoine vor seinen Geschwistern an der Anlage, um über die massiven Gefäße zu streichen und den Mechanismus zu untersuchen. Odette in ihrem karierten Kleid mit den gebauschten Armen und dem Reif im krausen Haar war zurückhaltender. Sie war dreizehn und hatte wenig Sinn für ihre ästhetische Umgebung oder den Luxus des Lebens, stattdessen zeigte sie Geschick im Umgang mit Zahlen. »Wofür brauchen wir die Destillerie? Du beziehst doch alle Duftstoffe schon fertig von Roure?«, fragte sie.

»Nun ja, mit dieser Anlage will ich eigene Versuche mit heimischen Kräutern und Blüten unternehmen, um ein paar Nuancen zu veredeln.« Mit einer steilen Falte zwischen den Brauen schaute er zu seinem jüngsten Sohn Gilles. Der Zwölfjährige trug in diesem Frühjahr noch den Matrosenkragen, spätestens im Sommer wäre er aus dem Anzug herausgewachsen. Er hatte die Angewohnheit, nicht auf einer Stelle stehen und sich auf eine Sache konzentrieren zu können. Die Destillerie hatte er im Laufschritt umrundet. Sein blonder Schopf tauchte drüben bei den Bottichen aus Zedernholz auf, die verschiedenen Kompositionen einen hellgelben Barriqueton gaben. Mit fünf, sechs Schritten war Horace bei ihm, als er den Zapfhahn eines Fasses zu drehen versuchte, und zog ihn am Arm zurück. Von all seinen Geschwistern hatte Gilles die beste Nase. Doch was nützte das, solange ihm die Disziplin fehlte? »Warum hörst du nicht zu, wenn ich euch die Destillerie erkläre? Sie gehört zu den wichtigsten Arbeitsgeräten in der Parfümherstellung. Wer Duftöle mischen möchte, muss wissen, wie sie entstehen und welche Faktoren sie beeinflussen.«

»Das weiß ich alles schon, Papa«, erwiderte Gilles.

»Dürfen wir sie ausprobieren? Ich sammle ein paar Kirschblüten ein, ja?« Schon griff Odette sich einen der Körbe, die am Ausgang der Halle standen, und lief hinaus. Gilles folgte ihr mit den Händen in den Hosentaschen, er trat gegen eine Schraube, die auf dem Boden lag. Scheppernd klackte sie an einen Kupferbottich und hinterließ eine Schramme. Er setzte zum Spurt an, als er die stampfenden Schritte seines Vaters hinter sich hörte, der zum Glück nach wenigen Metern aufgab.

»Dieser Junge treibt mich in den Wahnsinn.« Horace wischte sich die Haare aus der Stirn. Er wusste einfach nicht, wie er ihn zu mehr Verantwortungsgefühl erziehen sollte. Wie ein Fisch glitt Gilles ihm durch die Hände.

»Er ist jung«, erwiderte Antoine und richtete sich zu voller Größe auf. Man sah ihm an, wie überlegen er sich dem Bruder fühlte und wie er es genoss, dass der Vater allmählich auf Augenhöhe mit ihm sprach.

Horace seufzte, musterte seinen Großen aber voller Liebe. »Ein wohlgeratener Erstgeborener wiegt einen flatterhaften Jüngsten allemal auf.«

Sie wandten beide die Köpfe, als an der Pforte zur Werkhalle Madame Roux erschien, die orangen Haare vom Laufen zerzaust, das Gesicht gerötet, Panik im Blick. »Schnell, kommen Sie, Monsieur Girard! Ihre Frau!«

Horace' Herz setzte einen Schlag aus, dann trommelte es gegen seinen Brustkorb. Er wies Antoine an, seine Geschwister zu holen. Die Destillerie musste warten. Jetzt zählte nur Florence.

Er fand sie vor dem Arbeitstisch in ihrem Labor, eine Flasche Zitrusöl war zerbrochen, der Duft erfüllte den Raum. Florence lag da mit verdrehtem Oberkörper, die Beine halb angewinkelt, die Augen geschlossen. Horace fiel auf die Knie, hob ihren Kopf an, schluchzte vor Erleichterung auf, als er ihr Stöhnen vernahm.

»Was ist passiert, *chérie*?«

Florence blinzelte. »Ich ... ich weiß nicht. Ich habe mich auf einmal schwach gefühlt, dann ist alles schwarz geworden, und meine Beine haben nachgegeben.« Ihre Stimme schien von weit her zu kommen.

Horace hob sie auf die Arme und richtete sich mit ihr auf. »Du wirst dir jetzt mindestens eine Woche Ruhe gönnen. Du arbeitest zu viel, Florence.«

Die drei Kinder starrten mit bleichen Gesichtern auf die Eltern. Gilles berührte ihre Hand. »Bist du krank, *maman*?«

»Macht euch keine Sorgen. Eurer Mutter geht es bald wieder gut.« In Horace' Stimme lag mehr Sicherheit, als er in seinem Innersten fühlte.

Nachdem der Arzt wieder keine körperlichen Gründe für ihre Entkräftung gefunden hatte, verließ Florence eine Woche später das Krankenbett mit neuem Mut. Es gab viel zu tun! Ein Dutzend Kundinnen hatte individuelle Parfüms in Auftrag gegeben und wartete auf die ersten Proben.

Es blieb nicht bei einem Zusammenbruch.

Beim nächsten Mal fand Horace sie auf dem Boulevard wenige Meter vom Palais entfernt. Eine Menschenmenge hatte sich um die am Boden liegende Madame Girard gebildet, und jemand rief nach einem Arzt. Eine der Verkäuferinnen, die durch ein Fenster alles mitbekommen hatte, rannte los, um Horace zu benachrichtigen. Sie musste ihn aus einem Verkaufsgespräch herausholen. Er verschwendete keine Zeit, sich bei dem Händler aus Paris, der wichtige Kaufhäuser mit Parfüms belieferte, zu entschuldigen.

Er stürzte auf die Straße, drängte sich mit den Ellbogen durch die Menschenmenge. »Weg da! Was gibt es da zu gucken! Lasst mich zu meiner Frau!« Die Leute bildeten eine Gasse, und Horace sank zu Boden.

Florence hatte jede Farbe aus dem Gesicht verloren, ihre Lider schimmerten bläulich. Er bettete ihren Kopf in seinen Schoß, überlegte fieberhaft, was zu tun war. Noch einmal den

Arzt rufen? Der fand doch sowieso keine Ursache! Nein, diesmal würde er sie direkt in die Klinik nach Cannes fahren. Sein Auto besaß einen Rücksitz, den würde er für Florence mit Decken und Kissen auskleiden. Er nahm sie hoch. »Alles wird gut, mein Liebling«, flüsterte er ihr ins Ohr.

Der Weg nach Cannes erschien ihm an diesem Nachmittag endlos. Ständig blickte er zur Rückbank, um sich zu vergewissern, dass es Florence bequem hatte. »Ich habe so einen Durst«, brachte sie hervor, und Horace brach der Schweiß aus. »Es dauert nicht mehr lange, dann sind wir in der Klinik. Dort bekommst du zu trinken!«

Die Furcht um Florence ließ seine Kehle rau werden. Was stimmte mit ihr nicht?

Eine Schwester empfing Horace, als er mit Florence auf seinem Arm in das Klinikgebäude lief. »Meine Frau braucht Hilfe«, rief er. »Sofort!« Sie war zu schwach, um die Augen zu öffnen. Kraftlos hingen ihre Arme um Horace' Hals.

Die Schwester brachte sie in einen Untersuchungsraum. »Geben Sie Ihr Wasser, bitte!«

Beim Trinken kam für einen Moment Leben in Florence. Dann sank sie auf der Untersuchungsliege zusammen.

Der Arzt, Dr. Moreau, ließ sich von Horace schildern, was passiert war.

Er erzählte von Florence' Mattheit, ihrer Müdigkeit und dass sie schon einmal umgefallen war. Er berichtete von ihren Leibschmerzen, aber sie war keine Frau, die jammerte. Er wusste nicht, wie oft sie gelitten hatte und wie stark. Die Ärzte in Grasse hatten nichts gefunden.

»Wir werden sie gründlich untersuchen. Besitzen Sie ein Telefon? Wir melden uns, wenn wir mehr wissen.«

Horace ließ es sich dennoch nicht nehmen, an jedem folgenden Tag nach Cannes zu Florence zu fahren. Er fühlte einen Druck auf seiner Brust, als er an diesem Nachmittag ihr Krankenzimmer betrat. Der Arzt war bei ihr, sie verschwand fast unter der Bettdecke. Sie war immer stark gewesen, jetzt wirkte sie zerbrechlich. Ihre Augenlider flatterten, als sie Horace anlächelte.

»Wir finden keine Ursache.« Der Arzt schien von einem Tag auf den anderen weniger selbstsicher.

Am Abend klingelte das Telefon im Palais. Dr. Moreau bat Horace, gemeinsam mit seinen Kindern in die Klinik zu kommen. »Es tut mir leid, Monsieur Girard, bereiten Sie sich darauf vor, Abschied von Ihrer Frau zu nehmen.«

Wenig später betraten Horace, Antoine, Odette und Gilles das Krankenzimmer. Horace war die Strecke von Grasse nach Cannes in einem atemraubenden Tempo gefahren. Sie sollte leben, verdammt!

Während sie um das Krankenbett standen, stiegen in Horace Bilder hoch vom Anfang ihrer Liebe. Ihr unbeschwertes Lachen, ihre Begeisterung, wenn sie im Labor mit den Flaschen und Pipetten hantierte. Sie durfte ihn nicht alleinlassen! Er konnte nicht ohne sie leben, er brauchte sie als Gefährtin und als die begabte Parfümeurin, die das Haus Girard in die obersten Ränge der Luxusindustrie katapultiert hatte.

»Bleib bei uns, Florence, wir brauchen dich!«

Auf Florence' Zügen lag ein Lächeln. »Du warst dir schon immer selbst der beste Ratgeber, Horace. Das Parfümhaus wird ohne mich weiterexistieren. Du weißt, wo du meine Rezepthefte findest.«

»Ach, was schert mich das Geschäft. Ich liebe dich, Florence!«

Sie richtete ihre letzten Worte an die Kinder: »Kämpft für eure Träume, aber lasst euch niemals verbiegen.«

Horace, aschfahl, hielt Florence' Hand, Antoine, Odette

und Gilles drängelten sich am Bett, um die Mutter zu umarmen.

Wenig später bestätigte der Arzt mit versteinerter Miene ihren Tod und notierte Herzschwäche auf dem Totenschein. Horace riss sich zusammen, um das Blatt nicht zu zerreißen. Florence' Herz war immer robust gewesen. Ob der Familienkrieg mit Raymond Bonnet sie zermürbt hatte?

Mit hängenden Köpfen und rot geweinten Augen verließen die Kinder das Zimmer. Horace war allein mit Florence. Selbst die wächsernen Züge konnten ihrer Schönheit nichts anhaben. Er spürte Feuchtigkeit auf seinem Gesicht. Er näherte sich ihr, berührte mit dem Mund ihre kalten Lippen. »Danke, dass es dich gegeben hat, Florence. Du warst das Glück meines Lebens, das habe ich dir zu selten gezeigt. Ich werde unser Lebenswerk für unsere Kinder und Enkelkinder in deinem Sinne fortführen. Versprochen, *chérie*.« Er legte sich zu ihr, umarmte sie, lehnte seine Wange an ihre und fühlte den letzten Rest von Wärme, den ihre Haut verströmte.

Die ersten Wochen und Monate nach Florence' Tod erlebte Horace wie im dichten Nebel. Sie fehlte. Sie hatte daran geglaubt, dass er die Firma ohne sie leiten konnte, aber in seiner Trauer starrte er oft nur aus dem Fenster. »Du musst einen Parfümeur einstellen, Vater. Wir brauchen neue Düfte, die bestehenden reichen nicht aus.« Antoine behielt die Firma fest im Blick. Er arbeitete mittlerweile in verschiedenen Abteilungen, um sich einen Überblick zu verschaffen, und er begleitete seinen Vater auf seinen Geschäftsreisen nach Cannes, Nizza und Marseille. Odette hatte die Schule beendet und suchte sich eine Tätigkeit in der Buchhaltung. Sie war ein Mädchen, das oft allein war, nie brachte sie Freundinnen mit. Madame Roux, die nach all den Jahren bei den Girards eine der besten Verkäuferinnen in Grasse war, bot an, Odette anzuleiten, wie sie als Tochter des Hauses mit der Kundschaft umzugehen hatte. Doch Odette lehnte ab. »Ich fühle mich wohler mit Zahlen.«

Horace hätte sich das Mädchen in vorderster Reihe des Parfümhauses gewünscht, nicht in der Buchhaltung. Er redete ihr ins Gewissen, aber sie blieb stur.

Auch Gilles gab keinen Anlass zu der Hoffnung, er könnte sich zu einer verlässlichen Säule des Familienbetriebs entwickeln. Manchmal floh er aus dem Palais Girard, als könnte er die Villa ohne seine Mutter nicht mehr ertragen. Oft blieb er tagelang verschwunden, trieb sich in den Bergen herum oder am Meer, anstatt die Schule zu besuchen oder seine Nase auszubilden, wie sein Vater es ihm ans Herz gelegt hatte. Gilles hatte in den vergangenen Jahren einige kleine Duftkompositionen zusammengestellt, die Horace positiv überraschten, aber er konnte ihn nicht dazu bringen, an seinem Talent zu arbeiten. Als käme seine Kunst nur in Freiheit zur Entfaltung.

Ein Parfümeur aus Paris stellte sich vor. Monsieur Verne war Anfang fünfzig, hatte ein gutmütiges Gesicht und lange Künstlerfinger und brachte Proben eigener Kompositionen mit. Horace und Antoine sprachen mit ihm. »Sie mögen das Blumige?«, fragte Horace.

Monsieur Verne nickte. »Nach meiner Erfahrung wollen die meisten Frauen solch natürliche Düfte.«

»Wir bei Girard sind da ein bisschen weiter. Arbeiten Sie sich in unsere Düfte ein. Meine Frau war stets darum bemüht, über die aktuelle Mode hinauszudenken. Das erwarten wir auch von Ihnen.«

Monsieur Verne verneigte sich. »Sie können sich auf mich verlassen.«

»Wie fandest du ihn?«, fragte Horace Antoine, nachdem der Parfümeur sich verabschiedet hatte.

»Ich hatte den Eindruck, dass du ihm etwas zutraust.«

»Ich meine nicht, was ich von ihm halte, sondern du.« Horace presste die Lippen aufeinander. Antoine war jung, doch allmählich wurde es Zeit, dass er eine eigene Meinung entwickelte.

»Ich bin mir nicht sicher. Blumige Düfte passen eigentlich nicht zu uns.«

»Er hat gesagt, dass er sich einarbeiten will, oder etwa nicht?«

»Ja, da hast du recht.«

Monsieur Verne trat seine Stelle als Parfümeur an und machte das Laboratorium zu seinem eigenen Refugium. Seine ersten Kreationen testete Horace an den Stammkundinnen. »Dieser neue Duft wirkt überladen mit all dem Firlefanz«, behauptete Yvonne Pelletier, Gattin eines Kaufmanns aus Nizza. »Madame Girard hat meinen Geschmack immer genau getroffen.«

»Der neue Parfümeur arbeitet sich noch ein. Ich bin sicher, Sie bald zufriedenstellen zu können. Im kommenden Jahr werden wir neue Düfte haben. In der Zwischenzeit wollen Sie einen Flakon *Florence* mitnehmen, damit sich Ihr Besuch in Grasse gelohnt hat?«

Noch Monate nach Florence' Tod trafen Dankesbriefe aus St. Petersburg, Lissabon, Berlin und London ein. Horace zweifelte, ob sie mit den Düften, die Monsieur Verne schuf, an diesen Erfolg anknüpfen konnten.

Er entließ ihn und stellte den fast siebzigjährigen Yves Richelieu ein, einen großen hageren Mann mit ungeschliffenen Manieren, einen Snob, allerdings ideenreich und mit fantastischer Geruchsbegabung. Seine Umgangsformen ließen zu wünschen übrig, wenn er die Damen nur mit einem Nicken begrüßte oder vor ihnen nach dem angebotenen Gebäck griff. Richelieu hielt sich für den hellsten Stern am Himmel, um den alle kreisen sollten, aber auch in seinem Fall stimmte Antoine dem Vater zu: Man ließ es dem Parfümeur durchgehen, solange er hochwertige Parfüms entwarf.

Nach wie vor glaubte Horace, Gilles wäre derjenige, der sich als ein würdiger Nachfolger seiner Mutter erweisen könnte, wenn er an sich arbeitete. Aber seit Monsieur Richelieu das Laboratorium übernommen hatte, betrat Gilles es wie zum Trotz überhaupt nicht mehr.

9

1910

Ihre Haut duftete nach den letzten Tagen des Sommers. Antoine vergrub seine Nase in ihren Haaren, sog das Aroma von Honig ein und wusste, dass er nie genug von ihr bekommen würde. Der Schmerz über den Tod der Mutter vor drei Jahren saß tief in seinem Inneren. Madeleine gab ihm das Vertrauen darauf, dass die Trauer irgendwann auszuhalten sein würde. Sie bemerkten kaum das Piksen der Halme auf dem Heuboden in der Scheune am Boulevard Pasteur.

Er schob das Kleid an ihren Armen herab, küsste ihre Schultern. »Ich liebe dich, Madeleine.«

Sie schloss die Augen. Eine Liebe, die nicht sein durfte.

»Unsere Väter werden nie unserer Hochzeit zustimmen.«

»Sie haben nicht ewig das Sagen«, gab Antoine zurück, obwohl ihm schlecht wurde bei dem Gedanken, dass er schon bald seinem Vater die Stirn bieten musste.

»Er wird dich enterben.«

Antoine stieß ein Lachen aus. »Das traut er sich nicht. Ich bin der Einzige, der unser Unternehmen weiterführen kann. Das weiß er genau. Mein Vater ist auf mich angewiesen, wenn er möchte, dass das Geschäft in den Händen der Familie bleibt.«

»Und mein Vater?« Madeleine stiegen die Tränen hoch. »Er wird niemals seine Zustimmung geben.«

»Dann heiraten wir eben ohne seinen Segen.« Antoine lächelte sie an. »Wir lassen uns unser Leben nicht von zwei starrköpfigen alten Männern zerstören. Wir sind die Zukunft, Madeleine.«

In den folgenden Jahren fragte sich Madeleine Bonnet oft, warum sie sich ausgerechnet in Antoine Girard verlieben musste. Wie viel einfacher wäre ihr Leben, wenn sie sich in den Weinbauern Enzo mit den runden Brillengläsern verguckt hätte oder in den Bäcker Thierry, der die Patisserie seines Vaters in der Rue Pierre Semard übernommen hatte. Mit beiden hatte sie auf den Stadtfesten getanzt. Doch für sie gab es nur Antoine, gestern, heute, morgen. Seine Verlässlichkeit, seine Treue, sein Talent, zu wissen, wann es sich lohnte zu kämpfen und wann nicht. Bis zum heutigen Tag hatten sie ihre Liebe geheim halten können. Die Zeit war gekommen, nach vorn zu treten.

Es war der letzte Mittwoch im September 1910, ein Tag nach ihrem neunzehnten Geburtstag. Madeleine schlüpfte in ihr Sonntagskleid und verbrachte viel Zeit vor dem Spiegel, um ihre hüftlangen Haare zu einem Knoten zu stecken. Unnötige Mühe, denn Horace Girard, dem sie heute mit Antoine gegenüberstehen würde, kannte sie mit von Blaubeeren verschmiertem Mund, aufgelösten Zöpfen und zerrissenem Rock, wenn sie als junges Mädchen mit ihren Freunden über die Blumenfelder gesprungen war. Er hatte sie aufwachsen sehen, heute würde er sie als Schwiegertochter akzeptieren müssen.

Antoine hatte keinen Zweifel daran gelassen, dass er notfalls mit seiner Familie brechen würde, wenn sein Vater Madeleine nicht willkommen hieß. Sie hatte versucht, ihn davon abzubringen. »Warum jetzt schon?«, hatte sie ihn gefragt. »Lass uns warten, bis ich einundzwanzig bin. Ich habe Angst, dass wir alles zerstören.«

»Ich bin das Versteckspiel leid. Ich bin kein Junge mehr, der Dinge im Verborgenen tun muss.«

Vor dem Spiegel stehend, lauschte Madeleine auf die Geräusche aus dem Wohnbereich. Sie hörte, wie ein Teller auf dem Boden zerschellte. Das Fluchen ihres Vaters Raymond. All ihre Sinne waren auf das ausgerichtet, was in der Küche geschah. Behutsam legte sie die Bürste ab, als könnte jedes Geräusch zu einer Katastrophe führen. Sie kannte die Zeichen, die dem Jähzorn ihres Vaters vorangingen. Schmerzhafter als seine Schläge konnten seine Worte sein. Lucas flitzte davon, wenn sich ein Donnerwetter zusammenbraute. Stampfende Schritte kamen näher, bis die Tür zu ihrem Zimmer aufgerissen wurde. »Warum ist kein Brot im Haus?« Raymonds Gesicht war violett. »Was denkst du dir? Willst den Alten verhungern lassen, wie? Wahrschinlich bist am Ende auch du ein Bastard!«

Madeleine kämpfte die Tränen zurück. »Ich wollte einkaufen gehen. Ich bringe Baguettes und Schinken mit.«

Raymond winkte verächtlich ab und warf die Tür mit einem Knall hinter sich zu. Er würde im Bistro Wein, Brot, Sardellenpaste und Oliven bestellen und mit dem Geld bezahlen, das sie nicht ausgeben sollten, weil sie es für den Wocheneinkauf benötigten.

Madeleine trocknete sich die Augen mit dem Saum ihres Rocks. Nicht zum ersten Mal hatte ihr Vater behauptet, bei dem liederlichen Lebenswandel ihrer Mutter wäre sie möglicherweise gar nicht seine Tochter. Diese Anschuldigungen verletzten sie mehr als ein Hieb ins Gesicht.

Sie lauschte auf die Geräusche im Flur, wo ihr Vater in seine Stiefel stieg und wenig später die Haustür hinter sich zuschlug. Sicherheitshalber wartete sie zehn Minuten, tupfte sich ein paar Tropfen ihres nach Mairosen duftenden Parfüms auf die Handgelenke. Antoine hatte es ihr zum Geburtstag geschenkt.

Nach dem Essen im Bistro würde sich Raymond, mit Lucas in seinem Schatten, mit einem der Bauern treffen, die Melonen anbauten. Er hoffte, ihm ein Stück Land abkaufen zu können, auf Raten nach Möglichkeit. Der Konzern Roure hatte damit begonnen, Felder mit Lavandin anzubauen, einer Kreuzung aus dem echten Lavendel aus den Bergen und dem Speiklavendel, der in geringerer Höhe wuchs. Es handelte sich um eine widerstandsfähige Art, die zwar weniger fein duftete als das echte Kraut, aber dennoch immer mehr Absatz fand. Raymond Bonnet vermutete, dass in einigen Jahren die Provence unter einer Decke aus Lavendelblau liegen würde, und wollte diesmal nicht derjenige sein, der eine Entwicklung verschlief. Er hoffte, seine Ländereien zu vergrößern. Madeleine wünschte es ihm. Womöglich würde der geschäftliche Erfolg seine Wut auf das Leben beschwichtigen. Vor dem Abend würde er nicht zurückkehren. Zeit, um mit Antoine vor Horace Girard zu treten.

Sie zog die Haustür auf. Zwei Arme schlangen sich von hinten um ihre Hüfte. »Wohin gehst du, Madeleine? Nimm mich mit.«

Sie wandte sich um, ging in die Hocke. »Was tust du hier, Lucas? Ich dachte, du hast den Onkel begleitet.« Noch hatte der Junge nicht gefragt, warum er den Mann, unter dessen Dach er schlief und der ihm zu essen gab, nicht Papa nennen sollte.

Der Fünfjährige schüttelte den Kopf. Er sprach nur das Nötigste, hinkte in seiner geistigen Entwicklung hinterher. Körperlich war er kräftig.

»Ich bin nicht lange weg. Du bleibst hier.«

Eine Viertelstunde später legte Antoine seine Arme um

sie. Sie spürte, wie aufgewühlt auch er sich innerlich fühlte. »Bereit?« Er hielt sie ein Stück von sich weg, um sie anzusehen.

Sie nickte.

Schon als sie Seite an Seite das Büro im hinteren Teil des Palais betraten, verlor Horace Girard alle Farbe aus dem Gesicht. »Was ... ich dachte ...« Er eilte um den Schreibtisch herum, die Hände verkrampft. Kurz vor ihnen blieb er stehen. Antoine hob das Kinn ein Stück höher. »Ich liebe Madeleine. Schon immer. Bisher konnten wir uns nur im Geheimen treffen. Jetzt wollen wir uns nicht mehr verstecken. Madeleine und ich werden uns verloben und noch in diesem Jahr heiraten.«

»Hast du vergessen, was uns ihre Familie angetan hat? Sie haben deine Mutter auf dem Gewissen!«

»Das ist deine Wahrheit, Papa, nicht unsere. Madeleine und ich haben mit der Vergangenheit nichts zu tun. Du wirst sie als meine Frau akzeptieren müssen, oder wir verlassen Grasse.«

Sie starrten sich an, bis Horace sich an die Stirn fasste. Kurz sah es aus, als würde er zusammenbrechen. Schließlich wies er auf die Sitzgruppe am Fenster.

Madeleine hoffte, dass man ihr Herz nicht klopfen hörte. Dass sie Grasse verlassen würden, hatte Antoine nicht mit ihr besprochen. Würde sie mitgehen? Er pokerte hoch.

Horace musterte Madeleines angespanntes Gesicht. »Ich kenne dich seit deiner Geburt, ich habe nichts gegen dich persönlich. Nur dein Vater ... Wie stellt ihr euch das vor? Ich werde mit ihm nie wieder gemeinsam an einem Tisch sitzen.«

Antoine hob die Schultern, ließ Madeleine gar nicht zu Wort kommen. Dies hier war sein Kampf. »Madeleine ist ein

Teil meines Lebens. Wir gehören zusammen. Ich würde gerne mit deinem Segen vor den Traualtar treten. Aber notfalls heiraten wir gegen deinen Willen.«

Horace starrte auf die Holztischplatte. Das hatte er sich anders vorgestellt mit seinen Kindern: Der Jüngste, Gilles, war erst gestern von einer dreitägigen Tour durch die Berge zurückgekehrt, ohne das geringste Anzeichen eines schlechten Gewissens, dass er die Schule nicht ernst nahm und sich weigerte, seinen Vater in der Firma zu unterstützen. Und Odette? Er hatte sie nicht gern um sich. Weder ihr Äußeres noch ihre Geistesgaben taugten nach Horace' Auffassung für eine Laufbahn in der Parfümindustrie.

Doch nun stand sein Lieblingskind und Nachfolger vor ihm und versuchte, alles zu zerstören, worauf sein Zukunftsglaube fußte. Er durfte in dieser Situation nicht nachgeben, musste beweisen, dass er derjenige war, der das Ruder führte. »Ich habe mich mein Leben lang nie unter Druck setzen lassen, Antoine. Auch du wirst das nicht schaffen. Ich bin bereit, diese Hochzeit zu akzeptieren. Unter einer Bedingung: Deine Frau wird eine Girard werden und den Kontakt zu ihrer Familie abbrechen. Ich möchte niemals einen ihrer Verwandten mein Haus betreten sehen, und ich möchte nichts über die Bonnets wissen. Könnt ihr mir das versprechen?«

Während Vater und Sohn ein stummes Duell ausfochten, presste Madeleine die Hände aufs Gesicht. Antoine streichelte ihr Bein.

»Glaubst du, den Tyrannen spielen zu können? Du überschätzt deinen Einfluss, wenn du annimmst ...«

»Wir versprechen es.« Madeleine hob den Kopf. Tränen flossen ihr über das Gesicht, aber den Rücken hielt sie durchgedrückt. »Wenn das der einzige Weg ist, den Frieden bei den Girards zu wahren, dann werden wir uns daran halten. Es ist schlimm genug, was in unserer Familie passiert ist, all die Verbitterung, der Hass, die vergiftete Stimmung. Die Girards sollen einen anderen Weg gehen. Ich bin bereit, meinen Teil dazu beizutragen. Nicht, weil ich dich fürchte, Onkel Horace, und nicht, weil ich denke, dass du recht hast.« Antoine starrte sie von der Seite an. So hatte er sie noch nie sprechen gehört. »Sondern nur aus einem Grund: Weil ich Antoine liebe.«

Horace atmete tief ein und aus. »Dann ist es gut.« Er lehnte sich in seinem Stuhl zurück.

»Ich kann nicht glauben, was du sagst, Madeleine. Bedeutet dir dein Vater nichts mehr?« Antoine sah sie eindringlich an.

»Ich liebe meinen Vater, aber ob ich bei ihm bin oder nicht, interessiert ihn nicht. Ich bin ihm gleichgültig.«

»Und Lucas?«

Madeleine wandte ihr Gesicht ab, blickte aus dem Fenster des Büros auf das Grundstück, auf dem die letzten Rosen Zäune und Spaliere umrankten. Und Lucas? In ihrem Innersten bewegte sich etwas, Mitgefühl, Zuneigung, Fürsorge. Nichts davon beeinflusste ihr Handeln. »Camille sieht regelmäßig nach ihm. Zu essen bekommt er, ein Bett hat er, und ein paar Jahre in die Schule schicken wird ihn mein Vater vermutlich auch. Für ihn ist gesorgt.« Ihre Stimme klang fremd in ihren Ohren. Sie wusste, dass mit ihr der einzige Mensch aus Lucas' Leben verschwand, der ihm etwas wie Nestwärme vermitteln konnte. Aber sie wollte ihr eigenes Glück nicht ihrem Halbbruder opfern. Sie sah von Antoine zu Horace. »Ich bin bereit, eine Girard zu werden, und ich bin mir der Ehre bewusst«, sagte sie feierlich. Es klang, als beraubte sie sich selbst mit einem Schwur aller anderen Optionen.

Die Hochzeit zwischen Antoine Girard und Madeleine Bonnet fand am ersten November statt, kurz nach der Weinernte und bevor die Bauern mit ihren Rechen die Olivenbäume abernteten.

Raymond und sein Mündel Lucas waren nicht geladen. Dafür wusste Hebamme Camille beim Hochzeitsessen in der Auberge von allerlei schändlichen Vorfällen im Hause Bonnet zu berichten. »Es ist kaum ein Aushalten mit ihm«, raunte sie ihren Tischnachbarinnen zu. »Wäre da nicht der arme Wurm, würde ich einen weiten Bogen um ihn machen. Gestern hat der Alte mit einem Zinnbecher nach mir geworfen, als ich an der Tür zu lange brauchte, um mein Tuch überzuwerfen. Ich konnte mich gerade noch ducken.«

Die anderen Frauen am Tisch der einfachen Gäste sogen scharf die Luft ein. »Der Kleine soll ein Teufelsbraten sein«, zischte Agnes, die Gattin des Metzgers.

Camille warf bedeutungsvolle Blicke in die Runde. »Was soll aus dem Kerlchen schon werden in einer solch lieblosen Umgebung.«

Die Frauen prosteten sich zu, und jede genoss für ein paar Herzschläge die Erleichterung, selbst kein Gesprächsthema zu sein. Wie schnell sich das ändern konnte, dafür waren die Bonnets ein Paradebeispiel. Vor wenigen Jahren waren sie angesehene Söhne der Stadt, und nun? Der eine mit Sack und Pack über alle Berge, der andere mit einem Herzen voller Wut und einem ungeliebten Bastard am Bein vor den Trümmern seiner Existenz. Gott stehe ihnen bei.

Horace überließ seinem ältesten Sohn und dessen Frau den linken Flügel in der oberen Etage des Palais. Ein paar Zimmer und Bäder, wo früher Horace und Florence gelebt hatten, danach Horace allein. Nun bezog er den kleineren rechten Flügel, stattete seine Zimmer mit neuen Möbeln und modernen Stoffen aus. »Ihr könnt unser Mobiliar übernehmen«, bot er dem jungen Paar an.

Madeleine schwieg und gestand ihrem Mann, erst als sie allein waren: »Ich hätte lieber hellere Möbel und Bezüge. Die Einrichtung wirkt bedrückend alt.«

»Das sind wertvolle Schränke, und das Bett ist für die Ewigkeit gezimmert.«

Madeleine fügte sich. Das Schönste an ihrem neuen Zuhause, so fand sie, war der Balkon, von dem aus man über die ersten Felder mit der neuen Pflanze Lavandin bis hinüber zu den Bergen sehen konnte.

»Dieser Ausblick ist einer Königin würdig«, flüsterte Antoine Madeleine ins Ohr.

In jedem Lächeln Madeleines schwang, seit sie mit ihrer Familie gebrochen hatte, Wehmut mit, wie in diesem Moment zu zweit. Sie erinnerte sich nur ungern an den Tag, als sie mit Antoine vor ihren Vater getreten war und sich zu den Girards bekannt hatte. Es war ein Moment, den Madeleine am liebsten aus ihrem Gedächtnis streichen würde. Die hängenden Schultern ihres Vaters, als könnte er die Last des Lebens nicht stemmen, die zitternden Pranken ... Konnte man sich an das Leid gewöhnen? Oder war man irgendwann übervoll mit Schmerz, sodass nichts mehr hineinpasste? Raymond hatte ihnen wortlos die Tür gewiesen. Erst draußen hörten sie ein Schluchzen. Er war ihnen nicht gefolgt und hatte keinen Kontakt mehr gesucht. Lucas hingegen hatte sie einige Male in den Gassen von Grasse abgefangen und sie flehend angeschaut. Sie hatte ein Stück vom Baguette abgebrochen oder ihm ein Croissant in die Hand gedrückt und war davongelaufen wie auf der Flucht.

Antoine stellte sich nun hinter sie, legte sein Kinn auf ihre Schulter und hielt die Hände schützend über ihren Leib. Sie trug heute eines ihrer neuen Lieblingskleider, ein Traum aus roséfarbener Seide mit einem Wickelausschnitt und einem Gürtel um die Taille.

Madeleine befreite sich aus seinen Armen, sie verabscheute diese Geste, als wäre in ihrem Bauch schon ungeborenes Leben zu schützen. Trotz ihrer Liebe gab es kein Anzeichen für eine Schwangerschaft.

Seit ihrem Einzug ins Palais Girard hatte sich Babette Roux ihrer angenommen, froh, mit Madeleine einen interessierteren Schützling als Odette unter ihren Fittichen zu haben. Madame Roux sollte sich ausschließlich um den wichtigen weltweiten Versand kümmern, die Pakete nach Russland, England und Deutschland überprüfen, mit kleinen Geschenken wie Seifen oder Fächern versehen und ein paar Zeilen an die internationale Kundschaft dazulegen. Bald würde Madeleine diese Aufgabe übernehmen, aber erst einmal machte Madame Roux sie mit allen ortsansässigen Stammkunden bekannt und brachte ihr bei, wie sie neue Kontakte zu betuchten Kundinnen schloss und die bestehenden Beziehungen pflegte. Madeleine gab sich große Mühe, sich gründlich einzuarbeiten, lernte, die Parfüms des Hauses Girard zu benennen und welche Berühmtheiten *Florence* bezogen. Sie fertigte Karteikarten mit Namen und Adressen an, an die sie regelmäßig Geburtstagsglückwünsche, Weihnachtskarten und Duftproben schickte. Wenn der ersehnte Nachwuchs schon auf sich warten ließ, wollte sie zumindest in der Firma ihren Beitrag leisten.

Unten im Garten bewegte sich zwischen den Zypressen ein Schatten. Madeleine trat näher an die Brüstung heran.

Sie entdeckte den Jungen vor ihrem Mann. »Lucas.« Ihr Halbbruder stand hinter einem Baum, schaute zu ihnen hoch.

»Hey!«, rief Antoine in diesem Moment. »Was treibst du in unserem Garten?«

Madeleine fasste nach seinem Oberarm. »Lass ihn. Ich gehe zu ihm hinunter.«

»Er muss über die Grundstücksmauer geklettert sein. Das soll er nicht noch einmal wagen. Richte ihm das aus!«

Madeleine lief nach unten. Dieser dumme kleine Bengel, dachte sie, wird er denn niemals Ruhe geben? Dass er über die Mauer auf das Grundstück der Girards kletterte, führte zu weit.

Sie stellte den barfüßigen Jungen zur Rede. »Das darfst du nicht tun, Lucas! Es ist verboten, fremde Grundstücke zu betreten!«

»Guck mal.« Der Kleine knöpfte seine Jacke auf und schob den abgetragenen grauen Strickpullover nach oben.

Madeleines Magen drehte sich um beim Anblick der blauen und roten Flecken an seinen Seiten und seinem Bauch. Es sah nach Tritten und Schlägen mit einem Stock aus. »Kann ich hier bei dir bleiben?«

Sie spürte die Tränen, aber sie würde nicht weinen. Sie durfte ihr eigenes Glück nicht gefährden. »Nein, das kannst du nicht. Zeig deine Flecken Camille. Sie wird deinem Onkel sagen, dass er das nicht darf.«

»Ich will nicht mit Camille reden. Ich will bei dir sein.« Unter seinem rechten Lid zuckte es.

»Das geht nicht. Ich will dich hier nicht mehr sehen. Begreifst du das?« Es kostete Madeleine Mühe, die Stimme zu erheben. Ihr Bauchgefühl sagte ihr, dass sie den Kleinen in den Arm nehmen und trösten sollte, statt ihn von sich zu stoßen.

Ihr Verstand hielt dagegen, dass sie ihn nur ermunterte, es weiter zu versuchen, wenn sie sich jetzt nachgiebig zeigte.

Sie wandte sich auf dem Absatz um und ließ ihn stehen. Im nächsten Augenblick wurde sie von hinten zu Boden gerissen, Finger gruben sich in ihre Haare. Lucas hatte sich auf sie gestürzt, er schrie wie ein Krieger beim Angriff, schlug ihr seine Fingernägel ins Gesicht und biss ihr in den Arm.

Sie hörte, wie ihr Kleid am Ärmel riss. Zuerst war sie zu überrumpelt, um reagieren zu können. Dann packte sie seine

Arme und hielt ihn an sich gedrückt. Als Antoine aus dem Haus gerannt kam, machte sich Lucas von ihr los und lief zur Grundstücksmauer. Geschickt klomm er empor und verschwand auf der anderen Seite.

Madeleine zitterte wie bei einem Schüttelfrost. Antoine zog sie an sich. Ein Weinkrampf ließ sie aufschluchzen. »Ich weiß nicht, was ich tun soll. Er ist doch nur ein kleiner Junge …«

»Ein bösartiger Junge. Lass ihn nicht mehr an dich heran, Madeleine. Dieses Kind hätte nie geboren werden sollen. Wahrscheinlich hat es schon im Mutterleib gespürt, dass es nicht willkommen ist.«

Sie löste sich von Antoine und wischte sich mit dem Ärmel das Gesicht trocken. »Ich glaube, er hat heute verstanden, dass es mir ernst ist. Er wird hier nicht mehr auftauchen.«

»Gnade ihm Gott, wenn doch.«

10

Die Girards waren in die erste Riege der großen französischen Parfümhäuser aufgestiegen, und sie hielten sich dort. Monsieur Richelieu hatte trotz seiner ungeschliffenen Manieren und seiner über siebzig Lebensjahre den Finger am Puls der Zeit. Er hatte schon als Parfümeur gearbeitet, als die Kunden nur duftende Handschuhe und Bänder, Reispuder und parfümierte Ballmasken verlangten, und steckte nun seine Nase in den Wind, um den Geruch der weiten Welt einzufangen. Das Fremde, das Unbekannte, das Fernweh: Richelieu nahm sich die Abenteurer, Entdecker, Archäologen und die exotischen Völker in den Kolonien zur Inspiration und experimentierte mit Zimt und Patschuli, Karamell und Moschus, Gardenie, Pfefferkörnern und Sandelholz. Mit diesem Mut zu Neuem entwickelte sich das Parfümhaus Girard zu einem beneideten Vorreiter.

Nach einer Parisreise kehrte Antoine mit der Neuigkeit heim, dass sich der Meisterparfümeur Francois Coty mit dem Glasmachermeister und Schmuckhersteller René Lilique zusammengetan hatte. Aus ihrer ersten Zusammenarbeit entwickelten sie das Parfüm *L'Effleur*, das sie in einem eigens für den Duft geschaffenen Flakon anboten. Am selben Abend nahmen Horace und Antoine Kontakt zu Glasereien auf, auch ihre Parfüms würden durch moderne Fläschchen auffallen.

Für *Florence* ließen sie einen Flakon mit Glasstöpsel entwerfen, der wie ein geschliffener Diamant aussah und unter der provenzalischen Sonne das Licht hundertfach reflektierte. Hochwertiges Glas für einen hochwertigen Duft.

Die Bedeutung chemischer Duftstoffe wuchs. Antoine nahm Kontakt auf zu den Rhône-Werken in Frankreich und zu Haarmann & Reimer in Deutschland. Ins Rollen kamen die neuen Zulieferungen aber erst mithilfe von Odettes langjährigem Brieffreund Davide Dubois aus Paris.

Horace, Antoine, Madeleine, Odette und ausnahmsweise sogar Gilles saßen im mit Carolina-Jasmin und Passionsblumen bewachsenen Innenhof der Villa. Nach dem Essen tranken sie noch ein Glas Wein.

Odette hatte Davide bei einer Betriebsbesichtigung kennengelernt. Er studierte Chemie an der Sorbonne in Paris und forschte zu künstlichen Duftstoffen. Die Welt des zwanzigsten Jahrhunderts kam nicht mehr mit den mühsam destillierten Naturessenzen aus, chemisch erzeugte Düfte waren die Zukunft. Die zurückhaltende Odette und der ernsthafte Wissenschaftler waren sich sofort sympathisch.

Horace schmunzelte, als Odette von den Zukunftsplänen ihres Brieffreundes erzählte. Ja, so idealistisch waren sie in dem Alter. Aber dann, wenn sie erkannten, dass nur demjenigen die Welt zu Füßen lag, der über das nötige Kleingeld verfügte, kamen sie ins Straucheln und fragten sich, an welcher Stelle des Weges sie die Abzweigung verpasst hatten. Er würde diesen Davide, sofern er ernste Absichten mit Odette hatte, in seine Obhut nehmen. Eine Vision von einem Firmenzweig, der chemische Duftstoffe in die ganze Welt vertrieb, waberte durch seine Gedanken.

»Darf ich ihn den Sommer über zu uns einladen?« Odette

nippte an ihrem Glas und wartete auf die Antwort des Vaters.

»Selbstverständlich! Wir haben genügend Gästezimmer. Dein Brieffreund ist uns herzlich willkommen.«

Anfang Juli traf Davide Dubois mit einem Seesack über der Schulter bei den Girards ein, ein hochgewachsener Mann mit dünnem Haar und etwas unglücklichen Gesichtszügen, aber einem offenen Lächeln.

Die ersten drei Wochen sah man Odette und ihn von morgens bis abends, Picknick im Rucksack, rund um Grasse wandern. Sie bestiegen die höchsten Berge, rasteten in Pinienwäldern auf einer Decke, fütterten Eichhörnchen mit Brotkrümeln und zuckten zusammen, wenn sich ihre Finger dabei zufällig berührten.

Als Davide zum ersten Mal nach ihrer Hand griff und sie küsste, wusste sie, dass die Leute, die sie bei den Stadtfesten, wenn sie abseits stand, bemitleideten, unrecht gehabt hatten: Sie war liebenswert und hatte sich den besten und klügsten aller Männer ausgewählt.

Wenig später verließ Davide das Gästezimmer und übernachtete in Odettes Bett. Das Personal war instruiert, Stillschweigen über alle persönlichen Belange im Hause Girard zu bewahren. Auf Tratscherei legte Horace keinen Wert. Ihm selbst wäre es recht, wenn sich seine Tochter, auf die er so wenig Hoffnung gesetzt hatte, mit ihrem zukünftigen Mann zu einer tragenden Säule des Hauses Girard entwickeln würde.

Mitte August, zwei Wochen vor Davides Rückkehr nach Paris, bat der Student um ein Gespräch mit dem Familienoberhaupt. Horace frohlockte. Das konnte nur bedeuten, dass eine Verlobung bevorstand. Eine wirklich erfreuliche Entwicklung! Sicher würde das künftige Familienmitglied seinen

Allerweltsnamen ablegen, um ein echter Girard zu werden. Horace freute sich darauf, dem jungen Glück die Zukunft auf einem Silbertablett zu präsentieren. Er würde sich nicht allzu lange bitten lassen, sondern bescheiden erklären, es sei eine Selbstverständlichkeit, dem Schwiegersohn den Weg zu Geld und Ruhm zu ebnen. Er bestellte seine Tochter und Davide gleich für den Tag darauf in sein Büro.

Odette hatte sich bei Davide eingehakt, als sie den mit Ledermöbeln ausstaffierten Raum betraten. Der Duft ihres Vaters nach Muskatnuss und Rosmarin hing in den Sitzkissen und Volants. Sie nahmen in Sesseln Platz, direkt gegenüber Horace, der in einem Stuhl mit Schnitzereien an Armstützen und Lehne thronte.

»Ich sehe mit Freude, wie gut Sie sich hier eingelebt haben. Ich hoffe, Sie genießen Ihren Aufenthalt?« Horace wählte aus einer Holzkiste eine Zigarre aus, bevor er Davide zum Rauchen einlud. Der Student lehnte ab. Umständlich zündete Horace sich die Havanna an. Die Zigaretten hatte er sich früh abgewöhnt, weil er fand, eine Zigarre passe besser zu einem Firmendirektor.

»Danke für Ihre Gastfreundschaft, Monsieur Girard! Ich habe mich wohlgefühlt, liebe die Provence und bin beeindruckt von der Firma, die Sie gegründet haben.«

Horace paffte zurückgelehnt in seinem Stuhl ein paar Wölkchen aus, der Rauch überlagerte alle anderen Gerüche im Büro. Er nickte, um den jungen Mann zum Weiterreden zu animieren. Das lief gut heute.

Davide räusperte sich. »Ich möchte Sie um die Hand Ihrer Tochter bitten, Monsieur. Wir lieben uns und wollen …«

Horace erhob sich. Er breitete beide Arme aus, die Asche der Zigarre rieselte auf den Boden. »Natürlich übergebe ich Ihnen meine Tochter, liebster Davide. Ihr seid ein fabelhaftes Gespann. Für wann habt ihr die Hochzeit geplant und für wann den Umzug? Ich brauche drei Monate, um die Villa zu erweitern, damit ihr mit euren hoffentlich zahlreichen Kindern herrschaftlich bei mir wohnen könnt.« Er nahm wieder Platz. »Und über das Geschäftliche unterhalten wir beide uns am besten einmal unter Männern, was meinen Sie?« Horace strotzte vor Frohsinn, nahm einen Zug und hakte sich den Daumen der Linken in den Armausschnitt seiner Weste. Die Gesichter seiner Tochter und ihres Verlobten wurden mit jedem seiner Worte blasser. »Stimmt etwas nicht? Habe ich etwas missverstanden?«

»Papa, ich habe mein Leben lang davon geträumt, aus Grasse herauszukommen. Die Menschen hier mögen mich nicht, ich mag sie nicht. Ich will Davide nach Paris begleiten.« Odette sprach leise, aber mit fester Stimme.

Horace drückte die angerauchte Zigarre im Ascher aus. Die Feierlaune war ihm gründlich vergangen. Aufgebracht klopfte er sich an die Stirn. »Und wovon willst du da leben, du dummes Huhn? Hier ist dein Zuhause, hier wird eure Hilfe gebraucht, hier könnt ihr euch in einen erstklassig laufenden Familienbetrieb einbringen. Davide«, sein Tonfall wurde weicher, als er zu der vertrauten Anrede überging, »rede ihr diesen Unsinn aus, auf dich hört sie eher als auf mich.« Er lachte auf. »Hier schwelgt ihr im Paradies auf Erden, in Paris müsstet ihr euch von ganz unten hochkämpfen.«

Davide drückte Odettes Hand, die auf seinem Ellbogen lag. »Ich bin Wissenschaftler und für die freie Wirtschaft nicht geschaffen.«

»Ach papperlapapp.« Horace machte eine wegwerfende Handbewegung. »Ich hätte nicht gedacht, dass ich zum Geschäftsmann in der Luxusindustrie tauge, als ich in der väterlichen Gerberei Schweinehaut gebeizt habe. Man muss die Chancen ergreifen, die einem das Leben bietet, Junge.«

»Bedauere, Monsieur Girard. Mein Herz gehört der Wissenschaft. Nach dem Studium bewerbe ich mich um eine Dozentenstelle und beginne mit meiner Promotionsschrift über künstliche Aromen. Die Chemie ist meine Leidenschaft.«

»Das kann ja so sein! Das eine schließt das andere doch nicht aus! Du kannst hier forschen und entwickeln und dir gleichzeitig eine goldene Nase mit deinen Molekülen verdienen.«

»Wir haben alles bereits besprochen, Papa.« Odettes Stirn war gerötet. »Bis Davide sein erstes Gehalt bezieht, komme ich für uns beide auf. Mit meiner Erfahrung als Buchhalterin finde ich leicht eine Stellung in Paris, wenn du uns nicht unterstützen möchtest ...«

Horace lockerte sich mit zwei Fingern den Kragen. Das lief nicht nach seinem Geschmack. Junge Leute waren in der Regel biegsam wie Weiden. Ausgerechnet er hatte es nur mit Querköpfen zu tun, die sich einen Dreck um seine Visionen scherten. Erst Gilles und nun Odette mit diesem Kümmerling. Er spürte einen Stich im Herzen, aber die Worte waren heraus, bevor er darüber nachdenken konnte. »Wenn ihr in Paris leben wollt – dann geht! Eine Apanage wird es nicht geben. Und von einem Erbe brauchst du auch nicht länger zu träumen.«

Abwechselnd stierte er von Odette zu Davide. Odette senkte den Kopf. Auf Davides Wangenknochen bildeten sich zwei kreisrunde rote Flecken. »Das habe ich nicht gewollt, Monsieur Girard, es tut mir leid ...«

Odette schaute auf. »Wir werden uns von dir weder vereinnahmen noch erpressen lassen. Meinst du, ich hätte nie gemerkt, wie du auf mich herabgeschaut hast? Ich weiß, dass du mich nicht liebst, Vater.« Sie biss sich auf die Oberlippe. »Mit Davide habe ich jemanden gefunden, der mich akzeptiert, wie ich bin. Mit ihm würde ich bis ans Ende der Welt gehen. Ich will es nicht, aber wenn es nicht anders geht, werden wir deinen Wunsch akzeptieren und uns von der Familie lossagen.«

Horace hatte auf einmal das Gefühl, zu wenig Sauerstoff zu bekommen. Er atmete ein, doch die Luft floss nicht bis in die Spitzen seiner Lunge, stockte auf halbem Weg. »Ihr packt noch diese Woche eure Koffer. Und wagt es nicht, mir vor eurer Abreise noch einmal unter die Augen zu kommen.«

Odette und Davide erhoben sich gleichzeitig und gingen zur Tür. Sie schauten sich nicht um.

Dass die beiden im Jahr darauf in der Kirche Saint-Germain-des-Prés in Paris heirateten, erfuhr Horace von seinen Söhnen, die einen lockeren Briefkontakt zu Odette hielten. Die Geschwister hatten sich nie nahegestanden, dafür waren sie zu unterschiedlich und wurden vom Vater zu ungleich behandelt. Ein paar Tage grämte er sich darüber, dass Odette den Namen Girard abgelegt hatte und mit ihrem Mann als Monsieur und Madame Dubois im Pariser Universitätsviertel wohnte. Keinen Centime überwies er ihnen, aber wie es hieß, kamen die beiden mit Odettes Sekretärinnengehalt, das sie sich in der naturwissenschaftlichen Fakultät der Sorbonne verdiente, gut über die Runden, und Davide war nach dem Grundstudium Bester des Jahrgangs.

All das verlor an Bedeutung, als an einem Morgen im Mai ein Wagen der Gendarmerie vor dem Palais Girard hielt und zwei Beamte in Uniform ausstiegen.

Die Polizisten lüpften ihre Schirmkappen und richteten die Waffengurte, die sich quer über die Brust spannten. Der Jüngere trug einen Schnauzbart, der Ältere war glatt rasiert. Menschen, die auf dem Boulevard mit ihren Handkarren und Pferdekutschen vorbeifuhren, wandten die Köpfe. Die Gendarmen kamen nicht aus Grasse. Was wollten sie bei den Girards?

Der Jüngere hielt sich bis zur Eingangspforte im Windschatten des Älteren. Auf ihr Klopfen hin öffnete ihnen die Hausdame.

Kurz darauf standen sie in Horace' Büro. Der Hausherr war sich keiner Schuld bewusst. Es sei denn ...

Der Jüngere wechselte das Gewicht von einem Bein auf das andere und zwirbelte an seinem Bart. Der Ältere wandte sich an Horace. »Sind Sie der Vater von Gilles Girard, Monsieur Girard?«

Horace sackte das Blut aus dem Kopf. Von einer Sekunde auf die andere fühlte er einen Druck, als wollte ihm der Schädel zerspringen. Gilles, wer sonst! Diesmal würde diese Kanaille nicht ohne Konsequenzen davonkommen! Diese Blamage würde er ihm nicht durchgehen lassen. Seit einer Woche war er im Palais nicht mehr gesehen worden. Ob er Spielschulden in Cannes geprellt hatte? Oder in Drogengeschäfte verwickelt war? Seinem Jüngsten traute Horace viel Übles zu.

»Das bin ich zu meinem Leidwesen, Messieurs. Bitte entschuldigen Sie, wenn er Ihnen Schwierigkeiten gemacht hat. Ich werde selbstverständlich für jeden Schaden aufkommen, habe allerdings nichts dagegen, wenn Sie ihn hinter Schloss und Riegel setzen. Vielleicht wird ihm das eine Lehre sein. Was wird ihm denn zur Last gelegt, dem Faulenzer?«

Die beiden Polizisten wechselten einen Blick, bevor der ältere anhob: »Leider kommen wir mit schlechten Nachrichten, Monsieur Girard. Am Strand von Cannes haben wir einen Mann gefunden, aus dessen Papieren hervorgeht, dass er Gilles Girard heißt und in Grasse wohnt. Ihm konnte leider nicht mehr geholfen werden. Er ist am Strand gestorben. Die Kollegen haben ihn vorläufig ins Hospital gebracht, wo ihn ein Gerichtsmediziner aus Nizza untersuchen wird. Äußerlich weist nichts auf ein Verbrechen hin.«

Horace umklammerte die Armlehnen seines Stuhls, als wollte er das Holz zerquetschen. Sein Magen rebellierte.

»Eine Verwechslung ist ausgeschlossen?«

»Genau deswegen sind wir hier. Würden Sie uns nach Cannes begleiten, Monsieur, um Ihren Sohn zu identifizieren?«

Ja, er hatte sich unzählige Male über Gilles mit seiner rastlosen Art geärgert. Über die Verschwendung von Talent. Von all seinen Kindern hatte er die beste Nase. Was nützte das, wenn ihm die Disziplin fehlte? Mit mehr Hoffnung als aus Überzeugung hatte Horace ihn zum Leiter des Laboratoriums ernannt, aber die angestellten Parfümeure bekamen schnell mit, dass sie unter der Direktive des jüngsten Girards alle Freiheiten besaßen. Wenn er sich mal bequemte, den Arbeitsraum mit den kostbaren Ölen und Essenzen aufzusuchen, dann nur in den Abendstunden, um selbst ein wenig zu experimentieren. Die Mitarbeiter im Sinne des Familienbetriebs anzuleiten lag ihm fern. Horace hatte geahnt, dass aus seinem jüngsten Sohn in diesem Leben kein Gewinn für die Firma werden würde. Ja, er hatte in ihm einen Tagedieb und Drückeberger gesehen, und ja, er hatte kaum Hoffnung gehabt, dass Gilles sich irgendwann ändern würde. Horace wunderte sich selbst über den Schmerz in seinem Inneren. Er schaffte es nicht, sich Gilles tot vorzustellen. Er war immer das lebendigste seiner Kinder gewesen.

Horace war froh, bei der Fahrt nach Cannes Madeleine und Antoine an seiner Seite zu haben. Sie nahmen den rot-weißen Rolls-Royce, den sich Antoine im vergangenen Jahr zugelegt hatte. Horace selbst wäre nicht in der Lage gewesen, am Steuer zu sitzen.

Im Kellerraum in der Klinik von Cannes wurde seine schlimmste Befürchtung zu Gewissheit.

Was war geschehen?

Dieser Frage versuchten die Girards in den kommenden Wochen nachzugehen, aber all ihre Nachforschungen und die Untersuchung der Gendarmerie führten nur zu einem Ergebnis: Es war, als hätte es Gilles Girard nie gegeben. Keiner hatte mit ihm zu tun gehabt, keiner kannte ihn. In seinen Hosentaschen hatte man neben seinen Papieren fünfzig Franc gefunden und einen mit Leder überzogenen Füllfederhalter von Cartier. Horace hatte sich immer gefragt, wofür Gilles sein Geld ausgab. Dieses edle Accessoire schien nicht zu seinem Lebensstil zu passen, ein Mann, der wie ein Clochard die Nacht am Strand verbrachte.

Odette reiste zum Begräbnis ihres Bruders an, doch schon am nächsten Tag kehrte sie Grasse den Rücken. Melancholie und Schmerz überkamen Horace, als er ihr durch das Fenster seines Schlafzimmers hinterherschaute.

Ach, Florence, hättest du unsere Tochter gehalten? Hättest du Gilles' Tod verhindert? In einem seltenen Moment des Selbstzweifels fragte er sich, was in der Erziehung seiner Kinder falsch gelaufen war. Zu allem Überfluss ließ Antoines und Madeleines Nachwuchs auf sich warten. Es würgte ihn bei der Vorstellung, dass die Familie Girard mit der jetzigen Generation untergehen könnte.

11

In ihrem Kostüm und den Pumps fühlte sich Madeleine auf der Rue Droite wie von einem anderen Stern. Menschen, denen sie begegnete, grüßten und schauten ihr hinterher. Den Mädchen in Grasse galt Madeleine als Beispiel dafür, wie weit man es mit Anmut und Raffinesse schaffen konnte.

Ihre Garderobe war exquisit, ihr Umgang handverlesen, und für alles, womit man sich die Hände schmutzig machte, hatte sie ihre Bedienstete.

Nur diesen Gang heute, den konnte ihr niemand abnehmen. Sie hatte lange überlegt, ob sie einen Arzt aufsuchen sollte, sich letzten Endes dagegen entschieden. Intime Angelegenheiten besprach sie lieber mit einer Frau. Wer war dafür besser geeignet als die Hebamme?

Sie betätigte den Türklopfer, dann hörte sie ein Schlurfen. Camille öffnete in einem sackähnlichen Kleid. Ihr Lächeln war kalt. Madeleine ahnte, dass sie es ihr übel nahm, ihren Halbbruder im Stich gelassen zu haben, aber einen solchen Vorwurf würde die Alte kaum offen aussprechen. Sie bevorzugte es, hinter dem Rücken der Betroffenen ihre Meinung zu verbreiten.

Heute ging es Madeleine nicht um die Loyalität und Vertrauenswürdigkeit der Hebamme, sondern darum, dass sie ihr erklärte, warum sie bis jetzt nicht schwanger geworden war. Sie liebte Antoine seit ihrem sechzehnten Lebensjahr, mittlerweile waren fünf Jahre vergangen. Sicher, die Arbeitsatmosphäre war oft aufreibend, das Zusammenleben mit dem Schwiegervater anstrengend, aber daran konnte es nicht liegen, oder?

Camille schlurfte voran in ein Zimmer mit einer Untersuchungsliege. An den Wänden standen ein Regal mit medizinischen Wälzern und Lexika der Heilkräuter, ein Waschtisch, eine Art Sekretär und ein Paravent aus Seidenpapier. Der Raum lag im Halbdunkel, Vorhänge waren vor die Fenster gezogen. Sie wusste, weswegen Madeleine hier war, sie hatte sich vergangene Woche in einem Brief für heute angekündigt. Sie drückte ihr ein Glas in die Hand und schickte sie hinter den Raumteiler. »Zieh dich aus und pinkle den Behälter voll.«

Madeleine errötete. »Ich soll …?«

Camille hob Schultern und Arme, das Gesicht gerunzelt wie ein welker Apfel. »Ist das so schwer?«

Sie tat wie geheißen und konnte kurz darauf, als sie sich nur mit ihrer Bluse bekleidet auf die Liege setzte, beobachten, wie die Hebamme die Zunge in ihren Urin tunkte und schmatzte. Madeleine würgte vor Ekel. Ob sie nicht doch besser zu einem Arzt gegangen wäre?

»Zu viel Blutzucker hast du nicht.« Camille schaute ihr in den Hals, ließ sie die Zunge herausstrecken und zog ein Lid herab. Endlich tat sie das, was Madeleine sich vorgestellt hatte: Sie tastete ihren Leib ab, klopfte hier und da, setzte ein Hörrohr an. Am Ende führte sie einen Finger tastend in ihren Unterleib, den Blick konzentriert an die Decke gerichtet.

Ihr abschließendes Urteil hätte Madeleine erleichtern können: »Dir fehlt nichts, Mädchen, du bist kerngesund.«

Aber Verzweiflung packte sie. »Woran kann es denn liegen? Mein Schwiegervater wünscht sich Enkelkinder, ich habe das Gefühl, ihn grenzenlos zu enttäuschen. Und Antoine und ich wollen natürlich ebenfalls Nachwuchs«, fügte sie schnell hinzu. Ja, sie sehnte sich danach, einen kleinen Menschen in den Armen zu halten, aber mehr noch sah sie es als ihre Pflicht an, für den Fortbestand der Familie Girard zu sorgen.

»Tja.« Camille zuckte mit überheblicher Miene die Achseln. »Es gibt eben Dinge auf dieser Welt, die man sich nicht mit Geld kaufen kann.«

»Spar dir deine Gehässigkeiten«, fuhr Madeleine sie an. Sie war wütend, dass Camille ihr nicht helfen konnte.

Camille ging nicht auf den gereizten Ton ein, freute sich aber schon darauf, in Grasse herumzuerzählen, dass bei den Girards der Haussegen schief hing. »Wenn der Samen nicht aufgehen will, kann das seelische Gründe haben. Setzt dich dein Schwiegervater unter Druck? Hast du Freude daran, mit deinem Mann zusammenzuliegen, oder wartest du nur darauf, ein Kind von ihm zu empfangen? Es gibt viele Gründe, warum eine Frau unfruchtbar ist. Oder der Mann ist nicht in der Lage, ein Kind zu zeugen. Das gibt es natürlich auch.« Sie wusch sich die Hände am Becken und schüttelte die Tropfen ab.

Madeleine legte einen kleinen Sack mit Münzen auf den Sekretär. »An Antoine liegt es gewiss nicht. Er würde sich niemals untersuchen lassen.« Die Hebamme hatte den Finger genau in die Wunde gelegt: Sie hatte die Freude am ehelichen Zusammensein verloren, seit sie nur darauf hoffte, ein Kind zu empfangen.

Camille öffnete den Geldsack und zählte mit einem Finger durch die Münzen. Sie nickte und zog eine Schublade des Sekretärs auf. Ein Duftgemisch von Kräutern wehte heraus. »Zaubern kann ich nicht. Ich gebe dir einen Tee aus Frauengold, Himbeerblättern und Basilikum mit. Trink davon dreimal täglich einen Becher. Mancher hat es schon geholfen, alles in Gleichklang zu bringen.«

Camille brachte sie zur Tür. »Es könnte helfen, wenn du deine Familienverhältnisse klärst. Es ist nicht gut für eine Frau, wenn sie den eigenen Vater auf der Straße nicht grüßt. Und Lucas ...«

»Ich habe mich für die Girards entschieden. Und ich habe meinen Entschluss nie bereut.«

»Dein Vater würde es nie zugeben, aber es hat ihm den Boden unter den Füßen weggerissen. Er sieht zwanzig Jahre älter aus, als er ist, rackert sich mit seinen Blumenfeldern und der Destille ab ... Schlimmer noch trifft es Lucas.«

Ein Gefühl von Schuld ließ Madeleines Herz laut klopfen. Sie versuchte, sich nichts anmerken zu lassen. »Er macht es einem nicht leicht, ihn lieb zu haben.«

»Wie sollte er denn auch? Der Junge hat nie erfahren, was es bedeutet, in einer Familie Liebe zu bekommen. Ich mache mir Sorgen um ihn. Er ist ein Strolch, aber seine Streiche werden zunehmend bösartiger. Letztens habe ich ihn erwischt, wie er in seinem Zimmer mit einem Küchenmesser eine Taube aufschlitzte, angeblich nur, weil er wissen wollte, wie groß ein Vogelherz ist.« Camille redete sich in Rage über den kleinen Bonnet. Madeleine unterdrückte den Wunsch, sich die Hände auf die Ohren zu pressen, setzte stattdessen eine verschlossene Miene auf. »Ich kann nichts tun.«

»Doch! Du hättest ihn nicht alleinlassen dürfen! Dein Vater ist nicht fähig, ein Kind zu erziehen. Ich schwöre, das nimmt kein gutes Ende mit dem Jungen!«

Madeleine drehte sich zur Straße und lief davon. Nur weg von dieser Frau und ihren Anschuldigungen. Hätte sie bloß ihre Scham überwunden und wäre zum Arzt gegangen. Und die Kräuter der Alten waren bestimmt ein abergläubischer

Humbug. Madeleine zog den Leinenbeutel aus ihrer Jackentasche und schleuderte ihn über eine Mauer. Gut möglich, dass die Quacksalberin sie vergiften wollte, so gemein und voller Hass, wie sie war.

12

Dezember 1914

»Odette hat geschrieben.« Madeleine entfaltete den Brief am Mittagstisch. Ihre Hände zitterten. »Davide ist zum Kriegsdienst eingezogen worden.«

Horace presste die Lippen aufeinander und nickte ein paarmal. »Damit war zu rechnen. Ich hoffe, dass wir hier im Süden verschont bleiben. Wir sind weit genug weg von den Fronten.«

Antoine ließ sein Besteck sinken. »Ich wollte warten, bevor ich euch einweihe, aber jetzt überschlagen sich die Dinge. Ich habe ebenfalls eine Einberufung bekommen. Kommende Woche gehe ich in Toulon an Bord eines der Kriegsschiffe.«

Schweigen senkte sich über die Tischgemeinschaft. Madeleine wurde blass.

»Du kannst mich nicht alleinlassen.«

»Ich muss. Sollen wir uns hier wie Feiglinge verstecken? Wir müssen unseren Brüdern im Norden helfen.«

Mit düsteren Vorahnungen ließ Madeleine ihren Mann ziehen. Die Stimmung im Süden Frankreichs schwankte zwischen Kriegsbegeisterung und Schrecken. Einige fantasierten davon, dass der Krieg wie ein reinigendes Gewitter zu einer neuen Ordnung im alten Europa führen würde. Andere erkannten schnell, dass die Kämpfe an Grauen nicht zu überbieten sein würden. Die Fronten erstarrten in einem Stellungskrieg entlang einer zickzackförmigen Linie quer durch Frankreich. Hunderttausende gaben ihr Leben.

Die Nobelhotels an der Riviera und im Hinterland wurden zu Lazaretten umgewandelt, die bald überfüllt waren mit Verletzten und Verstümmelten. Allein aus Verdun kamen täglich über tausend Verwundete, und im Hause Girard rechnete man ständig mit dem Eintreffen der Nachricht, dass Antoine gefallen war. Um ihre Angst zu kontrollieren, hielt Madeleine daran fest, ihrem Mann täglich Briefe zu schreiben.

Neun Monate nachdem sie voneinander Abschied genommen hatten, schickte sie eine Nachricht nach Lothringen an das 15. Korps, zu dem Antoine gehörte: »Liebling, unser Sohn Stéphane ist zur Welt gekommen. Uns geht es gut, und ich zähle die Tage, bis ich Dich wiedersehe und Du unser Kind in die Arme nehmen kannst.«

Stéphane Girard wurde im Oktober 1915 geboren, einen Monat später kehrte sein Vater mit steifem rechtem Bein nach Hause zurück. Ein Granatsplitter hatte seinen Oberschenkel unter heftigem deutschem Artilleriebeschuss zerfetzt. Im Hotel Carlton in Cannes, wo sonst gekrönten Häuptern und den Millionären der Welt der Duft des Mittelmeers um die Nasen wehte, ließ sich Antoine versorgen, bevor seine Familie ihn abholte.

Er brauchte Monate, bis er nachts keine Albträume mehr durchlitt und im Schlaf nicht mehr um Hilfe schrie.

Der Wunsch, sich mit Wohlgerüchen zu umgeben, ließ in den Kriegszeiten nicht nach. Horace erkannte schnell, was die Menschen brauchten: nostalgisch-romantische Düfte, um die schlechten Zeiten zu vergessen. Er stellte einen neuen Parfümeur ein, der ihm ähnliche Duftlinien wie *Mi-Mai* aus dem Hause Guerlain erschaffen sollte. Doch letzten Endes schaffte es keins der neuen Parfüms, *Florence* den Rang abzulaufen.

In all der Aufregung um den Krieg, die Geburt des Stammhalters und das darbende Geschäft in Krisenzeiten traf ein weiterer Brief von Odette ein, die mitteilte, dass sie nach einem Heimaturlaub ihres Mannes ebenfalls schwanger war.

Stéphane wuchs in einer handgeschnitzten Wiege mit Familienwappen im Palais Girard weit entfernt von der Kriegsfront heran. Sein Cousin Henri, Sohn von Odette und Davide, richtete sich in dem Ein-Zimmer-Apartment in Saint-Germain-des-Prés im Bett neben seiner Mutter ein. Mauern und Fensterscheiben vibrierten von den vereinzelten Bomben, die die Deutschen auf Paris warfen.

Für Stéphane gab es schon bald eine Amme, da Madeleine wieder arbeiten wollte. Anaelle stillte ihn und fuhr im Garten des Palais mit ihm spazieren, setzte ihn im Frühsommer auf eine Decke unter die Bäume und lief im Herbst mit ihm durch Blumenfelder. Sie hatte die Anordnung, dem Kind jeden Wunsch zu erfüllen, und hielt sich daran. Mit knapp über einem Jahr fand Stéphane es selbstverständlich, dass sich die Welt um ihn drehte.

Henris erste bewusste Blicke hingegen galten nicht Kirschbaumblüten, sondern den Fassaden in Pariser Hinterhöfen. Sein Vater Davide kehrte körperlich unversehrt heim und vertiefte sich nach dem Ende des Krieges in seine Doktorarbeit, die nur schleppend vorankam, weil er sich um Henri kümmerte, wenn Odette im Sekretariat in der Sorbonne arbeitete. Sie würden den Kleinen durchbekommen, und bald würden sich die Zeiten bessern. Mit einem bitteren Geschmack im Mund dachte Odette oft daran, wie mühelos ihr Vater das Leben ihrer Familie erleichtern könnte. Eine zusätzliche Ausgabe von einhundert Franc würde er gar nicht spüren, und sie könnten sich eine größere Wohnung mit zwei

Zimmern nehmen. Ihr Groll saß nicht tief, währte immer nur ein paar Herzschläge lang.

Sie hatten ein Dach über dem Kopf, genug zu essen, waren frei, und sie liebten sich. Was brauchte man mehr im Leben? Glück hatte nichts, aber auch gar nichts mit Armut oder Reichtum zu tun. Wer wüsste das besser als Odette, die beide Welten kannte.

Henri blieb Einzelkind, im Palais Girard feierte man zwei Jahre später eine weitere Geburt: Vivienne kam im November 1917 zur Welt. Der kleine Stéphane schrie und trat um sich und wollte die Schwester loswerden. Opa Horace vermochte ihn zu besänftigen, wenn er ihn auf seinen Schoß zog und ihm ins Ohr flüsterte: »Auf keinen bin ich so stolz wie auf dich, mein Prinz.«

Teil 3

1952

Die Girards

13

Unter einem sommerblauen Junihimmel verließ der Ferrari das Straßengewirr der französischen Hauptstadt und schnurrte auf geradem Weg in Richtung Süden. Auf weiter Strecke zog sich die neu gebaute Autobahn, die *route du soleil*, dicht an der Rhône entlang. Anouk hielt das Gesicht in den Fahrtwind. Aus dem Autoradio erklangen die Chansons von Édith Piaf, Marlene Dietrich und Charles Aznavour.

Jedes Detail ihres bisherigen Lebens schien dazu geführt zu haben, dass sie in diesem Automobil saß und in die Weltstadt der Düfte brauste. Ihr Kopf sagte ihr, dass dies nur der Anfang war, aber innerlich jubelte sie, als wäre sie am Ende eines Weges angekommen.

Lyon erreichten sie am späten Nachmittag. Stéphane steuerte zur Übernachtung das Hotel Carlton im Herzen der Stadt an. Es roch nach alten Mauern und jungem Wein, würzigem Käse und Fettgebackenem, Flusswasser und Geschäftigkeit.

Als Stéphane zwei Einzelzimmer buchte, spürte Anouk Erleichterung. Er verhielt sich wie ein wohlwollender Patenonkel, versuchte nicht, ihr näherzukommen.

»Was hast du deiner Familie über mich erzählt?« Sie saßen

beim Abendessen in einem kleinen Restaurant direkt an der Rhône.

»Sie wissen von deinem Ausnahmetalent und freuen sich auf dich. Ich habe ihnen selbstverständlich auch von deiner attraktiven Erscheinung und deinem stilvollen Auftreten erzählt. Ich könnte dich sogar in der Reklame als das Gesicht des Hauses Girard einsetzen, du würdest berühmt werden. Ich hoffe schon lange auf eine Kampagne mit einem ordentlichen Budget. Wir brauchen nur ein neues großes Parfüm, dann geht es los.«

Anouk errötete. »Ich werde nicht das Gesicht deiner Firma. So etwas liegt mir nicht. Wie soll ich solchen Erwartungen gerecht werden? Das hättest du nicht tun sollen, Stéphane.«

Er langte über den Tisch und streichelte ihre Hand. Seine Fingerspitzen waren genauso kühl wie sein Blick. »Mach dir keine Sorgen. Du wirst schon noch lernen zu strahlen.«

»Ich überrasche lieber die Menschen, statt mich ihnen vollmundig anzukündigen.«

Stéphane nahm einen Schluck Wasser. »Ich will meiner Familie nicht mit einer Apothekertochter kommen, deren Hobby Parfüms sind, die sie sich nicht leisten kann.«

Anouk zuckte zusammen. Seine Stimme klang auf einmal formell, aber in der nächsten Sekunde lächelte er. »Im Haus Girard aufgenommen zu werden, ist eine Ehre, das sollte dir bewusst sein. Meine Familie stellt höchste Ansprüche.«

Sie war froh, als sie das Essen kurz darauf beendeten und sie sich in ihr Zimmer zurückziehen konnte. Stéphanes Erwartungen beunruhigten sie.

An der Art, wie sie sich am Morgen in den Beifahrersitz kauerte und wie sich ihr Gesicht verschloss, merkte Stéphane, dass ihre Vorfreude einen Dämpfer erlitten hatte. Er lenkte das Sportauto aus Lyon heraus in Richtung Marseille. »Es tut mir leid, wenn ich dich verunsichert habe, aber meine Familie ist wirklich kompliziert. Ob wir dich für die Reklame einplanen, lassen wir mal offen. Das muss man mögen. Aber denke immer daran: Ich hätte dich niemals mitgenommen, wenn ich nicht davon überzeugt wäre, dass du sie mit deinem Talent begeistern wirst.«

»Und wenn nicht?«

»Das wird nicht passieren. Und damit du wieder lächelst, schlage ich vor, wir nehmen einen Umweg über die Côte d'Azur nach Grasse. Was meinst du?«

Der Verkehr wurde dichter, je näher sie Marseille kamen. In der Stadt selbst fuhr Stéphane nur Schritttempo, sie war überfüllt mit Menschen und Vehikeln jeder Art. Eine Verkehrsordnung schien es nicht zu geben, aber Stéphane wich geschmeidig Staus und parkenden Autos aus. Im Hafen sah Anouk zum ersten Mal das blau glitzernde Mittelmeer, entdeckte große Schiffe, alte Fischerboote und ein paar elegante Segelboote. Es roch nach Abgasen und Motoröl, Salz, Muscheln, Algen und gebratenem Fisch, eine Stadt, die den Atem der Ferne verströmte.

»Wenn man dieses bunte friedliche Treiben sieht, will man kaum glauben, dass Marseille vor nicht einmal zehn Jahren von deutschen Truppen besetzt war und ein Großteil der Altstadt gesprengt wurde. Die Deutschen vermuteten dort Widerstandskämpfer.«

Anouk musterte Stéphane von der Seite. »Ich habe den Krieg in der Normandie miterlebt. Die Bombeneinschläge habe ich heute noch im Ohr. Und manchmal spüre ich die Anspannung, wie ich an der Hand meiner Mutter davongelaufen bin.«

»Nicht viele wissen, dass es auch in der Provence eine Invasion der Alliierten gab, um Frankreich vom Süden her zu befreien. Die Truppen landeten östlicher, in Saint-Tropez.«

Anouk versuchte, sich vorzustellen, wie Soldaten in Uniform über diese Traumstrände einfielen. Was für ein groteskes Bild. »Hast du im Krieg gekämpft?«

Ein Muskel zuckte an Stéphanes Mundwinkel. »Ich habe auf einem Kriegsschiff gedient. Wir wollten in die französischen Kolonien, aber ...« Er schüttelte den Kopf. »Nichts, woran ich mich gern erinnere.« Seine Stimme klang auf einmal belegt.

Anouk erkannte, dass es besser war, nicht weiter in ihn zu dringen. Aber diese verletzliche Seite an Stéphane erstaunte sie. Sie gab ihm mehr Tiefe, obwohl natürlich kein Mann seines Jahrgangs ohne Eindrücke aus dem Krieg heimgekehrt war. Die einen zerbrachen daran, die anderen schüttelten die Erinnerungen ab wie kratzige Mäntel. Stéphane war einer, der sich nicht im Gestern gefangen halten ließ.

An der Straße, die direkt am Meer vorbeiführte, kamen sie nur stockend voran. Ohne den Fahrtwind spürte Anouk deutlich die Nachmittagshitze, während sie die leicht bekleideten Menschen mit ihren braunen Armen und Beinen betrachtete, viele mit breitkrempigen Hüten, Sonnenbrillen und Strandtaschen aus Bast.

»Bis vor wenigen Jahren war die Riviera das ideale Rückzugsgebiet für Künstler und Philosophen. Mittlerweile wächst der Tourismus«, erzählte Stéphane. »Kein guter Ort, um Düfte zu entwickeln. Hier werden die Sinne überrumpelt, da schafft man es nicht, sich auf die Nase zu konzentrieren. Glaub mir, Grasse wird dir besser gefallen. Beim Komponieren von Parfüms muss man sich von Banalitäten befreien, sich öffnen für das Spiel von Licht und Schatten.«

Anouk musterte ihn von der Seite. »Hast du selbst mal versucht, Düfte zu entwerfen?«

»Jeder Girard hat es selbst versucht. Ich bin definitiv talentfrei, obwohl Düfte es mir angetan haben. Dem Einfluss meines Elternhauses konnte ich mich nie entziehen, aber ich bin kein Mann, der allein in einem Labor vor sich hin werkelt. Ich liebe es, zu reisen und Leute zu treffen. Fotografen, die unsere Parfüms in Szene setzen, Künstler, die für uns Plakate gestalten, Geschäftsführer in Kaufhäusern, die nach meinem Besuch die Produktpalette der Girards prominent ausstellen. Ich bin einer, der unter Menschen muss, dann kann ich leuchten.«

»Du leuchtest?«

Er lachte auf, und Anouk fand, dass seine Art, sich selbst nicht immer ernst zu nehmen, eine seiner angenehmsten Seiten war.

»Und ich liebe das sinnliche Flair, das mit Parfüms verbunden ist. Genau meine Welt. Weißt du übrigens, was die eigentliche Aufgabe von Parfüms ist? Die meisten ahnen es, die wenigsten sprechen es aus.«

Anouk blickte ihn an. Worauf wollte er hinaus?

»Jedes Parfüm ist ein durch den Geruchssinn wirkendes Aphrodisiakum. Vermutlich liegt es an der allgemeinen Prüderie, dass dies so selten thematisiert wird. Man weiß nicht, wie viele in der Branche dieses Ziel klar vor Augen haben und es bewusst zu erreichen versuchen. Wie würdest du arbeiten, Anouk? Würde das Erotisierende bei dir im Vordergrund stehen?«

»Ich würde mich von allen Gefühlen inspirieren lassen.«

»Das ist gut, aber unser Geruchssinn ist animalisch, er kommt von allen Sinnen dem tierischen Instinkt am nächsten. Ich spüre das in jeder Faser meines Körpers. Vielleicht weil ich als Sprössling eines Parfümunternehmens besonders darauf geachtet habe, vielleicht weil mich die Erotik eines Duftes von frühester Jugend an bezwingen konnte.«

»Düfte bewirken mehr als erotische Fantasien.« Anouk wandte sich von ihm ab und blickte durch das Seitenfenster auf die vorbeirauschende Landschaft aus Weinbergen und

Wäldern. Das Thema erschien ihr verfänglich, aber sie wollte nicht prüde wirken. Mittlerweile kannten sie sich gut genug, um offen miteinander zu reden.

Stéphane lehnte sich im Fahrersitz zurück und lenkte mit einer Hand. »Kennst du das Bonmot, dass eine Frau sich ihr Parfüm auf die Stellen tupfen soll, auf die sie geküsst werden will? Manche behaupten, Coco Chanel hätte das gesagt, aber ich glaube, das wussten die Menschen bereits in der Antike.«

»Das klingt eher nach einem wenig originellen Reklamespruch.«

»Du bist unromantisch, *chérie*.« Stéphane wandte ihr für einen Moment lachend das Gesicht zu. »Allein die Tatsache, dass ein Parfüm sich verflüchtigt, zeigt doch, dass man es nicht besitzen kann und dass das Begehren ein Verlangen bleibt. Findest du das nicht verführerisch?«

»Ich bin Realistin. Und ich hoffe, ich werde als Parfümeurin viel mehr ansprechen als nur Erotik und Sinnlichkeit. Es ist einseitig, anzunehmen, eine Frau würde sich nur parfümieren, um einem Mann zu gefallen. Attraktiv bin ich in erster Linie für mich selbst, nicht für andere. Parfüm ist wie eine zweite Haut, ein Duft, der meine Persönlichkeit spiegelt.«

»Mag sein, aber für mich sind Parfüms und Erotik dennoch untrennbar miteinander verbunden. Es ist ein Geschenk, eine Kundin oder Einkäuferin zu umarmen und ihren Duft einzuatmen. Die prickelnde Atmosphäre kommt den Geschäftsabschlüssen zugute. Manchmal fühle ich mich wie einer dieser Schnüffler, die um die Jahrhundertwende in Paris herumgeistert sind. Sie haben sich in den überfüllten Kaufhäusern den Damen von hinten genähert, um für ein paar Sekunden ihren Duft einzuatmen.«

»Wenn mir so einer nah kommen würde, hätte der meine Handtasche im Gesicht.«

»Der Unterschied ist, dass ich mich nicht heimlich heranpirsche. Wenn mich der Duft einer Frau einnimmt, sage und zeige ich es ihr. Und ich bin weit davon entfernt, den Verstand zu verlieren, wie es einem jungen Pariser geschehen sein soll. Er nahm den Duft einer Dame wahr und folgte ihr wie ein Schoßhund erst mit der Bahn nach Le Havre, dann auf ein Schiff nach New York, wo er schließlich nervlich am Ende und vollständig verwirrt ankam.«

»Das hast du dir ausgedacht.«

»Nein, niemals würde ich dich mit einer Lüge unterhalten, *chérie*! Das soll so passiert sein.«

»Vielleicht war der Duft ja euer *Florence*. Das fiel damals schon inmitten all der anderen femininen Düfte auf, nicht wahr?«

Stéphane lachte. »Ja, meine Großmutter war ihrer Zeit weit voraus. Der Erfolg von *Florence* hat unsere Firma groß gemacht. Durch alle schwierigen Jahre – die Wirtschaftskrise, die Kriege – hatten wir ein gutes Auskommen mit dem Verkauf dieses Parfüms. Natürlich waren Produkte der Konkurrenz ebenfalls erfolgreich, *Glamour*, *Femme*, *Fille d'Eve* und wie sie alle hießen, aber *Florence* hat sich immer behaupten können. Seit Jahren versuchen meine Eltern, gleichwertige Duftlinien entwickeln zu lassen. Obwohl wir reichlich Geld in die Reklame stecken, scheint nichts zum neuen großen Erfolg zu führen. Vielleicht weil die freien Parfümeure, die wir beschäftigen, keinen Bezug zu unserem Familienunternehmen haben. Und meine Schwester Vivienne ist zwar eine ausgebildete Parfümeurin, aber ihre Fähigkeiten sind – wie soll ich sagen? – beschränkt. Sie hält sich für exzellent, aber sie sollte besser Seifen und Waschmittel beduften, statt zu versuchen, puren Luxus zu erschaffen.«

Anouk schwieg. Sie spürte die schwelenden Familienkonflikte. Was auch immer von ihr erwartet wurde, sie würde sich nicht zum Spielball machen lassen. Aber war das überhaupt möglich, nachdem Stéphane sie so großspurig angekündigt hatte?

Er lenkte den Ferrari in Richtung Toulon und steuerte eine Pension mit farbig gestrichenen Hauswänden an, deren Zimmer einen atemberaubenden Blick über das Meer boten. Anouk fiel nach dem Abendessen in einem gemütlichen Hafenrestaurant sofort ins Bett. Sie hatte nicht gewusst, wie überwältigt und müde sie von der Fahrt war.

Am nächsten Morgen fuhren sie bis nach Cannes. Dort staunte Anouk über die pompöse Reihe hochklassiger Luxusherbergen an der Croisette, der Promenade direkt am Meer. Hier war das Publikum eleganter, die Kleidung mondäner, der Schmuck teurer, die Absätze höher.

»Der Strand sieht verführerisch aus.« Weißer Sand leuchtete in der Mittagssonne, die Wellen schwappten schäumend. Spaziergänger in Shorts und Sandalen schlenderten an der Wassergrenze entlang, einige wenige trugen Badekleidung und standen bis zu den Knien im Meer. »Ich würde zu gern einmal baden gehen.«

»Dazu wirst du noch Gelegenheit haben. Jetzt wollen wir erst einmal ankommen, oder?«

»Natürlich. Ich besitze auch gar keinen Badeanzug.« Den würde sie sich sobald wie möglich besorgen. Vielleicht sogar einen Bikini?

Anouks Blick glitt über die Passanten. »Oh, ist das Gina Lollobrigida?« Sie wandte den Kopf und sah die italienische Schauspielerin mit ihrem Begleiter nur noch von hinten. Anouk hatte sie in »Die Schönen der Nacht« gesehen.

»Ich habe nicht darauf geachtet, aber ja, gut möglich. Sie hat in »Fanfan, der Husar« mitgespielt, der Regisseur ist im Mai bei den Filmfestspielen ausgezeichnet worden. Schau dich nur um. Du triffst an jeder Ecke Stars. Sophia Loren,

Orson Welles, Zsa Zsa Gabor, Marlon Brando ... Der internationale Jetset verbringt hier seinen Urlaub, ein Tummelplatz für alle, die auf der Suche nach einem freien und leichten Leben sind. Manche bleiben für immer, weil sie von der Schönheit der Riviera verzaubert sind.«

»Kaufen sie Parfüms von Girard?«

»Aber sicher. Das ist mein Job, sie auf unser Angebot hinzuweisen. Ich liebe den Mai in Cannes, wenn die Filmfestspiele Schauspieler aus der ganzen Welt anlocken. Dann triffst du hier Kirk Douglas, Gary Cooper ... Kennst du Grace Kelly, die mit Cooper in »Zwölf Uhr mittags« gespielt hat? Sie trägt *Florence*, nachdem ich es ihr vorgestellt habe. Eine zauberhafte Frau, die noch von sich reden machen wird.«

»Natürlich kenne ich sie. Wäre sie nicht ideal für die Reklame? Das kommt gut bei der Kundschaft an, wenn eine Prominente sich für *Florence* begeistert, oder?«

»Sehr gut, Anouk. Selbstverständlich habe ich versucht, sie für unsere Reklame zu gewinnen. Sie hat abgelehnt, weil sie als Schauspielerin Karriere machen will, nicht als schönes Gesicht auf einem Werbeplakat.«

»Schade!«

»Es werden andere kommen. Es gibt so viele Möglichkeiten. Aber wie gesagt, dazu fehlt uns zurzeit noch der große neue Duft.«

Jachten schaukelten im Hafen, die Palmen wuchsen in wohlgesetzter Anordnung und beschatteten die Passanten, die an den Schaufenstern vorbeibummelten. Was für eine gut situierte Welt unter der Sonne des Südens. Reichtum, Eleganz und weltmännische Prominenz, wohin man schaute. Und außerdem war da ein Duft, der Anouks Pulsschlag beschleunigte. Da war etwas Schweres, ein Aroma von Sehnsucht, das mit nichts vergleichbar war, was sie je gerochen hatte. Tief sog sie die Luft ein, versuchte, den Sinneseindruck in seine

Einzelteile zu zerlegen. Ihr kamen nur Emotionen in den Sinn: Begehren, Hoffnung, Verlust. War da ein Bestandteil von *Bienvenue*? Aber sie bekam es nicht zu fassen, und schon waren sie durch Cannes hindurchgefahren. Bevor Stéphane ins Landesinnere abbog, wies er mit großer Geste zu den Passanten. »Schau sie dir an, Anouk. Das sind die Kunden unseres Hauses. Für sie musst du Parfüms kreieren.«

Das nächste Mal stoppte er den Wagen an einem Aussichtspunkt, von dem aus man ein Tal überblicken konnte. Grasse breitete sich vor ihnen aus. Sie stiegen aus. Stéphane legte in einer betont lässigen Geste den Arm um ihre Schultern.

Das Aroma von Lavendel, dessen Blüten sich erst vor wenigen Tagen geöffnet hatten, war himmlisch. Für Anouk fühlte es sich an, als nähme sie ein Bad in dem Duft, während sie über die lilafarbenen und bunten Felder schaute, die rotbraunen Dächer, die Villen, die zwischen Pinien, Zypressen und Palmen wie Paläste erschienen. Über allem schwebte der Geruch von Rosen und Veilchen und Orangenbäumen. Das Parfüm der Stadt trug in der Kopfnote den seifigen frischen Lavendel, aber darunter, in den Herz- und Basisnoten, lag mehr. Pinienharz und heiße Steine, leuchtender Thymian und Tomatensträucher, Melonenfelder und Minze ... Anouk atmete tief ein, wollte die Seele der Stadt in sich aufnehmen.

Stéphane deutete auf die chaotisch wirkende Altstadt: schräge Hauswände, enge Gassen, windschiefe Schornsteine und der hoch aufragende Turm der Kathedrale. Am Boulevard Victor Hugo reihten sich die Parfümhäuser aneinander, auch das der Girards. Er wies auf die Lavandinfelder, die erst vor dreißig Jahren angelegt worden waren, als die Nachfrage nach Lavendelöl sprunghaft angestiegen war und der urwüchsige Lavendel nicht mehr ausreichte. Die kräftig lilafarbene Pflanze prägte inzwischen das Gesicht der Provence. Zwischen Häuservierteln und Wäldern blitzten Blumenfelder auf, private Äcker voller Rosen und Jasmin, die dem Aroma eine kitzelnde Süße hinzufügten. »Ein zauberhafter Ort.« Auf einmal war Anouk sich sicher, dass diese Stadt ihr Zuhause werden könnte, dass sie sich hier durchsetzen und ihr Glück finden würde. Grasse würde der Wendepunkt in ihrem Leben sein.

14

Mit seinen zahlreichen Erweiterungen war das Palais Girard am Rande des Stadtzentrums so verwinkelt, dass Anouk einen Augenblick brauchte, um die Größe der Villa zu erfassen. Zur Straße hin leuchtete eine sonnengelbe Fassade, die hoch aufragte und von einem Turm gekrönt war. Die Verkaufshalle, wie Stéphane ihr erklärte. »Darüber liegen unsere Wohnbereiche, dahinter die Werkhallen, Konferenzräume, Labore, Lager. In den ersten Tagen wirst du dich verlaufen, aber das legt sich bald, glaub mir.« Palmen, Pinien und Zypressen standen um das Palais und gaben den Blick auf einen mediterranen Garten frei.

Hinter diesen Wänden wurde hart gearbeitet. Ein solcher Luxus fiel niemandem in den Schoß. Würde sie ihre Rolle in diesem Betrieb, in dieser Familie finden?

Die Glastür zu den Verkaufsräumen öffnete sich. Eine schlanke Frau in einem eng geschnittenen Kostüm stöckelte heraus. »Ah, Vivienne.« Stéphane eilte mit ausgebreiteten Armen auf sie zu, begrüßte sie mit einer Umarmung und Wangenküssen. »Darf ich dir Anouk vorstellen? Anouk, das ist meine Schwester Vivienne.«

»Bonjour, Mademoiselle Girard.« Anouk deutete eine Verneigung an. Aus ihren Gesprächen mit Stéphane wusste sie, dass seine Schwester unverheiratet war.

»Bonjour, Mademoiselle, ich freue mich immer, die Bekannten meines Bruders kennenzulernen. Ich hoffe, Sie haben einen angenehmen Aufenthalt.«

Stéphanes Gesicht verfinsterte sich. »Also, zum einen gibt es hier keine Madame und Mademoiselle, wir duzen uns, nicht wahr? Zum anderen«, er wandte sich an Vivienne, »ist Anouk keine Bekannte in dem Sinne, der dir vorschwebt. Das habe ich bereits im Familienkreis eingehend geschildert.« Seine Stimme hatte einen scharfen Unterton. Sicher nicht die erste Meinungsverschiedenheit zwischen den beiden.

»Oh, Pardon.« Vivienne lächelte. »Hast du Interesse an einer Führung durch das Palais?«

»Ich …«

»Anouk wird sicher erst einmal ihre Zimmer beziehen und sich frisch machen wollen.«

Anouk fand, es war an der Zeit, den Geschwistern zu zeigen, dass sie ihre Entscheidungen allein traf. Sie richtete sich auf. »Gerne, Vivienne. Meinen Koffer kann ich später holen.«

Vivienne war genau wie Stéphane etwa Mitte dreißig, höchstens zwei Jahre jünger. Eine Frau, die ihr Leben dem Familienbetrieb gewidmet hatte? Aus jeder Pore verströmte sie die Aura einer erfolgreichen Geschäftsfrau. »Ich bin sicher, Stéphane übernimmt das Gepäck gerne.« Sie legte Anouk die Hand auf den Rücken und führte sie in das Palais. Beim Blick über die Schulter sah Anouk, dass Stéphane einen Dienstboten heranwinkte, der aus dem Garten kam.

Die Luft im Verkaufsraum war satt von Parfüm, eine Mischung aus konkurrierenden Komponenten. Flakons und Verpackungen waren auf Tischen und Regalen dekoriert. Perfekt frisierte Damen in weißen Blusen hielten sich im Hintergrund bereit. Drei Paare schlenderten umher und ließen sich Streifen von Filtrierpapier unter die Nasen halten.

Anouk folgte Vivienne in den hinteren Bereich.

»Dies ist mein Arbeitsplatz.« Vivienne hielt die Tür zu einem Raum auf, dessen Wände mit Regalen voller Öle und Essenzen bedeckt waren. In der Mitte stand ein schwarzer Tisch mit allen notwendigen Instrumenten.

»Du bist die Parfümeurin des Hauses Girard?« Anouk kribbelte es sofort in den Fingern. Hier wollte sie sein, der Raum war eine Insel für Ideen und Kreationen.

»Ja, die Chefparfümeurin. Wir beschäftigen mehrere freie Kreative, mit denen ich mich regelmäßig treffe, alles hoch professionelle Männer und Frauen, die die Parfümschule von Roure mit besten Noten absolviert haben.«

Anouk schwieg. Sie war sich nicht sicher, ob Vivienne ihr gegenüber bewusst Spitzen austeilte. Dafür kannte sie sie nicht gut genug. Ihr Bauchgefühl riet ihr, sich vor dieser Frau in Acht zu nehmen.

Wie Stéphane gesagt hatte, konnte man sich auf all den Gängen und Fluren leicht verlaufen. Es gab Büroräume, mit Holz verkleidete Konferenzsäle, ein Lager voller glänzender Kupfercontainer und Eichenfässer, das Monstrum von Destillerie mit all seinen Schläuchen, Kanälen und Bottichen, die Abfüllanlage.

Überall waren Männer und Frauen in Kitteln und Anzügen tätig. Kaum einer beachtete Vivienne und Anouk. Offenbar war man Betriebsführungen gewohnt.

Anouk sog all dies in sich auf. Die leise geführten Gespräche, die konzentrierte Atmosphäre, die umherschwebenden Düfte. Was gäbe sie darum, hier dazuzugehören.

»Es muss ein Glück sein, in solch einer Umgebung zu arbeiten«, sagte sie, als sie in die obere Etage zu den Wohnräumen hochstiegen.

»Nun ja, man kann es sich nicht aussuchen, in welche Welt man hineingeboren wird, oder?« Der Korridor war mit Teppichen ausgelegt, an den Wänden hingen Vitrinen mit Flakons aus verschiedenen Jahrzehnten.

»Du bist Parfümeurin mit Leib und Seele, nicht wahr?«

»Sagen wir es mal so: Ich bin die geborene Geschäftsfrau. Ich wäre auch erfolgreich geworden, wenn mein Großvater ein Modehaus oder eine Autofabrik gegründet hätte. Ich habe das Talent, mich jeder Gegebenheit anzupassen, mich mit einer Materie zu beschäftigen, bis ich sie komplett beherrsche. Meine Familie weiß das zu schätzen.«

Sicher konnte es nicht schaden, sich des eigenen Wertes bewusst zu sein. Aber sich mit einer solchen Selbstverständlichkeit selbst zu loben, befremdete Anouk. Hatte Vivienne es nötig, sich so positiv darzustellen? Sprachen die von ihr kreierten Parfüms nicht für sich?

»Weißt du, wie lange du bleiben willst? Wir haben unser schönstes Gästezimmer für dich vorbereiten lassen. Mit Ausblick über das Tal. Du kannst dich also wie im Urlaub fühlen. Sicher wird Stéphane jederzeit mit dir nach Cannes zum Baden und Einkaufen fahren. Lass es dir gut gehen bei uns.« Sie öffnete die Tür zu einem Zimmer mit Sitzgarnitur, Himmelbett und einem Schreibtisch. Anouk schlug die Wärme des Sommertags entgegen. Sie würde gleich alle Fenster aufreißen und den Duft der Provence hereinlassen. Auf ihrem Nachttisch entdeckte sie eine Miniaturausgabe des Flakons von *Florence*.

»Danke, Vivienne, Stéphane und ich haben nicht besprochen, wie lange ich bleibe. Danke für eure Gastfreundschaft!«

»Wir finden uns um halb sieben im Innenhof des Palais zum Aperitif ein. Gegen acht Uhr nehmen wir das Abendessen ein«, sagte Vivienne, bevor sie die Tür von außen zuzog. Jemand hatte Anouks Koffer vor dem Kleiderschrank abgestellt. Neben der Parfümflasche lag eine weiße Karte. *Heute Abend sollst Du leuchten wie ein Stern. Stéphane.*

Sie stellte sich vors Bett, drehte sich um und ließ sich mit ausgebreiteten Armen und Beinen rückwärts in die Kissen fallen.

Der Duft von Knoblauch, Geflügelragout und Schmorgemüse aus der Küche erfüllte den Innenhof des Palais. Unter Rankgittern voller Blauregen erstreckte sich eine festlich gedeckte Tafel, ein grob behauener Holztisch, auf dem das Porzellan und die Leinenservietten gut zur Geltung kamen. Die Familie Girard stand mit Gläsern in der Hand bei den Beistelltischen, auf denen Nüsse und Oliven in Schalen bereitstanden. Alle wandten die Köpfe, als Stéphane aus dem Haus trat, die Hand locker auf Anouks Rücken gelegt. »Lieber Großvater, liebe Eltern, hier bringe ich euch Anouk Romilly aus Paris. Ich bin mir sicher, sie wird euch genauso bezaubern wie mich.« Er nickte seiner Schwester zu. »Vivienne, du hattest ja bereits das Vergnügen.«

Anouk fühlte sich in dem schwarzen Etuikleid, zu dem sie ihren Silberschmuck und Henris Rosenquarz trug, passend ausstaffiert. Sie lächelte in die Runde und trat einen Schritt vor, um Stéphanes Hand von ihrem Rücken abzuschütteln. Vielleicht war sie zu empfindlich, aber es fühlte sich an, als machte er Besitzansprüche geltend.

Der greise Herr, der mit offenen Armen auf sie zukam, musste weit über achtzig sein, aber er ging aufrecht. Sein kahler Schädel war von Altersflecken übersät, seine Zähne zu weiß, um echt zu sein. »Willkommen in unserem Haus, Mademoiselle Romilly! Stéphane hat von Ihrer ›goldenen‹ Nase geschwärmt. So nennt man es in unserer Branche, wenn der Geruchssinn weit entwickelt ist. Ohne diese Nasen könnte die Branche nicht überleben.«

»Sofern Stéphane beurteilen kann, wie speziell ein Geruchssinn ausgebildet ist. Er ist nicht der Parfümeur in unserem Haus.« Vivienne nippte an ihrem Pastis.

»Natürlich nicht, das bist du, Vivienne«, sagte Horace Girard versöhnlich. »Und sicher wirst du bald Gelegenheit haben, dir ein eigenes Urteil zu bilden, nicht wahr, Mademoiselle Romilly?«

»Ich danke Ihnen von Herzen für Ihre Gastfreundschaft. Dank Vivienne hatte ich schon Gelegenheit, mich in Ihrem beeindruckenden Betrieb umzuschauen. Solange ich denken kann, haben mich Düfte fasziniert. Mein Traum ist es, irgendwann als Parfümeurin arbeiten zu dürfen.«

»Immer gut, wenn Talent und Interesse zusammengehen«, sagte der Mann, der Stéphanes Vater sein musste. Antoine Girard überragte Horace um einen halben Kopf, sein Jackett schien maßgeschneidert. Das Auffälligste in seinem Gesicht war der grau-schwarze Schnauzbart. Beim Gehen zog er ein Bein nach.

Stéphane machte Anouk mit seiner Mutter Madeleine bekannt, auf deren Zügen sich nur ein dünnes Lächeln zeigte. Sie sah aus wie eine Frau, die das Lachen verlernt hatte. Ihr Blick unter dem Lidstrich schien nach innen gerichtet. Sie trug ein Cocktailkleid aus Seide, die Haare hatte sie kunstvoll zu einer Bienenstockfrisur gelegt.

Bei Antoine und Madeleine spürte Anouk Skepsis, sogar Misstrauen. Möglicherweise würde ihr Besuch in Grasse schneller vorbei sein, als sie hoffte. Eine seltsame Familie, Stéphane hatte sie doch eingeladen. Lediglich der alte Horace schien ihr aufgeschlossen entgegenzutreten. Er betrachtete lange ihr Gesicht. »Irgendetwas an Ihnen erinnert mich an meine Florence.« Er tippte sich mit dem Zeigefinger ans Kinn. »Sie sind wunderschön, Mademoiselle Romilly, wenn Sie einem alten Mann dieses direkte Kompliment verzeihen.«

»Ich danke Ihnen, ich fühle mich geehrt.«

»Haben Sie schon praktische Erfahrungen in der Komposition von Düften sammeln können?«

»Ich habe es versucht, aber in Paris ist es mir nicht gelungen.«

Stéphane nahm einen Schluck Pastis. »Du hättest sie erleben sollen, als ich ihr den Aromenkoffer zeigte und sie die ersten Proben roch. So viel Begeisterung und Vorfreude auf das Komponieren eines Duftes habe ich noch nie erlebt.«

»Ich durfte zum ersten Mal einen Duft komponieren.« Anouk lächelte erst Stéphane, dann Horace an. »Viele Jahre hatte ich um einen solchen Moment gekämpft.«

»Alles wird zur Routine«, erwiderte Vivienne und trat näher an Anouk heran. »Hast du extra für heute *Florence* aufgetragen?« Sie lächelte süffisant.

»Ich mag es, ich habe es schon in Paris gemocht. Stéphane hat mir eine Probe aufs Zimmer bringen lassen. Ich fand es passend für diesen Abend.«

»*Florence* passt zu jedem Anlass«, entgegnete Vivienne und beugte sich ein Stück weit vor, um mit gesenkter Stimme weiterzusprechen. »Du hast zwar nicht die geringste Ähnlichkeit mit unserer Großmutter – der alte Herr wird dement –, aber es unterstreicht dennoch recht gut deinen Stil. Ich werde dir einen unserer anderen Düfte zeigen, der besser zu dir passen könnte.«

»Ich kenne alle Parfüms aus dem Haus Girard, aber danke, Vivienne!«

Horace hatte das geflüsterte Gespräch mitbekommen, während ihm ein Diener Pastis nachgeschenkt hatte. »Welches unserer Parfüms ist Ihr Lieblingsduft, Mademoiselle Romilly?«

»Ich halte *Florence* für unübertroffen in seiner Ausgewogenheit, Frische und Tiefe.«

Vivienne spitzte die Lippen, über Horace' Gesicht lief ein Lächeln. Anouk ahnte, dass sie sich mit dieser Einschätzung bei Vivienne nicht beliebt machte, aber sie würde an diesem Abend, an dem sie ihren Geschmack und ihre Kenntnisse beweisen sollte, ihr Fähnchen nicht nach dem Wind hängen. »Der neue Duft *Magie du Soleil* scheint mir trotz des sommerlichen Namens an Maiglöckchenbeeten entlangzuspazieren, wie es zurzeit so viele andere Düfte tun. Ich denke da an *Vent Vert* von Pierre Balmain oder an *Muguet du Bonheur* von Caron. In diese Kategorie fällt auch das von Ihnen im vergangenen Jahr auf den Markt gebrachte *La Chérie de Madeleine*, wobei hier die Kopfnote einen fruchtigen Charakter hat.«

Vivienne stieß ein trockenes Lachen aus. »Da hat jemand brav seine Hausaufgaben gemacht.«

Ihre Mutter Madeleine schaute auf. »Ich mochte diesen Duft bei der Probe. Auf meiner Haut entwickelt er sich jedoch zu seifig-süßlich und ...«

Vivienne unterbrach sie. »Ich habe immer gesagt, dass ein Parfüm seinen Charakter erst auf der Haut entfaltet. Ich hätte es anders benannt, wenn es dir nicht gefällt. Madame Roux hat versichert, es sei das Beste, was sie je gerochen hatte.« Sie wischte sich unter der Nase entlang. Die Erinnerung an Babette Roux schmerzte alle Girards. Die langjährige Mitarbeiterin, die gute Seele des Unternehmens, war im vergangenen Jahr gestorben. Keine der Angestellten, die für die Girards arbeiteten oder für ihr Wohl sorgten, konnte sie ersetzen.

»Doch, doch, es gefällt mir!« Madeleine war offenbar eine Frau mit einem ausgeprägten Harmoniebedürfnis.

»Die Geschmäcker werden immer unterschiedlich sein«, bemerkte Antoine. »Ich bin froh, dass unsere Bandbreite groß genug ist, um die meisten Kundinnen zufriedenzustellen.«

»Wenn sich bloß mal jemand trauen würde, neue Wege zu

gehen, statt sich immer in den ausgetretenen Pfaden zu bewegen«, ließ sich Stéphane vernehmen.

»Dein Wort in Gottes Ohr«, sagte der alte Horace, bevor er alle dazu aufforderte, Platz zu nehmen.

Hausmädchen liefen mit Weinflaschen, Gemüseplatten, Baguettes und Aioli heran und verteilten dampfende Schüsseln. Sie legten geschmorte Hähnchenteile auf die Teller und füllten die Weingläser auf.

»Wissen Sie, meine liebe Mademoiselle Romilly, dieser Tisch hier sollte für ein Dutzend Girards gedeckt sein.« Horace hatte über das allgemeine Gemurmel seine Stimme erhoben. In der darauffolgenden Stille hörte man nur das Klappern des Bestecks und wie Wein nachgeschenkt wurde. Alle hielten die Köpfe gesenkt, nur Anouk erwiderte Horace' Blick offenherzig. »Florence und ich hatten drei Kinder, geblieben ist uns nur mein Ältester. Der Jüngste ist früh verstorben, und meine Tochter lebt mit ihrem Mann in Paris. Ich …«

»Ich kenne Ihren Enkel Henri gut«, warf Anouk ein. »Er arbeitet in der Apotheke meiner Mutter. Durch ihn habe ich Stéphane kennengelernt.« Sie spürte einen leichten Tritt unter dem Tisch aus Stéphanes Richtung. Horace' nächste Worte zeigten ihr, dass sie in ein Fettnäpfchen getreten war.

»… habe keinen Kontakt mehr zu ihnen. Aber es passt, dass mein Enkel Henri sich in einer Apotheke verdingt.« Um seinen Mund bildeten sich Falten. »Odette und ihrem Mann hat schon immer das Gespür für Geschäfte gefehlt. Und der Familiensinn.« Auf einmal sah er älter aus, die Wangen schienen eingefallen. Horace griff zu seinem Weinglas und trank, dann zauberte er ein Lächeln hervor. »Nicht, dass Sie mich falsch verstehen, Mademoiselle Romilly, wir arbeiten alle gut zusammen. Antoine und ich als Geschäftsführer, Madeleine verantwortet die Buchhaltung und das Personal, Stéphane für die Werbung, Vertrieb und die Kontaktpflege, Vivienne als

Chefparfümeurin. Ich hätte die Verantwortung nur gern noch auf weitere Schultern verteilt gesehen. Je größer eine Familie ist, desto mächtiger ist sie auch. Aber gut, ich will mich nicht beklagen. Dass wir uns seit Jahrzehnten auf dem Markt halten, spricht für sich, nicht wahr?«

»Allerdings«, sagte Anouk. »Das ist nicht selbstverständlich bei dem Wandel, den die Branche genommen hat.«

»Du hast das alles miterlebt, nicht wahr, Vater?« Antoine griff nach Horace' Hand.

Der alte Herr nickte. »Ende des letzten Jahrhunderts konnte sich nur eine Minderheit den Luxus eines feinen Duftes leisten. Das Parfüm war ein Privileg, ein Kleinod. Als Florence und ich die kleine Parfümerie aufbauten, waren die Zeiten im Wandel.«

»Was zu einem guten Teil an den neuen chemischen Möglichkeiten lag«, warf Vivienne ein.

Horace nickte. »Ja. Die ersten synthetischen Duftstoffe erlaubten eine preisgünstigere Herstellung. Das war der Beginn der Massenproduktion, die wir mit *Florence* perfekt bedienen konnten.«

»Und immer noch bedienen«, warf Madeleine ein.

Horace wiegte den Kopf. »Wer weiß, wie lange noch. Die Kunden wollen jetzt, wo der Wohlstand wächst und sie es sich wieder leisten können, das Neue und Unbekannte. Rosen, Veilchen und Maiglöckchen kennt man, die originelle Note ist gefragt.«

»Daran arbeiten wir sieben Tage die Woche«, warf Vivienne ein.

Horace langte zu ihr hinüber und streichelte ihre Hand. »Ich weiß, meine Liebe, ich weiß. Du gibst dein Bestes. Ich freue mich schon darauf, wieder einmal den Markt zu überrollen und vor allem Paris Paroli zu bieten. Wir müssen die zahlungskräftige Klientel zurückerobern, die jetzt zu *Miss*

Dior und *Vent Verte* greift. Wir brauchen ein neues Parfüm, das alle anderen in den Schatten stellt. Das muss ich nicht übermorgen in den Handel bringen. Das kann zwei Jahre dauern. Hauptsache, es gibt Hoffnung auf eine große Zukunft.«

Erneut spürte Anouk diese unterschwellige Anspannung wie ein Brennen unter ihrer Haut.

»Ich bin gespannt auf Ihr Talent, Mademoiselle Romilly. Sicher wird Ihnen Vivienne das Labor zur Verfügung stellen, wenn Sie eine Duftprobe erstellen möchten.«

Anouk stieg die Hitze in die Wangen. »Das ... das würde ich gern tun. Allerdings sagte ich bereits, dass ich nie zuvor selbst einen Duft kreiert habe. Mir fehlten die Möglichkeiten dazu, die Technik, niemand hat mir eine Chance gegeben.«

»Dann ergreifen Sie sie jetzt. Die Anzahl der Geruchsnuancen von Blumendüften ist beschränkt, sie langweilen mich. Erschaffen Sie ein Fantasieparfüm, egal, ob es an Blüten erinnert oder einen neuen Geruchstyp wiedergibt. In vielerlei Hinsicht werden Ihnen das Handwerk und die Erfahrung fehlen, aber ich erkenne Kunst und Originalität, wenn sie mir begegnen. Vergessen Sie nur eines nicht: Ein Parfüm muss etwas Ganzheitliches sein, aber es sollte Ecken und Kanten haben. Wer zu bemüht an einem Duft feilt, wird ihn verlieren, wird etwas Bedeutungsloses erschaffen. Finden Sie die Balance.« Horace hob sein Glas in ihre Richtung. »Florence hat immer gesagt, ein Parfüm ist nie vollendet. Sie hatte stets das Gefühl, dass sie es mit weiteren Änderungen besser machen könnte, aber zu viel Perfektionismus schadet. Also, liebe Mademoiselle Romilly, nehmen Sie sich ein Herz, und zeigen Sie Mut.« Dass Vivienne ihr das Labor zur Verfügung stellen würde, schien für ihn abgemacht. Ein Mann, der es gewohnt war zu bestimmen.

»Großvater, du weißt, wie viel Zeit ich im Duftlabor verbringe und dass ich dort meine eigene Ordnung habe.«

»Ich weiß das, was du für die Firma leistest, zu schätzen. Ein glückliches Händchen hast du in der Auswahl der freien Parfümeure, die für uns arbeiten.« Vivienne zuckte wie unter einem Hieb zusammen. »Wenn du dein Labor nicht teilen möchtest, richten wir unserer jungen Freundin ein eigenes ein.« Er lächelte Anouk zu, die mit beiden Händen abwinkte.

»Oh, bitte, ich will keinen Unfrieden stiften …«

Vivienne wandte sich ihr mit ausdrucksloser Miene zu. »Du kannst ab übermorgen ins Labor. Ich benötige einen Tag, um es für eine zweite Nutzerin vorzubereiten. Deine Zeit ist siebzehn bis zwanzig Uhr. Davor arbeite ich dort, und danach brauche ich mein Refugium für spontane Ideen.«

Zwei Stunden später zog sich Anouk in ihre Suite zurück. Von ihrem Fenster aus sah sie Sterne über den Silhouetten der Berge blinken. Der Duft des Sommertags hing in der Luft, Zikaden stimmten ihren Gesang an. Aus dem Patio drang leises Gemurmel zu ihr herauf, Stéphane und sein Großvater ließen sich die Gläser nachschenken, die anderen hatten sich zurückgezogen. Anouk streifte die Pumps von den Füßen, lehnte sich auf das Fensterbrett und ließ den Blick über das Tal schweifen. In vereinzelten Häusern brannte Licht. Sie freute sich darauf, diese Stadt zu erkunden.

Welche Art Parfüm sollte sie kreieren? Die Tonkabohne, die sich in *Bienvenue* fand, könnte eine Basis sein. Vielleicht könnte sie sich dadurch an ihren Traumduft aus dem Gare du Nord herantasten. Sie spürte diesem Gefühl nach. Vielleicht würde *Bienvenue* immer ein Duft bleiben, der im Geheimen lag. Oder sie würde ihm durch Zufall näher kommen. Manchmal streiften sie Aromen wie Emotionen: Kraft, Abenteuerlust, ein Hauch von Größenwahn. Sie lächelte über ihre eigenen Gedanken und spürte dem Gefühl nach, dass sie imstande war, etwas Bedeutendes zu erschaffen.

Anouk hatte sich nicht die Uhr gestellt, das brauchte sie sonst nie. Und jetzt saß sie kerzengerade im Bett, nachdem sie verschlafen auf das Ziffernblatt der Nachttischuhr geschaut hatte. Halb zehn! Du liebe Zeit!

In Windeseile erledigte sie die Morgentoilette, zog sich ihre Caprihose und eine Streifenbluse über.

Wie befürchtet, hatte die Familie längst das Frühstück im Innenhof beendet, ein Mädchen mit weißer Schürze räumte das Geschirr in die Küche. »Kaffee und ein Croissant für Sie?«, erkundigte sie sich bei Anouk.

Das Gebäck brachte sie kaum herunter, aber der Kaffee belebte ihre Sinne. Madeleine kam an den Tisch und setzte sich ihr gegenüber, nachdem sie dem Mädchen ein Zeichen gegeben hatte, dass sie ihr einen Kaffee bringen solle. Die Hochsteckfrisur saß exakt wie am Vorabend. Heute trug sie ein graues Kostüm mit schmalem Rock. »Stéphane lässt Sie grüßen. Er ist in der Frühe nach Cannes gefahren, um dort ein amerikanisches Paar zu treffen, das er für unsere Duftserien zu begeistern hofft. Morgen wird er vermutlich heimkehren. Horace will sie nachher sprechen. Haben Sie Pläne für heute? Wie wollen Sie den Tag verbringen?«

»Nun …« Anouk geriet ins Stocken. Sie fieberte ihren Stunden im Laboratorium entgegen. Ab morgen durfte sie es nutzen. Was sollte sie bis dahin tun?

»Sie können sich gern in der Firma umsehen, aber Sie brennen sicher darauf, selbst kreativ zu werden.« An diesem Morgen wirkte Stéphanes Mutter weniger verschlossen, ihr Blick war offen. »Meine Buchhaltung und das Personalwesen können Sie vermutlich nicht verlocken. Die meisten Menschen finden diese Arbeit trocken und uninspiriert. Ich mache sie gern, weil Zahlen und Bilanzen so eine schöne Ordnung vermitteln.« Anouk staunte, wie das Lächeln Madeleines Gesicht verwandelte. »Früher war ich wie Stéphane für die Kundenpflege zuständig, aber schon als Jugendlicher hatte mein Sohn das glücklichere Händchen und diesen unbezwingbaren Charme. Ich habe diese Aufgabe mit Freude an ihn abgegeben.«

Anouk stimmte in ihr Lachen ein. »Ich interessiere mich für alles, aber ja, ich würde gerne selbst ein Parfüm entwickeln, Madame Girard. Mir schwebt da etwas Neues vor. Die aktuellen Maiglöckchendüfte könnte man mit etwas Strengerem kombinieren, um auf diese Art mehr Eleganz zu erhalten.« Sie schloss kurz die Augen. »In meiner Nase habe ich den Duft bereits.«

»Achten Sie darauf, nicht zu stark auf Wurzeln, Holz und Süßgräser zu setzen, damit man es mit den Herrendüften nicht verwechselt.«

»Gibt es solche Regeln? Müssen sich Herren- und Damendüfte unterscheiden? Warum nicht etwas komponieren, was für beide passt?«

»Solche Ideen werden meinem Mann und meinem Schwiegervater imponieren. Seien Sie nur bitte diplomatisch im Umgang mit meiner Tochter Vivienne. Sie macht eigene Schwächen durch überdurchschnittlichen Ehrgeiz wett.«

Erstaunlich, dass die Mutter sie vor der Tochter warnte. Anouk dachte kurz an Isabell, mit einem Lächeln trank sie den letzten Rest aus ihrer Tasse.

»Vivienne hat sich der Firma verschrieben. Die Familie und unsere Traditionen sind ihr wichtig. Dabei ist sie eine pragmatisch denkende Frau.« Madeleine bemühte sich um eine Erklärung. »Sie ist für die Firma von großem Nutzen. Unentbehrlich. Genau wie Stéphane.« Sie musterte Anouk gedankenverloren. »Ich bin froh, dass er eine Frau wie Sie mitgebracht hat. Vielleicht wird er endlich erwachsen.« Sie lachte auf.

Gab es da ein Missverständnis? »Er hat mich hierhergebracht, weil er glaubt, dass ich eine gute Parfümeurin sein könnte.«

»Ja, ja, das auch.« Madeleine lächelte.

Anouk hielt es für klüger, das Thema zu wechseln. »Was ist mit Ihrer eigenen Familie, Madame Girard? Stammen Sie aus Grasse?«

Zu ihrem Erschrecken verschloss sich Madeleine Girards Gesicht von einer Sekunde auf die andere. Ihr Blick wurde streng, über ihrer Oberlippe bildeten sich senkrechte Falten.

»Ja, ich bin in Grasse aufgewachsen. Aber zu meiner Familie hat niemand der Girards Kontakt. Das bleibt auch so.«

»Oh, verzeihen Sie, ich wollte Ihnen nicht zu nahe treten.« Gespräche mit den Familienmitgliedern fühlten sich an wie der Gang über ein Minenfeld. Sie würde sich merken müssen, welche Themen sie besser vermied.

»Ich bin eine geborene Bonnet. Haben Sie schon von meiner Familie gehört?«

Anouk überlegte. Den Namen kannte sie.

»In Grasse lebt nur noch mein Neffe, Jean-Paul. Er wohnt zurückgezogen, obwohl ihn die Leute schätzen. Er forscht über Schädlinge, die ganze Blumenernten vernichten können, und entwickelt immer neue natürliche Substanzen, die den Bauern nützlich sind. Ich habe keinen Kontakt zu ihm, er weist mich ab, wenn ich versuche, mit ihm zu sprechen.«

»Offenbar ein sturköpfiger Mann.«

»Eher ein verletzter. Es gab viel böses Blut zwischen den Girards und den Bonnets. Aber gut, das ist alles vorbei.« Madeleine erhob sich. »Sie konnten es nicht wissen, aber reden wir besser nicht davon. Mein Schwiegervater erwartet Sie um halb zwölf in seinem Büro, um mit Ihnen zu besprechen, was er sich von Ihnen erhofft. Machen Sie danach einen Spaziergang in die Stadt und zu den Blumenfeldern. Am besten nehmen Sie den Weg gleich hinter dem Palais, der ins Tal hinabführt. Nur in der freien Natur bekommen Sie eine Ahnung von der Ausstrahlung der Stadt. Ich kann Sie leider nicht begleiten, ich bin hier unabkömmlich, aber Sie werden sich schon zurechtfinden.«

Nach dem Frühstück spazierte Anouk durch den Garten. Unter den Palmen ließ sie sich auf eine Bank fallen. Hörte auf das Rauschen der Blätter, schmeckte das Aroma von unreifen Äpfeln auf der Zunge und atmete den Duft von frisch gemähter Wiese ein. Sich auf ihre Wahrnehmung zu konzentrieren half ihr, das Gedankenkarussell zu stoppen, das sich seit ihrer Ankunft im Palais in ihrem Kopf drehte.

Was wollte Horace Girard mit ihr besprechen?

Tabakrauch wehte zu ihr. Schnuppernd wandte sie sich um und entdeckte hinter hohen Oleanderbüschen eine Frau im schwarzen Rock mit weißer Bluse, die einheitliche Garderobe der Verkäuferinnen bei Girard. Sie zuckte zusammen und wollte die Zigarette auf den Boden werfen.

»Lassen Sie nur, mir ist es egal.« Anouk nickte ihr zu. Sie war vermutlich in ihrem Alter, das Haar trug sie kinnlang.

»Oh, bitte, verzeihen Sie, ich habe nicht gewusst, dass jemand im Garten ist. Ich sollte mich beim Rauchen nicht erwischen lassen, der Geruch wirkt störend im Verkaufsraum, aber ich habe immer Pfefferminz dabei. Verraten Sie mich nicht, bitte!«

»Keine Sorge. Ich muss selbst noch herausfinden, was hier erlaubt ist und was nicht. Ich bin gestern erst angekommen. Ich heiße Anouk Romilly.« Sie reichte der Frau die Hand.

»Fleur Lachance.« Beim Lächeln löste sich die Anspannung in ihren Zügen. »Ich habe Sie mit Monsieur Girard gesehen.«

Offenbar hielt sie Anouk und Stéphane für ein Paar. Das musste sie richtigstellen. »Ich habe Monsieur Girard in Paris kennengelernt. Er gibt mir hier die Möglichkeit, mich als Parfümeurin zu versuchen.«

»Dann wünsche ich Ihnen viel Erfolg. Ich wollte auch mal eine Ausbildung zur Parfümeurin machen, aber die Schule in Grasse ist streng in der Auswahl. Ich war längst nicht talentiert genug. Letzten Endes bin ich froh, dass ich bei Girard als Verkäuferin arbeiten kann.«

»Ist Grasse Ihre Heimatstadt?«

»Ich bin hier geboren, meine Eltern haben meinem Mann und mir einen Teil ihres Hauses zur Verfügung gestellt. Mir gefällt es.« Sie lachte und zog an ihrer Zigarette.

Die unbekümmerte Offenheit der Frau nahm Anouk für sie ein. Wie gut, sich mit jemandem zu unterhalten, bei dem man seine Worte nicht genau abwägen musste. »Das heißt, Sie kennen sich hier bestens aus?«

»Das kann man so sagen, ja. Ich kenne alles und jeden und die malerischsten Flecken der Stadt. Wenn Sie mögen, mache ich gerne einen Stadtspaziergang mit Ihnen. Dann lernen Sie Grasse von seinen schönsten Seiten kennen.«

»Darauf komme ich gern zurück.«

Fleur nahm den letzten Zug, drückte die Kippe unter ihrem halbhohen Schuhabsatz aus und hob sie auf. »Morgen? Da habe ich am Vormittag frei. Soll ich Sie gegen zehn abholen?«

Anouks Herz fühlte sich leicht an. Sie freute sich auf die Verabredung mit Fleur. Vielleicht würde sie eine Vertraute werden, die ihr half, sich in der Stadt zurechtzufinden.

15

»Meine liebe Anouk ... Ich darf Sie doch so nennen, nicht wahr?«

»Gerne.« Sie lächelte Horace Girard an. Sie saßen sich in seinem Büro gegenüber.

»Stéphane hat mir erzählt, wie Sie ihn in Paris mit Ihrem Talent beeindruckt haben. Es spricht für sich, dass er nur am Rande erwähnt hat, wie apart Sie sind, denn auf solche Attribute legt er in der Regel mehr Gewicht.«

Anouk errötete, Horace lachte heiser. »Es ist möglich, dass er uns seine wahren Absichten nicht bekannt geben wollte, solange wir Sie noch nicht kennen. Ich werde Ihnen keine Steine in den Weg legen, falls Sie ihr Herz füreinander entdecken.«

Anouk richtete sich in ihrem Stuhl auf. »Das ist gar nicht meine Absicht, und ich halte es für ausgeschlossen, Monsieur. Ich schätze Ihren Enkel als Parfümexperten, er hat sich mir als Mentor angeboten. Das habe ich gern angenommen.«

Horace hob abwehrend beide Hände. »Schon gut, schon gut, mein Kind. Ich werde Ihnen da nicht hineinreden. Ich weiß, dass Stéphane irritierend wirken kann. Mich erinnert er an Paul Poiret, den ich mit Florence einmal in Paris getroffen habe. Haben Sie von ihm gehört?«

Anouk nickte. »Es gibt zahlreiche Duftkreationen von ihm, aber vor allem ist er für den Aufwand bekannt, den er für Verpackung und Reklame betrieben hat.«

Horace nickte. »Er war ein kühner Ästhet, der hohe Anforderungen stellte und gerne feierte, voller Lebensfreude und Unbekümmertheit. Die Verkörperung des Dandys der Belle Époque. Man kann diese Haltung verurteilen, aber sie führt oft zu Kreativität und hoher Schaffenskraft. Auf jeden Fall wird es einer Frau mit einem solchen Mann nie langweilig.«

Anouk lehnte sich zurück, ohne eine Miene zu verziehen. Wollte er ihr seinen Enkel anpreisen?

»Stéphane hat schon viele junge Frauen mit ins Palais gebracht, aber keine war dabei, die ihr Herz an Parfüms verloren hat und bereit war, für ihre Träume zu kämpfen. Alles Marionetten, die glaubten, ihre Schönheit sei ihr wichtigstes Kapital. Wie mir solche Menschen zuwider sind ... Ich habe immer gehofft, meine Söhne und Enkel würden eine Frau wählen, die Florence das Wasser reichen könnte. Ich warte bis heute vergeblich darauf.«

Anouk fühlte sich allmählich unbehaglich. Der alte Herr schwelgte in seinen Erinnerungen. Auf keinen Fall wollte sie den Eindruck erwecken, dass sie die Antwort auf all seine Hoffnungen war.

»Wie angekündigt, würde ich mir gern selbst einen Überblick darüber verschaffen, wie Sie mit Düften arbeiten. Meine Enkeltochter hat Ihnen das Labor für den späten Nachmittag zur Verfügung gestellt. Nehmen Sie sich eine Woche Zeit, um ein Parfüm zu komponieren, das uns alle überrascht, mich nicht weniger als meinen Sohn Antoine, seine Frau, Stéphane und Vivienne. Ich weiß, eine Woche ist nicht lang ... Aber es geht nur um einen ersten Eindruck, bevor wir uns überlegen, ob und wie wir zusammenarbeiten könnten.«

Anouk spürte ein Flirren auf ihrer Haut. Eine Woche war kurz. Sie musste ihrer Nase Pausen gönnen, um sie nicht zu überfordern. Sie hatte schon erlebt, dass ihr nach einem intensiven Dufterlebnis der Geruchssinn für Stunden abhandengekommen war. Das durfte nicht passieren. »Ich freue mich darauf. Welche Erwartungen haben Sie? Gehen wir ins Frische, ins Fruchtige, ins Blumige, ins Orientalische?«

»Sie haben völlig freie Hand, Anouk. Meine Frau Florence hat sich nie von jemandem bevormunden lassen, sie hat jeden Duft an ihre eigenen Gefühle angelehnt. Es hat seinen Grund, dass *Florence* bis heute unser Aushängeschild ist. Es ist unerreicht, obwohl sich die lange Reihe von Parfümeuren, die wir angestellt hatten, und meine Enkelin größte Mühe geben.«

»Ich fühle mich über alle Maßen geehrt, aber Ihre Erwartung macht mir auch ein wenig Angst. Fast habe ich den Eindruck, Stéphane hat Ihnen gegenüber übertrieben und ich kann dem gar nicht entsprechen. Sie wissen, dass ich nicht die geringste Ausbildung vorweisen kann, nur mein jahrelanges Interesse?«

»Das weiß ich doch, das weiß ich.« Horace machte beschwichtigende Gesten. »Ja, meine Erwartungshaltung ist hoch, aber glauben Sie mir, ich habe mein ganzes Leben mit Parfümeuren zusammengearbeitet. Ich kann erkennen, ob jemand Begabung mitbringt oder nicht, selbst wenn Sie nur erste Experimente vorstellen.« Er sah sie einen Moment sinnend an. »Machen Sie sich nicht verrückt, Anouk. Ich glaube an Sie. Wie Stéphane Sie mit dem Aromenkoffer erlebt hat, wie Sie nie nachgelassen haben, an Ihren Träumen festzuhalten, das Glänzen in Ihren Augen, wenn Sie Düfte beschreiben. Nach all den Jahren entwickelt man ein Gespür für die Menschen. Sie sind voller Gefühl, ohne impulsiv zu sein. Das sehe ich Ihrer Mimik und Ihrer Haltung an und das höre ich aus Ihrer Stimme. So eine Frau war Florence auch. Ich freue mich auf Ihre Präsentation, an der alle Girards teilnehmen werden. Wollen wir sagen, am kommenden Sonntag am Abend im Labor?«

Ihre Gefühle schwankten zwischen Vorfreude, Furcht und Stolz, als sie sich nach dem Gespräch mit dem Senior in ihrem Zimmer auf den Spaziergang vorbereitete. Es fühlte sich an, als wimmelten Ameisen unter ihrer Haut; die Bewegung würde ihr guttun. Sie wählte zu ihrer Caprihose und der Bluse feste Schuhe und einen breitkrempigen Hut.

Vom Boulevard nahm sie den Weg hinab ins Tal, wie Madeleine es ihr geraten hatte. Mehr als die Stadt mit ihrem in der Hitze backendem Mauerwerk zogen sie die Duftplantagen mit Orangen und Zitronen an, die Kräuterfelder mit harzig duftendem Rosmarin und Thymian und die üppigen Felder voller Rosen, Jasmin, Veilchen, Mimosen und Lavendel. Alles blühte verschwenderisch in diesem milden Klima. Sie wollte zwischen den Reihen entlangstreifen und die Duftpflanzen dieser Region aus nächster Nähe sehen, riechen und fühlen. Synthetische Stoffe waren ein Segen, aber sie reichten oftmals nicht an die natürlichen Düfte heran. Anouk war überzeugt, dass man nirgendwo auf der Welt dies intensiver erfuhr als in Grasse, wo man jahrhundertealte Techniken kannte, um Gerüchen Gestalt zu geben.

Nur wenige Menschen begegneten ihr auf dem Weg, der sie von den Häusern wegführte. In ihrem Verstand tanzten die Gedanken, sie atmete durch. Sie wollte sich frei fühlen für morgen, wenn sie sich das erste Mal mit den Essenzen in der Duftküche der Girards beschäftigte. Sie musste ruhig sein, ihr Herz gleichmäßig schlagen. Nur so war gewährleistet, dass sich alles andere ihrem Geruchssinn unterordnete.

Der Weg wurde steiler, und sie kam ins Keuchen. Aber jetzt sah und roch sie die ersten Ausläufer eines Rosenfelds, dahinter lange Reihen von Lavandin. Sie stützte die Hände auf die Oberschenkel und atmete am Rand des Blumenfelds ein und aus. Ein Schluck Wasser würde ihr guttun. Bis ins Tal zogen sich die herrlichen lila Blüten und verströmten einen so intensiven Geruch, dass es Anouk schwindelig wurde.

Aus der Nähe sah man die einzelnen Reihen deutlicher, die Pfade dazwischen, sie hörte das Summen der Bienen und Hummeln. Anouk zog den Hut weiter in die Stirn und schaute über das Feld. Für die Ernte war es zu früh im Jahr, trotzdem entdeckte sie einen Traktor, der mit dem Anhänger am Feldrand stand. Nicht weit entfernt begutachtete ein Mann die Pflanzenreihen, zerrieb etwas zwischen seinen Fingern. Sein Gesicht konnte Anouk nicht erkennen, aber sie sah dunkle Haare, die unter der Kappe hervorlugten und sich im Nacken kringelten. Er schien kein Feldarbeiter zu sein. Untersuchte er die Pflanzen?

»Hallo!« Anouk hielt die Hände wie einen Trichter vor den Mund. Als der Mann sich umdrehte, winkte sie. »Bonjour, Monsieur!« Vielleicht hatte Fleurs Aufgeschlossenheit sie ermutigt, den Fremden anzusprechen, das Wunschdenken, dass es sich bei den Bewohnern der Provence um einen Menschenschlag handelte, der offen auf andere zuging.

Der Mann blickte sie an, als sie in seine Richtung stapfte, erwiderte den Gruß aber nicht. Eine Weile starrte er sie an, die Schultern nach vorn gezogen, die Hände zu Fäusten geballt.

Als sie die halbe Strecke zwischen ihnen zurückgelegt hatte, setzte er sich in Bewegung, schritt auf den Traktor zu. Sekunden später erfüllte das Tuckern des Fahrzeugs die Luft. Mit seinem Anhänger entfernte es sich holpernd vom Feld.

Anouk stemmte die Hände in die Seite und verlangsamte den Schritt. Der Mann hatte sie gesehen, kein Zweifel. Aber er hatte sie weder begrüßt noch Interesse daran gehabt, zu erfahren, was sie wollte. Selbst wenn die Menschen in der Provence zugeknöpft sein sollten, gebot es die Höflichkeit, einen Gruß zu erwidern! Ihre Kehle fühlte sich inzwischen an, als hätte sie einen Löffel Sand geschluckt.

Sie nahm den Weg am Feld entlang, der bis zu einem steilen Pfad führte. Von da aus ging die Straße über einige Kurven in die Stadt. Sie hatte Glück und fand gleich am Ortseingang das Bistro Chez Jacques, in dessen Garten ein paar Männer Boule spielten. Andere saßen an Tischen, schauten den Spielern zu, tranken Pastis und rauchten. Alle wandten die Köpfe, als Anouk eintrat und an der Theke um ein Glas Wasser bat. Sie leerte es in einem Zug. Der Wirt stellte ein zweites vor sie, das sie ebenfalls zur Hälfte austrank.

Das Gesicht des Kneipiers schien nur aus Falten zu bestehen, sein Schnauzbart reichte bis über sein Kinn hinweg. »Neu in der Stadt, Mademoiselle?« Er polierte die Theke mit einem Lappen. Sämtliche Gäste des Bistros hatten die Ohren gespitzt.

Sie erzählte, dass sie aus Paris komme, bei der Familie Girard wohne und nicht wisse, wie lange sie bleiben wolle. Mehr ließ sie sich nicht entlocken. Mit dem allgemeinen Gerede würde sie zurechtkommen müssen, wenn bekannt wurde, dass eine junge Pariserin im Palais Girard lebte.

Der Wirt schüttelte den Kopf, als sie fragte, was sie schuldig sei. »Wir lassen hier keine hübschen Frauen verdursten. Das geht aufs Haus.«

Ein bisschen war Anouk nach der Begegnung mit dem Wirt mit den Menschen aus Grasse versöhnt. Sie sollte keinen Gedanken mehr an den Mann im Lavendelfeld verschwenden, aber als sie vor dem Palais Girard Fleur sah, die gerade aufs Fahrrad steigen wollte, sprach Anouk sie auf diese Begegnung an.

»Auf welchen Feldern waren Sie?« Fleur band sich ein

Tuch um die Haare und packte ihre Tasche in den Korb am Lenker.

Anouk deutete auf den Pfad, den sie genommen hatte. »Es war nur eine knappe halbe Stunde Fußmarsch.«

»Oh, dann waren Sie bei den Bonnets. Halten Sie sich von denen fern, wenn Sie keinen Unfrieden ins Haus bringen wollen.«

Anouk stutzte. »Da war nur ein Mann, der die Pflanzen geprüft hat und mit dem Traktor weggefahren ist, bevor ich ihn ansprechen konnte.«

»Die waren schon immer seltsam, die Bonnets. Die Girards wollen nichts mit denen zu tun haben. Am besten vergessen Sie die Begegnung. Das ist besser für alle. Ich muss jetzt los.« Sie schwang sich auf den Sattel, hob den Arm zum Gruß und rauschte die Straße hinab.

Anouk schaute ihr hinterher. Hatte sie sich in Fleur getäuscht, und sie war am Ende eine Geheimniskrämerin, die sich wichtigmachen wollte? Sie erinnerte sich an ihre erste Verabredung mit Stéphane im Hotel Ritz in Paris. Er hatte behauptet, die Bonnets wären Kriminelle und Intriganten. Und Madeleine Girard hatte den Kontakt zu ihrer Familie, den Bonnets, abgebrochen. Freiwillig oder unter Druck? Nun wollte Anouk erst recht herausfinden, was es mit dem Lavendelbauern auf sich hatte.

Anouks Missstimmung verflog, als Fleur am nächsten Vormittag ihr Versprechen erfüllte und sie durch die steilen Gassen von Grasse führte, vorbei an pastellfarbenen Gebäuden mit Stuckverzierungen. Sie schlenderten an den Häusern der großen Parfümfamilien von Molinard, Fragonard und Galimard entlang, betraten die Verkaufsräume allerdings nicht. »Mich erkennen sie nur vielleicht, aber von dir hat seit gestern wohl jeder in Grasse schon gehört. Nicht, dass sie glauben, wir wollten spionieren!« Fleur lachte und war zur vertrauten

Anrede übergegangen. Anouk war es recht, aber sie begann zu spüren, was es bedeutete, zu den Girards zu gehören. Nichts war unbeschwert, nichts war selbstverständlich. In den Schaufenstern der Parfümhäuser hingen Plakate, die die Produkte in Szene setzten. Zeichnungen und Fotos von Frauen, Landschaften wie die Blütenfelder oder die Riviera. Über den Köpfen der Menschen, die an den Geschäften entlangspazierten, über den Sonnenbrillen der Rollerfahrer und den Bérets der Einheimischen schwebte eine Wolke aus künstlichen und natürlichen Düften. Die Kompositionen in den Fabriken mischten sich mit dem Odeur von Diesel, trockenen Backsteinen und der üppigen Bepflanzung entlang der Boulevards. Der Duft der Stadt, den Anouk in sich aufnahm und nie vergessen würde.

Anouk staunte selbst, wie sehr sie sich am späten Nachmittag freute, Stéphane zu sehen. Nach dem Ausflug mit Fleur hatte sie auf ihrem Zimmer Siesta gehalten und die schmerzenden Beine hochgelegt.

Jetzt sprang sie auf, als Stéphane nach kurzem Anklopfen fragte, ob sie einen Kaffee mit ihm trinken wolle. »Im Innenhof ist es herrlich schattig, und wir sind für uns. Außerdem habe ich ein Geschenk für dich.«

Sie mochte das Blitzen in seinen Augen und hakte sich auf dem Weg zum Patio übermütig bei ihm ein. Unter seinem linken Arm trug er ein in Papier eingeschlagenes Päckchen. »Warst du erfolgreich in Cannes?«

»Was denkst du – selbstverständlich!« Er steuerte einen runden Tisch unter einem Rankgitter voller Jasmin an und gab einem Hausmädchen ein Zeichen, ihnen Kaffee zu bringen. »Die Eheleute betreiben eine Parfümerie in den Staaten, in Ohio. Sie hatten um mehrere Proben gebeten, und am Ende entschieden sie sich wie die meisten für *Florence*. Sie haben gleich mehrere Dutzend Flakons geordert. Das Geschäft hat sich gelohnt.«

»Herzlichen Glückwunsch! Hast du es schon deiner Familie erzählt?«

»Wir haben am Abend eine Zusammenkunft. Dann werde ich Bericht erstatten. Ich hasse diese Treffen, aber sie sind notwendig, um uns alle über das Geschäftliche auf dem Laufenden zu halten.«

Das Mädchen brachte schwarzen Kaffee in kleinen Tassen, Stéphane holte eine Zigarettenschachtel aus seiner Hemdtasche, zündete sich eine Gauloise an. Genießerisch zog er den Rauch ein.

»Du rauchst?«

»Nur bei speziellen Gelegenheiten.«

Sie betrachtete sein zufriedenes Gesicht und entdeckte das Attraktive darin, die Lachfältchen an den Schläfen, die hellen Augen, den Schwung seiner Lippen.

»Hier mit dir zu sitzen, diesen köstlichen Kaffee zu trinken, nachdem ich ein so lukratives Geschäft abgeschlossen habe ... So sehen die Höhepunkte meines Berufslebens aus.«

»Das freut mich. Du reist gern, nicht wahr?«

»Absolut. Die wenigen Tage, die ich in meinem Büro oder in Konferenzen verbringe, sind mir zuwider, aber nötig. Ich muss Berichte schreiben, Termine mit Kreativen und Kunden vereinbaren, meinem Vater und Großvater die Kontakte weitergeben.«

»Aber durch deine Reisen hast du den Finger am Puls der Zeit, hast ein Gespür für die Kundschaft und für Modeströmungen.«

»Genauso ist es, *chérie*. Auch du musst dafür einen Instinkt entwickeln. Dein Talent ist die Basis, aber du brauchst einen Sinn für die Trends in der Gesellschaft. Die Menschen feiern ihre Freiheit und ihren Wohlstand nach den Kriegsjahren, die

Amerikaner liebäugeln mit den europäischen Werten, der französischen Kultur ... Wir müssen ihnen diese Gefühle in Flakons liefern.«

Anouk lächelte. »Heute darf ich zum ersten Mal ins Labor. Ich werde versuchen, den Duft der Zeit zu finden.« Sie nahm sich vor, künftig genau zuzuhören, wenn Stéphane von seinen Reisen erzählte, und sich von seinen weltmännischen Eindrücken inspirieren zu lassen.

»Oh, wie konnte ich das vergessen ...« Er griff unter sich, wo er das Paket abgelegt hatte. »Eine kleine nützliche Aufmerksamkeit für dich.«

Das Päckchen knisterte in ihren Händen. Vorsichtig zupfte sie das Band ab. Leinen kam zum Vorschein, so weiß, dass es im Licht der Sonne blendete. Sie entfaltete den Stoff, hielt ihn auf Armlänge von sich weg und strahlte. »Ein Laborkittel! Zauberhaft, Stéphane! Ich hatte nicht daran gedacht, dass ich einen brauchen würde!« Ihr Blick fiel auf die Brusttasche und das eingestickte Familienwappen der Girards. Darunter ihr Name. *Anouk Romilly*. Tränen stiegen ihr in die Augen. Was für eine Ehre! Zu früh, natürlich, sie hatte noch nichts geleistet. Aber so war Stéphane: voller Zuversicht und Enthusiasmus. Und das war es, was sie brauchte: jemanden mit ansteckender Lebensfreude, der an sie glaubte.

Er erhob sich, als sie um den Tisch herumkam, umfasste ihre Taille.

Sie legte die Arme um seinen Hals und küsste ihn auf die Wange. »Danke, Stéphane.«

Das Leben fühlte sich leicht und verlockend an.

16

Das erste Mal vor der Duftorgel zu stehen war eine Offenbarung. Anouk fühlte sich endlich dort angekommen, wo sie immer hatte sein wollen. Vivienne ließ sie nur zögerlich allein, nachdem sie ihr erklärt hatte, von welchen Rohstoffen sie die Finger lassen sollte, da sie zu kostbar für Versuche waren. Ihr Blick fiel auf die Brusttasche des Kittels, den Anouk übergestreift hatte. Ihre Lippen kräuselten sich, aber sie schwieg.

Das Licht in diesem Raum war weiß, ohne grell zu sein. Diese Farbe beeinflusste den Geruchssinn nicht.

Jedes Mal, wenn Anouk eine der Flaschen anfassen wollte, zögerte sie, bevor sie behutsam zugriff. Sie war Gast in Viviennes Reich und vermied es besser, auch nur einen Tropfen zu verschütten.

In ihrem Rücken standen auf Regalen dicke Bände mit Rezepten aus vergangenen Jahren, mit Hinweisen darauf, bei welchem Lieferanten man Rohstoffe in welcher Qualität bekam.

Sie hatte sich ein in Leder gebundenes Buch gekauft und auf dessen Deckel »Rezepte« geschrieben. Von der ersten Laborstunde an notierte sie ihre Kompositionen, ihre Empfindungen und skizzierte, wie Düfte miteinander reagierten.

»Du musst aufpassen, dass niemand darin herumschnüffelt«, sagte Fleur, als sie sich am nächsten Tag im Garten trafen, wo sie ihre verbotene Gauloise paffte.

Anouk hatte ihr das Buch gezeigt, aber nicht den Inhalt.

»Ich weiß. Das halte ich streng geheim. Wie einen Schatz.«

Sie zog eine Phiole aus ihrer Hosentasche mit dem Duft, den sie am Abend zuvor entwickelt hatte. »Magst du mal schnuppern?«

Fleur öffnete den Stopfen, wedelte sich mit der Hand das Aroma zu. »Das riecht nach allen möglichen Blumen auf einer Wildwiese«, sagte sie. »Da müsste etwas herausstechen.«

Anouk staunte über Fleurs Begabung, ihre Eindrücke in Worte zu fassen. Künftig hatte sie immer Riechproben dabei, wenn sie sich mit ihr traf. Fleur wurde in den Tagen vor dem Sonntag mit den Girards zu ihrer wichtigsten Hilfe.

Nie hielt sie mit ihrer Meinung hinter dem Berg. »Das ist mir zu intensiv«, sagte sie einmal. Manches war ihr zu zitronig oder zu süß, und vieles fand sie perfekt und wollte die Probe behalten, die Anouk aber lachend wieder einsteckte. Ihre Freundschaft zu Fleur entwickelte sich mit jedem Tag weiter. Auch weil sie Jean-Paul Bonnet nicht mehr erwähnte oder nach dem Streit zwischen den Girards und Bonnets fragte. Obwohl sie manchmal glaubte, ihn in Grasse zu sehen, versuchte sie, nicht an ihn und die Abfuhr, die er ihr erteilt hatte, zu denken.

Ganz bei sich und glücklich war Anouk, wenn sie Seite um Seite ihres persönlichen Parfümbuchs füllte, viele Rezepte mit Zitaten von Fleur garniert. Hin und wieder setzte sie Mengenangaben dazu, sobald sie sich sicher war, dass sie ein spezielles Öl für ihre Präsentation am Sonntagabend verwenden wollte. Es gab zwar ein Messgerät zur Bestimmung der Ölmenge, aber Anouk verließ sich lieber darauf, mit einer eigens dafür geschaffenen Pipette Tropfen zu zählen. Das war geringfügig ungenauer, jedoch einfacher zu handhaben, und sie war dem Duft näher als in einem Apparat aus Glas, Metall und Messleiste.

Sie arbeitete mit Orangenblüten, Ginster und Mimose und setzte mit Karamell und Moschus orientalische Akzente. Sie veränderte die Anteile, mischte Zeder hinzu, entschied sich dagegen, versuchte es mit Pfefferkörnern und Beifuß. Niemand sollte erkennen, ob sie den Duft für Damen oder Herren kreierte. Sie wollte zeigen, dass sie gewohnte Wege in der Parfümeurskunst verlassen und in die Tiefen menschlicher Gefühle eindringen konnte. Sie wollte entführen, Erinnerungen heraufbeschwören, sich inspirieren lassen von dem, was Europa in diesen Zeiten bewegte. Die Kunst der Chansons von Édith Piaf, Juliette Gréco und Marlene Dietrich wollte sie genauso einfangen wie den Charme und die Weltgewandtheit von Yves Montand, das Hoheitsvolle einer Kaiserin Soraya, den Mut und die Entdeckungsfreude von Coco Chanel. Sie wollte Tabubrüche wagen. Sie wusste, dass sie in der kurzen Zeit und am Anfang ihres Weges als Parfümeurin ihr Ziel nicht erreichen würde, aber in ihrer Präsentation würde sie zeigen, was sie versucht hatte, und darauf hoffen, dass die Girards das erkannten. Anouk wollte einen Duft schaffen, den sie so nie zuvor gerochen hatten, und jeder sollte sich wundern, warum es ein solches Parfüm bisher nicht gegeben hatte. Dabei kam ihr die Erfahrung zugute, die sie auf ihren Streifzügen durch die Pariser Parfümhäuser gesammelt hatte. Fast glaubte sie, jeden französischen Duft zu kennen, aber vermutlich war das nur Wunschdenken. Es gab unendlich viele, es war unmöglich, sich alle Kompositionen zu merken.

Wie friedlich und beglückend war es, in dem Labor zu sitzen. Vor sich all die Flaschen mit den alphabetisch sortierten Essenzen. Man hätte die Öle nach ihren Eigenschaften sortieren können und welches mit wem harmonierte. »Das legt mich fest und treibt mich auf immer die gleichen Bahnen«, hatte Vivienne dagegengehalten.

Es war kurz vor sieben Uhr am Sonntagabend, als Anouk mit klopfendem Herzen eine letzte Probe ihres Parfüms verwedelte und den Duft einsog. Ein Lächeln erschien auf ihrem Gesicht. Es war genau so, wie sie es sich vorab ausgemalt hatte. Lebensfreude schien einen zu durchdringen, sobald das Aroma in der Nase ankam, ein Duft wie eine Musikkomposition. Für einen Moment war es ihr egal, ob sie damit das Interesse der Girards weckte oder nicht. Für sie selbst war diese Kreation eine perfekte Basis.

Antoine klopfte höflich an die Tür, obwohl sie offen stand. Anouk ließ die Düfte sich gerne ausbreiten, ohnehin fühlte sie sich in geschlossenen Räumen eingesperrt. In der Rue de Seine hatten die Türen immer offen gestanden, ihre Mutter hielt es in engen Zimmern nicht gut aus. Anouk erging es ähnlich.

Horace folgte seinem Sohn, dann Madeleine, Vivienne und schließlich Stéphane, der noch seine Reisekleidung trug, ein halb offenes, leicht zerknittertes Hemd zu Leinenhosen und italienischen Schuhen. Er fuhr sich mit den Fingern durch die Haare, die vom Fahrtwind zerzaust waren. Anouk lächelte ihm zu. Er hatte sich am Wochenende in Nizza mit zwei Grafikern getroffen, die er für die Gestaltung von Werbeplakaten und Flakonetiketten zu gewinnen hoffte. Er musste sich beeilt haben, um rechtzeitig zu diesem für Anouk so wichtigen Termin wieder im Palais Girard zu sein.

Die Girards füllten das kleine Labor aus. Die Aufmerksamkeit aller war auf Anouk gerichtet, die im weißen Kittel am Arbeitstisch saß. Stéphane nickte ihr zu, das Gesicht voller Vorfreude. Um sie herum lagen Messgeräte, Teststreifen, Flaschen, die sie noch nicht ins Regal zurückgestellt hatte.

»Was haben Sie für uns gezaubert, Mademoiselle Romilly?« Horace strahlte sie an.

Viviennes Blick glitt über die Materialien auf dem Schreibtisch. »Jetzt sag nicht, du hast die Irisbutter benutzt?«

»Duftet es danach?«, gab Anouk zurück. Eine Parfümeurin sollte erkennen, dass sie sich an dieser Kostbarkeit gar nicht erst versucht hatte.

Vivienne verschränkte die Arme vor der Brust und schwieg.

Anouk erhob sich, die kleine Flasche in den Händen, die ihre Kreation enthielt. Sie streckte sie kurz ins Licht, schüttelte sie ein letztes Mal. Dann nahm sie eine Handvoll Papierstreifen. »Mir wäre es recht, wenn wir zur Duftprobe nach draußen gingen. Hier im Labor hat sich zu viel verfangen. Ich bin nicht zum Lüften gekommen.«

Vivienne ging um sie herum und betätigte einen Schalter neben dem Regal. Ein Sirren erklang. Anouk schaute hoch und entdeckte einen in die Außenmauer eingesetzten Lüfter. »Jedes Labor hat einen Ventilator. Wusstest du das nicht?«

Nein, das wusste sie nicht, woher auch? Vivienne hätte es ihr sagen können. »Jetzt weiß ich es. Danke.«

Als sie das Labor verließen, flüsterte Stéphane Anouk ins Ohr: »Lass dich von Vivienne nicht verunsichern. Du bist ihr um Längen überlegen.«

»Das muss sich erst noch zeigen«, gab Anouk leise zurück. »Aber danke, auch dafür, dass du gekommen bist. Ich hatte befürchtet, du würdest es nicht schaffen.«

»Ich bin in Lichtgeschwindigkeit hierhergefahren, um dir beizustehen, *chérie*.«

Im Garten stellte sich die Familie im Halbkreis um Anouk, die Filtrierstreifen in die Parfümflasche steckte und verteilte. Horace legte für einen Moment seine faltige Hand um ihre Finger, als er sah, dass sie zitterte. »Es ist noch keine Meisterin vom Himmel gefallen. Entspannen Sie sich, Anouk, alles wird gut.«

Sie war dankbar für seinen Versuch, sie zu beruhigen, aber das Zittern ließ nicht nach.

Dann hörte man eine Weile nur die Vögel in den Bäumen und die leichte Brise, die über die Felder strich. Stéphane seufzte und schloss genießerisch die Augen, doch es war Vivienne, die als Erste mit ihrem Urteil herausrückte. »Ein bisschen uninspiriert.«

Anouk stockte das Herz, gleichzeitig wallte Zorn auf die Parfümeurin in ihr hoch.

»Das sehe ich nicht so«, widersprach Antoine. »Mir gefällt die Vielfältigkeit. Das Fruchtige könnte man etwas minimieren.«

»Für eine Woche Arbeit finde ich das Ergebnis herausragend«, meldete sich Horace zu Wort.

Madeleine wiegte den Kopf. »Ich kenne diesen Duft.«

Anouk erschrak. »Ich hatte kein Rezept. Ich habe es nach eigenem Gefühl zusammengestellt, darauf können Sie sich verlassen!«

»Aber liebe Anouk, ich wollte nicht sagen, dass Sie einen Duft kopiert haben. Es dürfte ohnehin unmöglich sein, an die Rezepturen anderer Häuser zu kommen.«

Stéphane wedelte immer noch mit dem Streifen unter seiner Nase. »Ich finde diese Probe originell und modern. Dass es einen vergleichbaren Duft gibt, zeigt, dass Anouk imstande ist, den Geschmack der Kundschaft zu treffen.«

Innerlich atmete Anouk auf. Den Vorwurf, jemanden kopiert zu haben, hätte sie nur schwer ertragen.

Horace blickte in die Runde. Antoine schaute erwartungsvoll zurück, Madeleine starrte auf ihre Füße, Vivienne betrachtete ihre Fingernägel, und Stéphane steckte lässig die Hände in die Hosentaschen, ein breites Lächeln im Gesicht. Ihn hatte sie nicht enttäuscht, das spürte Anouk deutlich.

»Ich denke, wir sind uns einig, dass Ihr erster Versuch, liebe

Anouk, vielversprechend ist«, sagte Horace. »Sie haben eine Begabung und ein glückliches Händchen bei der Zusammensetzung eines Duftes. Ich könnte mir vorstellen, dass Sie sich zu einer der Nasen entwickeln, die in unserer Branche heiß begehrt sind. Bis dahin ist es ein weiter Weg. Sie müssen noch viel vom Handwerk lernen.«

Antoine nahm den Faden auf: »Ein guter Parfümeur hat nicht nur ein Geruchsgedächtnis, er kennt die Reaktionen in Kombination der Essenzen, er weiß um die Hitzeverträglichkeit und den Verflüchtigungsgrad.«

»Es reicht nicht, die Begabung zu haben«, fuhr Vivienne fort. »Wenn du Parfümeurin werden willst, musst du aus deiner passiven Nase ein aktives Instrument machen und es trainieren.«

»Das ist mir bewusst.«

»Hoffentlich.«

Horace klatschte in die Hände. »Ihr solltet euch auch riechen können, wenn ihr künftig zusammenarbeitet.« Er lachte, aber keiner stimmte ein.

Vivienne blitzte ihn an. »Was soll das heißen? Willst du etwa behaupten, Anouk wäre in der Lage, mit mir zusammenzuarbeiten? Sie ist eine Anfängerin, die mich mit ihren Entwürfen nur aufhalten würde.«

»Keine Sorge, Vivienne, keiner macht dir deinen Posten streitig«, mischte sich Stéphane ein. Er klopfte seiner Schwester auf die Schulter. »Wir wissen alle, was wir an dir haben.«

»Da hörst du es«, stimmte Horace ein. »Kein Grund, die Krallen auszufahren.«

Anouk wünschte sich, ein Loch täte sich auf und würde sie verschlingen. Sie wollte nicht Zeugin dieser Familienauseinandersetzungen sein und schon gar nicht den Anlass dazu geben. Aber sie konnte nicht einfach ihren Koffer packen und den nächsten Zug nach Cannes und von da aus einen in Richtung Paris nehmen. Was sollte sie dort auch? Doch mit schwierigen Menschen, die sich eifersüchtig gegenseitig beobachteten, wollte sie möglichst wenig zu tun haben.

»Wir halten es zunächst so, wie wir begonnen haben: Vivienne wird Ihnen, Anouk, das Labor am späten Nachmittag zur Verfügung stellen. Arbeiten Sie ohne Zeitdruck. Wir geben Ihnen keine Vorgaben. Orientieren Sie sich an Ihrer eigenen Vorstellung und Ihrem Gespür für die Welt. Lassen Sie sich von Schönheit, Klängen, Bildern, der Natur, Menschen und Strömungen inspirieren, und zeigen Sie uns, was in Ihnen steckt, wann immer Sie so weit sind.«

Wie hatte sie sich in den vergangenen Jahren gewünscht, dass jemand solche Worte zu ihr sprach. Sie fühlte sich, als wüchsen ihr Flügel.

Doch Horace hatte noch nicht zu Ende gesprochen. »Gleichzeitig möchte ich, dass Sie die Aufnahme an der Parfümschule der Firma Roure hier in Grasse beantragen.«

Anouk schnappte nach Luft. »Ich darf für das Haus Girard arbeiten und die Ausbildung absolvieren?«

Vivienne holte sie auf den Boden der Tatsachen zurück. »Dazu musst du erst einmal die Aufnahmeprüfung bestehen. Daran sind schon viele begabte junge Leute gescheitert.« Ihr Lächeln drückte aus, dass sich ihr Mitgefühl in Grenzen bewegen würde, falls Anouk versagte.

»Ich denke, deine Chancen stehen gut, und ich halte diese Kombination für die beste Möglichkeit.« Stéphane strahlte.

»Wichtig ist«, Antoine nickte ihr würdevoll zu, »dass Sie nach der Ausbildung nicht vergessen, wem Sie das alles zu verdanken haben. Wir gehen davon aus, dass Sie als ausgebildete Parfümeurin unserem Haus zur Verfügung stehen.«

Anouk musterte ihn. Sein Lächeln erreichte seine Augen nicht. »Ich freue mich auf das, was vor mir liegt, und werde Sie nicht enttäuschen.«

Wie auf ein geheimes Kommando erschien eines der Dienstmädchen mit einem Tablett voller Sektschalen. War sich einer der Girards so sicher gewesen, dass es Grund zu feiern geben würde? Wenn, dann Horace. Stéphane hatte dafür keine Zeit gehabt. Das Mädchen reichte die Gläser herum, bis alle miteinander anstoßen konnten.

Auf dem Weg zurück zum Haus gingen Madeleine, Antoine und Vivienne voraus. Horace ließ sich mit Anouk zurückfallen. Stéphane blickte zufrieden von seinem Großvater zu Anouk, bevor er zu seinem Ferrari eilte, um sein Reisegepäck auszuladen. »Wir sehen uns beim Aperitif«, rief er ihr zu. Und an Horace gewandt: »Mach ihr Mut, Großvater. Sie weiß gar nicht, wie viel in ihr steckt.«

»Das hatte ich vor«, erwiderte Horace, bevor er sich an Anouk wandte. »Ich kenne den Direktor der Parfümschule gut, aber leider habe ich keinen Einfluss auf den Bewerbungsprozess.«

Anouk betrachtete ihn erstaunt von der Seite. »Um Himmels willen, ich will mich da nicht einschleichen! Wenn ich es nicht aus eigener Kraft schaffe, dann habe ich die Ausbildung nicht verdient.«

»Das ist eine löbliche Einstellung, liebe Anouk. Ich wünschte, meine Enkel hätten einen Bruchteil Ihrer Rechtschaffenheit.«

Sie schwieg peinlich berührt.

Horace fuhr fort: »Ich liebe meinen Sohn, seine Frau, meine Enkelkinder, aber ... ich meine, Vivienne macht aus ihrem Herzen keine Mördergrube. Sie haben gemerkt, wie streitbar sie sich gibt, anstatt sich darüber zu freuen, dass ihr mit Ihnen eine geniale Partnerin heranwachsen könnte. Mein Sohn Antoine sagt zu allem Ja und Amen, was ich vorschlage. Unsere Gespräche sind nie gewinnbringend, weil er mir nichts entgegenzusetzen hat. Und Madeleine kämpft mit ihrem unermüdlichen Einsatz für die Firma gegen ihre Melancholie.

Es tut mir so leid zu sehen, wie unglücklich diese Frau eigentlich ist. Sie könnte den Luxus genießen und die Anerkennung, die ihr die Angestellten und die Kunden entgegenbringen. Man hört sie nur selten lachen, dabei war sie ein so munteres junges Mädchen.«

Anouk lauschte, ohne ihn zu unterbrechen. Es ehrte sie, dass der Senior sie ins Vertrauen zog. Aber Anouk wusste nicht, ob sie sich dem gewachsen fühlte.

»Stéphane haben Sie in Paris kennengelernt beziehungsweise das, was er nach außen hin verkörpert. Wir haben bereits über ihn geredet … Ich liebe ihn von ganzem Herzen, aber meine Erwartungen an ihn hat er nie erfüllen können. Er ist ein Lebenskünstler, ein Bonvivant, er nimmt alles auf die leichte Schulter. Ja, er hat Charme und gewinnt mit seiner Art Herzen, aber ich hatte gehofft, in ihm einen Nachkommen zu haben, der sich durchbeißt, der meine Kraft und mein Durchhaltevermögen hat. Meine Frau Florence und ich haben das Haus Girard vor mehr als sechzig Jahren aus dem Nichts heraus aufgebaut.« Er sah Anouk in die Augen. »Keinem Girard würde ich so etwas heute zutrauen.«

Sie waren um die Werkhallen und die Villa herumgeschlendert, der Duft von Thymian schlug ihnen aus einer Hecke entgegen.

»Ich könnte mir vorstellen, dass er mit einer Frau wie Ihnen, Anouk, zur Ruhe kommt und seine guten Eigenschaften zutage gefördert werden. Er ist ein Familienmensch, er hat ein Gespür für Trends und versteht es, Beziehungen zu pflegen. Alles wichtige Wesensmerkmale, die zu oft unter seiner Flatterhaftigkeit verborgen sind. Ich …«

»Monsieur Girard, zwischen Stéphane und mir besteht kein romantisches Verhältnis. Er hat sich mir als Mentor angeboten, mehr ist da nicht, weder von meiner noch von seiner Seite.«

»Aber überlegen Sie doch, Anouk! Bessere Voraussetzungen, in die Branche einzusteigen, werden Sie nie bekommen als mit der Heirat in eine der erfolgreichen Familien. Meine Schwiegertochter Madeleine hat seinerzeit auch die richtige Entscheidung getroffen.«

Anouk wusste kaum etwas über die Familiengeschichte der Girards, aber sie erlebte selbst, wie wenig freundlich der Umgang miteinander war. Horace' Einstellung, aus pragmatischen Gründen eine Ehe einzugehen, befremdete sie. Sie wusste nicht viel von der Liebe, ihr Leben hatte aus der Arbeit für ihre Mutter und der ständigen Suche nach Düften bestanden. Manchmal hatte ihr einer der Studenten im Jardin du Luxemburg zugelächelt, manchmal hatte sich ein junger Mann in der Apotheke länger mit ihr unterhalten. Einer hatte sie ins Literatenbistro Café les deux Magots eingeladen, eine Verabredung, die sie am nächsten Tag nicht wahrnahm, weil sie ihr nicht wichtig erschienen war. Der Mann hatte sich nicht mehr in der Apotheke blicken lassen. Manchmal meinte Anouk, für ein so großes Gefühl wie die Liebe war in ihrem Inneren kein Platz, da all die anderen Emotionen, die sie mit Düften verband, zu viel Raum einnahmen. Wie die Liebe wohl duftete?

»Ich möchte irgendwann einmal aus Zuneigung heiraten. Was ich privat empfinde, sollte nichts mit meiner Karriere zu tun haben.«

Horace' Gesicht verschloss sich. »Ich wollte Ihnen nicht zu nahe treten, Mademoiselle Anouk. Ihr Privatleben geht mich nichts an. Sie sollten aber wissen, dass es Ihnen in unserer Branche nicht gelingen wird, ohne Familienzugehörigkeit aufzusteigen.«

»Vielen Dank, Monsieur Girard. Für alles. Ich werde Sie nicht enttäuschen.«

Erleichterung durchströmte sie, als die kühle Ruhe ihres Zimmers sie umfing und sie sich an den Schreibtisch setzte.

Henri hatte sie gewarnt vor den Girards, ihre Mutter war schlaflos vor Sorge gewesen, aber letzten Endes hatte Anouk es geschafft: Sie hatte die Girards von ihrem Talent überzeugt. Sie ermöglichten ihr, die Parfümschule von Roure zu besuchen und gleichzeitig für Girard zu arbeiten. Ob sie in ihrer Karriere weit aufsteigen würde und ob sie dafür die Unterstützung einer erfolgreichen Familie benötigte – darüber würde sie sich Gedanken machen, wenn es so weit war. Mit Sicherheit würde sie niemals aus Kalkül eine Ehe eingehen. Das widerspräche allem, was Anouk sich von ihrem Leben erhoffte.

Sie nahm einen Bogen Papier und einen Stift und begann einen langen Brief zu schreiben und ihrer Mutter und Henri zu erzählen, was sie erreicht hatte. Isabell würde weinen, wie immer, aber letzten Endes würde sie sich freuen, dass Anouk sich behauptete.

17

Auch ein Horace Girard konnte Anouk nicht an der Prüfung vorbei in die Parfümschule schleusen, aber er arrangierte, dass für sie außerhalb der üblichen Prüfungszeiten ein Termin ermöglicht wurde.

Obwohl Anouk wusste, wie viel Erfahrung sie gesammelt hatte und dass sie den meisten Schülern vermutlich überlegen war, wälzte sie sich in der Nacht davor in ihrem Bett hin und her, ohne Schlaf zu finden. Ihr Herz schlug gegen die Rippen. In Gedanken ging sie die ihr bekannten Details über Parfüms und Essenzen, Herstellungsprozesse und Konservierungsmethoden durch. Immer wieder sagte sie sich, dass sie nicht alles wissen musste, die Ausbildung stand erst bevor. Doch sie wollte zeigen, mit welcher Begeisterung sie seit Jahren die Welt der Düfte erforschte. Desto leichter würde sie die Prüfer für sich gewinnen.

Drei Stunden später führte die Empfangsdame bei Roure sie zu einer stattlichen Sechzigjährigen. Madame Bernard saß in einem luxuriös ausgestatteten Zimmer mit Vitrinen voller Flakons und Plakate. Schwungvoller als vermutet kam sie in ihrem blauen Kostüm um den Schreibtisch herum, um Anouk mit Wangenküssen zu begrüßen. Rock und Jacke mussten maßgeschneidert sein. Sie verbargen geschickt überschüssige Pfunde.

»Bonjour, Madame Bernard, ich freue mich, dass Sie mich außerhalb der üblichen Prüfungszeiten eingeladen haben.«

»Aber gewiss, wenn Horace Girard Sie empfiehlt!« Ihre Stimme klang wie Samt, ihr Lachen war melodisch. »Setzen Sie sich bitte, Mademoiselle Romilly.« Sie wies auf eine Sitzgruppe vor einem Bücherregal.

Anouk ließ sich in dem Sessel nieder. Die Anspannung fiel von ihr ab. Doch sie blieb hoch konzentriert. Sie ahnte, dass hinter dem wohlwollenden Auftreten von Madame Bernard unerschütterliche Kompetenz steckte. Aus Freundlichkeit würde ihr die Zulassung zur Parfümschule nicht gegeben werden. Es war wichtig, sich in Bestform zu präsentieren.

»Erzählen Sie mir von sich.« Madame schenkte Wasser aus einer Karaffe in zwei Gläser. Sie lehnte sich zurück, schlug die Beine übereinander und nickte Anouk zu.

Anouk erzählte, wie sie mit ihrer Mutter in Paris angekommen war. Von dem Duft, der sie damals willkommen geheißen hatte, und dass sie ihn bis heute im Gedächtnis habe. Dieses eine Geruchserlebnis habe sie angetrieben, alles über Parfüms wissen zu wollen. Bis zum heutigen Tag sei sie dem Geheimnis seiner Zusammensetzung auf der Spur.

»Nicht ungewöhnlich, dass der Geruchssinn durch ein spezielles Erlebnis geweckt wird. Obwohl Sie Ihre Begabung vermutlich vorher schon bemerkt haben.«

»Ich habe mich immer etwas seltsam gefühlt mit diesem Geruchssinn, der meine Sicht auf die Welt bestimmt.« Sie schilderte, wie sie sämtliche Parfümerien der Stadt abgeklappert hatte, um einen Praktikumsplatz zu finden, und wie sie dabei ihre Nase geschult hatte. Madame Bernard lachte, als Anouk gestand, dass sie sich wünschte, manchmal das Riechen abstellen zu können, weil sie immer und überall die Gerüche wahrnahm.

»Das geht allen Nasengenies so.«

Anouks Herz machte einen Satz. Ein Versprecher, oder zählte sie sie zu den Genies? Das würde sie doch erst überprüfen müssen, oder hatte Horace Girard dermaßen von ihr geschwärmt?

»Was machen Ihre Eltern? Von wem könnten Sie diese Begabung geerbt haben?«

Anouk stutzte. »Meine Mutter ist Apothekerin, sie hatte nie Verständnis für meinen Wunsch, Parfümeurin zu werden. Und mein Vater? Ich weiß nicht viel über ihn. Er ist gestorben, als ich noch ein Kleinkind war. Er hat in Rouen als Gärtner gearbeitet. Düfte waren nie ein Thema in unserer Familie, weder in meiner Kindheit in der Normandie noch später in meinen Jugendjahren in Paris.«

»Ungewöhnlich. Die Begabung vererbt sich. Ihre Großeltern?«

Anouk schüttelte den Kopf und spürte einen Anflug von Ärger, dass ihre Mutter immer nur ausweichend auf ihre Fragen nach ihrer Vergangenheit geantwortet hatte. Peinlich, dass sie nichts über sie sagen konnte. »Es tut mir leid, ich kenne meine Großeltern nur mütterlicherseits. Meine Großmutter war Ärztin, mein Großvater bei der Armee, beide sind im Krieg gestorben. Väterlicherseits gibt es keine Verbindung. Ich weiß nicht, ob sie noch leben.« Madame Bernard hob eine Augenbraue. »Das tut mir leid.« Sie schenkte ihr ein schmallippiges Lächeln. »Andererseits ist es heute nicht unsere Aufgabe, den Hintergründen Ihrer Geruchsbegabung auf die Spur zu kommen. Wir wollen erst einmal herausfinden, ob überhaupt ein Talent vorhanden ist, nicht wahr?«

Anouk erwiderte das Lächeln verunsichert.

»Wenn Sie sich so gut auskennen in der Branche, wissen

Sie sicher, mit welchem Duft Roure vor dem Krieg für Furore gesorgt hat?« Es klang nach Small Talk, aber die Prüfungsphase hatte eingesetzt. In Madames Augen trat etwas Erwartungsvolles.

»Sie sprechen von Ihrem Parfüm *Shocking for Schiaparelli*, animalisch, blumig, mit herausragender Haftbarkeit und einem brillanten Duftverhalten. Das Parfüm gehört zu denen, die mich am meisten beeindruckt haben.«

»Welche haben Ihnen außerdem imponiert?«

Anouk war auf der Hut. Sollte sie Parfüms der Konkurrenz nennen? Sie entschied sich für Ehrlichkeit. Damit war sie in den letzten Monaten am besten gefahren. Sie nannte die Markennamen, die ihr im Gedächtnis geblieben waren, *Chypre*, *Mitsouko*, *Tabu*.

Madame Bernard machte sich Notizen.

Das Gespräch zog sich über die nächsten zwei Stunden. Zur Sprache kamen chemische und natürliche Düfte, die verschiedenen Herstellungsprozesse, die Eigenschaften von Duftstoffen. Nicht auf jede Frage wusste Anouk eine erschöpfende Antwort. Dann ging ihr Atem schneller, aber Madame Bernard beruhigte sie sofort mit einem Lächeln. Offensichtlich verstand sie, dass die vergangenen Jahre Anouk auf diesen Moment in der Parfümschule von Roure vorbereitet hatten. »Sie werden hier lernen, alle Geruchsstoffe und Duftkomplexe zu analysieren. Sie werden Kompositionen nachbilden. Aber später wird nur Ihre Erfahrung, Ihre Geschicklichkeit, Ihr guter Geschmack und nicht zuletzt der Zufall über Ihre Erfolge entscheiden. Letztlich ist es ein Gespür dafür, wie Gerüche auf das menschliche Gefühl wirken.«

Anouk nickte, die Wangen erhitzt. Gerüche und Gefühle waren für sie von jeher eng miteinander verknüpft. Sie konnte es nicht erwarten, mit der Ausbildung zu beginnen.

»Sie bringen die besten Voraussetzungen mit, Mademoiselle Romilly. Sie haben sich exzellent in die Materie und den Geist unseres Fachs eingearbeitet. Was Sie jetzt noch nicht wissen, werden Sie in unserer Ausbildung erfahren und mit Ihrer Auffassungsgabe im Handumdrehen verinnerlichen. Anspruchsvoller ist unsere praktische Prüfung. Unser erster Direktor Jean Carles hat eine Lehrmethode für das Geruchsgedächtnis entwickelt und Düfte in fünfzehn olfaktorische Familien klassifiziert. Das bildet den Kern unserer Ausbildung. Ob Sie dem gewachsen sind, wollen wir jetzt im Labor überprüfen. Sie kennen sich mit Duftorgeln aus? Ich will von Ihnen Assoziationen hören und ob Sie sich Gerüche merken können. Sind Sie bereit?«

Anouk folgte ihr ins Labor. Sie nahm auf einem Hocker Platz. Madame drehte ihr den Rücken zu und hantierte mit Flaschen und Filtrierpapier. Ein Duftgemisch erfüllte für einen Moment den Raum, bevor es durch den Abzug davonschwebte und die Luft wieder frisch war. Als Madame sich umdrehte, hielt sie fünf nummerierte Teststreifen wie einen Fächer in den Händen und reichte sie Anouk nacheinander. Sie inhalierte, speicherte in ihrem Gedächtnis ab, welcher Duft schwach und ölig, scharf und trocken, bitter und frisch roch. Madames Fragen waren konkreter: »Welcher Duft erinnert an junge grüne Blätter, die man zwischen den Fingern reibt? Welcher erinnert an welke Blätter, welcher an Zitronen?«

Anouk antwortete aus ihrem Gefühl heraus. In ihrem Verstand tanzten die Düfte miteinander, sie sah die Bilder, die Emotion vor sich. So konnte sie auch bei der zweiten Testreihe alle Fragen ausführlich beantworten. Madame wollte wissen, welche Ähnlichkeiten zwischen den Stoffen ihr auffielen. Schließlich wandte Madame Bernard ihr wieder den Rücken zu, verschloss alle Proben und entsorgte die Teststreifen.

Anouk sank vor Erleichterung auf ihrem Hocker zusammen. Sie wusste, dass sie es gut gemacht hatte.

»Ich habe es geschafft, *maman*!« Anouk schrie in die Sprechmuschel und umklammerte den Telefonhörer mit den Händen. Am Nachmittag hatte ihr Madame Bernard mitgeteilt, dass sie am Ersten des kommenden Monats ihre Ausbildung in der Parfümschule Roure antreten konnte. »Für Ihr Unterkommen ist gesorgt? Wir stellen unseren Schülerinnen Zimmer zur Verfügung, falls gewünscht. Wir setzen große Hoffnung auf unseren Nachwuchs, müssen Sie wissen.«

Kurz hatte Anouk überlegt. Das Gästezimmer im Palais Girard aufgeben? Aber nein. Auch wenn ihr die konfliktbeladene Atmosphäre im Haus zusetzte, war es sinnvoller, in der Nähe ihrer Förderer und des Labors zu sein. Was sie in der Schule lernte, würde sie am Abend ab fünf umsetzen können.

Jetzt berichtete sie Isabell von ihrem Erfolg. Sie hoffte, dass sie irgendwann sagen würde: Du hast den richtigen Weg eingeschlagen, Tochter.

Isabell bemühte sich, Anouks Freude zu teilen. »Wie lange wird die Ausbildung dauern?«

»Zwei bis drei Jahre, das hängt davon ab, wie dumm ich mich anstelle.« Anouk lachte, aber ihre Mutter am anderen Ende der Leitung blieb still. »Wenn ich mich anstrenge, kann ich nach zwei Jahren die Prüfung ablegen. Aber das schaffen nur wenige. Madame Bernard hat das in ihrer Zeit auf der Parfümschule nur bei zwei Kandidaten erlebt. Es wäre ein Wunder, wenn ich dazugehöre.«

»Also doch eher drei Jahre.«

»Ach, *maman*.« Anouk seufzte. »Wie geht es dir und Henri?«

»Es gibt kein ich und Henri.«

»Sicher?«

»Nichts, was wir besprechen müssten, *poupée*. Ich hoffe nur, dir geht es gut bei den Girards.«

»Meistens geht es mir gut, *maman*.«

Auf dem Weg in den Garten begegnete ihr Stéphane. Das Weiß seines Jacketts blendete, passte aber zu seinen dunkelblauen Stoffhosen und dem für ihn typisch weit aufgeknöpften Seidenhemd. An seinem Arm hing eine Frau, die ihre üppige Haarpracht mit Kämmen leger aufgesteckt hatte. Einzelne Strähnen umrahmten ihr Gesicht.

Stéphane befreite sich von ihr. »Meine liebe Anouk, wie schön, dich so strahlen zu sehen!«

Anouk hatte nicht gewusst, dass sie strahlte. Aber ihre Freude ließ sich kaum verbergen. Ihr Blick ging zwischen Stéphane und der Fremden hin und her. Was für eine Schönheit!

»Ich habe allen Grund dazu«, wandte Anouk sich an Stéphane. »Rate!«

»Du hast die Aufnahmeprüfung bei Roure geschafft.«

Anouk warf die Arme in die Luft, als erführe sie das positive Ergebnis erst jetzt. Ein überwältigendes Gefühl, ihn nicht enttäuscht zu haben, ihn darin zu bestätigen, dass sie eine Kraft im Haus Girard werden konnte. »Ja, ja, ja!!«

Stéphane zog sie an sich und drückte ihr Küsse auf die Wangen. »Ich habe nie an dir gezweifelt. Großartig, Anouk!«

Sichtlich irritiert hob die Frau an seiner Seite eine Augenbraue. Stéphane bemerkte es. »Oh, verzeiht, dass ich euch nicht gleich vorgestellt habe. Adèle, das ist meine Freundin Anouk Romilly mit der begnadeten Nase. Anouk, das ist Adèle Fabien aus Cannes.«

Die beiden Frauen musterten sich und hielten an ihrem Lächeln fest. Anouk schaute dem Paar hinterher, als es in Richtung der Wohnräume schlenderte. Adèle drückte sich an Stéphane und küsste ihn auf die Schläfe.

In dieser Nacht starb Horace Girard. Er war seit Tagen nicht aus dem Bett gekommen, weil Atembeschwerden ihn quälten. Man hatte ihm die Nachricht überbracht, dass Anouk in Grasse bleiben und den Beruf der Parfümeurin erlernen würde, bis sie dem Haus Girard ihr Talent zur Verfügung stellte. Keinen ließ Horace in dieser Zeit zu sich außer seinen Sohn Antoine, was niemanden mehr überraschte als Antoine selbst. In den letzten Jahren hatte der Senior seinen Enkel Stéphane bevorzugt.

»Antoine, ich weiß, dass du nicht glücklich warst«, sagte Horace zwischen zwei Hustenanfällen. »Du bist ein fähiger Mitarbeiter und ein treuer Ehemann. Du hättest etwas Besseres verdient, als ein Leben lang in meinem Schatten zu stehen. Ich habe nie loslassen können. Mit deiner Anpassungsbereitschaft hast du es mir leicht gemacht.«

»Ich musste dankbar sein, weil du Madeleine aufgenommen hast.«

»Es tut mir leid, dass deine Ehe nicht so glücklich ist, wie du es dir erhofft hast. Madeleine vermisst eben doch ihre eigene Familie. Aber sie hat sich an ihren Schwur gehalten.«

»Ich liebe Madeleine, und wir sind auf unsere Art zufrieden. Aber ja, Vater, du hast recht. Wir hatten dunkle Jahre. Unser Leben haben wir der Firma gewidmet.«

»Damals, als ich mit Florence die Pläne für die eigene Parfümerie in die Tat umsetzte, dachte ich, dass wir uns mit unseren Nachkommen weiterentwickeln würden. Ich habe mich getäuscht. Ich hätte gerne die Last der Verantwortung geteilt, ich habe jedoch keine Möglichkeit gesehen.«

Antoine nickte. Die letzten Worte des Vaters schmerzten, aber er würde an seinem Sterbebett nicht beginnen aufzubegehren. Nur einmal hatte er Widerstand geleistet: Als er Madeleine Bonnet und keine andere heiraten wollte. Hatte es sich gelohnt? Madeleine war eine stille, arbeitsbesessene

Frau geworden, und er fragte sich, wohin die Leichtigkeit der Jugend verschwunden war. Sie hätten Grasse verlassen sollen.

»Anouk ist ein Geschenk des Himmels.« Die Stimme des alten Girard war kaum zu hören. Die Luft schien nicht bis in seinen Brustkorb zu gelangen. In Antoine breitete sich eine Taubheit aus, als würde er erfrieren. Wie sollte es weitergehen ohne die Expertise des Alten? War er selbst der Anforderung gewachsen, den Familienbetrieb am Laufen zu halten?

»Das Mädchen ist wie geschaffen für das Haus Girard. Neugierig, lernbereit, talentiert. Eine solche Tochter oder Enkelin habe ich mir gewünscht.« Er nahm einen Atemzug, um seiner Bemerkung die Schärfe zu nehmen, aber dann ließ er es dabei bewenden. »Auch wenn Vivienne an die Decke geht: Richte Anouk ein Laboratorium ein. Sorge dafür, dass sie bei uns bleibt. Sie kann den Girards große Parfüms für die Zukunft kreieren.«

»Sie ist nur ein Mädchen, eine Laune Stéphanes.«

»Hör auf mich, Antoine. Versprich es mir. Sie wird dir helfen.«

Antoine schwieg ein paar Sekunden, während Horace ihn nicht aus den Augen ließ. Schließlich sagte er: »Ich verspreche es dir, Vater.«

Der letzte Atemzug strömte aus Horace' Mund. Antoine legte den Kopf auf seine Brust, die Augen weit geöffnet.

18

Der Tod des Seniors brachte alles zum Erliegen. Zwei Tage lange fühlte sich keiner imstande, seinen Verpflichtungen nachzugehen. Madeleine organisierte die Beerdigung und eine große Trauerfeier. Stéphane hatte Adèle in den Zug zurück nach Cannes gesetzt. Dafür hatte er ein Gespür: wann es angebracht war, sich selbst und die eigenen Belange zurückzunehmen.

Anouk fühlte sich verwirrt und traurig zugleich. Horace Girard war ihr mit Wohlwollen entgegengekommen. Er und seine Unterstützung würden fehlen.

Da überraschte Antoine sie beim gemeinsamen Frühstück. »Wir werden Anfang nächster Woche damit beginnen, dir ein Labor einzurichten.« Sie waren inzwischen alle zum vertrauten Du übergegangen. Künftig würden sie eng zusammenarbeiten.

Anouk nahm einen Schluck von ihrem Milchkaffee und blickte Antoine über den Rand der Tasse an.

Vivienne ließ das Buttermesser klappernd auf den Teller fallen. »Was soll das, Papa? Habe ich ihr nicht genug Rechte eingeräumt? Können wir uns eine solche Ausgabe leisten?«

»Die Finanzen habe ich im Blick, darum musst du dich

nicht kümmern. Dein Großvater hat mir auf dem Sterbebett das Versprechen abgenommen, Anouk an unser Haus zu binden.« Er nickte ihr zu. »Dazu gehört unbedingt ein persönlicher Arbeitsraum.«

»Ich finde das richtig.« Stéphane biss in ein Stück Baguette. »Nur in einem eigenen Labor kann sich das Genie entfalten.«

»Aber sie ist tagsüber in der Schule und kehrt nicht vor fünf Uhr am Nachmittag zurück!« Viviennes Stimme kippte. »Und im Übrigen: Maße dir nicht allzu große Urteilskraft an. Wo ist denn deine aktuelle Geliebte, dieses Mannequin? Hast du sie mit deinen Launen vertrieben? Die wäre ein Gesicht für unser Haus. An so etwas denkst du nicht, nur an deine persönlichen Wünsche.«

Stéphane lachte auf, aber an seinen Augen erkannte Anouk, dass ihn die Worte seiner Schwester verletzt hatten. »Wer hat denn Anouk in unsere Familie gebracht? Fürchtest du, dass sie dir eines Tages überlegen sein wird?«

Bevor Vivienne zu einer Erwiderung ansetzen konnte, meldete sich Anouk zu Wort. »Es tut mir leid, dass ich für Unfrieden sorge. Mir wäre es lieber, ihr würdet mich aus solchen Debatten heraushalten. Ich finde diese Streitereien zermürbend.«

Stéphane klatschte spöttisch Applaus, Madeleine musterte Anouk mit neuem Interesse.

»Ich werde ein paar Handwerker beauftragen«, erklärte Antoine. »Eins der Büros wird nach deinen Vorstellungen umgestaltet. Bei der Auswahl der Grundausstattung wird dich Vivienne beraten, nicht wahr?« Er fixierte seine Tochter.

Vivienne nickte. »Wenn sie glaubt, darauf angewiesen zu sein?«

Anouk nutzte die Chance, sich um Frieden zu bemühen, und lächelte die andere Parfümeurin an. »Ich würde mich über deine Unterstützung freuen. Ich habe noch lange nicht deine Erfahrung.«

Wenige Tage später stand Anouk mit einem Schreiner, einem Maler und seinem Gesellen in einem lichtdurchfluteten Raum, aus dem Möbel, Tapeten und Teppiche entfernt worden waren. Sie schilderte ihnen ihre Wünsche von einem u-förmigen Arbeitstisch, dazu passende Regale mit Fächern für die Flaschen. Alles sollte in einem hellen Beige gestrichen werden, weil diese Farbe die neutralste Wirkung auf Anouks Geruchssinn ausstrahlte.

Anouk konnte es kaum erwarten, ihr eigenes Labor zu beziehen, doch noch mehr fieberte sie ihrem ersten Tag in der Parfümschule entgegen.

Mit Vivienne beriet sie sich, welche Öle und Essenzen sie bestellen sollte. Die Parfümeurin gab sich ungewohnt freundlich, vielleicht weil es ihr schmeichelte, dass Anouk sie um Rat bat. Am Ende hatte Anouk eine lange Liste, die sie Antoine vorlegte. »Ich werde unseren Lieferanten Bescheid geben. Es sind nur kleine Mengen, die sollten bald hier eintreffen, und du kannst loslegen.«

An einem Vormittag schaute sich Anouk in der Werkhalle um, wo die Fässer mit den Rohstoffen lagerten und die Parfümflaschen befüllt wurden. Ein halbes Dutzend Frauen war damit beschäftigt, die Flakons in hübsche Kartons zu packen.

Den frühen Nachmittag verbrachte sie in der Verkaufshalle und beobachtete Fleur und ihre Kolleginnen, wie sie die Kundschaft berieten. Manche ließen sich bereitwillig die diversen Düfte präsentieren, andere kamen mit konkreten Vorstellungen. »Haben Sie nicht etwas wie *Tabu* von Dana?«, erkundigte sich eine Mittfünfzigerin in Begleitung ihres Mannes.

Anouk beobachtete, wie Fleur der Dame freundlich erklärte: »Wir haben diverse orientalisch-würzige Düfte, die ich Ihnen gerne zeige.« Sie nahm Proben aus Schubladen, holte Teststreifen und ließ die Kundin daran schnuppern. Jedes Mal schüttelte sie den Kopf und zog die Mundwinkel nach unten, bis es ihrem Mann reichte.

»Warum kaufst du nicht gleich dieses *Tabu*, wenn dich nichts anderes zufriedenstellt?«

»Das weißt du genau! Deine Schwester benutzt es, ich kann es ihr unmöglich nachmachen.«

Das Paar verschwand, ohne etwas gekauft zu haben, durch die Glastür wieder nach draußen. Fleur warf einen Blick zu Anouk und rollte mit den Augen. »Das war die unangenehme Sorte«, flüsterte sie ihr zu, bevor sie sich mit einem strahlenden Lächeln an zwei Frauen Mitte zwanzig wandte, beide in taillierten Kleidern mit weit schwingenden Röcken.

Nicht nur die jungen Damen drehten die Köpfe, als Stéphane den Verkaufsraum betrat, seine Präsenz und Ausstrahlung fielen auf. Aus jedem Eintreten machte er einen Auftritt. Er lächelte in alle Richtungen, um dann nur Anouk anzusprechen. »Lust auf einen Ausflug nach Cannes? Ich meine mich zu erinnern, dass du von einem Bad im Meer träumst.«

Gegen ihren Willen fühlte sich Anouk geschmeichelt, als sich alle ihr zuwandten. Einige der Verkäuferinnen seufzten vor Bedauern darüber, dass nicht sie die Auserwählte waren, und die Kundinnen tuschelten amüsiert miteinander.

»Wie könnte ich ein so charmantes Angebot ablehnen!« Anouk erwiderte sein Lachen.

Eine halbe Stunde später saßen sie im Ferrari. Anouk trug ein getupftes Sommerkleid, das mit Bändern im Nacken gehalten wurde, dazu ihre Ballerinas und ihren breitkrempigen Strohhut. Die Sonne stand hoch am Himmel und brannte mit der Kraft des Sommers, doch der Fahrtwind kühlte ihre Gesichter. Noch innerhalb von Grasse musste Stéphane abbremsen, weil vor ihm ein Traktor fuhr. Er schimpfte vor sich hin, hupte und setzte ein paarmal zum Überholen an, aber jedes Mal kam Gegenverkehr. Endlich bog das Gefährt in eine Nebenstraße ab. Stéphane drückte das Gaspedal durch und hob genervt die Hand in Richtung des Bauern, der am Steuer saß. »Typisch Bonnets. Nehmen die ganze Straße in Anspruch, statt die schnelleren Autos überholen zu lassen.«

Anouk drehte den Kopf, und für einen Moment traf ihr Blick den von Jean-Paul Bonnet. Er schaute ihnen hinterher, wie sie in dem Sportwagen davonbrausten. Unbehagen packte Anouk. Sie wünschte, er hätte sie nicht mit Stéphane in diesem Auto gesehen. Er würde das Falsche vermuten, wie die meisten. Sie wusste selbst nicht, warum es ihr wichtig war, dass Jean-Paul sie nicht für ein Paar hielt.

Stéphane fuhr fort: »Du erinnerst dich an unser Gespräch über Karen und Manon Bonnet und deren Parfümerie in Paris?«

»Allerdings.«

»Dieser Bauer da gehört zu der Sippe.«

»Das habe ich mir schon gedacht.«

Er musterte sie für einen Moment erstaunt von der Seite. »Hast du ihn kennengelernt? Lass dich von ihm nicht einwickeln.«

»Keine Sorge.« Mit Stéphane über Jean-Paul Bonnet zu reden, fühlte sich falsch an. »Ich habe keinen Badeanzug«, sagte sie. »Ich kann nur die Füße ein bisschen ins Meer tauchen.« Sie freute sich unbändig darauf. Ob das Wasser warm war? In ihrer Strandtasche lagen zwei Badelaken, Sonnenöl und eine Wasserflasche.

»Das geht gar nicht«, erwiderte Stéphane. Zum Glück ging er auf ihren Versuch ein, das Thema zu wechseln. Für einen Moment hatte es so ausgesehen, als hätte ihm die Begegnung mit Bonnet die Stimmung vermiest. Er schob sich die Sonnenbrille auf der Nase hoch. »Wenn du am Strand von Cannes bist, musst du auch schwimmen gehen.«

Als sie die Côte d'Azur erreichten, steuerte Stéphane ein luxuriöses Textilgeschäft an der Croisette an. Inmitten der Autoparade von Rolls-Royces, Bentleys und Maseratis vor den vornehmen Hotels fiel der Ferrari gar nicht auf.

Eine Viertelstunde später probierte Anouk einen zweiteiligen Badeanzug in Meerblau an. Das Höschen reichte ihr bis zur Taille, das Oberteil brachte ihre Rundungen fest in Form. Ein bisschen verschämt präsentierte sie sich Stéphane, aus der Umkleidekabine tretend. Er klatschte in die Hände. »Perfekt, *chérie!*«

Sie ließ den Bikini gleich unter ihrem Kleid an und kam an der Kasse Stéphane zuvor, als er bezahlen wollte. Bisher hatte sie kaum Gelegenheit gehabt, ihr erspartes Geld und den Lohn, den ihre Mutter aus Paris überwies, auszugeben. Der Preis für den Bikini lag außerhalb dessen, was sie sich normalerweise leisten würde. Sie ließ sich nichts anmerken.

Stéphane hob entschuldigend beide Arme und trat einen Schritt zurück. Die Verkäuferin musterte Anouk vom Scheitel bis zu den Ballerinas, bevor sie sie mit überheblicher Miene verabschiedete.

»Die hat sich gewundert«, bemerkte Stéphane, als sie über den Boulevard de la Croisette im Schatten des berühmten Carlton Hotels schlenderten. »Vermutlich erlebt sie es nicht oft, dass junge Damen selbst bezahlen wollen. Hier sind die Frauen schön und elegant und lassen sich von den Herren aushalten.«

»Bestimmt nicht alle. Ich …«

Stéphane unterbrach sie, als ihnen eine bunt gekleidete Frau mit einem Pulk von Begleitern entgegenkam, die so laut und exzentrisch darüber sprach, welchen Juwelier sie als Nächstes aufsuchen würde, dass sich alle nach ihr umdrehten.

Er wies mit dem Kinn auf sie und flüsterte Anouk zu. »Kennst du La môme Moineau, das Spatzenkind? Sie ist berühmt in ganz Frankreich für ihre bizarre und ungewöhnliche Persönlichkeit und ihre Gossensprache. Ein Paradebeispiel für die Damen, die sich aushalten lassen. Ihr Mann, der Schiffsbaumillionär Benitez Rexach, betet sie an und erfüllt ihr jeden Wunsch. Sie besitzt Diamanten im Wert von mehreren Millionen Franc und soll Gerüchten nach vor Kurzem ein zweimotoriges fünfsitziges Flugzeug mit eingebauter Bar als Geschenk bekommen haben.«

Anouk hob die Nase, als die Gruppe an ihnen vorbeischritt. »Kundin ist sie nicht bei Girard, oder? Das könnte *Mitsouko* von Guerlain sein, fruchtig, holzig, warm, würzig.«

Stéphane lachte. »Du sollst dich hier von all den Düften erholen.«

Anouk stimmte in sein Lachen ein. »Meine Nase schläft nie.«

»Und du hast recht. Ich wollte La môme Moineau von *Florence* und *Magie du Soleil* überzeugen, aber ich konnte sie nicht begeistern.« Er hob die Schultern. »Von so etwas darf man sich nicht entmutigen lassen.« Er wies auf die imposante Fassade des Carlton. »Seit der Belle Époque haben hier so viele Könige, Königinnen und andere Berühmtheiten gewohnt, dass das Hotel den Beinamen Versailles des zwanzigsten Jahrhunderts bekam. Einige der Gäste sind gute Kunden von uns. Am wichtigsten ist mir aber der Kontakt zu Jimmy, dem Sohn des Hotelbesitzers Frank Goldsmith. Du hast vielleicht von ihm gelesen, mit seinen Frauengeschichten ist er ein Lieblingskind der Klatschpresse. Mich lässt er jeder neuen Verehrerin unsere Duftlinien präsentieren. Ein einträglicher Kontakt.«

Anouk bestaunte das prachtvolle Gebäude und die exquisit gekleideten Passanten, die ihnen entgegenkamen. Stéphane hatte sein Hemd lässig vorne geknotet, wie um zu zeigen, dass er nicht geschäftlich, sondern aus reinem Vergnügen unterwegs war. Die Sonnenbrille hatte er sich ins Haar geschoben. Er wies auf die Terrasse des Carlton, wo an einem Tisch ein Mann im weißen Hemd mit Fliege und Pfeife saß und in einer Zeitung blätterte. »Georges Simenon«, sagte er so beiläufig, als handle es sich nicht um einen der berühmtesten Schriftsteller der Welt. Anouk drehte den Kopf, als sie weitergingen, aber da wies Stéphane auf einen Mann, der an der Brüstung zum Strand lehnte, einen Strohhut trug und einen Afghanen an der Leine hielt. »Pablo Picasso.«

Anouk schnappte nach Luft, ihr Blick irrte umher, um selbst berühmte Persönlichkeiten zu erkennen. Der Mann in Begleitung der hochgewachsenen Blonden drüben an der Kreuzung sah aus wie Marlon Brando. War er es? Sie reckte den Kopf, aber da verschwand das Paar schon im Hotel. »Wohnen sie alle hier?«

»Nein, nicht alle. Manche waren bei den Filmfestspielen im Mai dabei und haben ein paar Wochen Urlaub drangehängt, andere residieren monatelang in einem der noblen Hotels, und einige wenige erwerben eine Villa im Hinterland als Rückzugsort.«

»Vielen ist es bestimmt recht, unerkannt zu bleiben.«

»Vermutlich. Außer der rote Teppich wird für sie ausgerollt. Die Filmfestspiele fanden gleich nach dem Krieg hier statt. Wusstest du, dass Cannes zu den ersten Ferienorten an der Riviera gehörte, die Hotels und Spielbanken wieder eröffneten? Hier gab es von Anfang an alles: mondäne Restaurants, provenzalische Bistros, gemütliche Bars, Spieltische und Galadiners. Bei Gelegenheit zeige ich dir den prachtvollen Ballsaal des Les Ambassadeurs.«

»Gerne! Aber jetzt will ich an den Strand!«

»Lass uns ein Stück weiterschlendern. Dieser Abschnitt

hier gehört dem Carlton. In Richtung des Jachthafens sind die Strandabschnitte frei.« In der Ferne sah Anouk rassige Rennboote neben Segeljachten schaukeln.

Als sie endlich in den Sand traten, zog Anouk ihre Schuhe aus und lief barfuß voran, um das Meer zu spüren, dessen salzige Frische ihre Nase umwehte. Über den Strand verteilt rekelten sich die Strandbesucher auf Sonnenliegen in ihren eleganten Schwimmsuits. Anouk zog ihr Kleid aus und warf es, genau wie ihre Badetasche, in den Sand. Einen Moment lang wurde sie sich bewusst, dass sie halb nackt war, aber das Gefühl der Scham verschwand sofort. Es fühlte sich himmlisch frei und erfrischend an, die Haut der Sonne zu präsentieren und gleichzeitig die Füße ins Wasser zu tauchen, das den azurblauen Himmel spiegelte. Es war frisch, aber kein Vergleich zum wilden Atlantik in der Normandie. Als Kind hatte Anouk den Ozean als zornig schäumend erlebt, hier war alles weich und mild, und die Sonne glitzerte auf den Wellen.

Stéphane kam in seiner Badehose an ihre Seite. Das Wasser schäumte beim Laufen, übermütig nahm er ihre Hand und zog sie weiter hinein. Anouk kreischte, als Spritzer ihre Oberschenkel und Hüften berührten, bis sie prustend mitten in den Wellen lag. Stéphane machte neben ihr einen Hechtsprung und kraulte davon. Anouk japste lachend nach Luft, schüttelte ihre Haare und schwamm ein paar Züge. Gab es etwas Herrlicheres? Sie spritzten sich gegenseitig nass, und plötzlich fühlte Anouk seine Hände um ihre Taille. Er hob sie an und warf sie zurück ins Wasser. Ihr Lachen und Toben erweckte die Aufmerksamkeit der anderen Strandbesucher und Schwimmer, aber auch das war Anouk egal. Lange hatte sie sich nicht mehr so frei gefühlt.

»Es ist schön, die Côte d'Azur mit dir neu zu entdecken, Anouk. Du kannst dich freuen wie ein Kind«, sagte Stéphane, als sie sich später zum Trocknen auf die Badelaken legten.

»Danke für dieses Erlebnis, Stéphane. Es ist unvergleichlich!«

Noch am nächsten Tag war Anouk voller guter Laune. Schwungvoll eilte sie durch das Palais Girard, um in ihrem Labor nachzusehen, wie weit die Handwerker waren. Der Meister grinste, als sie den Kopf hereinsteckte. »So ungeduldig, Mademoiselle? Ab morgen ist es Ihr Reich!«

Sie strahlte den Mann an, roch die frische Farbe und geschnittenen Holzbretter.

In der Mittagspause berichtete sie Fleur im Garten des Palais von ihrem Besuch in Cannes. »Stell dir vor, ich habe Marlon Brando gesehen! Und Picasso!«

»Hast du ein Glück! Ich bin ein paarmal im Jahr dort, aber ich sehe nie berühmte Schauspieler. Vielleicht erkenne ich sie nicht ohne ihre Bühnenschminke.«

Sie lachten beide. »Stéphane ist der ideale Begleiter. Er kennt sich aus.«

»Beim nächsten Mal nehmt ihr mich mit!«

Anouk küsste sie auf die Wange. »Bestimmt! Gehen wir später zusammen etwas trinken? Ich muss raus, sonst platze ich.«

Fleur verzog bedauernd das Gesicht. »Immer gerne, aber heute Abend haben sich meine Schwiegereltern zum Essen angekündigt. Da muss ich etwas Genießbares zustande bringen. Ich bin die miserabelste Köchin der Provence, aber meine Schwiegereltern glauben, dass noch nicht alles verloren ist.«

Spontan beschloss Anouk, am späten Nachmittag allein in die Stadt zu spazieren. Bei Jacques fühlte sie sich auch als Einzelgast gut aufgehoben, und für eine Plauderei über Cannes, seine Berühmtheiten und die glitzernde Atmosphäre der Stadt war der Wirt bestimmt zu haben.

»Bonjour, Anouk.« Jacques winkte ihr von Weitem zu und öffnete den Kronkorken einer Flasche Limonade, die er ihr mit einem Strohhalm auf den Tresen stellte. Anouk trug eine ärmellose Bluse. Die Männer an den Tischen nickten ihr zu und erkundigten sich nach ihrem Befinden. Mit einem Lächeln ging Anouk auf den Plauderton ein. Die Leute wussten nicht viel über sie. Dennoch war das Bistro einer der Orte, an dem ihr Herz tanzte. Hier war alles echt.

Sie griff nach der Flasche, hielt für einen Moment die Nase darüber, sog den Orangenduft ein, bevor sie am Strohhalm zog.

Während Jacques an einem der Tische die Weingläser auffüllte, nahm am anderen Ende des Tresens ein Mann mit dem Rücken zu ihr auf einem Barhocker Platz. Sie spürte das Kitzeln an ihren Unterarmen, noch bevor sie ihn erkannte.

Jacques schenkte ein Glas Pastis ein und schob es ihm zu. »Bonjour, Jean-Paul.«

Beim Trinken sah Anouk sein Profil. Bonnet. Sie betrachtete ihn unauffällig, den Mund am Strohhalm. Sein schwarzes Haar war im Nacken zu lang, um modisch zu sein, die Nase aristokratisch schlank. Auf seinem Kinn und seinen Wangen lag ein Bartschatten. Einen bemerkenswerten Kontrast zu seinen dunklen Haaren bildeten die grünbraunen Augen, wie Anouk von der Seite erkannte. Ob er sich zu ihr drehen würde, damit sie seinen Blick länger auskosten konnte? Nein, er hatte sie nicht bemerkt oder wollte sie nicht sehen.

Anouk rang mit sich. Schon einmal hatte er sie stehen lassen. Sollte sie es ein weiteres Mal versuchen? Warum? Was ging sie dieser seltsame Mann an?

Jean-Paul Bonnet leerte seinen Pastis, stellte das Glas hart auf die Holztheke und hob die Hand zum Gruß in Richtung des Wirts. Dann ging er zur Tür, stockte auf Anouks Höhe, sah ihr in die Augen. Ihr lief ein Schauer den Rücken hinab, als sie seinen Duft von Moos und Zedernholz wahrnahm, schwach nur, aber berauschend.

Sie hielt seinem Blick stand, glaubte für einen Moment, in einen stillen See einzutauchen. Er schaute zu lange.

Anouk öffnete den Mund, um irgendetwas zu sagen, bevor das Starren unangenehm wurde, aber da setzte er sich wieder in Bewegung. Ein Nicken war das einzige Zeichen dafür, dass sie auf stumme Art miteinander gesprochen hatten.

Was willst du von mir?

Warum läufst du weg?

Beachte mich nicht.

Anouk drehte sich auf dem Barhocker um und schaute ihm hinterher, wie er mit ausholenden Schritten das Bistro verließ und den Weg hinunter in die Stadt nahm.

»Komischer Kauz, dieser Bonnet.« Der Wirt hatte den Blickwechsel offenbar mitbekommen.

Anouk wandte sich Jacques zu. Er war nicht der Erste, der diesem Mann etwas Seltsames bescheinigte. Aber er klang weniger barsch als Fleur.

»Was stimmt mit ihm nicht?«

Jacques' Lachen rollte in seiner Brust. »Das kann ich dir nicht beantworten, *petit parisien*. Er ist bei seiner Großmutter aufgewachsen. Damals hat man ihn noch dann und wann in Grasse gesehen. Seit die Alte unter der Erde liegt, verkriecht er sich in seinem Haus, arbeitet bis zum Umfallen auf seinen Feldern und pflegt kaum Freundschaften, außer zur Familie seines Mitarbeiters Albert. Jean-Pauls Öle und Essenzen sollen gut sein. Und er hat ein Händchen dafür, seine Pflanzen vor Krankheiten zu schützen. Die anderen Bauern holen sich manchmal Ratschläge bei ihm, wenn das Kraut grau und mickerig bleibt.«

»Bei dir trinkt er seinen Pastis.«

»Genau. Einmal am Tag schaut er vorbei, am Monatsende bezahlt er seine Rechnung.«

»Er hat keine Familie?«

»Soweit ich weiß, ja. Aber es dringt so wenig nach außen aus dem Haus Bonnet am Chemin du Servan, dass sich die Leute über ihn die Mäuler zerreißen. Alles Spekulationen. Ich möchte mich nicht an dem Tratsch beteiligen. Mir ist Bonnet als Gast so lieb wie jeder andere, der seine Zeche zahlt.«

Anouk trank den Rest aus der Flasche und schob sie dem Wirt zu. Auch ihr hatte er angeboten, einmal im Monat ihre Getränke zu bezahlen. Dieser Vertrauensbeweis bedeutete ihr viel. Hieß es nicht, dass sie fast schon dazugehörte?

»Schade, dass er sich so abschottet. Ich hätte gern ein paar Worte mit ihm gewechselt.«

Der Wirt zog eine Grimasse. »Schlag dir den aus dem Kopf, Mädchen, solange du bei den Girards wohnst. Bonnet wird dich allein dafür hassen.«

»Warum machen alle so ein Geheimnis daraus, was zwischen den Girards und den Bonnets vorgefallen ist? Bei den Girards hört man unglaubliche Unterstellungen. Ich mag es nicht, vorgefertigte Meinungen zu übernehmen.«

»Tja, dann solltest du tatsächlich mit Bonnet reden. Er kennt die Wahrheit. Aber ob er die mit einer zugezogenen Pariserin teilen wird?«

Anouk hatte genug gehört. Sie klopfte mit dem Knöchel auf den Tresen, bevor sie das Bistro verließ. Auf der Straße sah sie sich nach rechts und links um. Überall spazierten Menschen. Jean-Paul Bonnet war verschwunden.

Teil 4

1925–1929

Die Bonnets

19

Juli 1925

»Die Girards ziehen einen weiteren Anbau hoch. Als hätten die nicht längst genug Platz für alle! Wahrscheinlich für die beiden Blagen, Horace' Enkelkinder«, murmelte Raymond Bonnet zwischen zwei Bissen. Gestern hatte er bei der Auslieferung eines Fasses Lavendelöls am Palais Girard Bauarbeiter gesehen, die Steine in Karren heranbrachten.

An diesem frühen Morgen, an dem die Sonne Kraft sammelte, um die Nebel zu durchbrechen, saß Raymond mit Lucas am Küchentisch und schlürfte schwarzen Kaffee aus einem Becher. Lucas riss Stücke vom Brot ab und kaute mit offenem Mund. Raymond brach sich Brocken ab, die er in Wasser tunkte, bevor er sie aß. Die meisten Zähne waren ihm in den vergangenen Jahren ausgefallen. Einen Zahnarzt zu bezahlen kam für ihn nicht infrage. »Und ein neues Auto stand vor der Tür, das dritte, stell dir das vor! Die kriegen den Hals nicht voll, diese Gauner.«

»Abfackeln alles.« Lucas stierte vor sich hin, als plante er den Angriff. Der Hass auf die Girards verband die beiden Männer miteinander. Lucas drohte die Beherrschung zu verlieren, sobald sie über die Parfümfamilie sprachen, aber mehr noch brachte es ihn aus der Fassung, wenn ihm der Duft von

Mairosen in die Nase stieg, der ihn wie nichts anderes an seine Schwester erinnerte. Der kleine Junge, den niemand liebte, der kratzte und biss und spuckte und Tauben das Herz aus dem Leib schnitt, hatte sich zu einem hochgewachsenen Mann mit einem Kreuz wie ein Schrank entwickelt. Ein Zwanzigjähriger, dessen Miene so verschlossen war, dass man seine Pupillen nicht sah.

»Lass gut sein. Die würden im Nu herausfinden, dass du es warst. Die Gendarmerie hat ein Auge auf uns.« Raymond presste seine Hand auf die linke Brustseite. Seit dem Aufstehen fühlte er Stiche unter den Rippen. Vermutlich hatte er in der Nacht falsch gelegen.

Mit Mitte sechzig konnte er sich nicht beklagen. Andere Männer hatten sich längst ins Grab geschuftet. Am Ende hatte sich all die Plackerei gelohnt: Seinen Rohstoffhandel hatte Bonnet trotz der Missernten, Insektenplagen und Unwetterschäden aus dem schwarzen Loch herausgewirtschaftet. Dieser Umstand machte aus Raymond Bonnet zwar keinen zufriedenen Menschen, aber zumindest brauchte er nicht zu betteln.

Zum Glück hatte er den Lavandin angebaut. Sein Grundstück war ertragreich genug, dass er mehrere Firmen in Grasse und zwei in Paris beliefern konnte. Jetzt, Anfang Juli, stand das Kraut in voller Reife, sein betörender Duft durchzog die Landschaft. Die Erntezeit bedeutete, dass sie sich von morgens bis abends abrackern mussten, um die Blüten schnell einzusammeln. Die Launen des Wetters konnten dramatische Wenden bringen, das hatten sie im vergangenen Jahr erlebt, als es mitten im Juli gehagelt hatte. Die ganze Ernte war dahin, die Stängel geknickt, die Blüten mit Wasser gefüllt, der Duft zerstört. Es war ein hartes Jahr gewesen, sie hatten vom Verkauf von Jasminblüten und Flieder und von den Reserven gelebt. Diese Saison versprach eine Prachternte, neue Kunden waren dazugekommen. In der Stadt der Düfte siedelten sich weitere Parfümunternehmen an, zum Teil erfolgreich, wie der Unternehmer Monsieur Fuchs, der genau wie die Girards seine Produkte direkt an die Touristen verkaufte, die am Mittelmeer ihren Urlaub verbrachten. Wie es hieß, wollte sich die Firma im kommenden Jahr umbenennen und dem aus Grasse stammenden Maler Fragonard ein Denkmal setzen.

Der Wind hatte sich gedreht, Roure nutzte seine Vormachtstellung aus und verteuerte seine Waren, was manche der Parfümerien zurück zu den kleinen Produzenten führte. Die Girards selbstverständlich nicht. Horace hätte sich, davon war Raymond überzeugt, lieber ein Bein abgehackt, als zu seinem alten Freund und Lieferanten zurückzukommen.

Es schnitt Raymond wie mit Messern ins Herz, dass seine eigene Tochter Madeleine als Ehefrau von Antoine Girard am Aufstieg der Firma beteiligt war.

Wenn er abends nach getaner Arbeit allein auf seiner Terrasse saß, eine Flasche Absinth in greifbarer Nähe, liefen ihm manchmal Tränen über die Wangen, weil er seine Tochter vermisste. Nicht die feine Dame, die sie heute war, sondern das magere Mädchen mit Zöpfen, das ihm das Baguette geschnitten und Hühnersuppe für ihn gekocht hatte, wenn er morgens zu verkatert war, um aus dem Haus zu gehen.

Er vermisste die Tage, in denen er unwissend gelebt hatte, im Glauben, Lilou würde ihn genauso lieben wie er sie. Und er vermisste Xaviers Akkordeonspiel auf den Eingangsstufen, das wie nichts anderes an die guten Zeiten erinnerte.

Jetzt stand er da mit einem Idioten als einzigem Wegbegleiter. In seinem zehnten Lebensjahr hatte Raymond dem Jungen erklärt, warum er es nicht wagen sollte, ihn Papa zu nennen. Er hatte ihm an den Kopf geworfen, dass er ein Bastard sei, gezeugt von seinem ehrlosen Bruder Xavier, der nicht ein Fünkchen Verantwortungsgefühl gezeigt, sondern die Stadt ohne ihn verlassen hatte. Er solle gefälligst dankbar dafür sein, dass er – Raymond – ihn unter seinem Dach duldete. Lucas hatte sich umgedreht und das Regal mit dem Porzellan zu Boden gerissen. Raymond nahm die Verfolgung auf. Lucas raste durchs Haus und zerstörte, was ihm in die Finger fiel. Er warf eine Vase durch das geschlossene Wohnzimmerfenster, riss die Vorhänge herab und schrie dabei wie ein Tier in der Falle. An der Terrassentür erwischte Raymond ihn. Mit bloßen Fäusten schlug er auf den Jungen ein, bis er besinnungslos mit Blutergüssen in einer Ecke kauerte. Eine Woche lang sperrte er ihn in sein Zimmer. Seine Verletzungen konnten sie nicht mit einem Sturz von der Treppe erklären.

Bis in sein Jugendalter hatte Raymond versucht, Lucas mit Schlägen und Tritten zu erziehen. Bis zu dem Tag, der die Wende brachte: Er hatte den Jungen zu Boden geprügelt, weil er in der Küche ein Feuer gelegt hatte. Lucas hatte sich aufgerappelt und sich das Schlachtermesser gegriffen, das auf der Anrichte lag. Mit einem Brüllen hob er die Klinge und traf die linke Hand des Onkels, der sich instinktiv mit den Armen schützte. Raymond hatte dem Jungen das Messer entwunden, während das Blut aus seinem Arm sickerte. Später, als er die Wunde mit einem Tuch umwickelte, sah er durch das Fenster Lucas über die Straße in Richtung der Felder stolpern.

Von dem Tag an hatte er den Jungen nicht mehr geschlagen. Und nie ohne seine Waffe unter dem Kopfkissen geschlafen, bereit, beim geringsten Geräusch hellwach zu sein. Der Schlaf war seitdem nicht mehr erholsam. Raymond schleppte sich mit bleischweren Gliedern durch den Tag.

Lucas bewohnte den Anbau, in dem früher Xavier gelebt hatte. Die beiden Männer trafen sich zu den Mahlzeiten in der Küche, schnitten sich schweigend die Hartwurst und das Baguette oder löffelten die Gemüsesuppe, die ihnen eine der Lavendelschneiderinnen manchmal brachte. Roseline Albouy war Mitte vierzig und früh Witwe geworden, immer hübsch frisiert und mit rot angemalten Lippen. Sie war eine der wenigen, die so etwas wie Mitgefühl für die beiden Männer auf dem Bonnet-Hof aufbrachte. Vielleicht aber erhoffte sie sich ein spätes Eheglück, wie manche in Grasse munkelten, und hatte es auf Raymond abgesehen. Als könnten den die Weiber noch reizen!

Seite an Seite, die Sicheln geschultert, stapften die beiden Männer nun zu den lila Feldern, wo sich in den nächsten Minuten die Handvoll Tagelöhner versammelte, die Raymond für die Ernte beschäftigte. Als feste Mitarbeiterin, die in der Destillerie half, hatte er lediglich Roseline Albouy eingestellt, die er auch in die Berge schicken konnte, um den echten Lavendel zu holen. Roseline hatte sich ihr Kopftuch im Nacken geknotet, ihre Lippen leuchteten wie eine Wunde in ihrem blassen Gesicht. Raymond nickte ihr zu und fragte sich nicht zum ersten Mal, wie ein Mensch unter der provenzalischen Sonne eine so weiße Haut behalten konnte. Mehr interessierte ihn in Zusammenhang mit Roseline Albouy nicht.

Wortlos begannen die Leute mit ihrer Arbeit. Jeder nahm sich eine der Pflanzenreihen vor, doch wie immer war Lucas der schnellste. Wie ein Berserker hieb er die Klinge über das Kraut, hinter ihm kamen die Arbeiterinnen mit dem Einsammeln kaum nach. Lucas war ein unberechenbarer Teufel, aber beim Lavendelschneiden machte ihm keiner etwas vor. Einen Jammerer hätte Raymond auch nicht ein Leben lang durchgefüttert.

Raymond war sich nicht zu schade, bei der Ernte zu helfen. Je weniger Tagelöhner er bezahlen musste, desto größer war sein Gewinn. Es war der erste Sommer, in dem er seine Knochen spürte. Mal zwickte es in der Hüfte, mal fühlten sich seine Schultern wie betäubt an. Und heute kam dieses verdammte Stechen unter den Rippen hinzu. Aber er ließ sich keine Schwäche anmerken. Das fehlte ihm noch, dass Lucas verächtlich auf ihn herabblickte.

Raymond hieb energischer in den Lavandin, die Anstrengung würde die Schmerzen dämpfen. Aber heute war es anders. Er zischte, als eine Eisenhand nach seinem Herzen zu greifen schien und zudrückte. Die Sichel fiel ihm aus den Händen, seine Beine knickten ein. Wie ein gefällter Baum stürzte er zu Boden. Beim Aufprall zwischen den Pflanzenreihen hatte er das Bewusstsein verloren.

Roseline Albouy schaute auf. Sie hörte den dumpfen Aufschlag. Am Ende des Felds starrte Lucas auf etwas zu seiner Rechten. Sie beschattete ihre Augen mit der Hand, um besser zu sehen. Da lag ein Mensch auf dem Boden. Sie raffte ihren Rock und spurtete auf die Unglücksstelle zu.

Lucas stierte auf Raymond hinab. Als Roseline ankam, schubste sie Lucas zur Seite. Aus Raymonds Mund lief ein Rinnsal von Speichel. Sie fiel auf die Knie, hob seinen Kopf an. Ein Krächzen kam über seine Lippen, als versuchte er, etwas zu sagen.

»Hilfe! So hilf uns doch jemand!« Ihre Stimme war quer über das Feld zu hören. Endlich eilten die Arbeiter heran. Roseline hielt zwei Finger an Raymonds Halsschlagader, aber der Puls war erloschen. Die anderen bildeten schweigend einen Kreis um sie. Roseline herrschte Lucas an, endlich einen Arzt zu holen. Der Mann blieb breitbeinig über ihr stehen, verschränkte die Hände vor der Brust und sah mit ausdrucksloser Miene auf den Toten hinab.

Einer der Tagelöhner brachte den Arzt, der aber nur bestätigte, was Roseline festgestellt hatte. Raymond Bonnet war nicht mehr zu helfen. Lucas und die Arbeiter setzten ihr Tagewerk fort, als der Bestatter eintraf und die Leiche des Lavendelbauern abholte.

Roseline schleppte sich an den Feldrand und ließ sich auf einem Findling nieder. Sie wedelte sich mit ihrem Rock Luft zu, die Mittagssonne brannte erbarmungslos. Sie schniefte und wischte sich die Tränen von den Wangen. In Gedanken wog sie ihre Möglichkeiten ab. Ihre Trauer um Raymond Bonnet war echt. Hätte er nicht ein paar Wochen warten können, bevor er krepierte? Es war doch nur eine Frage der Zeit, bis er erkannt hätte, wie viel angenehmer das Leben mit einer Frau im Haus war. Sie hatte ihm Suppen und manchmal Scheiben vom Kaninchenbraten gebracht und bescheiden abgewinkt, wenn er ihr dafür ein paar Münzen in die Hand drücken wollte. Er sollte sich zusammenreimen können, dass er solche Köstlichkeiten jeden Tag und umsonst hätte, wenn er Roseline zu sich holte. In den letzten Tagen hatte sie sich stärker von ihm ermuntert gefühlt. Manchmal hatte er sogar ihr Lächeln erwidert oder sie sinnend betrachtet.

Nun war er tot und damit ihre Chance vertan, an seinem Geschäft teilzuhaben. Nicht ihre Gefühle hatten sie zu Raymond hingezogen, vielmehr der Wunsch nach Schutz vor den Widrigkeiten des Lebens, den er mit seinem Hof einer Witwe und ihrer Tochter bieten konnte.

In ihrer Brust breitete sich ein dumpfer Schmerz aus. Wie würde es weitergehen mit der Firma Bonnet? Lucas würde die Geschäfte weiterführen, Bastard hin oder her. Wie lange ginge das gut? Alle in Grasse wussten, dass er zwar kräftig und zäh war, seine Geistesgaben aber am Rande der Schwachsinnigkeit dümpelten. Wie sollte so einer den Schreibkram erledigen, mit dem Geld wirtschaften und mit Kunden verhandeln?

Sie sah auf und starrte zu Lucas, der in der Hitze sein Hemd ausgezogen hatte und mit nacktem Oberkörper arbeitete. Die Sichel schwang im gleichmäßigen Takt über die Lavandinreihen, die Muskeln unter der Haut seiner Oberarme wölbten sich. Wenn man nicht mit ihm sprach oder ihm in die stumpfen Augen schaute, ging Lucas durchaus als anziehend durch. Dass er in der Stunde von Raymonds Tod die Sichel schwang wie jeden Tag war allerdings ein weiterer Beweis, dass man ihn besser nicht nach den üblichen Maßstäben beurteilte. Ein Sonderling, der keinen Funken Gefühl aufbrachte.

Wirklich für nichts?

Ein Gedanke schoss Roseline durch den Kopf. Sie drückte den Rücken durch. Hatte Lucas nicht wie jeder Gleichaltrige männliche Bedürfnisse, wenn er schon nicht zu Mitgefühl fähig war?

Sie sprang auf, strich sich den Rock glatt und eilte nach Hause, um ihre Tochter in ihren neuen Plan einzuweihen.

»Der riecht wie ein fauliger Fisch!« Danielle schüttelte sich. Am frühen Abend saß sie mit ihrer Mutter auf der Dachterrasse. Im Sommer holten sie die Küchenstühle auf diesen gemauerten Platz, groß wie ein Balkon und mit einer Aussicht über die verwinkelten Gassen der Stadt. Sie nahm einen Schluck von dem Wein, den sie aus Wassergläsern tranken.

»Das kann man ändern, du dummes Ding«, fuhr ihre Mutter sie an. »Dem fehlt die ordnende Hand einer Frau.«

Danielle schob die Unterlippe vor und verschränkte die Arme. »Du weißt gar nicht, ob er mich will.« Ihre Tochter besaß eine gesunde Selbsteinschätzung. Sie war mit dem schneeweißen Teint, den sie von der Mutter geerbt hatte, und den blassen Augen keine Frau, der die Männer in Scharen hinterherliefen. Die ein oder andere Liebelei hatte sie hinter sich, aber etwas Festes hatte sich nicht daraus entwickelt. Und nun sollte sie sich an Lucas Bonnet heranmachen? Wie stellte ihre Mutter sich das vor? Der bekam die Zähne nicht auseinander, und eigentlich fand Danielle ihn zum Fürchten. In der Stadt kursierten wilde Geschichten über seine Neigung zur Tobsucht und zum Zündeln.

»Stell dich nicht dümmer, als du bist! Du hast ein apartes Gesicht, deine Rundungen sitzen an den richtigen Stellen, Lucas wäre kein Mann, wenn es dir nicht gelänge, ihn zu verführen. Glaub mir, es wird dich keine Überwindung kosten. Er ist gut gebaut und kann einer Frau sicher geben, wonach sie sich im Verborgenen sehnt.« Roseline räusperte sich und senkte den Kopf, um die Röte in ihren Wangen zu verbergen. Über solche Dinge hatten Mutter und Tochter nie gesprochen. Jetzt war es nötig.

»So habe ich ihn noch nie gesehen.«

»Glaub mir, Danielle, wenn sich Mann und Frau im Bett verstehen, kann man über viele Unstimmigkeiten hinwegsehen. Stell dir vor, wie wir in dem schönen Haus leben könnten, du als seine Frau, ich als die Schwiegermutter. Da könntest du dir öfter ein neues Kleid oder Schuhe leisten. Lucas hat keinen Ehrgeiz, der ist froh, wenn sein Leben in den immer gleichen Bahnen verläuft und er morgens mit der Sichel losziehen oder die Brennerei befeuern kann. Raymond wird ihm an allen Ecken und Enden fehlen, und da kommen wir ins Spiel. Der wird uns schalten und walten lassen, wie wir wollen. Wir beide haben das Zeug dazu, die Firma zu leiten.« In Wahrheit fand Roseline, dass nur sie in der Lage war, den kleinen Rohstoffhandel zu übernehmen. Mit ihrer Bauernschläue ließ sie sich von niemandem übers Ohr hauen. Danielle war eher träge, schlug sich mit Gelegenheitsjobs durch, hatte das Arbeiten nicht erfunden und hielt manchmal ein Nickerchen unter dem Tisch in der Küche des Wirtshauses, bis der Meister sie fand und ihr den Kochlöffel über den Hinterkopf zog.

»Ist das nicht anstrengend?«

Roseline verdrehte die Augen. Manchmal wollte sie ihre

Tochter schütteln, aber an diesem Abend musste sie sie für ihre Pläne gewinnen. »Ich mach das schon. Deine Aufgabe ist es, Lucas zufriedenzustellen. Kriegst du das hin?«

»Ich weiß nicht, wie ich das anfangen soll ...«

»Morgen mache ich eine Schüssel Linsensalat, davon bringst du ihm am Abend eine Portion. Ich backe Brot dazu, mal sehen, wie die Zeit reicht. Und eine Flasche Wein nimmst du mit. Ein bisschen müssen wir investieren. Was meinst du?«

Danielle starrte in die Ferne und stellte sich vor, wie ein solches Treffen mit dem Lavendelbauern ablaufen würde. Ihre letzte Liebelei war ein Jahr her, manchmal sehnte sie sich nachts nach der Berührung eines Mannes. Aber Lucas war ihr nie in den Träumen erschienen.

»Jetzt mach es nicht so spannend!« Roseline kippte das Glas Wein in einem Schluck hinunter.

Endlich nickte Danielle. »Gut, *maman*, wenn du es so willst ...«

Roseline stieß die Luft aus. Das reichte für den Anfang. Alles andere würde sich ergeben.

20

Das Brot war knochenhart. Vom Käse lag nur ein verschimmelter Rest im Vorratsschrank. Lucas wischte ihn vom Regal, sodass er auf dem Steinboden in eine Ecke rollte. Raymond hatte ihn zu oft verprügelt, als dass er um ihn trauern würde. Aber er fehlte. Lucas hatte sich stets an einen gedeckten Tisch gesetzt. Jetzt stand er vor leeren Regalen und überlegte, wie er es anstellen sollte, irgendwas zum Essen aufzutreiben. Es grauste ihn bei der Vorstellung, dass sich sein Alltag veränderte. Bei welchem Bäcker oder Metzger kaufte man ein? Wer putzte das Haus?

Ein Klopfen an der Tür unterbrach seine Gedanken. Wer wagte es, ihn am Abend zu stören?

Seine Augen weiteten sich, als er Danielle Albouy erkannte. Sie trug einen Korb am Arm, der mit einem Leinentuch bedeckt war. Er kannte sie wie die meisten jungen Leute in Grasse, die sich bei den Stadtfesten trafen. Danielle galt unter den Kerlen als eine, die leicht zu haben und leicht wieder abzustoßen war, leidlich hübsch, etwas zu üppig und träge. Lucas hatte sich nie für sie interessiert, auch nicht für andere, weil er gar nicht wusste, wie er sich ihnen nähern sollte. Dennoch nahm er hin und wieder eine der jungen Frauen aus

Grasse in seine Männerträume mit, aber Danielle war nie dabei gewesen.

»Bonjour, Lucas, meine Mutter schickt mich mit Linsensalat und frischem Baguette. Magst du?« Beim Lächeln rundeten sich ihre Wangen, aber in ihren Augen lag etwas wie … Furcht?

Er nahm ihr den Korb aus der Hand und hob das Tuch an.

»Wein ist auch dabei«, sagte sie. »Wollen wir ein Glas zusammen trinken?«

Lucas musterte sie. Tatsächlich würde er die Flasche lieber allein leeren, aber Danielle hatte sich schon an ihm vorbeigedrängt und stand mitten im Flur. Sie wies mit der Hand auf die Terrasse. »Draußen? Wo finde ich Besteck, Teller und Gläser? Ah, ich sehe schon. Geh du nur raus mit dem Korb.«

Wenige Minuten später saß Lucas mit Danielle vor dem gedeckten Tisch im warmen Licht des Abends. Der Linsensalat war ein Gedicht, das Baguette krachte beim Hineinbeißen, und alles mit einem großen Schluck Wein hinunterzuspülen, fühlte sich an wie der Himmel auf Erden.

Danielle plapperte ununterbrochen, erzählte von den Leuten aus der Stadt, vom Wetter und ihren verschiedenen Beschäftigungen. Lucas hörte kaum zu, genoss seine Mahlzeit, lauschte auf den Klang ihrer Stimme, und je öfter er Danielle ansah, desto hübscher fand er sie. Als sie aufstand, um das benutzte Geschirr in die Küche zu bringen, wandte sich Lucas zu ihr und zog sie zu sich auf den Schoß, um sie zu küssen. Er schmeckte nach Rotwein.

Sie freute sich darauf, ihrer Mutter zu erzählen, dass alles wie geplant gelaufen war.

Nach dem siebten Besuch bei Lucas war für Roseline der Zeitpunkt gekommen. Sie begleitete die Tochter ins Haus der Bonnets. Das erste heftige Gewitter des Jahres war über

Grasse niedergegangen. Die beiden Frauen schüttelten sich im Flur das Wasser aus Haaren und Kleidern.

»Wann hast du die Hochzeit geplant, Lucas?«, fragte Roseline am Küchentisch. Lucas löffelte das mitgebrachte Ratatouille. »Was hältst du von Dezember? Wir könnten eine Feier organisieren, im engsten Kreis.« Es sollten nur drei Leute werden: das Brautpaar und die Brautmutter.

Lucas brummte nur. Die Beköstigung und die Fürsorge der beiden Frauen mochte er nicht mehr missen. Außerdem würde es ihm gefallen, wenn Danielle jede Nacht das Bett wärmte. »Im Dezember also.«

Roseline frohlockte. »Mit dem Brautkleid können wir sparen, das sieht ohnehin niemand, und einen Anzug für dich werden wir schon auftreiben.«

Danielle senkte den Kopf. Roseline neigte sich ihr zu und flüsterte ihr ins Ohr. »Später kannst du dir neue Kleider kaufen. Ich muss mir erst einmal die Bücher der Firma anschauen, um zu sehen, womit wir wirtschaften können.«

Den schönsten Tag ihres Lebens hatte Danielle sich anders vorgestellt, als an der Seite eines ungeliebten Mannes in einem schäbigen Kleid vor den Traualtar zu treten. Aber sie vertraute ihrer Mutter und brachte es hinter sich. Die Dinge würden besser werden. Hoffentlich auch das Beisammensein mit ihrem künftigen Mann. Lucas hatte sich als ein Liebhaber entpuppt, der wenig Rücksicht auf seine Partnerin nahm. Dafür dauerte es zum Glück nie lange. Im Lauf ihrer Ehe würde sie ihn zu mehr Zärtlichkeit und Leidenschaft verführen.

Gleich nach der Hochzeit zogen Mutter und Tochter einen Handkarren mit den wenigen Möbeln und Kleidern, die sie aus ihrem alten Leben mitnahmen, aus der Grasser Innenstadt zum Haus der Bonnets auf dem Chemin du Servan. Einiges musste umgeräumt werden, da Roseline es für das

Sinnvollste hielt, wenn sie im Anbau lebte und das junge Paar im Haupthaus.

Lucas ließ die beiden Frauen machen. Wie jeden Tag in seinem Erwachsenenleben verließ er morgens das Haus, um diese Jahreszeit meistens, um notwendige Reparaturen und Umbauten in der Brennerei zu erledigen. Wenn er abends heimkehrte, erwarteten ihn nicht nur köstliche Mahlzeiten, sondern auch zwei Frauen, von denen eine für heitere Stimmung sorgte. Seine Frau Danielle entpuppte sich als mürrisch, doch Roseline trällerte manchmal ein Liedchen, während sie Olivenpaste anrührte.

»Jetzt stell dich nicht so an«, zischte Roseline ihrer Tochter zu, als sie nach einem Abendessen im späten Januar das Geschirr in der Küche abwuschen. »Sei mal ein bisschen freundlicher, oder willst du, dass Lucas dich wieder aus dem Haus treibt? Das Leben ist eben nicht immer ein Zuckerschlecken.«

Danielle liefen die Tränen über die Wangen, während sie mit einer Bürste die Teller schrubbte. »Du hast gesagt, alles ist gut, wenn sich Mann und Frau im Bett verstehen. Davon kann bei Lucas und mir nicht die Rede sein. Es macht keinen Spaß, mit ihm zusammen zu sein. Manchmal tut es sogar weh.«

»Halt durch. Bald wirst du schwanger sein. Dann hast du Grund, dich ihm zu entziehen.«

Danielle verfiel in nachdenkliches Schweigen. Die Aussicht, ein Kind zu bekommen, setzte ein warmes Gefühl in ihr frei. Einen kleinen Menschen zu haben, der ihr allein gehörte und den sie füttern, liebkosen und pflegen konnte. Wäre sie dem gewachsen?

In der ersten Februarwoche wusste Danielle, dass neues Leben in ihr wuchs, weil ihre Periode ausblieb, ihre Brüste schmerzten und sich ihr Bauch runder anfühlte. Ein paar Tage lang behielt sie diese Neuigkeit für sich wie einen Schatz, den sie nicht teilen mochte, streichelte ihren Leib und horchte in sich hinein. Ihre Mutter und Lucas waren ohnehin den ganzen Tag beschäftigt. Roseline konnte gut wirtschaften, und sie besprach mit Lucas die Ausweitung der Felder, die sie im Frühjahr mit Lavandin bepflanzen wollten. Roseline zog mit Lucas zu den neuen Parfümhäusern der Stadt und handelte Lieferverträge aus. Lucas Bonnet war den meisten Firmenchefs suspekt, aber die Tatkraft und Ideen der ehemaligen Pflückerin beeindruckten viele.

In der Nähe der Kathedrale gab es eine neu gegründete Parfümerie. Madame Travert zeigte sich erfreut über das Angebot der Firma Bonnet. »Unsere Bedingung ist, dass Sie das Lavendelöl in den nächsten zwei Jahren exklusiv bei uns beziehen. Sonst können wir diese Preise nicht halten«, erklärte Roseline Albouy. Instinktiv hatte sie sich in die Geschäftswelt hineingefuchst. Sie staunte selbst, wie schnell man sie als Verhandlungspartnerin ernst nahm. Lucas ließ sie allein zu den Gesprächen gehen.

Der Mistral fauchte kalt um das Haus, Roseline hatte den selten benutzten Kamin angefeuert. Sie saß mit der Buchhaltung des vergangenen Jahres am Tisch im Terrassenzimmer, Lucas paffte in einem Schaukelstuhl eine Pfeife und lauschte auf die Geräusche, die der Sturm im Mauerwerk verursachte. Danielle hockte auf der Kante des Sofas und knetete die Hände. Abwechselnd sah sie von ihrer Mutter zu Lucas und wieder zurück.

»Ich bekomme ein Kind.«

Lucas wandte sich ihr zu, musterte ihr Gesicht und nickte zum Zeichen, dass er verstanden hatte.

Roseline sprang hoch. »Aber das ist ja wunderbar, mein Liebling! Wann ist es denn so weit?«

Das hatte Danielle noch nicht ausgerechnet. Ihre Mutter

übernahm es. »Im September also! Freut ihr euch?« Roseline blickte von Danielle zu Lucas.

»Im September ist Ernte. Da wird jede Hand gebraucht«, murmelte Lucas.

»Ach, bis dahin haben wir weitere Arbeiter eingestellt!«, erwiderte Roseline. »Du wirst sehen, mit den neuen Verträgen können wir es uns leisten, die Firma Bonnet zu vergrößern.«

Das Gespräch zwischen Lucas und Roseline führte sie sofort wieder ins Geschäftliche, als hätte Danielle nicht soeben eine Nachricht verkündet, die ihr Leben auf den Kopf stellen würde. Sie lehnte sich auf der Couch zurück, legte beide Hände auf ihren Bauch, schloss die Augen. Sie meinte, Berührungen wie von Schmetterlingsflügeln zu spüren, aber sie konnte sich täuschen. Sie würde in den nächsten Monaten auf jede Regung achten. Ein gutes Gefühl, etwas zu haben, was ihr allein gehörte und an dem sie sich in stillen Momenten erfreuen würde.

21

Die Schwangerschaft entwickelte sich zur schönsten Zeit in Danielle Bonnets Leben. Als sie im Frühjahr die ersten Tritte des ungeborenen Kindes in ihrem Leib spürte, stiegen ihr vor Freude die Tränen in die Augen. Wann immer es ihr möglich war, legte sie sich auf das Sofa oder ins Bett, seitlich, sodass sie mit der Hand über ihren runden Leib streicheln konnte. Es entsprach ihrer Natur, die Hausarbeit liegen zu lassen und sich zurückzuziehen, aber nun hatte sie die beste Rechtfertigung dafür. Es waren die schönsten Stunden des Tages, wenn sie mit ihrem Ungeborenen stumme Zwiesprache hielt.

Einmal versuchte Lucas, sich ihr zu nähern, aber sie wehrte sich. »Das dürfen wir jetzt nicht! Du könntest das Kind verletzen!«

»Du bist meine Frau! Du musst tun, was ich will!«

Vom Geschrei im ehelichen Schlafzimmer alarmiert, stürmte Roseline im Morgenmantel heran. Sie hielt Lucas am Arm, streichelte ihm den Rücken. »Beruhige dich. Es ist nicht gut, einer schwangeren Frau beizuliegen. Das musst du verstehen.«

Als Danielle wieder ins Bett kroch und die Decke über den Kopf zog, flüsterte Roseline ihrem Schwiegersohn ins Ohr:

»Männer verschonen ihre Ehefrauen, wenn sie in Umständen sind. Doch für einen starken Kerl wie dich sollte es kein Problem darstellen, so lange ... ähm, eine andere Lösung zu finden.«

Lucas starrte sie an, als hätte sie den Verstand verloren. »Ich soll Ehebruch begehen?«

Roseline stieg das Blut ins Gesicht. Manchmal war es eine Qual, der einzige Mensch in diesem Haus zu sein, der zu denken imstande war. »So habe ich das doch nicht gemeint!«, erwiderte sie hastig. »Lass sie einfach in Ruhe, einverstanden? Bis September ist es nicht lang.«

Die alte Camille, die inzwischen gebückt am Krückstock ging, behauptete, in ihrem ganzen Leben niemals eine leichtere Geburt als die von Jean-Paul Bonnet erlebt zu haben. Sie hatte all ihr Wissen an die zwanzigjährige Hebamme Lina weitergegeben, die den Schwangeren half. Camille selbst kam nur selten hinzu, und wenn Lucas Bonnet Vater wurde, dann war das ein besonderer Fall. Das wollte sie sich nicht entgehen lassen. Ihre Tratschsucht übertrug sich nicht auf Lina. Die junge Frau war verschwiegen, sprach nur das Nötigste, um die Gebärenden zu trösten, zu beruhigen und zu ermuntern.

Der Junge drängte nach nur fünf Stunden Wehen auf die Welt und hatte kraftvolle Lungen.

Lina versprach, am nächsten Tag wiederzukommen. Camille verabschiedete sich mit langem Gesicht, hier gab es keine Sensation zu vermelden, wobei sie selbst nicht wusste, worauf sie gehofft hatte.

Der Kindsvater tauchte nicht auf. Es hieß, er arbeite auf den Rosenfeldern. Dorthin zog es auch Roseline, nachdem sie sich vergewissert hatte, dass Mutter und Kind wohlauf waren. Sie strich dem Jungen über den Kopf, auf dem sich dunkle Locken kringelten. Dann küsste sie ihre Tochter auf die Wange und ließ die beiden allein.

Danielle betrachtete das zerknautschte Gesicht ihres Sohnes, zählte Finger und Zehen, um sich zu vergewissern, dass nichts fehlte. Sie konnte den Blick nicht von ihm nehmen. Jean-Paul. Sie hatte niemanden um Rat gebeten, welchen Namen er haben sollte, aber Jean-Paul – das klang nach einem Mann, der Glück hatte und es verstand, aus seinem Leben etwas zu machen. Danielle hatte keine Vorstellung davon, was das sein könnte, aber vom ersten Herzschlag an wünschte sie ihrem Sohn die Kraft, einen besseren Weg zu finden als sie. Bis dahin würde sie ihn behüten und beschützen.

Während Lucas und Roseline die letzte Rosenernte einbrachten und gemeinsam in der Brennerei die Blüten in den Bottichen erhitzten, passte sich Danielle vom ersten Tag an dem Rhythmus ihres Sohnes an. Sie schlief, wenn er schlief, hielt ihn dabei im Arm, und sie stand auf, wenn das Kind trinken und beschäftigt werden wollte. Von niemandem ließ sie sich reinreden. Zu Beginn versuchte Roseline, Einfluss zu nehmen. »Gib ihm einen Löffel Honig, damit er ruhig ist!«

»Er bekommt nur Muttermilch«, widersprach Danielle auf eine Art, die deutlich machte, dass Roseline in der Beziehung zu ihrem Kind nicht mitreden durfte.

Mittlerweile hatten sie sechs Mitarbeiter für die Ernte, die Destillerie und die Auslieferung. Auf Danielles Arbeitseinsatz konnten sie verzichten, wenn sie sich lieber mit dem Kind beschäftigte. Auf dem Gesicht ihrer Tochter lag ein Ausdruck, der neu für Roseline war. Es rührte einen Teil in ihrem Herzen, als sie erkannte, dass Danielle glücklich war. Jetzt endlich schien sie angekommen zu sein.

An einem Frühlingsabend hing auf der Terrasse der Duft von blühenden Mandelbäumen und frischer Muttererde in der Luft. Danielle legte Jean-Paul in Lucas' Arme. Der Vater kümmerte sich zu wenig um ihn. Sofort verkrampften sich

Lucas' Gesichtszüge. Hölzern schaukelte er den Kleinen, wie er es bei Danielle gesehen hatte, starrte ihm ins Gesicht und riss die Augen auf, als Jean-Paul anfing zu schreien. Lachend nahm sie ihm den Jungen wieder ab.

Ein Klopfen an der Tür ließ alle drei aufhorchen. Danielle legte sich das Kind an die Schulter und schritt in den Flur, um zu öffnen. Ihr Gang war fester, ihre Kopfhaltung erhaben, und das Strahlen auf ihrem Gesicht verschwand nicht. Sie lächelte, als sie die Tür öffnete.

»Madame Girard! Was ... was verschafft uns die Ehre?«

Wie sprach man eine Frau von so hohem Rang an? Sie wusste, dass Madeleine Girard Lucas' Halbschwester war, aber sie hatte geglaubt, die beiden hätten keinen Kontakt mehr zueinander.

Madeleine erwiderte das Lächeln, die Wangen waren von einer fleckigen Röte überzogen. Sie musste Mitte dreißig sein, sah aber mit dem harten Zug um den Mund älter aus. Dennoch wirkte sie in ihrem hellen Tweedkostüm wie direkt von den Laufstegen aus Paris gekommen. Für ein paar Herzschläge fühlte sich Danielle in ihrem langen Rock wie ein Bauerntrampel, aber dann spürte sie das Kind an ihrer Schulter und wusste, was sie wert war. Sie hob das Kinn.

Madeleine streckte ihr einen blauen Geschenkkarton entgegen, mit einer Seidenschleife verziert. »Ich möchte zum Kind gratulieren. Ich halte es für einen guten Zeitpunkt, mit der Vergangenheit abzuschließen.«

Danielle öffnete die Tür weit. »Kommen Sie bitte herein. Wir sitzen auf der Terrasse.« Diese Frau hatte zur Hochzeit nicht gratuliert, aber das Kind stimmte sie milde? Danielle hatte nichts dagegen, wenn Streitereien beigelegt wurden. Möglicherweise wusste Lucas gar nicht mehr, warum er und Madeleine miteinander gebrochen hatten.

Im Vorbeigehen wandte sich Madeleine dem Baby zu und

streichelte seine Hand. »Ein hübsches Kind.« Ihr Bruder schien sich verändert zu haben, wenn sich eine so nette Frau zu ihm hingezogen fühlte und sein Kind wie einen Schatz behandelte. Das erkannte sie sofort.

Roseline erhob sich, als Danielle mit Madeleine Girard zurückkehrte. Alle Blicke lagen auf Lucas. Seine Gesichtsfarbe wechselte ins Dunkelviolette, die Fäuste hielt er geballt. An seinen Unterarmen wölbten sich Adern unter der Haut. »Was zum Teufel …« Krachend fiel der Stuhl hinter ihm um, als er aufsprang.

Madeleine wich zurück, den Geschenkkarton noch in der Hand. »Ich dachte, ein kleiner Mensch könnte für uns ein neuer Anfang sein, Lucas. Es ist viel Zeit vergangen, du bist nun Vater …«

»Was geht das dich an?« Mit zwei Schritten war er bei ihr, riss ihr das Geschenk aus den Händen und schleuderte es gegen die Mauer.

»Beherrsch dich!« Roselines Stimme kippte vor Aufregung. Alles deutete darauf hin, dass Lucas in der nächsten Sekunde mit den Fäusten auf seine Halbschwester losgehen würde. Danielle zog sich unter das Vordach zurück, das Kind eng an sich gedrückt.

»Sag mir nicht, was ich tun soll!« Lucas setzte zur Verfolgung an, als Madeleine auf dem Absatz kehrtmachte und flüchtete. Roseline und Danielle hörten, wie er ihr hinterherrief: »Lass dich hier nie mehr blicken!«

Danielle fing an zu weinen, aber Roseline kümmerte sich nicht um sie, schickte sie mit dem Kind ins Schlafzimmer. Sie musste Lucas beruhigen, bevor ein Unglück geschah. Sie führte ihn am Arm zum Tisch zurück. »Was soll das Gebrüll«, sagte sie dabei versöhnlich. »Lass uns lieber einen Schnaps trinken.« Sie schenkte Absinth in zwei Gläser und reichte ihm eines. Er stierte vor sich hin, das Gesicht erhitzt, die Augen funkelnd. Aber er kippte den Absinth in einem Zug herunter und ließ sich nachschenken. Allmählich beruhigte sich sein Atem.

»Du kannst sie nicht leiden, deine Halbschwester«, stellte Roseline fest. Lucas gegenüber sprach man am besten das Offensichtliche aus. Nur das brachte ihn zum Reden.

»Sie hat mich alleingelassen, als ich ein Junge war. Das darf man nicht tun.«

»Nein, das darf man nicht tun, und du hast recht, wenn du ihr deswegen grollst. Wir lassen sie nicht mehr ins Haus, ja?«

Lucas nickte und griff nach dem dritten Glas Schnaps. Seine Züge entspannten sich.

Danielle hatte Lucas nicht zum ersten Mal toben gesehen. An manchen Tagen störte ihn das Geschrei des Kindes, an anderen schmeckte ihm das Essen nicht oder das Rosenöl hatte nicht die erwartete Qualität. Ohne Roselines Einfluss hätte er Teller auf dem Boden zertrümmert oder ein Loch in das Küchenbüfett geschlagen, aber so aufgewühlt wie an diesem Abend hatte sie ihn noch nie gesehen.

Zum ersten Mal hatte er Danielle Todesangst eingeflößt. Er hatte ausgesehen wie ein in die Enge getriebenes Raubtier, das zum Angriff überging. Was, wenn sich eine solche Wut einmal gegen sie oder ihren Jungen richtete? Sie betrachtete das entspannte Gesicht des Kleinen, der in ihren Armen eingeschlafen war.

Der Geschenkkarton lag noch am nächsten Morgen an der Mauer. Roseline und Lucas waren in der Brennerei, als Danielle auf die Terrasse trat und ihr Blick auf die blaue Pappe fiel. Etwas Weißes lugte heraus. Sie ging näher, nahm den Stoff mit einer Hand auf, fühlte Spitzen, Stickereien und edles Leinen.

Zurück im Schlafzimmer, legte sie das Kind in den Stubenwagen und faltete den Stoff auf. Ein Bettbezug für eine Babydecke, so kostbar, wie sie ihn sich nie leisten würde, egal wie viel Geld sie verdienten. Sie drückte ihn an ihre Wange, streichelte darüber und zögerte. So etwas warf man nicht in den Schmutz. Sie schaute zwischen der geflickten Decke in Jean-Pauls Bett und dem kostbaren Stoff in ihren Händen hin und her. Würde es überhaupt jemandem auffallen? Lucas beachtete seinen Sohn kaum, noch weniger seine Bettwäsche.

Während Jean-Paul im Wagen strampelte, griff Danielle nach seiner Decke, zog den alten Bezug ab und den neuen auf. Unter dem verzierten Tuch sah ihr Junge aus wie ein Königskind. Jean-Paul war es wert, dass schöne Dinge ihn umgaben. Wie glücklich würde sie sein, wenn sie so mit ihm durch die Stadt spazierte.

Sie gab ihm die Brust, ließ ihn sich satt trinken. Dann fielen ihm die Augen zu. Danielle legte ihn ab, deckte ihn bis zum Kinn zu. Mutter und Kind schliefen ein. Danielle lächelte im Schlaf.

Geschrei weckte sie. »Was ist das?«

Sie sprang hoch, versuchte in Sekundenschnelle, sich zu orientieren. Lucas stand drohend über ihr. Was tat er hier? Es musste Mittagszeit sein. Dann kamen er und Roseline meistens ins Haus, um eine Kleinigkeit zu essen.

Lucas starrte in den Stubenwagen. Jean-Paul war aufgewacht und schrie. Als Lucas in den Wagen griff, sprang Danielle hoch und stürzte sich auf ihn. »Lass das Kind!« Ihre Stimme überschlug sich. »Du wirst ihm nichts tun!«

Aber Lucas interessierte sich nicht für seinen Sohn, sondern nur für die Spitzendecke. Er hielt sie weit von sich, das Gesicht verzerrt. »Du hast den Dreck der Girards angenommen. Wir brauchen nichts von denen, verstehst du? Gar nichts!«

»Es ist nur eine Decke. Sie ist so wertvoll und schön, zu schade zum Wegwerfen.«

Er riss den Stoff entzwei, er vergrub die Zähne darin, bis es ratschte. Danielle weinte, Jean-Paul schrie, während Lucas wütete und am Ende einen Haufen von Stofffetzen im Schlafzimmer liegen ließ. »Lass dir nie wieder einfallen, etwas von diesen Blutsaugern anzunehmen. Hast du das verstanden? Ich will nichts von denen in meinem Haus haben.«

Danielle schluckte und senkte den Kopf. »Es tut mir leid.«

Lucas schlug die Tür hinter sich ins Schloss.

22

In den nächsten Monaten strafte Lucas Danielle mit Verachtung. Eine Zeit lang war ihr das recht. Sie hatten sich seit Bekanntwerden der Schwangerschaft nicht mehr geliebt, aber nun richtete Lucas sein Nachtlager vor dem Kamin ein. Obwohl Danielle die Zweisamkeit mit ihrem Sohn genoss, spürte sie, dass dies keine Dauerlösung war. Ihre Mutter bestätigte sie darin: »Das geht nicht gut aus, wenn sich Mann und Frau so entfremden. Es liegt an dir, Danielle! Du existierst nur für deinen Sohn. Mach dich hübsch für deinen Mann. Schleich dich zu Lucas und verführe ihn! Es wird Zeit, dass ihr wieder wie Mann und Frau lebt. Nachher holt der sich eine andere ins Haus, und wir können zusehen, wo wir bleiben. Möchtest du das für dich und deinen Sohn?«

Danielle zuckte zusammen. Ihre Mutter schaffte es immer noch, sie aufzuwühlen. Ihrer Art, Schrecken zu erzeugen, mit Worten zu verletzen und zu manipulieren, war sie nicht gewachsen.

Jean-Paul lief inzwischen flink durchs Haus. Manchmal spazierte Danielle mit ihm an der Hand zu den Blumenfeldern, in denen er sich versteckte, wo die schönsten Düfte ihn umgaben. Sie staunte, dass er bereits die ersten Worte sprach und jeden Tag dazulernte. Immer wirkte er hellwach, alles sog er in sich auf, und mit abgöttischer Liebe hing er an seiner Mutter. Seine Großmutter und den Vater beäugte er aus der Entfernung, ließ es zu, dass Roseline ihm über die Haare strich, oder nahm den Biskuit, den Lucas ihm von seinem eigenen Teller reichte. Dann aber flitzte er sofort zu Danielle zurück, um sich zu vergewissern, dass alles in Ordnung war. Diese Anhänglichkeit war beiderseits. Mutter und Sohn bildeten ein unzertrennliches Gespann.

Um ihre Ehe zu retten, wählte Danielle einen Abend, an dem ihre Mutter mit der Bahn nach Nizza gefahren war. Sie traf dort einen Parfümeur aus Bordeaux. In dem Kostüm, das sie sich für solche Treffen gekauft hatte, sah Roseline aus wie die Geschäftsfrau, die sie inzwischen war, obwohl sie die Haare unmodisch zu einem Knoten geschlungen trug und der Lippenstift zu rot war.

Dass ihre Mutter aus dem Haus war, erleichterte Danielle. Im Schlafzimmer zog sie sich aus und suchte in ihrem Kleiderschrank nach dem Unterkleid mit den dünnen Trägern, das ihr nur bis zu den Schenkeln reichte. Ihre Rundungen kamen darunter perfekt zur Geltung. Im richtigen Licht würde man ahnen, dass sie keine Wäsche darunter trug. Ein Schauer lief durch ihren Körper bei der Vorstellung, wieder mit ihrem Mann zusammen zu sein. Obwohl ihre Gefühle für Lucas nie entflammt waren, strahlte er eine Männlichkeit aus, die an diesem Abend, als sie sich für die Verführung zurechtmachte, ihr Verlangen weckte.

Vor dem Spiegel kämmte sie sich die Haare, bis sie glänzten. Dann griff sie nach der Parfümflasche, die sie sich vor zwei Wochen zu ihrem Geburtstag selbst bei Fragonard gekauft hatte. Geschenke hatte es weder von Lucas noch von Roseline gegeben, doch Danielle fand, sie war es wert. Das Geld, das sie dafür aus der Haushaltskasse genommen hatte, reichte nur für das preiswerteste Parfüm im kleinsten Flakon. Sie tupfte sich je einen Tropfen hinter die Ohrläppchen, auf die Handgelenke, in die Kniekehlen und auf ihr Dekolletee, wo sie es verrieb. Sie sog die Luft ein.

Schwer hing im Zimmer der Duft von Mairosen.

Roseline war zufrieden mit sich, als sie am späten Samstagnachmittag vom Grasser Bahnhof zum Chemin du Servan eilte. Der Parfümeur aus Bordeaux war auf all ihre Angebote eingegangen, erleichtert, bei ihr hohe Qualität und eine Vielfalt an Essenzen aus einer Hand zu bekommen. Roseline hatte ihm Proben ihrer Duftöle mitgebracht. Ab der kommenden Saison belieferten sie ihn.

Die Sonne tauchte die Stadt und die Berge in ein goldenes Licht. Roseline schwitzte, als der Weg bergan führte, und freute sich darauf, Lucas und Danielle von ihrem Erfolg bei einem Glas Wein auf der Terrasse zu erzählen. Vielleicht würden sie doch noch zu einer Familie zusammenwachsen, in der man sich zurücklehnen und entspannen konnte.

Beim Betreten des Hauses wehte ihr Rosenduft entgegen, intensiv, aufdringlich. War da jemandem ein Malheur passiert? Eine Ölflasche zu Boden gefallen? Dann aber mischte sich ein anderer Duft darunter. Er schmeckte metallisch auf der Zunge. Die Härchen auf ihren Armen richteten sich auf, ein Frösteln ließ sie innehalten, bevor sie die Kostümjacke aufhängte.

Merkwürdig ruhig war es im Haus. Jean-Paul lief oft durch alle Räume, klapperte mit Töpfen und Löffeln oder tollte mit seiner Mutter herum. Heute hörte sie nur das Knacken der Holzdielen.

Sie durchquerte den Flur und trat in das Terrassenzimmer.

Ein paar Herzschläge lang war sie nicht imstande zu fassen, was sie sah.

Dann schrie sie und stürzte auf die Knie, weil ihre Beine sie nicht mehr hielten.

In einer Blutpfütze lagen Danielle und Jean-Paul dicht nebeneinander. Der Junge hatte den Arm um den Leib der Mutter geschlungen. An Danielles Hals klaffte eine lang gezogene Wunde, an der das Blut geronnen war. Hastig versuchte Roseline, die Situation zu erfassen. Ihre Brust fühlte sich an, als würde ihr Herz zerdrückt. Sie sah die rot verschmierte Sichel nicht weit von Danielles Leichnam entfernt, sie sah das blutdurchtränkte Unterkleid, und dann sah sie, wie Jean-Paul den Kopf hob. Es war nicht zu erkennen, welches Blut von ihm stammte und welches von seiner Mutter. Seine Augen waren riesengroß in dem blassen Gesicht.

»Jean-Paul!« Roselines Herz überschlug sich, während sich der Junge aufrichtete. Ihre Blicke glitten hinauf und hinab an seiner Gestalt auf der Suche nach einer Verletzung, aber da war nichts. Jean-Paul war überströmt von dem Blut seiner Mutter. »*Grand-mère*«, sagte er. »Mama schläft.«

Roseline liefen Tränen über die Wangen. Sie beugte sich dicht an das Gesicht ihrer Tochter, prüfte, ob ihr Puls pochte, aber die starren Augen und die wächserne Miene sprachen für sich.

In der nächsten Sekunde spannte sich jeder einzelne Muskel in ihrem Leib. Hatte Lucas auf sie gewartet, um auch sie zu töten wie ein Tier? Dass er für diese Gräueltat verantwortlich war, daran hegte Roseline keinen Zweifel.

»Geh ins Schlafzimmer, Jean-Paul!«

Der Junge legte sich wieder hin, den Arm um seine Mutter, als könne ihm nur so nichts passieren.

Roseline ließ ihn, sie hatte Wichtigeres zu tun. Mit einem Satz war sie bei der Sichel, hob sie über den Kopf. Mit angespannten Muskeln öffnete sie Türen und Schränke, immer bereit, den tödlichen Hieb zu versetzen, falls sie Lucas entdeckte.

Doch das Haus war leer.

Die Sichel fiel klirrend auf die Zimmerfliesen, bevor Roseline hinaustrat auf die Terrasse. Einen Moment lang stand sie da mit hängenden Armen, dann hob sie den Kopf. Ihr Schrei flog über die Straßen und Hausdächer und hallte von den Berghängen wider.

Sie lauschte dem Echo hinterher. Dann eilte sie ins Haus zurück. Sie setzte sich auf den Sessel, zu ihren Füßen die Leiche ihrer Tochter und ihr Enkelkind. Jean-Paul veränderte seine Haltung nicht, starrte die Großmutter nur mit weit geöffneten Augen an.

Roseline streckte ihm die Hand hin. »Komm, mein Kleiner.«

Jean-Paul reagierte nicht.

»Komm zu mir. Ich passe auf dich auf.«

Langsam erhob sich der Junge, stieg über Danielles Beine hinweg und ergriff die Hand, die ihm seine Großmutter hinstreckte. Die Kinderfinger versanken in Roselines abgearbeiteten Händen. Sie zog ihn näher an sich heran, hob ihn auf ihren Schoß und legte ihr Gesicht in seine Halsbeuge. Sie hätte es gern verhindert, aber das Schluchzen ließ sich nicht aufhalten. Jean-Paul schlang die Arme um ihren Hals. So fanden zwei Stunden später die beiden Gendarmen Großmutter und Enkel vor. Anwohner hatten sie alarmiert.

»Es gibt keinen Zweifel an der Schuld von Lucas Bonnet«, sagte der ältere. »Die Nachbarn haben ihn im Haus toben gehört, und wenig später sahen ihn ein Ziegenhirte und ein Weinbauer, wie er mit blutverschmiertem Hemd und Hose in Richtung Süden lief. Können Sie sich einen Grund für diese Tat vorstellen? War seine Frau ihm untreu?«

Roseline schnaufte vor Empörung. »Sonst fällt euch dazu

nichts ein? Die Frau ist tot und soll auch noch schuld sein? Es ist stadtbekannt, wie tobsüchtig Lucas ist. Findet den Kerl, bevor er weiteres Unheil anrichtet.«

Der Gendarm richtete seine Mütze. »Wir geben unser Bestes, Madame Albouy. Was passiert mit dem Jungen?«

Jean-Paul sah zu dem Mann in der Uniform hoch und fixierte ihn so eindringlich, dass er einen Schritt zurückwich. »Wie alt ist er denn?«

»Er ist im September ein Jahr alt geworden. Und ja, er versteht viel«, fügte Roseline an. »Natürlich bleibt er bei mir. Ich bin seine Großmutter. Wo soll er sonst hin?« Sie wandte sich an Jean-Paul, musterte das Gesicht des Jungen. »Nicht wahr, mein Kleiner, wir werden zu zweit die Firma Bonnet leiten. Wir schaffen das. Was meinst du?«

Roseline zog den Jungen eng an sich heran und küsste ihn auf die Stirn. Mit Jean-Paul war ihr das Beste von ihrer Tochter geblieben. Sie würde mit all ihrer Kraft die Verantwortung für den Jungen übernehmen. Das war sie Danielle schuldig.

Der Hass auf Lucas würde sie begleiten. Sie würde ihren Enkel daran teilhaben lassen, damit er wusste, wer diese Katastrophe verursacht hatte. Und sie würde dafür sorgen, dass Jean-Paul nie vergaß, was er seiner Mutter bedeutet hatte.

Teil 5

1952–1953

Anouk in Grasse

23

Aus Paris kam ein Paket mit einer extragroßen Schachtel Macarons mit Pistazien und Schokolade, ein langer Brief mit guten Wünschen und ein Umschlag mit zweihundert Franc. »Kauf dir etwas Schönes, *poupée*.« Zum ersten Mal in ihrem Leben feierte Anouk ihren Geburtstag ohne die Mutter. Im Palais Girard war niemandem bekannt, dass sie heute zwanzig Jahre alt wurde. Wofür sie das Geld ausgeben wollte, wusste sie schon genau.

Nachdem sie das Paket in ihr Zimmer gebracht, voller Freude ausgepackt und den Brief mehrmals gelesen hatte, eilte sie hinaus. Stéphane kam ihr entgegen.

»Da bist du endlich!« Er strahlte. »Wo treibst du dich herum?« Er hob scherzhaft den Zeigefinger. »Hat sich meine kleine Anouk etwa einen Liebsten angelacht?«

Anouk lachte über die schwülstige Wortwahl.

Stéphane war hinreißend, wenn er gute Laune hatte und keine Rücksicht auf attraktive Frauen in seiner Begleitung nehmen musste. Er legte einen Arm um Anouks Schultern und führte sie um das Gebäude herum.

»Was hast du vor?«

»Schließ die Augen.«

Sie zögerte einen Moment, dann ließ sie sich blind von ihm führen. Der Geruch von Benzin und Motorenöl stieg ihr mit einem kühlen Hauch in die Nase, überdeckte den immerwährenden Duft von sonnenwarmen Kräutern und Blüten.

»Jetzt öffnen.«

Sie standen in der Garage vor den Autos der Girards. Stéphane wies an die Wand zu seiner Linken. »Ta da! Damit du unabhängig bist, wenn du die Parfümschule besuchst. Herzlichen Glückwunsch zum Geburtstag, meine liebste Anouk!«

Sie riss die Augen auf und staunte das grün metallisch glänzende Blech einer Vespa an. »Für mich?« Ihre Stimme klang atemlos.

»Nur für dich, Anouk!« Stéphanes Augen leuchteten. »Die hast du dir verdient, weil du mich nicht enttäuscht hast. Du machst meiner Schwester die Hölle heiß und hast unser Familienunternehmen schön durcheinandergewirbelt. Genau so habe ich mir das gewünscht.«

Anouks Lächeln gefror auf ihrem Gesicht. »Darum hast du mich hierhergebracht? Du benutzt mich, um deiner Schwester zu schaden?«

»Nun übertreib mal nicht, Anouk!« Äußerlich war ihm nicht anzumerken, ob ihn ihre Worte aus der Fassung brachten. Unter allen Umständen die Beherrschung zu bewahren gehörte zu seinen vielen Talenten. »Ich habe dich hierhergeholt, weil du hervorstichst mit deinem Ausnahmetalent. Aber ich gebe zu, dass ich mich auf die Reaktion meiner Schwester und meiner Eltern gefreut habe. Und du hast meinem Großvater in seinen letzten Tagen gezeigt, was alles für das Haus Girard möglich ist.« Er hielt ihr am ausgestreckten Arm den Schlüssel der Vespa hin.

Sie schaute auf die Verlockung, zögerte. Das Geschenk war zu groß. Wollte sie sich noch tiefer in die Abhängigkeit der Girards begeben? Und dennoch. Wie herrlich wäre es, mit dem Roller durch Grasse zu sausen oder über die Höhenwege rund um die Stadt. Sie könnte jeden Morgen in die Schule fahren, Ausflüge nach Cannes und Nizza unternehmen …

Stéphane spürte ihr Zögern, und er war einfühlsam genug, um zu erkennen, warum sie unschlüssig war. »Glaub mir, die Vespa passt gut zu dir, sie würde dir Freiheit schenken.«

Für Stéphane war das Leben ein einziger Spaß, und er hielt alle Fäden in der Hand. Mit seinem Charme wickelte er die Menschen um sich herum ein, und er wusste nur zu gut, was sie sich wirklich wünschten.

All dies war Anouk bewusst, aber die Vorfreude auf das Gefühl von Freiheit, wenn sie mit dem Roller durch die Stadt fuhr, war zu groß. Sie hatte Geburtstag, und Stéphane hatte an sie gedacht. Sie griff nach dem Schlüssel, lächelte Stéphane an. »Danke!«

Er küsste sie auf die Wange. »Viel Spaß, meine Liebe.«

Die Vespa probierte sie noch am Abend aus, um sich mit Gas, Bremse und Lenkung vertraut zu machen. Stéphane setzte sich hinter sie auf den Sozius und feuerte sie nach dem ersten zögerlichen Stottern an, Vollgas zu geben. Lachend nahm Anouk allen Mut zusammen und brauste den Boulevard Victor Hugo entlang in Richtung der Route Napoléon. Freiheit schmeckte so süß!

Sie setzte den Blinker und fuhr über Nebenstraßen an den Blumenfeldern vorbei. Da entdeckte sie Jean-Paul Bonnet auf einem Lavandinfeld. Er war umgeben von einem halben Dutzend Bauern, denen er verschiedene Pflanzenstücke zeigte. Das Knattern der Vespa erregte die Aufmerksamkeit der Gruppe. Anouk winkte übermütig, zwei Männer erwiderten grinsend den Gruß, Jean-Paul drehte ihr, ohne eine Miene zu verziehen, den Rücken zu. Vielleicht hatte er sie nicht gesehen.

Zehn Minuten später ließ Stéphane sich am Palais Girard absetzen und zeigte Anouk den erhobenen Daumen. »Du bist ein Naturtalent. Du hattest den Roller gleich im Griff.«

Anouk hatte noch nicht genug. Der Rausch der Geschwindigkeit war ein Genuss. Also drehte sie das Gas am Lenkergriff, hob die Beine und brauste wieder davon. Ihre Haare flatterten im Wind, als sie erst den Weg in Richtung Altstadt, dann zurück auf den Boulevard fuhr. Die Passanten schauten ihr lächelnd hinterher, sie winkte und strahlte. Am Chemin de l'Orme sah sie Jean-Paul Bonnet, der mit weit ausholenden Schritten am Straßenrand entlangschritt. Sie erkannte ihn sofort, obwohl sie ihn nur von hinten sah. Die Besprechung auf dem Blumenfeld war offenbar vorbei. Sie würde den Kopf nicht zu ihm wenden, sondern stur geradeaus blicken. Noch einmal würde sie sich nicht von ihm demütigen lassen.

In der nächsten Sekunde fuhr ihr ein brennend heißer Schreck durch die Glieder, als ihr, aus einer Nebenstraße kommend, ein Auto die Vorfahrt nahm. Mit aller Kraft bremste Anouk, der Roller kam ins Schlingern, der Citroën setzte mit quietschenden Reifen seinen Weg fort und hupte auch noch, als hätte Anouk den Fehler begangen. Ihr gelang es gerade noch, an den Straßenrand zu fahren und den Roller abzustellen. Ihre Beine vermochten sie kaum zu halten, als sie zu der niedrigen Mauer taumelte. Sie stützte die Ellbogen auf die Oberschenkel und ließ den Kopf hängen, versuchte, ihren Atem zu beruhigen. Das war knapp gewesen. Ein paar Meter weiter, und sie wäre in das Fahrzeug gekracht. »Ist Ihnen etwas passiert? Geht es Ihnen gut?«

Der Geruch von Zedernholz stieg ihr in die Nase, noch bevor sie sich aufrichtete und in grüne Augen sah. Jean-Pauls Miene drückte tiefste Besorgnis aus, zwischen seinen Brauen stand eine steile Falte.

Anouk musterte ihn und versuchte die Situation zu verstehen. Die Sorge in seinen Zügen schien echt zu sein. Der arrogante Bonnet bot ihr seine Hilfe an?

»Ich ... nein, ich habe mich nur erschrocken. Es geht gleich wieder.«

»Wirklich? Soll ich Sie nach Hause begleiten?«

Sie schüttelte den Kopf. »Das ist nicht nötig.«

»Wo ist denn Ihr Beifahrer? Kann der nicht die Rückfahrt übernehmen?«

Anouk stutzte. Er hatte sie also doch gesehen, als sie mit Stéphane am Blumenfeld vorbeigefahren war. Sie musterte ihn fragend, sah, dass sich seine Stirn rötete, als merkte er selbst, dass er zu viel preisgegeben hatte. »Den habe ich bereits abgesetzt. Ich war alleine unterwegs.«

»Fahren Sie nach Hause, und erholen Sie sich von dem Schreck«, riet er ihr.

Sie nickte, ohne den Blick von ihm zu lassen. Sein Mienenspiel war spannend, wechselte von Besorgnis zu Ablehnung und Überheblichkeit.

»Also dann.«

Noch ehe sie etwas sagen konnte, setzte er seinen Weg fort, eiliger als zuvor, wie es ihr schien, als sie ihm hinterherschaute.

Ihr Herz klopfte immer noch, aber nun nicht mehr, weil Panik sie durchdrang, sondern weil sie sich keinen Reim darauf machen konnte, was in Jean-Paul Bonnet vorging. Erst beachtete er sie nicht, dann war er die Fürsorge selbst? Und sie hatte sich noch nicht einmal bei ihm bedankt.

Am Tag darauf steckte sie sich das Geburtstagsgeld ihrer Mutter ein und fuhr in die Avenue Chiris. Fleur hatte ihr den Tipp gegeben, es bei dem Tischler Duval zu versuchen, wenn sie sich einen ähnlichen Aromenkoffer wünschte, wie Stéphane ihn besaß. An einem Hoftor an der Avenue entdeckte sie das

Firmenschild. Sie parkte die Vespa davor. Es duftete nach frisch geschnittenem Holz und Leim, und das gleichmäßige Ratschen einer Säge erfüllte die Luft.

Als sie die Holzpforte öffnen wollte, wurde sie von innen aufgedrückt. Jean-Paul Bonnet trat aus dem Hof. Es war wie verhext! Sie konnte keinen Schritt in der Stadt unternehmen, ohne ihm zu begegnen. Ein paar Sekunden lang starrten sie sich an. Er fand als Erster die Fassung wieder, nickte kaum merklich und drängte sich an ihr vorbei.

Sie blickte ihm nach, bis er hinter einer Häuserreihe verschwand, und fragte sich, was da zwischen ihr und diesem Mann geschah. Wenn sie sich sahen, surrte es in ihren Adern, als stünde sie unter Strom. Wie einfühlsam er sich bei ihrem Beinahe-Unfall am Chemin de l'Orme verhalten hatte, und nun stand wieder dieses Geheimnisvolle zwischen ihnen, das ihn daran zu hindern schien, auf sie zuzugehen.

Sie schüttelte die Gedanken ab, atmete durch und betrat die Tischlerei. Mitten im Hof stand eine Palme, die dem gesamten Werkbereich Schatten spendete. Ein hoch aufgeschossener Mann in Arbeitskleidung kam ihr mit einnehmendem Lächeln entgegen. »Kann ich Ihnen helfen?« Er musterte sie anerkennend. Sie hatte heute ein tailliertes Kleid mit schwingendem Rock gewählt, dazu ein hellblaues Tuch um die Haare. Sie nahm die Sonnenbrille ab und erwiderte sein Lächeln. »Ich bin Anouk Romilly. Sie wurden mir als Schreiner empfohlen.«

»Das hört man gern.«

»Dann haben Sie sicher reichlich Aufträge.«

Er streckte ihr die Hand entgegen. »Ich bin Philippe. Ich bin der einzige Tischler in Grasse, die Leute kommen zu mir, wenn sie etwas aus Holz benötigen.«

»So wie Jean-Paul Bonnet.« Ihr Herz klopfte, weil sie ihn so offensichtlich ausfragte.

»Genau. Er bestellt regelmäßig Holzrahmen und Transportkisten bei mir für die Duftrohstoffe aus seiner Destille. Und was kann ich für Sie tun?«

»Ich brauche einen Holzkoffer, in dem ich Proben von Parfüms transportieren kann. Die Firma Duval hat schon einmal so einen Koffer hergestellt ...«

»Ich vermute, mein Großvater hat das gute Stück gezimmert. Unsere Familie führt die Tischlerei in der sechsten Generation in Grasse. Sie wohnen bei den Girards, nicht wahr?«

»Genau. Das scheint stadtbekannt zu sein.«

Philippe lachte. »Die Parfümhäuser sind immer ein beliebtes Thema für die Klatschbasen. Und man bekommt einiges mit, auch wenn man sich nicht am Klatsch beteiligt. Dann beschreiben Sie mir mal, was Sie sich vorstellen, und wir schauen, ob ich meinem Großvater Ehre machen kann.«

Eine Woche später besaß Anouk einen Koffer aus Olivenholz, beschlagen mit silbern glänzenden Scharnieren und einem eleganten Griff aus Eisen. Innen war er mit vielen Schubfächern ausgestattet und mit Samt bezogen. Philippe hatte sogar ihre Initialen an unauffälliger Stelle seitlich eingebrannt. Sie freute sich darauf, ihn bald mit Proben befüllen zu können. Ihrer Mutter würde sie ein Foto schicken, damit sie sah, welchen Wunsch sie sich mit dem Geburtstagsgeld erfüllt hatte.

Nicht weniger aufgeregt als vor dem Prüfungsgespräch mit Madame Bernard war Anouk am ersten Schultag. Himmlisch, den Tag mit einer Rollerfahrt beginnen zu können! Als sie die Vespa starten wollte, fuhr auf der Straße der Wirt Jacques mit seinem Fahrrad vorbei. Er griff in den mit Apfelsinen gefüllten Lenkradkorb und warf ihr eine Frucht zu. »Lass dich mal wieder bei uns sehen, *petit parisien*!«

Anouk winkte ihm lachend zu, steckte die Orange in ihre

Schultasche und brauste los. Der Fahrtwind kühlte ihr Gesicht.

Ihre Mitschüler waren zwei junge Männer Mitte zwanzig, Alain Joubert aus Lyon, Raphael Simon aus Brüssel, die vor vier Wochen gemeinsam begonnen und Freundschaft miteinander geschlossen hatten. »Wie schön, dass unser Team Zuwachs bekommt. Und gleich so hübschen.« Alain mit seinem dunkelblonden Lockenkopf und grauen Augen zeigte von der ersten Minute an Interesse an Anouk. Sie spürte seine Blicke immer wieder auf ihr ruhen, wenn sie sich auf einen Vortrag oder eine Besichtigung konzentrieren sollten. Raphael hingegen trug die Nase hoch. Mit seinen schulterlangen Haaren war er attraktiv, sprach jedoch nicht viel. Sein Lächeln war spöttisch, als er das Familienwappen der Girards auf Anouks Laborkittel bemerkte. Aber er verkniff sich eine Bemerkung.

In dieser Woche versuchten sie erfolgreiche Parfüms zu imitieren, um ihre Erfahrung zu erweitern. *Vol de Nuit* von Guerlain mit seinem würzig-holzigen Odeur weckte Anouks Ehrgeiz. Es war 1933 auf den Markt gekommen, eine Hommage an Antoine de Saint-Exupéry, ein Freund von Jacques Guerlain, wie Madame Bernard ihnen erzählte, während sie in ihren Kitteln im weitläufigen Schullabor hantierten. Anouk bemerkte sofort die hohe Konzentration von Galbanum in der Kopfnote, dazu Orangenblüte, Bergamotte ... In der Herznote dominierten Vanille und Iris, die Basisnote enthielt Eichenmoos und Moschus. Mit einzelnen Tropfen experimentierte sie auf Teststreifen, wechselte die Mengen, gab weitere Duftstoffe dazu und erkannte mit Herzklopfen, dass sie dem Original immer näher kam. Am Ende der Woche war sie bereit, sich Madames Urteil zu stellen.

Für diesen Zweck gab es einen eigenen Raum, leer, bis auf einen Arbeitstisch, aber ohne Riechstoffe, duftende Muster oder Seifen. Anouk zog, wie es vorgeschrieben war, den Kittel aus, bevor sie eintrat. Die Arbeitskleidung verströmte nach dem Experimentieren zu viele Duftstoffe.

Madame empfing sie stehend in entspannter Haltung, den Rücken ganz gerade. Sie schloss die Augen, nahm den Teststreifen entgegen.

Nach Anouks eigenem Verständnis war sie nah ans Original herangekommen, aber eine Madame Bernard hatte um Jahrzehnte mehr Erfahrung. Ihr Urteil besaß Gewicht.

Sie zog die Augenbrauen hoch, nachdem sie geschnuppert hatte, hielt sich ein zweites Mal den Teststreifen vor die Nase. »Das ist unglaublich, Mademoiselle Romilly. Sind Sie sicher, dass Sie mir Ihre Komposition gegeben haben und nicht das Original?«

Anouks Strahlen war Madame Antwort genug. »Exzellent, meine Liebe. Sie wissen, dass dieser Duft von Guerlain die Grundlage für andere Klassiker war? Finden Sie als Nächstes heraus, welche das sind.«

Die Freude über das Lob währte nur ein paar Momente, denn sie wusste, dass sie sich niemals damit zufriedengeben würde, durch Nachahmung den tonangebenden Parfümeriefirmen nahe zu kommen, um mit der Mode Schritt zu halten. Sie wollte nicht eine unter vielen bleiben, sondern Originelles schaffen, wie es dem unbekannten Parfümeur gelungen war, der *Bienvenue* komponiert hatte. Ein Parfüm, das sich auf ewig ins Geruchsgedächtnis festsetzte, ein Geruch, der nicht den vorherrschenden Geschmack bediente, sondern beeinflusste.

Die Zeit in der Schule verging täglich wie im Flug. Alle Aufgaben, die Madame ihr stellte, löste Anouk, ohne sich von irgendetwas ablenken zu lassen. Sie hatte eine Welt betreten, die auf sie gewartet hatte und in der sie die sein durfte, die sie war. Nie vergaß sie dabei, alle Versuche, ob geglückt oder misslungen, in ihr Rezeptbuch zu schreiben. Darüber hinaus füllte sich Anouks Aromenkoffer: Sie sammelte Geruchsproben aller Kompositionen, die sie selbst erschaffen hatte, die aber nicht ausgereift genug waren, um sie den Girards vorzustellen. Im Geiste gab sie ihnen klangvolle Namen und malte sich aus, in welcher Art Flakon sie präsentiert werden könnten.

»Ein schöner Koffer.« Alain öffnete ihn ehrfürchtig, als sie in der Unterrichtspause auf einer Bank zusammensaßen.

Raphael stand vor den beiden, ein Bein lässig auf die Bank gestellt.

»Von den Girards?«

»Nein, ein Geburtstagsgeschenk von meiner Mutter. Aber stimmt, die Girards besitzen auch so einen Aromenkoffer.«

»Sie sind großzügig dir gegenüber, nicht wahr? Haben sie dir nicht die Vespa geschenkt?«

Zu ihrem eigenen Ärger spürte Anouk, dass ihre Wangen heiß wurden, als müsste sie sich dafür rechtfertigen, dass sie so ein Geschenk angenommen hatte. Wenn Raphael mit ihr sprach, schien da immer eine leichte Missstimmung mitzuklingen.

»Davon haben sie selbst nur Vorteile. Mein Mentor Stéphane Girard kann mich nicht ständig in seinem Auto herumfahren, wenn ich etwas erledigen will. Mit der Vespa bin ich unabhängig.«

Alain neben ihr stupste sie mit dem Ellbogen an. »Wann nimmst du mich zu einem Ausflug mit?«

»Jederzeit. Gib Bescheid, wann du Zeit hast.«

Raphael lachte. »Du willst bei einer Frau als Beifahrer mitfahren? Ich habe lieber selbst den Lenker in der Hand.«

Alain zuckte ungerührt die Achseln, legte für einen Moment theatralisch den Kopf auf Anouks Schultern. »Ich vertraue ihr mein Leben an.«

Sie lachten alle drei. Anouk nahm einen Schluck aus ihrer

Wasserflasche, musterte Raphael dabei. In Anzug, Hemd und Krawatte sah er selbst fast schon aus wie ein Geschäftsführer, dabei kam er, wie Anouk wusste, aus einfachen Verhältnissen. Seine Eltern besaßen eine Gaststätte, er hatte sieben Geschwister.

»Wie hast du es geschafft, die Unterstützung der Girards zu gewinnen?«, fragte er nun. »Das wäre etwas für mich. Es kann nie schaden, ein prestigeträchtiges Unternehmen im Rücken zu haben.«

»Stéphane Girard hat mir in Paris angeboten, ihn hierher zu begleiten, weil er glaubt, dass ich eine Begabung habe. Die Aufnahmeprüfung an der Schule habe ich allein geschafft. Da gab es keine Protektion.«

»So? Und wie kam es, dass du außerhalb der Prüfungszeiten zu uns gestoßen bist? Haben da die Girards nicht ein Wort mitgeredet? Haben sie dir nicht bereits eine Anstellung versprochen?«

Anouk starrte ihn an, doch bevor sie sich verteidigen konnte, kam ihr Alain zuvor. »Jetzt reg dich mal wieder ab, Raphael. Jeder in der Schule kann sehen, wie genial Anouk ist. Monsieur Girard wäre ein Dummkopf gewesen, hätte er nicht sofort versucht, sie ins Familienunternehmen zu holen.« Er klopfte Raphael auf den Rücken, als sie nebeneinander zurück ins Labor schlenderten. »Mit der Ausbildung hier bei Roure haben wir alle das große Los gezogen. Es liegt an jedem von uns, was er daraus macht.«

Anouk lächelte Alain dankbar von der Seite an. Sie mochte seine ausgleichende Art und wie es ihm gelang, die Stimmung zu heben. Sie freute sich auf den Ausflug mit ihm. Und Raphael und sie würden sich schon aneinander gewöhnen. Wenn nicht, würde sie auch das ertragen. Sie war hierhergekommen, um die Parfümeurskunst zu erlernen, und sie war auf dem besten Weg dahin. Einige Menschen würde sie hinter sich lassen, wenn sie Grasse irgendwann verließ. Mit hoch erhobenem Kopf und als die beste Parfümeurin, die sie sein konnte.

24

Nach dem Abendessen prasselte ein Gewitter über Grasse nieder. Der Donner hallte wie Trommelwirbel, die Bäume schienen sich dem Regen entgegenzustrecken, um ihr Grün zurückzubekommen. Die heißesten Tage waren vorbei, das Wasser schwemmte die Gerüche im Garten hervor, die die Hitze unterdrückt hatte.

Anouk eilte in ihr neues, eigenes Labor. Alles, was sie benötigte, war in Kisten verpackt. Sie entschied sich, die Öle und Essenzen nicht alphabetisch zu ordnen, sondern nach Duftgruppen. Mit jeder weiteren Flasche entstand ihr Ordnungssystem, ihre persönliche Duftorgel. Wie die Reihen von Pfeifen einer Kirchenorgel würden die Behälter mit den Düften auf den Regalen stehen. Und so wie der Organist Harmonien anschlug, indem er die richtigen Tasten drückte, so würde Anouk ihre Parfüms komponieren. Die Girards hatten sie mit den besten Rohmaterialien ausgestattet, die es auf dem Markt gab. Die Düfte waren allesamt sauber beschriftet, viele davon kannte sie. Sie zauberten sofort einen Geruch in ihr Gedächtnis. Manche waren ihr fremd. Sie öffnete die Flasche, auf der »Engelwurz« stand, schnupperte und beugte sich zurück. Schnupperte ein weiteres Mal. Ihr Herz setzte einen Schlag aus, um dann mit doppelter Geschwindigkeit zu klopfen. Konnte das sein? Ein so unscheinbares Kraut wie Engelwurz, das sie in der Apotheke ihrer Mutter nie beachtet hatte, ein Mittel, das bei Magenbeschwerden und Erkältung empfohlen wurde, gehörte zu der Komposition von *Bienvenue*? Sie lachte ungläubig und schüttelte den Kopf. Aber es war eindeutig: Engelwurz war ein Bestandteil des Duftes, der sie seit ihrer Jugend in seinem Bann hielt. Sie zog das Rezeptheft aus der abschließbaren Schublade, die zu ihrem Arbeitstisch gehörte, und notierte sich dieses Detail. Vielleicht würde es ihr in ihrem eigenen Labor gelingen, sämtliche Inhaltsstoffe herauszufiltern. Dann aber würde die Arbeit erst beginnen. Sie müsste die genauen Maßangaben herausfinden.

Etwas drängte in ihr, niemals aufzugeben, bevor sie nicht wusste, was es mit *Bienvenue* auf sich hatte. Hätte sie doch bloß eine Probe des Duftes wie von *Vol de Nuit*! Sie könnte sie über Wasserdampf verdunsten lassen. Die einzelnen Riechstoffe würden sich der Reihe nach entsprechend ihrer Verdunstungsfähigkeit auflösen, sodass sie konkrete Anhaltspunkte hätte. Bergamottöl und Zitronenöl roch man meistens zuerst, später traten die schwereren Düfte hervor. Es gehörte einiges an Übung dazu, auf diese Art eine Komposition zu entschlüsseln, aber inzwischen traute Anouk es sich zu. Manchmal schwindelte es ihr bei der Erkenntnis, welch vielfältige Möglichkeiten sie besaß und dass es an ihr lag, ob sie sich zu einer Meisterin der Parfümeurskunst entwickelte oder nicht. Die Voraussetzungen waren grenzenlos, aber ihr Ehrgeiz nicht geringer.

»Darf ich reinkommen?«

Anouk zuckte zusammen. Sie hatte das Klopfen nicht gehört und klappte schnell ihr Rezeptbuch zu.

»Natürlich, Antoine, schön, dich zu sehen.« Sie lächelte ihn an. Er wirkte stets ein bisschen hemdsärmelig, obwohl seine Anzüge tadellos saßen. Seine dunklen Augen mieden den Blickkontakt, aber sein Lächeln war gewinnend. Es fiel Anouk leicht, in ihm den neuen Familienchef zu sehen. Er besaß zwar längst nicht die gebieterische Ausstrahlung des alten Herrn, aber er gewann an Selbstsicherheit. Sie fragte sich, ob es ihm gelingen würde, die Firma in das nächste Jahrzehnt zu führen. Selbst wenn Parfümeure brillante Leistungen erbrachten – ohne ein ausgeklügeltes Verkaufskonzept würde keine der Parfümfamilien in Grasse und Paris in den kommenden Jahren überleben. Ein Parfüm musste inzwischen so viel mehr können als gut riechen. Es sollte den Zeitgeist einfangen. Das hatte Anouk verstanden. Madame Bernard betonte es bei jeder Gelegenheit. Darüber hinaus waren die Amerikaner führend bei der Entwicklung synthetischer Duftstoffe, beschleunigten die Bestimmung der in den Blütenextrakten enthaltenen Bestandteile und schafften es mit Leichtigkeit, mit ihren Analyseverfahren die auf dem Markt befindlichen Parfüms auszuforschen. Irgendwann würden die in Grasse ansässigen Firmen mit ihren Traditionen nicht mehr mithalten können.

»Dies hier ist nun dein Reich.« Beim Eintreten zog er sein Bein nach. »Das sieht alles professionell aus. Wirst du dich wohlfühlen?«

»Ganz bestimmt. Ich ordne gerade die Duftöle.«

»Ist das Engelwurz, was du zuletzt geöffnet hast? Setz das sparsam ein, ein spezieller Duft, der in zu hohen Dosen an Medizin erinnert. Wer will schon nach Hustensaft riechen?«

Sie stimmte in sein Lachen ein, staunte aber gleichzeitig, dass er den Duft erkannt hatte. Selbst diejenigen in der Familie, die nicht als Parfümeure arbeiteten, hatten – wie Stéphane ihr bewiesen hatte – offenbar alle trainierte Nasen.

»Ich hoffe, dass ich euch nie enttäuschen werde.«

»Das hoffen wir auch.« Sein Lächeln wirkte gequält. »Stéphane ist in dieser Beziehung ein bisschen unberechenbar.«

»Was hat das mit ihm zu tun?«

»Du wärst nicht die Erste, der er das Herz bricht. Seine Eskapaden mit extravaganten Frauen schaden dem Ansehen der Firma. Wir sind froh, dass er endlich einmal Geschmack bewiesen hat. Du passt perfekt zu uns. Wenn du meinen Rat willst: Sieh zu, dass ihr so schnell wie möglich heiratet. Dann kann dir nichts mehr passieren. Dann bist du eine Girard.«

Inzwischen war Anouk es leid, dass alle in diesem Haus davon ausgingen, dass sie und Stéphane ein Liebespaar waren. Aber sie bewahrte die Fassung und erklärte sachlich: »Da liegt ein Missverständnis vor. Stéphane und ich sind kein Paar.«

Antoine wiegte den Kopf. »Was nicht ist …«

»Das kann in diesem Fall nicht noch werden. Er ist nicht die Art von Mann, zu der ich mich hingezogen fühle.« Sie lächelte. »Ich fürchte, umgekehrt ist es genauso. Er bevorzugt auffälligere Frauen. Ich will in Grasse Parfümeurin werden, nicht in eine Familie einheiraten.«

»Stéphane sieht das möglicherweise anders als du? Ich habe am Vormittag mit ihm gesprochen.«

Was mochte er seinem Vater erzählt haben? Konnte es sein, dass Stéphane sich zu ihr hingezogen fühlte? Sie horchte in sich hinein, was es in ihr auslöste, wenn er sich in sie verliebt haben sollte.

»Ob mit oder ohne Stéphane … wir erwarten, dass du uns etwas Einzigartiges lieferst. Ein Produkt, das den Markt revolutioniert. Wirst du das schaffen?«

»Ich werde mein Bestes geben und mir die Zeit nehmen, die ich brauche. Ja, ich denke, ich kann einen Duft komponieren, der sich von den angesagten Maiglöckchenaromen abhebt.«

»Das hört sich gut an.« Er lächelte. »Wir sind gespannt!«

Später am Nachmittag steckte Stéphane kurz den Kopf in ihr Labor. »Bonjour, Anouk.« Hinter ihm erkannte Anouk schemenhaft eine Frau. War das wieder Adèle oder eine neue Bekannte?

»Bonjour, Stéphane.« Sie schob sich die Schutzbrille ins Haar, die sie beim Mischen diverser Öle vorsorglich aufgesetzt hatte.

»Können wir morgen Nachmittag reden? Machen wir einen Spaziergang durch den Garten?«

»Aber immer.« Wollte er gemeinsam mit ihr darüber lachen, dass alle Welt sie für ein Liebespaar hielt, und sich überlegen, wie sie künftig mit dieser Erwartung umgehen sollten? Ob er die Frau an seiner Seite mitbringen würde?

Stéphane lehnte an der Mauer, die den Garten der Girards begrenzte. Dahinter breiteten sich das Tal und die Anhöhen aus, ein Anblick, der Anouk jedes Mal aufs Neue fesselte. Nach dem kräftigen Regenguss stand das Anwesen in voller Blüte. Unter meterhohen Zypressen, Pinien, Olivenbäumen und Kirschbäumen blühten Hortensien und Rosen zwischen üppigen Stauden von Sonnenauge und Schafgarbe. Sonnenblumen an der Steinmauer nickten in der leichten Brise. Das von der Sonne aufgeheizte und vom Regen hochgeschwemmte Duftgemisch im hinteren Teil des Gartens war berauschend.

Das hellgelbe Kleid schwang um ihre Knie, als Anouk auf Stéphane zueilte. Er empfing sie mit ausgestrecktem Arm, ergriff ihre Hand und ließ sie eine Pirouette drehen. »Wie wunderschön du bist. Du bist hier aufgeblüht wie eine Rose, die zu lange im Schatten leben musste. Der dunklere Teint steht dir gut und lässt deine Augen noch mehr strahlen.«

Anouk schüttelte lachend den Kopf. So ein Schmeichler! Aber mit seinem Charme war er erfolgreich. Obwohl sie ihn mochte, waren ihr Menschen lieber, die ihre wahren Gefühle zeigten und keine Rollen spielten. Bei Stéphane konnte man sich nie sicher sein, was er aus Kalkül sagte und was seine ehrliche Ansicht wiedergab. Gegen ihren Willen tauchte vor ihrem inneren Auge ein Bild von Jean-Paul Bonnet auf. War er ein Mann der wahren Gefühle? Dann musste er mit der ganzen Welt hadern, so abweisend, wie er sich verhielt. Sie verdrängte den Gedanken, erwiderte Stéphanes Grinsen. »Wie vielen Frauen hast du heute schon Komplimente gemacht?«

Er ging auf ihren neckenden Ton ein. »Du bist sehr attraktiv, Anouk, wenn auch nicht mein Typ.«

»Bist du gekommen, um mir das zu sagen? Das Gefühl beruht ganz auf Gegenseitigkeit. Ich mag dich, auch wenn du mir oft zu überdreht bist.« Sie lächelte, um ihren Worten die Schärfe zu nehmen.

Er bot ihr den Arm, und sie hakte sich ein. So spazierten sie im Schatten der Zypressen. »Du bist klug und begabt, und ich liebe deine offene Art, Anouk. Dass du mich manchmal magst, ist ein guter Ansatz.«

Sie betrachtete sein Profil, wartete, dass er weitersprach. »Du hast mitbekommen, dass meine Familie eine Verbindung zwischen uns gutheißt.«

Sie spürte eine Ader an ihrer Schläfe klopfen. Er führte sie zu einer Bank. »Wollen wir die Angelegenheit klären …«

Sie sog die Luft ein, wollte lächeln, doch er sprach schon weiter.

»… und uns tatsächlich verloben? Wir könnten es heute Abend beim Essen bekannt geben. Danach haben wir alle Zeit der Welt, um uns einen Hochzeitstermin zu überlegen und wie wir weiter vorgehen.«

Ein paar Sekunden lang war Anouk sprachlos. »Das kommt überraschend, oder?«

»Keineswegs.« Er strahlte jetzt. Offenbar hielt er ihre Reaktion für freudige Verwirrung. »Wir sind erwachsene Menschen, Anouk, wir haben beide einen Sinn für die Schönheiten und Harmonien des Lebens, gleichzeitig sind wir pragmatisch genug, um uns für kluge Lösungen zu entscheiden, wenn es darauf ankommt.«

»Wie kommst du darauf, dass du mich so gut kennst? Du weißt nichts über mich, außer dass meine Leidenschaft den Düften gehört.«

»Ach, *ma chére*, du bist nicht so schwer zu durchschauen, wie du annimmst. Das ist das Liebenswerte an dir. Unsere Ehe wäre ein Glücksfall für alle: Meine Eltern hätten eine Perspektive für die Firma, Vivienne müsste sich anstrengen und könnte uns nicht mit abgeschmackten Duftkreationen abspeisen. Ich hätte mit dir als meiner Frau endlich den seriösen Hintergrund, auf den meine Eltern so viel Wert legen, und du hättest eine gesicherte Zukunft. Und stell dir nur vor, wie hübsch unsere Kinder werden.« Er beugte sich vor, senkte die Stimme, als bestünde die Gefahr, jemand könnte mithören. »Wie wir unsere Ehe führen, ginge niemanden etwas an. Von meiner Seite aus hättest du alle Freiheiten, die du brauchst, und ich werde mich so diskret wie möglich verhalten und meine Bekanntschaften nur außerhalb von Grasse treffen, damit kein Gerede mehr aufkommt.«

Eine Flamme in ihrem Inneren drohte sie zu verbrennen. Sie sprang auf. »Wie kannst du es wagen, mir ein solches Angebot zu machen! Was denkst du, wer du bist, Stéphane? Dein Cousin hatte recht: Du bist ein eitler Egoist, nur auf deinen Vorteil bedacht. Ich weiß nicht, welche Vorstellungen du von der Liebe hast, aber sie haben nichts mit meinen Träumen zu tun. Ich würde lieber mein Leben lang allein bleiben, als einen Mann aus Kalkül zu heiraten! Wenn du es bereust, mich hierhergebracht zu haben, dann packe ich meine Koffer und fahre heim nach Paris.«

Er war ebenfalls aufgestanden. Der Schrecken zeichnete sich auf seinem Gesicht ab. Sie wich nicht zurück, starrte ihn an.

Er legte eine Hand auf ihre Schulter. Sie schüttelte sie ab.

»Es tut mir leid, Anouk! Das habe ich nicht gewollt. Ich wollte dich nicht beleidigen, ich dachte, wir treffen eine Entscheidung, die uns beiden nützlich ist.«

»Wenn ich Gefühle nach hilfreichen Eigenschaften ordnen würde, könnte ich meine Kunst nicht mehr ausüben.« Sie lauschte dem Klang ihrer Worte nach. Zum ersten Mal hatte sie ihre Fähigkeit als Kunst bezeichnet. Und ja, das war sie. Sie war eine Künstlerin, die auf der Klaviatur der Gefühle spielte.

»Vergiss, was ich gesagt habe, und sei mir um Himmels willen nicht böse. Ich akzeptiere dein Nein, obwohl es mir das Herz bricht.« Ehe sie reagieren konnte, drückte er ihr einen Kuss auf die Wange und wandte sich um. »Ich nehme dich ernst, Anouk. Ich hoffe, dass nichts zwischen uns steht. Ich bitte dich, im Palais Girard zu bleiben. Meine Eltern würden es mir nicht verzeihen, wenn ich dich aus dem Haus treibe.«

Anouk versuchte immer noch zu begreifen, was gerade passierte. Ging es wirklich nur darum, eine Ehe aus Vernunftgründen einzugehen? »Ich brauche Zeit. Bitte geh jetzt, Stéphane.«

Ein Frösteln durchlief sie, als sie ihm hinterherblickte. Ohne diesen drängenden Wunsch, ihren Geruchssinn zur Höchstleistung zu bringen, wäre dies der Moment, in dem sie Grasse wieder verlassen hätte. Das Dinner heute würde sie jedenfalls auslassen. Sie brauchte ein paar Stunden für sich allein.

Sie sollte sich ablenken und etwas unternehmen. Fleur hatte ihren freien Tag, den sie mit ihrem Mann verbrachte.

Jacques' Bistro fiel ihr ein. Sie hatte es seit Unterrichtsbeginn nicht mehr besucht. Ob Jean-Paul immer noch zur selben Zeit seinen Pastis trank?

Sie sollte dort mal wieder vorbeischauen. Und sei es nur, um sich an Jacques' Herzlichkeit zu wärmen.

Die Vespa ließ sie stehen. Der Spaziergang durch die Stadt würde ihr helfen, den Kopf frei zu bekommen. Der mit Kopfstein gepflasterte Weg führte an den Häusern vorbei steil bergan. Mit ihren Sportschuhen war sie gut ausgestattet. Insgeheim amüsierte sie sich über die Passantinnen, die auf hohen Absätzen durch die Innenstadt stöckelten, keine Einheimischen, sondern vor allem Touristinnen.

Das emaillierte Schild von Jacques' Bistro schimmerte im späten Nachmittagslicht. Anouk beschleunigte den Schritt, doch als sie den Kopf hob, stutzte sie. Von der anderen Seite der Straße kam ihr ein Mann entgegen. Das Béret beschattete sein Gesicht, aber an der Art, wie er sich bewegte und wie er jetzt innehielt, erkannte sie, dass es Jean-Paul war.

Anouk wollte lächeln und winken, da drehte er auf dem Absatz um und setzte mit stapfenden Schritten seinen Weg in die entgegengesetzte Richtung fort.

Das gab es doch nicht! Anouk würde eine Antwort fordern. Jetzt. Sie hatte nicht die geringste Ahnung, was sie bewog, diesen Mann zur Rede zu stellen und warum er ihr keine Ruhe ließ. Sie machte sich lächerlich, und er würde sie verachten, weil sie ihm nachlief.

Sie ging weiter, an Passanten und Händlern mit Handkarren vorbei, bis sie ihn auf dem Weg zur Kathedrale entdeckte. Jean-Paul ging gemäßigten Schrittes, schaute sich nicht um.

Sie war jetzt so dicht hinter ihm, dass sie seinen Geruch wahrnahm. Zedernholz. Die Härchen an ihren Unterarmen richteten sich auf. Sie nahm allen Mut zusammen. »Warum laufen Sie vor mir weg, Jean-Paul Bonnet?« Ihr sprang das Herz fast aus der Brust, als er anhielt und sich zu ihr umdrehte. Sie stand keine zwei Meter entfernt und sah ihm ins Gesicht. Seine Miene war verschlossen wie immer, aber sie sah seine Augen, ein Grünbraun mit Silber darin. Alles an seiner Haltung, die zu Fäusten geballten Hände, der zwischen die Schultern gezogene Kopf, drückte Ablehnung aus, aber konnte es sein, dass in seinen Augen ein Funken von Belustigung stand?

»Warum lassen Sie es nicht dabei bewenden, Anouk Romilly?«

Ihr Herz setzte einen Schlag aus. Er kannte ihren Namen.

»Ich möchte wissen, wodurch ich mir Ihren Zorn zugezogen habe. Und ich möchte mich bei Ihnen bedanken, weil Sie sich am Straßenrand um mich gekümmert haben. Das war sehr freundlich von Ihnen.«

»Das hätte jeder getan. Vermutlich sind Sie es gewohnt, dass Ihnen die Menschen zu Füßen liegen. Es ist ein wichtiger Schritt auf dem Weg in ein Erwachsenenleben, mit Zurückweisungen zu leben.«

Anouk stieg vor Wut die Röte ins Gesicht. »Ihre Belehrungen können Sie sich sparen, Monsieur Bonnet.«

»Wer schickt Sie? Meine Tante? Ich möchte keinen Kontakt zu den Girards, und Sie werden daran nichts ändern.«

»Niemand schickt mich. Ihre Tante weiß, dass Sie nichts mit den Girards zu tun haben wollen. Aber ich bin keine Girard.«

Jean-Paul musterte sie einen Augenblick. »Noch nicht. Für wann ist denn Ihre Hochzeit mit dem schönen Stéphane geplant? Glauben Sie mir, Sie machen sich nicht beliebt, wenn man Sie mit mir zusammen sieht.«

»Stéphane Girard hat mich nach Grasse gebracht, weil er davon überzeugt ist, dass ich eine gute Parfümeurin sein kann. Mehr ist nicht zwischen uns.« Warum rechtfertigte sie sich? Die Worte waren heraus, bevor sie sie noch abwägen konnte.

Jean-Pauls Züge entspannten sich. »Sie wissen nichts über die Girards und die Bonnets, stimmt's?«

»Ich weiß, dass es Streit gab. Aber was habe ich damit zu tun? Welches Verbrechen haben die Girards begangen, das sogar auf mich abfärbt?«

»Welches Verbrechen ...« Jean-Paul blickte einen Moment lang nachdenklich auf seine Schuhspitzen. »Ein großes Wort. Die Vergangenheit ist voll von kleinem und größerem Unrecht. Ich habe mich damit eingerichtet, ich will das alles ruhen lassen.«

»Sie machen nicht den Eindruck, als lebten Sie glücklich mit dieser Situation.« Sofort ärgerte sie sich, dass sie erneut, ohne nachzudenken, gesprochen hatte.

»Das glauben Sie beurteilen zu können nach den wenigen Malen, die wir uns begegnet sind? Erstaunlich.«

»Verzeihen Sie.« Anouk wollte gehen, beschämt und entrüstet zugleich. Da spürte sie seine Hand auf ihrer Schulter.

»Begleiten Sie mich in die Kathedrale? Danach könnten wir ein bisschen spazieren gehen.«

Anouk drehte den Kopf. »Sie machen sich über mich lustig. Haben Sie Spaß daran?«

Er lächelte. »Sagen wir so: Ich habe Spaß an Ihrer Offenheit. Und ich sehe ein, dass Sie nicht im Auftrag der Girards hier sind.« Sein Gesicht verdüsterte sich für einen Moment. »Und von den Verbrechen der Vergangenheit können Sie auch nichts wissen. Ich habe Sie falsch eingeschätzt.« Er schwieg einen Moment, schien mit sich zu ringen. »Wenn Sie mögen, versuchen wir einen neuen Anfang.«

Anouk schaute ihm ins Gesicht, wog ab, was sie von diesem Sinneswandel halten sollte. Ihr Bedürfnis, ihn kennenzulernen, ihre Neugier und sein Duft von Zedernholz gaben schließlich den Ausschlag. »Einverstanden.«

Sie stiegen die Stufen zur Kathedrale empor. Das Innere empfing sie mit der feuchten Kühle der Steinmauern. Die Bänke waren leer, nur in der zweiten Reihe kniete ein Mann mit zotteligem weißem Haar und verschmutzter Strickweste, den Kopf gesenkt, die Hände gefaltet. »Den habe ich noch nie in Grasse gesehen«, flüsterte Jean-Paul Anouk zu und musterte den Fremden unauffällig von der Seite.

»Er ist vertieft in sein Gebet. Stören wir ihn nicht.« Anouk setzte ihre Füße lautlos auf den Steinboden, blieb hinter Jean-Paul, als er bei den Gedenklichtern zwei Kerzen entzündete. Er faltete die Hände, bevor er sich verbeugte und sich ihr wieder zuwandte.

Nach der Kühle im Gotteshaus brach draußen die Hitze über sie herein. Jean-Paul führte Anouk durch die Gassen der Innenstadt zu einem Pfad hinauf aufs Plateau. Vielleicht hatte er erwartet, dass sie schnell aufgeben würde, aber Anouk meisterte den Aufstieg mit Leichtigkeit und einem Lächeln auf den Lippen. An steilen und rutschigen Abschnitten reichte er ihr die Hand, die sie ergriff, obwohl sie sie nicht benötigte. Sein Händedruck fühlte sich warm und kräftig an.

Jean-Paul zeigte ihr, wo der wilde Lavendel wuchs. »Früher mussten alle Lavendelpflücker hier hochklettern, um das Kraut zu ernten. Erst Anfang des Jahrhunderts begann man, den Lavandin anzubauen. Meine Familie war eine der ersten. Inzwischen ist Grasse umgeben von Feldern.«

»Ich habe den Eindruck, die Provence lag im Sommer schon immer unter einer blaulila Decke.«

»Das denken viele. Sie sehen ja, dass Lavendel bei Weitem nicht die häufigste Pflanze in und um Grasse ist. Wir bauen die unterschiedlichsten Blumen und Sträucher an. Nun sind

Sie fast eine Einheimische und sollten die Wahrheit kennen.«

Sie staunte über sein Lachen. Es veränderte seine Züge auf eine unerwartete Weise.

Sie spazierten nebeneinander, die Schultern hochgezogen, denn oben auf dem Plateau blies ihnen der Wind in die Gesichter. Vor einer schützenden Felswand hielten sie an, ließen sich auf das struppige Gras nieder. Von dort aus hatten sie zur einen Seite den Blick über die Stadt, zur anderen über die bunten Hügel hinweg bis zum Meer. Sie saßen zu weit auseinander, als dass sich ihre Beine berührt hätten. Anouk bedauerte das. Näher an ihn heranzurücken, um seine Wärme zu spüren, verbot sie sich.

»Haben Sie die beiden Kerzen in der Kathedrale für Ihre Eltern entzündet?«

Sein Gesicht verdüsterte sich. »Nein, für meine Mutter Danielle und meine Großmutter Roseline. Meinen Vater Lucas habe ich kaum gekannt.«

»Oh, das tut mir leid. Ich war auch ein Kind, als mein Vater starb.«

»Ich weiß nicht, ob mein Vater noch lebt.«

»Ist er der Grund für den Streit zwischen den Bonnets und den Girards? Niemand spricht aus, was passiert ist. Alle ergehen sich in Andeutungen und Unterstellungen.«

»Nein. Aber der Streit zwischen den Familien hat dazu geführt, dass mein Vater erst meine Mutter ermordet hat und dann geflüchtet ist.«

Anouk schnappte nach Luft. »Was für eine Tragödie! Und welche Rolle spielt deine Tante Madeleine, dass du nichts mit ihr zu tun haben willst?« Zur vertrauten Anrede überzugehen erschien ihr selbstverständlich. In Gedanken ging Anouk die Gelegenheiten durch, bei denen sie mehr von Madeleine erfahren hatte. Es waren nicht viele. Eine in sich gekehrte Frau, die wenig von ihren wahren Gefühlen preisgab. Aber das hatte sie nie ungewöhnlich gefunden, alle Girards waren verschlossen.

»Du willst alles hören? Auch wenn es deine Meinung über die Girards ändern könnte?«

»Ich möchte wissen, was passiert ist.«

25

Ihre Hände flogen über die Flaschen, während sie Sandelöl, Ylang-Ylang und Moschus mit der Pipette auf einem Teststreifen mischte. Mit der Linken wedelte sie die Streifen vor ihrer Nase, mit der Rechten notierte sie sich die Mengenverhältnisse. Was sie hier entwarf, ähnelte keinem Duft, den sie je gerochen hatte. Das Gemisch entwickelte einen Sog, der ihr den Atem nahm.

Jean-Paul verschwand nicht aus ihren Gedanken, er spornte sie an. Als hätte sie etwas Neues in ihrer Gefühlswelt entdeckt, eine Bereicherung für ihr Schaffen. Für den ersten Sonntag im nächsten Monat hatten sie sich zur Mittagszeit bei Jacques verabredet. Wie es hieß, gab es bei ihm die beste gegrillte Paprika und einen wunderbar angemachten Ziegenkäse. Anouk konnte es kaum erwarten, Jean-Paul wiederzusehen, aber sie brauchte die Zeit, um mit ihrer Kreation voranzukommen.

»Klopf, klopf.« Fleur steckte den Kopf ins Labor. »Darf ich hereinkommen? Du lieber Himmel, ein herrlicher Duft!« Sie reckte die Nase in die Höhe. »Was ist das?«

Anouk erwiderte ihr Lächeln. »Du störst nie.« Sie umarmten sich. »Du magst den Duft?« Anouk musterte die Freundin.

Nach wie vor war ihr niemandes Urteil mehr wert als das von Fleur.

»Ich finde ihn hinreißend. Er hat diese orientalische Schwere gepaart mit einer frischen Leichtigkeit. So stelle ich mir eine Oase in der Wüste vor.« Sie lachte über ihren Versuch, einen Vergleich zu finden.

Anouk nickte. »Du hilfst mir sehr, weißt du? Ich brauche ein paar Tropfen mehr Oase, damit die Wüste nicht alles versandet, dann habe ich den neuen Duft fertig. Ich will ihn den Girards vorstellen. Sie erwarten Unmögliches von mir, aber dies ist zumindest ein Anfang.«

»Sie werden begeistert sein! Der Duft hat ... eine gehörige Portion Frechheit. Gib mir einen Tropfen.« Sie hielt ihr Handgelenk hin.

Anouk tat ihr den Gefallen. Noch ein paar Nuancen, dann konnte sie vor die Girards treten. Fleur schloss die Augen, atmete durch die Nase. »Kribbelnd, frisch und ein Schauer elektrisierender Funken. Wie Sektbläschen, die zerplatzen.«

Fleur war eine Quelle an Inspiration. Anouk hätte gern weitere Vergleiche von ihr gehört. »Jetzt komm endlich raus an die Luft und trink einen Wein mit mir auf der Terrasse. Der duftet ebenfalls verführerisch, versprochen!«

Anouk zog ihren Kittel aus und hängte ihn an den Garderobenhaken. Es war Freitagabend, und sie sollte aufhören, immer nur an die Arbeit zu denken. Ein Glas Wein konnte nicht schaden. Möglicherweise würde sie Fleur an diesem Abend von Jean-Paul Bonnet erzählen.

Vivienne Girard huschte den Gang hinunter zu ihrem eigenen Labor, als sich die Tür zu Anouks Reich öffnete und die beiden Frauen hinaustraten.

Anouk Romilly ließ nichts unversucht, um ihre Stellung in der Familie zu festigen. Eine Fremde aus Paris, von Stéphane angeschleppt wie eine Heilsbringerin! Ihr Leben lang hatte Vivienne um die Anerkennung ihrer Eltern und ihres Großvaters gekämpft. Sie war ihr versagt geblieben. Sosehr man es wollte – wenn man nicht die Veranlagung zu einer außergewöhnlichen Nase hatte, war jeder Eifer sinnlos. Sie hatte geglaubt, dass sie im Lauf der Zeit mit ihrer Erfahrung diesen Mangel wettmachen konnte, aber das war nie geschehen. Immer hatten sie freie Parfümeure beschäftigt, weil Viviennes Kunstfertigkeit nicht ausreichte. Sie konnte Düfte imitieren, das hatte sie gelernt, aber sie schaffte es nicht, spektakuläre Eigenkreationen zu entwerfen.

Sie hatte an der Tür zu Anouks Labor gelauscht und mit Abscheu das Gespräch der beiden Frauen verfolgt, die Aromen des neu erschaffenen Parfüms in der Nase. Ein paar Sekunden lang hatte sie den Duft genossen, sie schmeckte seine Eleganz förmlich auf der Zunge, bis ihr Neid die Oberhand gewann und sie schier zerriss. Warum gelang es ihr nicht, so etwas zu kreieren? Kein Wunder, dass Fleur von dem Duft begeistert war. Vivienne nahm sich vor, der kleinen Verkäuferin künftig auf die Finger zu schauen und sie zu rügen, wenn sie sich nicht strikt nach der Etikette des Unternehmens verhielt. Sie hatte schon länger den Verdacht, dass sie sich zum Rauchen in den Garten schlich, und dies bislang unkommentiert gelassen. Die Zeiten waren vorbei.

Durch die geschlossene Tür hörte sie das Lachen und Geplauder der beiden, das sich allmählich entfernte. Endlich schienen sie das Haus verlassen zu haben. Der richtige Zeitpunkt für Vivienne.

Mit einem Blick in den Flur vergewisserte sie sich, dass sie allein war. Dann huschte sie über den Gang, so lautlos es ihr in den Pumps möglich war. Sie schaute nach links und rechts, bevor sie die Tür zu Anouks Labor öffnete und hineinging.

Im Raum hing der betörende Duft, aber Anouk hatte ihren Arbeitsplatz penibel aufgeräumt. Alle Flaschen standen an den richtigen Stellen im Regal, sodass Vivienne keine Rückschlüsse darauf ziehen konnte, welche Komponenten sie benutzt hatte. Vorsichtig öffnete sie die linke Schublade des Schreibtischs, fand Teststreifen, Zettel, Stifte, Karteikarten. Als sie die rechte aufzog, begannen ihre Finger zu zittern. Anouks Rezeptbuch!

Die Seiten knisterten beim Blättern. In ihrer sauberen Handschrift hatte Anouk zu jedem Duft, den sie erschaffen hatte, die Ingredienzien, Maßangaben und eine Beschreibung notiert. Unter dem letzten Eintrag stand *Oase in der Wüste*, so wie Fleur es beschrieben hatte. Mit dem Zeigefinger glitt Vivienne über die Zutatenliste, murmelte dabei die Namen und versuchte, sich vorzustellen, welche Öle Harmonien bildeten. Sie hatte den Duft in der Nase. Mithilfe dieser Rezeptur würde sie ihn sofort herstellen können. Eine gespannte Erwartung breitete sich in ihr aus. Sie griff nach einem Notizzettel und schrieb das Rezept ab. Ihr Herzschlag setzte aus, als sie vom Flur her Schritte vernahm, männliche Schritte. Sie gingen am Labor vorbei, entfernten sich in Richtung der Werkhallen.

Sie stieß die Luft aus, die sie angehalten hatte.

Vivienne überflog ihre Abschrift ein letztes Mal, faltete sie und steckte sie in die Tasche ihrer Kostümjacke. Mit einem schnellen Blick kontrollierte sie, ob sie den Arbeitsbereich so hinterließ, wie sie ihn vorgefunden hatte. Dann eilte sie hinaus mit einem Gefühl des Triumphs und der Vorfreude.

Nun keine Zeit verlieren. Sie tauschte ihre Jacke gegen den Arbeitskittel und nahm an ihrem Labortisch Platz. Mit sicheren Griffen entnahm sie dem Regal die Öle und Essenzen, die sie brauchen würde, und stellte sie im Halbkreis zusammen.

Ein Lächeln glitt über ihr Gesicht, als sie sich das fertige Parfüm vorstellte. Sie tunkte die Pipette in die erste Flasche.

Das kleine Glas Wein, das Anouk bei Fleur getrunken hatte, beflügelte auf dem Heimweg zum Palais Girard ihre Schritte. Es war schon nach zehn Uhr, aus dem Wohntrakt der Familie drang Licht. Als Anouk die Haustür öffnete und durch den Verkaufsraum in die hinteren Räume ging, vernahm sie Stimmen. Gläser klirrten, als gäbe es Grund zum Feiern. Über all dem schwebte der Duft ... Anouk verharrte, inhalierte den Geruch des Parfüms, das sie am späten Nachmittag Fleur präsentiert hatte. Wie kam es in die Privaträume? Oder hatte sie unwissentlich ein Parfüm kopiert, das es bereits gab?

Die Flügeltür zum Wohnbereich stand offen. Anouk klopfte an und trat ein. Alle wandten sich ihr zu: Antoine, Madeleine, Stéphane und Vivienne, die eine braune Flasche und Teststreifen in den Händen hielt. Ihr Gesicht leuchtete.

»Komm, Anouk, nimm eine Probe von dem Duft, den Vivienne entwickelt hat. Es ist das Beste, was wir in den letzten Jahren in unserem Haus erschaffen haben.« Antoine hielt ihr einen Teststreifen hin. Anouk schnupperte. Kein Zweifel, das war ihr halb fertiges Parfüm, bei dem sie noch die Haftbarkeit verbessern wollte. Ihr Blick glitt zu der Parfümeurin, deren Augen siegessicher strahlten.

Das konnte nicht wahr sein, oder? Hier stand Vivienne, umgeben von ihrer Familie, und präsentierte Anouks Kreation als ihre eigene? Was sollte sie tun? Wer würde ihr glauben, wenn sie erklärte, dass Vivienne ihr den Duft gestohlen hatte? Stéphane vielleicht, aber seine Eltern waren so begeistert vom Werk ihrer Tochter, sie würden jedes Wort aus Anouks Mund als Missgunst und Neid verstehen.

Sie hob den Kopf und tat so, als ließe sie den Duft auf sich wirken. »Ich nehme Ylang-Ylang wahr, Moschus, Sandelholz ...« Sie zählte sämtliche Ingredienzien auf, die diesen Duft ausmachten. Zu ihrer Genugtuung wurde Vivienne weiß wie Kalk. Antoine und Madeleine nickten anerkennend, und Stéphane klatschte lachend Applaus.

Vivienne gewann ihre Fassung zurück. »Deine Nase ist einmalig, das beweist du uns nicht zum ersten Mal.«

»Ich finde, wir sollten uns einen Namen überlegen.« Madeleine nahm einen Schluck Champagner aus einer Schale. »Irgendetwas, das ausdrückt, dass dieser Duft etwas Neues ist.«

»Und vielleicht«, bemerkte Anouk mit einem kleinen Lächeln, »dass er einem Wunder gleichkommt.«

»Da haben wir es doch schon!«, rief Stéphane. »*Le Miracle de Grasse*. Was meint ihr?«

Die anderen stimmten begeistert zu und hoben die Gläser. Auch Anouk prostete den Girards zu und fragte sich, wie sie in eine solche Situation geraten konnte. Vivienne musste in Anouks Labor gegangen sein. Und dann? Normalerweise schloss sie ihr Rezeptbuch ein ... Hitze stieg in ihr hoch, als sie sich daran erinnerte, dass sie in der Aufbruchsstimmung mit Fleur vergessen haben konnte, die Schublade zu verschließen. Eine Gedankenlosigkeit, die nun dazu führte, dass Vivienne Anouks Idee als ihre eigene ausgab. Ein gemeiner Betrug.

Als sich die Gesellschaft auflöste, begleitete Stéphane Anouk zu ihrem Zimmer. »Kommt es dir nicht merkwürdig vor, dass deine Schwester aus dem Nichts heraus mit einem solchen Duft vortritt?«

»Sicher. Aber irgendwann müssen sich ja die Kosten lohnen, die die Firma in ihre Ausbildung investiert hat.« Sie waren an Anouks Zimmer angekommen und standen voreinander.

»Ich habe diesen Duft entworfen. Vivienne hat mir das Rezept gestohlen.«

Einen Moment lang zeigte sich Irritation auf Stéphanes Zügen. »Nanu, Anouk, so missgünstig? Das passt nicht zu dir.«

»Sie ist in mein Labor eingedrungen und hat die Zutaten und das Vorgehen aus meinem Rezeptbuch abgeschrieben.«

»Dann schätze ich, das ist die gerechte Strafe für deine Nachlässigkeit. Bringt man dir auf der Schule nicht bei, deine Kreationen geheim zu halten, bis du sie präsentierst?«

»Ja, es war ein Fehler. Aber das schlimmere Übel ist, dass Vivienne sich bei mir bedient hat.«

»Verständlich, dass du es so siehst. Deine Anschuldigung ist schwerwiegend. Und Vivienne ist die Tochter des Hauses. Was willst du jetzt tun?«

»Ich weiß es nicht.« Anouk schlug die Hände vors Gesicht und trat einen Schritt zurück. Sie hasste sich selbst dafür, dass ihr die Tränen kamen.

»Schau, Anouk, im Grunde ist es egal, von wem der Duft stammt. Du bist so begabt, du wirst Dutzende weitere Parfüms kreieren. Irgendwann wird eines dabei sein, das alles in den Schatten stellt. Aber manchmal sind die anderen besser.« Er hob die Schultern. »Oder schneller.«

»Oder gerissener.«

Stéphane stimmte ihr mit einem Nicken zu. »Nimm es dir nicht zu sehr zu Herzen. Sieh es als Lehrgeld an. Wenn wir jetzt anfangen, darüber zu streiten, wer den Duft erfunden hat, zerstören wir diesen besonderen Moment, den *Le Miracle de Grasse* heraufbeschworen hat. Mein Vater will diesmal richtig viel Geld in die Hand nehmen, um das Parfüm zu bewerben. Ein künstlerischer Flakon, eine moderne Frau als das Gesicht unserer Kampagne, Fototermine in Saint-Tropez ... Ich kann es nicht erwarten, mit meiner Reklametour zu beginnen. Ich habe lange darauf gewartet, einen so großen Coup zu landen und ein solches Budget dafür zu haben. Interne Streitereien könnten am Ende alles zerstören.«

Anouk ließ die Schultern hängen, plötzlich müde.

»Freu dich, wenn Girard wieder zu den ganz großen Häusern aufschließt. Wir werden unser Bestes dafür geben. Letzten Endes profitierst auch du davon. Oder stachelt dich Viviennes Hinterlist etwa nicht an? Willst du ihr nicht beweisen, dass du mehr kannst, als ihr geeignete Vorlagen zu liefern?«

Stéphane wollte sie antreiben, indem er an ihre Ehre appellierte. Aber der Schock saß zu tief, dass man in dieser Familie mit solch unfairem Verhalten durchkam.

26

Die Girards setzten alles auf eine Karte. Sämtliche Produktlinien verbannten sie in den Hintergrund, um *Le Miracle de Grasse* schnell herzustellen. Stéphane war oft unterwegs. Zunächst besuchte er Modeschauen und Agenturen, um eine Frau zu finden, deren Gesicht den neuen Duft aus dem Haus Girard bewerben sollte. Adèle wäre geeignet, aber mit ihr hatte er sich überworfen. Sie fand sein Verhältnis zu Anouk inakzeptabel.

Düfte verkauften sich nicht mehr nur aufgrund ihres Wohlgeruchs, sondern weil man ein Lebensgefühl damit verband. Ein Gefühl von Sonne und Luxus, blauem Meer und schönen Menschen, teuren Jachten und Flaniermeilen. Benoîte Nielsen, Mannequin und Tochter eines deutsch-französischen Paars, entpuppte sich als die Frau, die den neuen Girard-Duft perfekt verkörperte. Ihr Blick war kühl, ihr Mund sinnlich, im Bikini machte sie eine gute Figur. In Gedanken sah Stéphane sie in Saint-Tropez am Strand posieren, ein malerisches Hafenstädtchen mit bunten Fischerbooten und einigen wenigen Jachten am Kai. Es gab lediglich ein Hotel am Pampelonne-Strand, das Tahiti-Plage, in dem sich eine Handvoll freiheitsliebender junger Menschen zum

Nichtstun trafen. Es war nur eine Frage der Zeit, wann die Hafenstadt mit ihrer Aura von Freiheit und Freizügigkeit von Intellektuellen und Künstlern überschwemmt werden würde. Stéphane besaß ein sicheres Gespür für solche Trends und Strömungen.

Er ließ den Blick nicht von Benoîte, als sie mit ihren Kolleginnen bei der Schau im Grand Hôtel Cannes die figurbetonte Sommermode der nächsten Saison präsentierte. Mit ihrer Haarpracht erinnerte sie, genau wie Adèle und viele andere junge Frauen in diesen Jahren, an die achtzehnjährige Brigitte Bardot, die innerhalb kürzester Zeit zum meistgebuchten Mannequin in Paris aufgestiegen war. Unwahrscheinlich, dass sich die viel gefragte Bardot selbst auf einen Exklusivvertrag einließe.

Er fing Benoîte nach der Schau im Foyer des Hotels ab, überreichte ihr seine Visitenkarte und eine Probe von *Le Miracle de Grasse*. »Könnten Sie sich vorstellen, das Gesicht unserer neuesten Kampagne zu werden?«

Mit vielen guten Neuigkeiten kehrte Stéphane nach seiner Reise durchs Land nach Grasse zurück. Am Abend rief er alle Familienmitglieder in den Konferenzraum. Ihm war es gelungen, *Le Miracle* in Paris in den Galeries Lafayette sowie in den Kaufhäusern La Samaritaine und Printemps unterzubringen. Alle Einkäufer hatten ihm zugesichert, das Parfüm prominent zu präsentieren.

Antoine nickte anerkennend. »Einen besseren Start können wir uns nicht wünschen.«

»Hat sie der Duft überzeugt?« Viviennes Augen glänzten. Anouk neben ihr sah sie an. Stéphanes Schwester freute sich, als hätte sie das Parfüm selbst entwickelt. Fast tat ihr die Parfümeurin leid, dass sie sich an ein Erfolgserlebnis klammerte, für das sie nicht verantwortlich war. Anouk horchte in sich hinein. Merkwürdigerweise empfand sie keinen Groll darüber, dass ihr Name niemals mit *Le Miracle de Grasse* in Verbindung gebracht werden würde. Ein sauber komponierter Duft, aber nicht das Beste, was sie liefern konnte.

»Ja, natürlich«, sagte Stéphane. »Mehr noch hat sie die geplante Werbetour beeindruckt. Am Strand von Saint-Tropez werden wir einen Kurzfilm drehen, der in allen Kinos und im Fernsehen laufen wird. Und wir werden Fotos machen für die Werbung an Litfaßsäulen und Plakatwänden.«

»Du meinst, um unser Familienunternehmen vorzustellen?« Madeleine war blass um die Nase. »Ist das nicht ein bisschen viel Aufwand? Was das kosten wird ...«

»Die Kosten werden wir mit dem Verkauf des Parfüms innerhalb weniger Wochen hereinholen. Wir müssen mit der Zeit gehen, so macht man das heute.« Stéphane grinste. »Und nein, nicht wir werden auf den Fotos zu sehen sein. Entschuldigt mich einen Moment.« Er verließ den Konferenzraum, sofort tuschelten alle miteinander.

»Was hat er vor?« Madeleine sah sich fragend um.

Vivienne lächelte. »Immer für eine Überraschung gut, der Bruder.«

»Wir müssen ihn bremsen. Er gibt das Geld mit beiden Händen aus. So ein Fototermin an der Riviera ist aufwendig und teuer.«

Sie verstummte, alle Blicke richteten sich auf die Tür. Stéphane betrat mit der elegantesten Frau, die Anouk je gesehen hatte, den Konferenzraum. Sie trug ein eng anliegendes weißes Kleid mit überhängenden Ärmeln und einem Taillengürtel, dazu Handschuhe, die ihr bis zum Ellbogen reichten. Ihr Gesicht lag im Schatten eines Hutes, den sie abzog, eine eingeübte Geste, die ihr auf die Schultern fließendes Haar zur Geltung brachte.

Anouk konnte einen Ausdruck der Bewunderung nicht

unterdrücken. Stéphanes Lächeln war siegessicher, das der Frau steril wie auf einem Gemälde.

»Ich möchte euch Benoîte Nielsen vorstellen: das Gesicht von *Le Miracle*.«

Anouk stimmte in den allgemeinen Applaus ein. Dieses Mannequin war bei genauem Hinsehen für Anouks Geschmack zu vordergründig attraktiv, zu ebenmäßig, zu makellos. Sie hätte sich ein Modell mit Persönlichkeit gewünscht und etwas Geheimnisvollem in den Augen.

»Ich fühle mich geehrt, für das Haus Girard zu arbeiten. Stéphane hat mir bereits erklärt, was von mir erwartet wird. Ich freue mich, für einen phänomenalen Duft wie *Le Miracle de Grasse* werben zu dürfen.«

Wieder klatschten alle, am lautesten Vivienne. So glücklich hatte Anouk Stéphanes Schwester seit ihrer Ankunft nicht gesehen.

Benoîte warf Stéphane einen dramatischen Blick zu, als der sich über ihre Hand beugte. Die Luft schien zwischen den beiden zu flirren. Einmal mehr gratulierte sich Anouk, dass sie sich nicht in ihn verliebt hatte. Ihr Herz war zu zerbrechlich für einen Mann, der sich im Licht solcher Frauen sonnte.

Der Rummel um das neue Parfüm führte dazu, dass Anouk aus dem Fokus der Familie Girard geriet. Als hätte man ihr Fesseln abgenommen. Keiner erwartete etwas von ihr, keiner redete ihr ins Gewissen oder schlug ihr vor, wen sie heiraten sollte. Stéphane war vollständig mit der Reklamekampagne beschäftigt, stellte ein Fotografen- und Filmteam zusammen, das Benoîte zunächst in den Blumenfeldern von Grasse und in den Verkaufsräumen ablichtete. Im Palais Girard wurden die Familienmitglieder interviewt. Antoine als Direktor des Hauses und Vivienne als die Parfümeurin, die *Le Miracle de Grasse* erschaffen hatte. Stéphane hielt sich im Hintergrund, erfreute sich an dem Spektakel, für das er verantwortlich war. Madeleine beeilte sich, aus dem Mittelpunkt zu huschen, wenn eine Kamera zufällig auf sie gerichtet war. Nach drei Tagen in Grasse zog der Trupp weiter an die Côte d'Azur. Anouk genoss die Stille, die sich über das Palais Girard senkte. Stéphane würde länger an der Riviera bleiben, die anderen wollten am Sonntag heimkehren.

In den Werkhallen verrichteten die Angestellten ihre Arbeit, befüllten Flakons, etikettierten und verpackten sie für den Versand. Im Bereich der Büros und Privaträume herrschte Ruhe.

Le Miracle de Grasse war ein guter Duft, aber Anouks Ehrgeiz lag darin, ein brillantes Parfüm zu erschaffen, eines, das ohne diesen Aufwand an Reklame seine Kundschaft finden würde. Sie wollte ihm einen Charakterzug mitgeben, mit dem sich jede Frau identifizieren konnte, und einen Geruchsverlauf, der einmalig war. Sie wollte mehr Sinneslust, als *Le Miracle* es mit diesem Anklang an eine Oase in der Wüste vermittelte. Einen Duft, der andere Frauen auf der ganzen Welt so gefangen nahm, wie *Bienvenue* es bei ihr geschafft hatte. Leidenschaftliche Komponenten, die Verlangen weckten und berauschten, die den eigenen Wert betonten und die Persönlichkeit unterstrichen. All das war *Le Miracle* nicht.

»Du zauberst.« Fleur war an diesem Samstag auf einen Abstecher in Anouks Labor gekommen und schilderte ihre Eindrücke. »Die dritte Probe ist markant. Wie ein Bad in Karamell.«

Anouk notierte sich jedes Wort. »Dann passt es nicht. Ich wollte etwas Rauschhaftes vermitteln. Karamell klingt zu süß.«

»Sag mal, dieses *Le Miracle de Grasse*, für das die Girards jetzt die Werbetrommel rühren ... Mir kommt der Duft bekannt vor. Hast du nicht etwas Ähnliches kreiert? Ich kann mich selten lange an Gerüche erinnern, aber der ist mir in der Nase geblieben.«

»Manchmal ähneln sich Kompositionen.« Sie würde sich den Girards gegenüber nicht illoyal verhalten, die Tochter des Hauses nicht an den Pranger stellen. Ihre Stunde würde kommen. Mit Fleur darüber zu reden, bedeutete, die Sache aufzubauschen. In den Verkaufsräumen der Firma würde das Gerede seinen Anfang nehmen.

»Wollen wir morgen in der Auberge essen? Ich hätte Lust auszugehen.« Zum Glück ritt Fleur nicht weiter auf dem Thema herum.

»Ich bin schon verabredet.« Sie verbarg ihr Lächeln.

»Etwa mit Bonnet?« Fleur riss die Augen auf. »Du spielst mit dem Feuer, Anouk! Wenn das rauskommt, gibt es Ärger.«

»Ich lasse mir von den Girards nicht vorschreiben, mit wem ich mich treffen darf und mit wem nicht. Ich bin neugierig auf ihn.«

»Besser für dich wäre es, wenn du diesem Mitschüler … wie hieß er? Alain?«

Anouk nickte.

»Wenn du Alain eine Chance geben würdest. Eure Ausflüge mit dem Roller machen dir doch Spaß, oder?«

Anouk lachte. »Das eine schließt das andere doch nicht aus. Wer sagt, dass ich mich nur mit einem einzigen Mann verabreden darf?«

Alain war ihr inzwischen ein guter Freund geworden, sie verbrachten jede Pause miteinander. Raphael fehlte häufig, angeblich wegen eines Magenleidens. Anouk hatte eher den Verdacht, dass er sich die Ausbildung zum Parfümeur weniger mühevoll vorgestellt hatte. Madame Bernard kam zu Ohren, dass man ihn in einem Bistro am Marktplatz gesehen hatte, und sie war nicht erfreut.

Fleur küsste Anouks Wange. »Ich wünsche dir ein schönes Wochenende. Vergiss mich nicht über deine männlichen Bekanntschaften.« Es klang nur halb wie ein Scherz.

»Niemals, *chérie*. Meine beste Testerin hat einen festen Platz in meinem Herzen.«

Auf diesen Sonntagmittag, an dem die Glocken der Kathedrale die Gläubigen von Grasse verabschiedeten, hatte sie sich gefreut. Anouk saß Jean-Paul im Bistro gegenüber und musste sich zurückhalten, um ihm nicht ungebührlich lange in die Augen zu schauen. Ziegenkäse und gegrillte Paprika verbreiteten ein köstliches Aroma, das Anouk mit einem tiefen Einatmen genoss, bevor sie das erste Stück vom Gemüse aß. »Ich wusste nicht, dass Jacques eine Speisekarte hat. Sonst hätte ich längst etwas probiert.«

Jean-Paul lachte, und Anouk sah auf. Es klang, als wäre er mit sich im Reinen. Wie viele Facetten hatte dieser Mann? »Er hat keine Karte. Er sagt an, was es gibt, und die Gäste bestellen. Auf diesen eingelegten Ziegenkäse haben einige gewartet.« Er deutete zu den voll besetzten Tischen. »Du siehst es ja.« Er nippte an seinem Weinglas und wies mit dem Kopf auf ihre Limonadenflasche. »Passt das dazu?«

Sie lächelte, erkannte in seinen Augen, dass auch sie ihn überraschte. Sein Blick hing für ein paar Herzschläge an ihren Lippen. »Ich mag Jacques' Orangenlimonade, und ja, sie passt. Ich trinke nur selten Wein. Alkohol schadet meinem Geruchssinn, und der ist das Wertvollste, was ich besitze.«

»Das haben die Girards gut erkannt.«

Anouk bedauerte, dass sich seine Miene verschloss. »Sie geben mir eine Chance. Sie nutzen mich nicht aus.« Gerne hätte sie sich ihm anvertraut und erzählt, was Vivienne ihr angetan hatte. Doch Anouk wollte kein Gerede, sie würde die Sache auf ihre Art angehen.

»Glaub nicht eine Sekunde, dass die Girards Wohltäter sind. Sie tun alles nur wegen des Geldes.«

»Woher weißt du das? Hast du nicht gesagt, du hättest nie Kontakt zu ihnen gehabt?« Warum spielte sie die Rolle der Verteidigerin? Ihre eigene Empörung über die Girards war doch groß.

»Auch ohne mit ihnen Umgang zu haben, weiß ich genug. Mein Leben wäre anders verlaufen, hätte es die Girards nicht gegeben. Mein Vater wäre kein Mörder geworden, meine Mutter würde noch leben ... Das Unternehmen hätte den Einbruch nicht hinnehmen müssen, als sich Horace Girard von den Bonnets trennte. Nur mit dem Weggang meines Großvaters Xavier haben die Girards nichts zu tun.«

»Weiß man, was aus ihm geworden ist?«

»Er ist nach Paris gezogen, er brauchte Jahre, um sich zu fangen, hat auf der Straße gelebt ... Später hat er eine Zeit lang als Einkäufer für die Luxusmarke Houbigant gearbeitet. Als Duftrohstoffhersteller brachte er beste Voraussetzungen mit. Dann hat er die Parfümeurin Julie Leroy geheiratet und mit ihr die Töchter Karine und Manon bekommen. Meine Halbschwestern haben heute ein eigenes Parfümhaus in Paris.«

Anouk schüttelte den Kopf. Die alten Geschichten über die Girards und die Bonnets setzten sich in ihrem Verstand wie Puzzlestücke zusammen.

Die Welt ist ein Dorf. Bei Karine und Manon Bonnet war ich zum Vorstellungsgespräch eingeladen, das ich allerdings ausfallen ließ, als ich Stéphane begegnete und er mich nach Grasse einlud.«

»Schicksal«, sagte Jean-Paul mit einem Lächeln.

»Und dein Vater ... hast du ihn je wiedergesehen? Wurde er gefasst?«

»Von ihm fehlt jede Spur. Ich schätze, er ist längst gestorben, in der Einsamkeit der Berge verhungert. Nach den Erzählungen meiner Großmutter war er lebensuntauglich. Ich habe es jedenfalls nicht bedauert, ihn nie richtig kennengelernt zu haben. In meiner Erinnerung ist alles rot, sobald mir sein Name in den Sinn kommt. Sonst nichts.«

Anouk widerstand dem Impuls, seine Hand tröstend zu streicheln.

»Großmutter Roseline hat die Lavendelwirtschaft weitergeführt, seit meiner frühesten Jugend habe ich sie unterstützt. Ich wollte immer mehr als nur ernten, destillieren und verkaufen. Ich betreibe eigene Forschungen über das optimale Wachstum der Blumen. Die anderen Bauern holen sich bei mir Ratschläge.«

»Was ist mit deiner Großmutter?«

»Sie starb, kurz nachdem sie mir alles übergeben hatte. Sie war eine Kämpferin und der einzige Mensch an meiner Seite.«

»Und seitdem lebst du allein …«

»Ich lebe nicht allein.«

Anouk zuckte zusammen und fragte sich, ob sie in ihrem Überschwang zu weit gegangen war.

»Ich habe Jacques und die alten Männer im Bistro, mit denen ich hin und wieder ein Wort wechsle, die anderen Blumenbauern besuchen regelmäßig meine Felder, und einmal in der Woche kommt eine Nachbarin zum Putzen. Außerdem ist da Albert. Einen zuverlässigeren und klügeren Mitarbeiter könnte ich mir nicht wünschen. Er wohnt zwei Straßen entfernt und unterstützt mich bei allem, was in der Brennerei anfällt.« Er lachte auf. »Sein ältester Sohn ist mein Patenkind, Albert lädt mich zu allen Festen ein. Bei einer siebenköpfigen Familie mit Namenstagen, Geburtstagen und all den anderen Feiertagen kommt da eine Menge zusammen.« Seine Miene wurde ernst. »Ich bin zufrieden mit meinem Leben, so, wie es ist.«

»Wirklich?«

Er schwieg und beugte sich über seinen Teller, spießte mit

der Gabel ein Stück vom Ziegenkäse auf. »Ich führe das Erbe meiner Vorfahren weiter. Sie haben gekämpft, um den Betrieb am Laufen zu halten, ich setze ihr Werk fort. Ich mag es, den Leuten zu zeigen, wie sie gegen Schädlinge vorgehen können. Wie sie mit Steinmehl und Asche bestimmte Insekten abhalten, wie sie mit Thymian und Rosmarin Schnecken vertreiben und wie man Rosen und Lavendel kombiniert, um Blattläuse fernzuhalten. Wir unabhängigen Landwirte können nicht alle vor den Konzernen in die Knie gehen, wir sind es unseren Vorfahren schuldig, das Beste aus der Ernte herauszuholen.« Er kaute auf dem Käse, während sie ihn nachdenklich betrachtete. Jetzt fuhr er mit weniger Leidenschaft fort: »Ich habe alles, was ich brauche. Ein Haus und eine Arbeit, die mir bescheidenen Luxus ermöglicht.«

»Das ist nicht alles, was man braucht«, widersprach Anouk.

»Hast du mehr?«

»Oh ja, unbedingt. Ich habe einen Beruf, der meine Leidenschaft ist, der mich glücklich macht und zu meiner Persönlichkeit gehört.«

»Woher willst du wissen, dass es bei mir anders ist?« In seinen Augen blitzten silberne Flämmchen. »Ich liebe meine Rosen, Mimosen, Zitronenbäume und Narzissen, ich liebe es, den Lavandin wachsen zu sehen, mitzuerleben, wie die ersten Blüten aufgehen und wie der Duft über die Landschaft strömt. Ich liebe das Geräusch, wenn die Arbeiter ihn mit den Sicheln schneiden, und ich liebe das Knistern, wenn sie die Büschel auf den Anhänger laden. Ich liebe den Geruch jedes ersten Blütenöls, das aus der Brennerei tropft, und wie weich es sich zwischen den Fingern anfühlt.«

Anouk hatte ihr Besteck abgelegt und ihm zugehört.

»Außerdem macht es mich glücklich, dass ich Ländereien besitze. Eigenes Land ist wertvoller als jedes Vermögen.«

»Ich habe dich auf deinem Land gesehen. Einmal hast du

mich stehen gelassen, einmal hast du mir den Rücken zugedreht, ohne meinen Gruß zu erwidern. Nur dieses eine Mal bist du auf mich zugekommen. Als ich weinend am Straßenrand saß. Das war sehr nobel von dir, aber du hast mich mit einer Kälte behandelt, die mich heute noch frösteln lässt.«

»Da habe ich angenommen, du würdest für die Girards spionieren. Zumal ich vorher diesen Lackaffen auf dem Sozius deiner Vespa gesehen hatte, Stéphane Girard. Es tut mir leid.«

»Er hat mir die Vespa zum Geburtstag geschenkt und wollte mir zeigen, wie man sie fährt.«

»Ein großzügiges Geschenk. Was verlangt er dafür?«

»Er ist nicht so, wie du denkst.« Verteidigte sie sich oder Stéphane? Es konnte ihr egal sein, was Jean-Paul von ihm hielt. »Immer, wenn ich dich auf den Feldern sehe, untersuchst du den Lavandin.«

»Das mache ich regelmäßig, um das Kraut auf Krankheiten zu überprüfen. Die Glasflügelzikade kann ihm schwer zusetzen. Erst werden die Pflanzen grau, dann gehen sie ein. Wenn man es frühzeitig entdeckt, kann man dagegensteuern, bevor die Ernte ruiniert ist.«

»Wie viele Äcker betreibst du?«

Er sah auf. »Willst du das Land sehen? Wir könnten über die Lavandinfelder zu den Rosen spazieren. Davon blühen noch so einige.«

Angenehm gesättigt, den Geschmack von Olivenöl auf der Zunge, schlenderten Anouk und Jean-Paul eine halbe Stunde später aus der Stadt hinaus. Er kannte Abkürzungen zwischen den Häusern hindurch, und so erreichten sie bald die Blumenäcker. Die Sonne verströmte ein goldenes Licht, ließ das Grün der abgeernteten Lavandinfelder schimmern und brachte das

Laub der Bäume und die Blätter der Weinreben zum Leuchten. Die Luft war erfüllt von der Wärme des Tages, trug den Duft von frisch geschnittenen Zweigen und Wildblumen mit sich. Der Ackerboden war trocken und staubig, das Lavandinkraut von seinen Blüten befreit. »Wir schneiden es im Frühjahr weiter zurück«, erklärte Jean-Paul. »Wenn wir sie ungeschnitten wachsen lassen, verkahlen und verholzen sie.« Er ging in die Hocke, sie tat es ihm nach. Vorsichtig hob er ein paar Äste an, sodass sie die unteren Zweige sehen konnte. »Hier sieht man es deutlich. Die verholzten Stellen bilden nur ungern frische Triebe.«

Sie sog den Duft ein, es roch intensiv nach Lavendel, obwohl die Blüten bereits geerntet waren. Gleichzeitig spürte sie Jean-Pauls Nähe. Ihre Beine berührten sich.

An den geraden Reihen des Lavandins gingen sie weiter zu den Rosenfeldern. Er nahm ihre Hand, hielt sie. Sie fühlte sich, als würde sie von ihrem rechten Arm aus verglühen.

Ob sie im nächsten Frühjahr wieder mit Jean-Paul über den Acker spazieren würde? Zum ersten Mal fühlte Anouk in ihrem Herzen, dass es in Grasse eine Zukunft für sie geben könnte.

Schon in der Mitte des Lavandinfelds sah Anouk die Rosen purpurn leuchten. Sie wuchsen auf einem kleineren Feld. Der süße, schwere Duft wehte ihr in die Nase, je näher sie den Blüten kamen. Sie waren von Hecken umgeben. Ein Pfad trennte die beiden Felder voneinander.

Dann standen sie vor den blühenden Sträuchern, Anouk schloss die Augen. Der sinnliche Geruch füllte ihren Brustkorb aus, während sie Jean-Pauls Hand in ihrer spürte. Mit gesenkten Lidern nahm sie seinen Atem an ihrer Wange wahr, die Berührung seiner Lippen. Sie drehte den Kopf, fühlte seinen Mund auf ihrem, so zart, als streichelte er sie mit einem Rosenblatt.

»Es ist unfassbar schön hier.« Sie öffnete die Augen. Ihre Wange und ihre Lippen glühten von seinem Kuss. Würde er es noch einmal tun?

»Ja, das ist eine spezielle Art von Damaszener Rosen. Sie schließen das Jahr mit einer zweiten Blüte im Herbst ab. Ich betreibe dieses Feld allerdings mehr aus Liebhaberei. Schade um die alte Sorte, wenn man sie verwildern ließe. Das Rosenöl, das ich aus den Blüten herausdestilliere, reicht nur für einen Kunden.«

Sie gingen den Trampelpfad zwischen den Blumenfeldern entlang, bis sie eine grob gezimmerte Bank auf einer Anhöhe erreichten, von der aus man einen Blick über das Rosenfeld bis zum Chemin du Servan mit der Destillerie und dem Wohnhaus hatte.

Sie setzten sich eng nebeneinander, er legte den Arm um sie, sie lehnte den Kopf an seine Schulter. Er wies mit der Hand über die Landschaft. »Da hinten ist mein Haus.«

»Es ist groß.« Zu groß für dich allein, fügte sie in Gedanken hinzu und stellte sich vor, wie er abends darin saß.

»Ich habe überlegt, es zu verkaufen, aber die Destillerie gehört zum Grundstück. Zieht es dich nicht manchmal zurück nach Paris?«

»Nein, nicht Paris. Ich weiß nicht, wie der Ort heißt, an dem ich sein möchte. Ich weiß nur, dass ich es spüre, wenn ich ankomme.«

Er beugte sich zu ihr. Sein Kuss war diesmal verlangender. Sie öffnete sich ihm, ließ sich fallen. Die Nähe zu Jean-Paul versetzte sie in einen Rausch, ein Glücksgefühl, wie sie es schon immer mit ihren Parfüms nachzuempfinden versucht hatte. Seine Finger wanderten ihren Hals hinab bis zu ihren Schultern. »Ich will dabei sein, wenn du ankommst«, flüsterte er in ihr Ohr.

Vivienne küsste ihre Eltern auf die Wangen, als sie sich im Korridor der ersten Etage vom Palais Girard voneinander verabschiedeten. Vor wenigen Minuten waren sie von ihrem Ausflug an die Riviera zurückgekehrt. Der Strandabschnitt hatte weiträumig abgeschirmt werden müssen, damit sich das gebuchte Mannequin im Bikini in Szene setzen konnte. Beleuchter, Kameramänner, Kabelträger, Visagist, Fotograf und Regisseur bildeten einen Pulk, der die Neugier der Besucher auf sich zog. Vivienne hatte frohlockt. Das war der Anfang der Reklamewelle, die über Frankreich rollen würde. Überall standen Flakons und Verpackungen von Girard herum, auf den Klappstühlen der Mitarbeiter prangten Aufkleber mit dem Familienwappen. Und Benoîte Nielsen zog alle Blicke auf sich, wenn sie, die Füße knöcheltief im blauen Meer, den Flakon mit *Le Miracle de Grasse* öffnete und hingerissen den Kopf in den Nacken legte.

Vivienne hatte gewusst, dass ihr Bruder nicht halbherzig plante, aber dass die Session am Strand so professionell ablief, hatte sie überrascht. Nun war sie erst recht vom Erfolg des neuen Parfüms überzeugt.

»Wir müssen uns ein bisschen erholen und lassen uns später einen kalten Imbiss aufs Zimmer bringen. Kein Dinner heute Abend«, sagte Madeleine, als sie sich von ihrer Tochter verabschiedete. Unter ihren Augen lagen braune Ringe, die Falten zwischen Mund und Nase schienen sich vertieft zu haben. Sie hatten anstrengende Tage in Saint-Tropez verbracht. Madeleine und Antoine waren schockiert von der Freizügigkeit, die an den Stränden dort herrschte. Die wenigen Strandbesucherinnen trugen Bikinis, die nichts verbargen. Aber bald hatten sie sich daran gewöhnt und verstanden, was Stéphane in dem Fischerdorf sah. Saint-Tropez war zwar noch ein Privatspielplatz der Bohemiens, doch auf dem besten Weg, zu einem angesagten Urlaubsparadies zu werden.

»Wir gehen heute früh schlafen, nicht wahr, Antoine?«

Viviennes Vater gähnte hinter vorgehaltener Hand. An dem Leuchten in seinen Augen erkannte Vivienne, dass er glücklich mit dem Verlauf der Kampagne für das neue Parfüm war. Ihr Herz machte einen Satz. Spontan drückte sie ihm einen weiteren Kuss auf die Wange, bevor sie sich umwandte und zu ihren eigenen Räumen eilte.

Die Pumps flogen, gleich nachdem sie ihren Wohnflügel erreicht hatte, in hohem Bogen in die Ecke, genau wie die hellblaue Kostümjacke. Den Pencilrock streifte sie sich mit ein paar Hüftbewegungen über die Oberschenkel.

Sie war zu aufgeregt, um allein zu sein. Sie musste raus! Ihr Inneres vibrierte vor Freude und Anspannung. Welch ein Erfolg nach all den Jahren! In keinem Interview vergaß ihr Vater, die Kreateurin des neuen Parfüms zu erwähnen. Ihr Name würde bald branchenbekannt sein und in einem Atemzug mit Coco Chanel und Estée Lauder genannt werden. Vivienne spürte Schwindel bei dieser Vorstellung.

Obwohl die Freude sie ausfüllte, meldete sich immer wieder diese Stimme, die sie zusammenzucken ließ. Die Stimme, die sie daran erinnerte, dass sie dieses Parfüm nicht selbst geschaffen hatte. Dass sie das Rezept einer anderen gestohlen hatte. Es war nicht einmal ihr Gewissen, das sie quälte, sondern mehr die Sorge, dass es irgendjemand herausfinden könnte.

Sie schlüpfte in eine Leinenhose, knöpfte sich die karierte Kragenbluse zu und schnürte die Sportschuhe. Um ihr Haar band sie ein Tuch, das sie im Nacken zusammenknotete. Sie brauchte jetzt Bewegung und Ablenkung, um zur Ruhe zu kommen.

Auf dem Boulevard Victor Hugo schlug sie den Weg in Richtung Innenstadt mit weit ausholenden Schritten ein, als müsste sie sich beeilen. In Wahrheit musste sie nur diese

Energie zum Fließen bringen, die sich in ihr angestaut hatte, seit sie mit *Le Miracle de Grasse* vor ihre Familie getreten war.

Anouk hatte mit keiner Silbe protestiert, hatte es sich jedoch nicht verkneifen können, sich in den Vordergrund zu spielen, indem sie die Bestandteile des Parfüms nannte.

Vivienne hatte sich ausgemalt, wie sie reagieren würde, falls Anouk darauf beharrte, dass es ihr Duft war. Es sei schließlich möglich, dass zwei Parfümeure das gleiche Ergebnis hervorbrachten, sie sei die Schnellere gewesen. Doch Anouk hielt sich zurück.

Warum bloß? Ihre Reaktion beunruhigte Vivienne. Hatte Anouk einen Trumpf im Ärmel? Ach, wenn schon! Ein solches Budget gab man nicht alle Tage aus. Die Familie vertraute jetzt auf den Duft, den Vivienne ihnen präsentiert hatte. Danach würde lange Zeit nichts mehr kommen.

Ihr Weg führte sie zu dem Anstieg, hoch zum Plateau, aber es täte ihr gut, sich zu verausgaben. Ihr Blick glitt über die abgeernteten Lavandinfelder der Bonnets, zu klein, um damit Reichtümer zu erwerben. Die Familie bestand seit Generationen aus seltsamen Vögeln, ihre Eltern hatten ihnen von Anfang an jeden Umgang mit ihnen verboten.

Vivienne war ein Kind gewesen, als es im Haus Bonnet zu einem Mord gekommen und der Täter geflüchtet war. Seitdem erzählten sich nicht nur die Mädchen und Jungen der Stadt, sondern auch ihre Eltern grausige Geschichten über den Sichelmörder, den man bis heute nicht gefasst hatte und der vermutlich irgendwann zurückkehren würde, um sein Werk fortzusetzen. Eltern benutzten ihn als Warnung, wenn die Kinder nicht artig waren, ein Verbrecher, der im Volksgedächtnis haften geblieben war und noch die nächste Generation erschrecken würde.

Jean-Paul Bonnet hatte sich nie aus den Geheimnissen seiner Vergangenheit befreit. Vermutlich lebte er deswegen allein. Ihr Kopf zuckte bei diesem Gedanken, ihr Mund verzog sich. Sie stapfte fester über den Pfad an den Lavandinreihen vorbei und mitten hindurch auf das Rosenfeld zu, dessen betörender Duft die Luft erfüllte. Wie konnte sie es befremdlich finden, wenn jemand allein lebte? Sie tat das selbst seit vielen Jahren. In ihrer Jugend hatte es Verehrer gegeben. Keiner war ihr gut genug erschienen, um ihn den Eltern vorzustellen. Und jetzt, Mitte dreißig, waren die Männer, die infrage gekommen wären, vergeben und sie übrig geblieben. An guten Tagen sagte sie sich, dass es ihr recht war. Ein Mann würde sie nur einschränken in ihrer Schaffenskraft.

Sie blieb stehen, sah in den Himmel hinauf und wischte sich mit der Handfläche den Schweiß von der Stirn. Gut, dass sie rausgegangen war. Ihre Gedanken flossen, und etwas löste sich in ihr.

Sie betrat den Trampelpfad, der an den Damaszener Rosen vorbeiführte, und schnupperte. Um diese Jahreszeit breiteten sie noch einmal ihre Pracht aus, als wollten sie sich in Erinnerung bringen. Diese alten Sorten besaßen einen betörenden Duft, seit der Antike waren die Blüten für Rosenöl begehrt. Sie wuchsen dicht und straff aufwärts gerichtet. Vivienne wusste, dass man sie vor Sonnenaufgang ernten musste, um das beste Aroma zu erhalten. Gäbe es nicht den Familienkrieg zwischen den Girards und den Bonnets, hätten sie vermutlich einen Vertrag über die Abnahme des Rosenöls mit Bonnet geschlossen. Aber gut, auch andere Händler lieferten brillante Qualität.

Sie stutzte, als Gemurmel an ihr Ohr drang. Leises Lachen, geflüsterte Worte, Schweigen. Der Pfad machte eine Biegung. Vivienne ging vorsichtig seitwärts, bis sie die Bank sehen konnte, auf der ein Paar dicht beieinandersaß, die Arme umeinandergeschlungen. Sie küssten sich, bekamen nicht mit, was um sie herum geschah.

Viviennes Pulsschlag beschleunigte sich. Zuerst erkannte sie die Frau, deren Gesicht ihr zugewandt war. Anouk Romilly küsste diesen Mann mit einer Forschheit, die sie ihr nicht zugetraut hätte. Da hatte die Pariserin keine Zeit verloren, um sich in Grasse eine Liebschaft zuzulegen. Zorn wallte in Vivienne auf. Diese Anouk bekam offenbar alles, was sie wollte.

Sie stieß einen erstaunten Laut aus, als sie den Mann im Profil sah. Das konnte doch nicht möglich sein! Jean-Paul Bonnet! Fast hätte Vivienne ein Lachen ausgestoßen, sie unterdrückte es mit der Hand auf ihrem Mund. Diese Romilly hatte sich den einzigen Mann ausgesucht, mit dem sie im Palais Girard eine Katastrophe auslösen würde.

Eine himmlische Aussicht, dass Anouk ihr nicht mehr gefährlich werden konnte. Mit dem Wissen, dass sie ein Verhältnis mit dem Feind der Familie eingegangen war, hatte Vivienne sie in der Hand.

Sie drehte auf dem Absatz um und lief nach Hause zurück.

27

»Wo ist Raphael?« Anouk wagte nur zu flüstern. Im Schulungslabor herrschte Konzentration. Auch die älteren Jahrgänge waren an diesem Vormittag mit Anlaysen und Experimenten beschäftigt. Man hörte nur das leise Klirren der Gläser und das Rascheln der Notizblöcke.

»Sie haben ihn nach Hause geschickt.« Alain arbeitete am Platz neben ihr und träufelte kleine Mengen von Öl in eine Phiole.

Anouk zuckte zusammen. »Weil er die letzten beiden mündlichen Prüfungen nicht bestanden hat?«

»So ist das hier. Sie investieren nicht in erfolglose Kandidaten. Die Schule habe einen Ruf zu verlieren, hat mir Madame Bernard einmal gesagt.«

»Aber das ist völlig übertrieben. Sie haben bei der Eingangsprüfung festgestellt, dass Raphael Talent hat. Das verliert man doch nicht.« Nicht, dass Anouk den Mitschüler vermissen würde. Es entsetzte sie, dass der Traum, Parfümeur zu werden, so leicht zerplatzen konnte. Vor der nächsten Prüfung würde sie Fieber vor Angst haben.

»Madame Bernard sagt, dass Talent allein nicht ausreiche. Man müsse die richtige Einstellung mitbringen. Raphael hat die Ausbildung auf die leichte Schulter genommen, jetzt hat er die Quittung dafür bekommen.«

Einen Moment lang sahen sich Anouk und Alain in die Augen. Beide stellten sich vor, wie es sich anfühlen würde, wären sie selbst betroffen. Ihr Herz raste, aber er lächelte, trat einen Schritt vor und küsste sie auf die Wange. »Wir haben bislang keine Minuspunkte. Madame Bernard ist zufrieden mit uns. Wir schaffen das, Anouk.«

Wie gut es sich anfühlte, einen Mitstreiter zu haben, den die gleichen Ängste quälten. Sie mochte es, wie er Zuversicht verbreitete.

»Wo willst du hin, wenn wir unseren Abschluss haben?« Anouk senkte die Stimme, als sie einen mahnenden Blick von Madame Bernard auffing, die von Tisch zu Tisch schlenderte, um die Arbeiten zu überprüfen.

»Ich habe mich in Grasse verliebt«, erwiderte Alain. »In mehr als einem Sinn.« Er grinste. »Ich habe eine Frau kennengelernt, eine Malerin. Lisanne ist ein paar Jahre älter, klug, warmherzig. Am liebsten würde ich hierbleiben.«

»Glückwunsch, Alain! Das hört sich gut an!«

»Ja, aber ob ich in einer der ortsansässigen Firmen eine Stelle finde? Die meisten haben langjährige Parfümeure, auf uns Neulinge hat keiner gewartet.«

»Das wird sich zeigen.«

»Du hast ja nichts zu befürchten. Die Girards werden dir den roten Teppich ausrollen.«

Anouk beugte sich über die Reihe von Ölflaschen und zog das Bergamottöl hervor. Madame Bernard hatte in die Hände geklatscht, damit sie das Plaudern unterließen. Anouk war das recht. Würde sie in Grasse bleiben und für die Girards arbeiten? Zum ersten Mal gestand Anouk sich ein, dass dieser Lebenstraum seinen Glanz verloren hatte.

An diesem Tag endete der Unterricht früher als gewöhnlich. Madame Bernard klagte über Migräne. Anouk fuhr Alain zu dem Hotel, in dem Roure Zimmer für seine Studenten angemietet hatte, ein zweistöckiges Gebäude aus gelbem Sandstein mit Kästen voller üppiger Blumen vor den Fenstern. Vor dem Eingang stellte Anouk den Motor ab, um das Gespräch aus dem Schullabor fortzusetzen. »Erwarten deine Eltern nicht, dass du nach Lyon zurückkehrst?«

Alain richtete sich die vom Fahrtwind zerzausten Haare und schüttelte den Kopf. »Ich habe zwei Brüder, die in Lyon verheiratet sind. Ich bin der mittlere, nach mir kräht kein Hahn.«

Anouk musste lachen. »Ich bin sicher, du bist deinen Leuten wichtig!«

»Meine Eltern und Brüder wollen natürlich, dass ich glücklich bin. Ob hier, in der Heimat oder anderswo, ist ihnen egal.«

Sie verabschiedeten sich mit Wangenküssen.

Im Palais eilte sie in ihr Labor. Sie hatte Rosmarinöl, Zimtsäure und Eichenmoos bestellt und wollte, falls die Lieferung eingetroffen war, alles gleich in ihre Duftorgel einsortieren. Sie stutzte, als sie wenige Meter vor ihrem Labor sah, dass die Tür nur angelehnt war. Normalerweise wurde der Raum vormittags geputzt.

Sie schlich näher heran, lugte durch den Türspalt ins Innere und drückte die Tür auf. Vivienne stand an ihrem Schreibtisch und schnupperte an einem Duft, den Anouk am Vortag zusammengestellt hatte. Vor Schreck ließ sie fast die Glasflasche fallen, als Anouk sie begrüßte. »Bonjour, Vivienne, hast du mich gesucht?« Anouk ließ sich ihre Empörung nicht anmerken. Sie war Gast im Haus der Girards, und Vivienne eine Girard. Hielt sie es da für ihr Recht, Anouks Arbeitsraum jederzeit zu betreten?

»Äh, ja, ich ... wollte fragen, ob du ein paar Tropfen von dem Muskatellersalbeiöl für mich hast.«

»Habe ich nicht. Und auf dem Etikett der Flasche, an der du gerochen hast, steht etwas anderes, oder? Das ist eine meiner Probemischungen.«

Vivienne hatte sich wieder in der Gewalt. Sie verschloss die Flasche und stellte sie auf dem Arbeitstisch ab. »Ich kenne mich mit deiner Ordnung nicht aus.«

»Es ist einfach und übersichtlich. Auch mein Rezeptheft liegt stets an der gleichen Stelle. Normalerweise ist die Schublade verschlossen.«

Auf Viviennes Stirn bildete sich eine feine Röte. Ihr Lächeln war spöttisch und überheblich. »Dumm, wenn man es offen herumliegen lässt.«

»Die Fairness würde es gebieten, dass man sich trotzdem nicht an den Ideen anderer bereichert.«

Vivienne kam um den Tisch herum, verschränkte die Arme vor der Brust. »Was willst du dagegen tun?« Ihre Stimme klang gefährlich ruhig. Anouk fragte sich, woher sie dieses Selbstvertrauen nahm. Sie musste doch jederzeit damit rechnen, dass Anouk sie auffliegen ließ und allen bewies, dass *Le Miracle de Grasse* von ihr stammte.

»Vielleicht führe ich mal ein Gespräch mit deinen Eltern?«

»Lass mich dabei sein.« Vivienne war schon an der Tür und hielt die Klinke in der Hand. Ihr Lächeln war giftig. »Ich würde dann gern erwähnen, dass sich unsere verehrte Mademoiselle Romilly mit den Bonnets eingelassen hat und mit Jean-Paul umschlungen in die Blumenfelder sinkt. Meinst du nicht, es würde meine Eltern interessieren, dass du Kontakte zu denen pflegst?«

Anouk schnappte nach Luft. »Verfolgst du mich?«

»Du sitzt auf einem hohen Ross, Anouk Romilly. Du hältst dich für wichtiger, als du bist. Ich habe euch durch Zufall gesehen, und das hat mir gereicht. Hat dich Bonnet schon gegen unsere Familie aufgehetzt?«

»Wäre ich dann hier? Mich interessiert nicht, was vor Jahrzehnten passiert ist.«

»Meine Eltern erwarten Loyalität. In jeder Beziehung. Ich rate dir, den Kontakt zu beenden.«

Wie hatte sich das Gespräch gedreht. Vivienne war es gelungen, davon abzulenken, dass sie ein weiteres Mal in Anouks Labor geschnüffelt hatte.

»Und ich rate dir auch, die Nase nicht zu hoch zu tragen. Eine Apothekertochter aus der Rue de Seine mit den Ambitionen einer Coco Chanel. Das ist lachhaft. Du hast weder die Größe noch das Talent, und dir fehlt der familiäre Hintergrund. Mach dir keine Hoffnungen darauf, dich bei uns einzunisten.«

Anouk atmete auf, als Vivienne die Tür mit einem Knall von außen zuschlug. Sie stützte sich auf ihren Arbeitstisch. Ein Schwächegefühl zwang sie, sich auf den Rollhocker zu setzen.

Sie sollte sich solche Vorfälle nicht zu Herzen nehmen. Vivienne konnte sich diese Dreistigkeiten herausnehmen, ohne dass sie jemand zur Rechenschaft zog. Sie hatte eine Familie, die hinter ihr stand. Sie dagegen war auf sich allein gestellt.

Lange Zeit war sie für ihre Mutter der Sinn ihres Daseins gewesen, ein Zweiergespann ohne Verwandte. Sie fühlte sich wie vom Himmel gefallen und fragte sich, warum es ihr nie eingefallen war, nach ihrer weiteren Familie zu forschen. Auf einmal drängte es Anouk, herauszufinden, wer ihre Großeltern waren, ob es Onkel und Tanten gegeben hatte und warum ihre Mutter mit niemandem in Kontakt geblieben war.

Ein Klopfen erklang an der Tür. Stéphane steckte seinen Kopf herein. »Dicke Luft?«

Anouk stieß ein Seufzen aus. »Ich denke, es ist keine gute Idee, mich in die Zukunftspläne der Firma einzuplanen. Vivienne wird mich niemals akzeptieren.«

»Sie hat Angst, dass jemand herausfindet, wer *Le Miracle de Grasse* wirklich kreiert hat. Dabei kann sie beruhigt sein.« Er trat ein, schloss die Tür hinter sich und stieß ein Lachen aus. »Ich habe meinem Vater erzählt, dass das Rezept von dir stammt.«

Anouks Herzschlag setzte kurz aus. »Und? Wie hat er reagiert?«

»Das hätte ich dir vorher sagen können: Er will alles so belassen, wie es ist. Es sei ein gutes Signal, dass eine Girard im Fokus des allgemeinen Interesses stehe.«

»Das kann ich nicht glauben.«

»Meine Eltern sind keine Unmenschen. Ich soll dir ein monatliches Honorar überweisen für deine Arbeit im Labor.«

»Ich verzichte. Die Unterstützung meiner Mutter reicht mir vollkommen.« In Gedanken schickte sie ein Danke nach Paris. Die Girards sollten nicht annehmen, dass sich jedes Problem mit Geld lösen lasse. Eine Entschuldigung von Vivienne und eine Korrektur der Urheberschaft von *Le Miracle de Grasse* hätten ihr mehr bedeutet.

Stéphane hob die Schultern. »Melde dich jederzeit, wenn du es dir anders überlegst. Eine Ausgleichszahlung steht dir zu.« Damit verließ er das Labor und zog die Tür leise hinter sich zu.

Anouk setzte sich auf ihren Arbeitsstuhl, stützte die Ellbogen auf den Tisch und barg das Gesicht in den Händen. Was hatte sie für idealistische Vorstellungen von der Parfümbranche. In ihren Träumen war es nie passiert, dass Rezepte gestohlen oder Stillschweigen erkauft wurde. War das die Welt, in der sie ihr Leben verbringen wollte?

»Wie schön, dass du da bist.«

Ein weicher Zug legte sich auf Jean-Pauls Gesicht. Zum ersten Mal betrat sie das Haus am Chemin du Servan. Er hatte ihr versprochen, ihr die Destillerie zu zeigen. Es roch nach altem Holz, Lavendel und Kaminfeuer. Die Dielen knarrten, die Wände waren in einem warmen Orangeton gestrichen.

Sie erwiderte seinen Kuss, spürte seinen Körper an ihrem und dieses Drängen, ihm viel näher sein zu wollen.

»Wie du duftest!« Er ging mit der Nase hinter ihre Ohrläppchen, küsste ihren Hals. »Ich könnte süchtig danach werden.«

Anouk lächelte. Sie hatte dieses Parfüm selbst kreiert und es heute aufgetupft, um seine Wirkung zu testen. Ihr schwebte etwas Rauschhaftes, Sinnliches vor, und Jean-Pauls Reaktion zeigte ihr, dass sie auf dem richtigen Weg war.

Mit seiner Berührung verlor sich der Ärger über Vivienne. »Ich habe mich nach dir gesehnt.«

»Und ich mich nach dir.« Er nahm ihre Hand und führte sie in das Terrassenzimmer. Obwohl der Abend mild und der Mistral weit entfernt war, hatte er den Kamin entzündet. Es dunkelte bereits, das Feuer schuf eine behagliche Atmosphäre. Der Wohnraum war voller Bücherregale, an den Wänden hingen Urkunden für prämiertes Lavendelöl. Nirgendwo lag Staub, alles roch sauber nach Zitronenreiniger. »Dir hilft eine Frau aus der Nachbarschaft im Haushalt?«

»Genau, Marie kommt einmal die Woche.« Er grinste. »Wenn es nach ihr ginge, würde sie öfter kommen und mich bekochen. Doch mir ist meine Selbstständigkeit wichtig.«

Aus der angrenzenden Küche stieg Anouk das Aroma von Rosmarin, Knoblauch und Olivenöl in die Nase. »Du hast für uns gekocht?« Sie wusste so wenig über Jean-Paul. Ein Mann von sechsundzwanzig Jahren musste Erlebnisse, schmerzliche und schöne, mit Frauen hinter sich haben.

»Aber ja!« Er lachte sie an. »Ich bin der beste Hobbykoch von Grasse. Wusstest du das nicht? Ich hatte nach dem Tod meiner Großmutter lange genug Zeit zu üben. Es gibt einen Auflauf mit Auberginen, Tomaten, Zucchini, Oliven und Sardellenfilets. Magst du so etwas?«

»Das hört sich himmlisch an.«

Jean-Paul entkorkte eine Flasche Wein und schenkte ein, für Anouk ein kleines Glas. Sie nahm Teller von einem Regal und Besteck aus einer Schublade. Der Küchentisch reichte gerade für zwei Personen.

Kurz darauf prosteten sie sich zu und ließen es sich schmecken. Unauffällig sah Anouk sich um. Die Kücheneinrichtung war erstklassig und ganz im Stil der Zeit. Ob er die alten Möbel entsorgt hatte, um keine Erinnerung mehr an die vergangenen Jahre zu haben? Sie streckte den Arm über den Tisch, sodass er ihre Hand nehmen konnte. »So eine moderne Küche habe ich bei einem Junggesellen nicht erwartet.«

»Ich habe hier viel erneuert und renoviert. Aber gut zu wissen, dass die Küche dich schon mal beeindruckt hat.«

Nach dem Essen führte er sie auf die Terrasse, an die der Garten grenzte. Sie deutete zum Turm der Brennerei. »Das ist das Herzstück deiner Firma?«

»Ja, die Destillerie. Willst du sie sehen?«

Das wollte Anouk unbedingt. Wenig später standen sie in der Scheune, deren Mittelpunkt der riesige Bottich mit der Feuerstelle war. Anouk sog den Duft von Heu und ein Gemisch aus unzähligen verarbeiteten Blüten ein, gleichzeitig verbreitete der erkaltete Ofen einen brandigen Geruch. Wie faszinierend es sein musste, zu beobachten, wie das Aroma aus den Blumen herausdestilliert wurde. Ein Labyrinth von Rohren führte zu Glasbehältern, in denen sich das Öl von dem kondensierten Wasser absetzte.

»Bedienst du die Maschine alleine?«

Er schüttelte den Kopf. »Ich habe Albert. Und wir stellen Saisonarbeiter zur Erntezeit ein.« Er griff nach ihrer Hand, hielt sie. »Es gibt inzwischen moderne Destillieranlagen. Diese hier haben mein Großvater und sein Bruder Ende des vorigen Jahrhunderts angeschafft. Sie funktioniert immer noch einwandfrei.«

»Dir gefällt es, die Tradition fortzuführen.«

»Nicht alles, was neu ist, ist besser. Die Schädlingsbekämpfung, so, wie ich sie betreibe, wurde von den Landwirten hier jahrhundertelang angewendet. Sie ist preiswert und naturnah. Ich bin keiner, der sich Neuerungen verweigert, aber von dem alten Wissen können wir viel lernen.«

»Welchen Teil deiner Arbeit liebst du am meisten?«

»Ich mag die Frische, wenn wir den Lavandin aus den Kisten und Säcken holen. Wir trocknen ihn vorher unter freiem Himmel, so verringern sich die grasigen Noten. Der Duft erzählt so viel. Von der Erde, von der Ausrichtung der Felder, vom Zeitpunkt der Ernte, er trägt die Erinnerung an Hitze, Kälte, Regen, Sonne und Wind in sich. In jeder Charge gibt es unterschiedliche Aromen: strohig, aprikosig, blumig, puderig. Die Einkäufer der Parfümerien unterscheiden da genau. Sie wissen, dass sie von der Firma Bonnet die beste Qualität bekommen.«

»Du wärst vielleicht ein guter Parfümeur geworden?«

»In diesem Leben werde ich es wohl nicht mehr herausfinden.« Er nahm ihre Kette zwischen zwei Finger. »Ein Rosenquarz?«

Sie nickte. »Es heißt, er habe die Kraft, Herzen zu heilen.«

»Ist deines gebrochen?«

»Ein lieber Freund hat es mir vorsorglich geschenkt. Mir kann also nichts passieren«, flüsterte sie mit einem Lächeln an seiner Wange. Er berührte ihren Mund mit den Lippen. Doch sie wollte mehr, viel mehr, fühlte seine Hände überall auf ihrer Haut, gab sich dieser Nähe hin.

Hinterher lagen sie im Heu nebeneinander, die Gesichter einander zugewandt. »Ich habe auf eine Frau wie dich gewartet, Anouk. Du bist unbeirrt und sinnlich, stark und verletzlich. Aber ich weiß nicht, ob wir zusammenbleiben können, solange du von den Girards abhängig bist. Wir werden es nicht ewig geheim halten können.«

Anouk schluckte. Sie würde ihm nicht jetzt erzählen, dass sie bereits entdeckt worden waren. Das würde zu viele Erklärungen nach sich ziehen, zum Beispiel, warum Vivienne glaubte, sie mit diesem Wissen erpressen zu können.

»Willst du nicht mit mir reden? Ich merke doch, dass du dir Gedanken machst.«

Anouk schüttelte den Kopf, versuchte ein Lächeln. »Ich habe darüber nachgedacht, dass ich über Weihnachten nach Paris fahren werde. Ich habe es meiner Mutter versprochen.«

»Oh!« Enttäuschung zeichnete sich auf seinem Gesicht ab.

»Ich werde nicht lange fort sein. Anfang Januar geht die Schule weiter. Ich habe Sehnsucht nach meiner Familie.«

Er streichelte ihre Wange. »Das kann ich gut verstehen.« Sein Lächeln wirkte wehmütig. »Ich hatte mein Leben lang Sehnsucht nach einer Familie.«

»Meine Familie ist nur meine Mutter. Wenn ich nach Großeltern, Onkel, Tanten, Cousins gefragt habe, hat sie immer gesagt, die seien alle im Krieg umgekommen. Seit ich in Grasse erlebt habe, wie bedeutsam Familie sein kann, will ich mehr über meine Herkunft wissen. Es muss mehr als vage Erklärungen geben.«

28

Le Miracle de Grasse wurde der Erfolg, den alle sich erhofft hatten. Die Firma Girard bestellte zusätzliche Rohstoffe und stellte weitere Arbeiter ein, um die Flaschen zu befüllen. Der Flakon war einem eleganten Abendkleid nachempfunden und lag schwer und glatt wie eine Kostbarkeit in der Hand. Benoîte Nielsens Gesicht sah man in allen Zeitungen Frankreichs, auf Plakatwänden und in der Kinowerbung, sie strahlte Lebenslust und Luxus pur aus. Internationale Sender nahmen die Markteinführung von *Le Miracle de Grasse* zum Anlass, über die Parfümstadt und ihre wichtigen Akteure zu berichten. Stéphane hatte es so geschickt eingefädelt, dass es erschien, als hätten die Girards die anderen Parfümhäuser der Stadt wie Molinard, Galimard und Fragonard hinter sich gelassen. Es gab Reportagen über die Familie in ihrem Palais und in den Verkaufsräumen, und stets stand Vivienne, die Künstlerin, im Mittelpunkt. In ihrem Labor gab sie bereitwillig Auskunft darüber, wie sie *Le Miracle de Grasse* entwickelt habe.

An diesem Abend saß Anouk staunend mit der Familie vor dem Fernseher, in dem ein Bericht aus Grasse zu sehen war. Stéphane bekam das Grinsen gar nicht mehr aus dem Gesicht, Antoine nippte mit zufriedenem Gesichtsausdruck an seinem Pastis, Madeleine saß auf der Kante eines Sessels und knetete die Hände vor Aufregung, Vivienne strahlte wie tausend Sonnen. Hin und wieder warf sie einen Blick zu Anouk, die sich fühlte, als krabbelten Insekten unter ihrer Haut. Die Lügen in der Sendung und ihre Duldung innerhalb der Familie bereiteten ihr körperliche Schmerzen.

Zu ihrem Entsetzen bemerkte Anouk in den Tagen darauf, dass ihr die Lust abhandenkam, einen weiteren Versuch zu unternehmen, die Girards mit einem Duft zu beeindrucken. Dafür legte sie all ihre Energie in die schulische Ausbildung, erledigte Aufgaben in doppelter Geschwindigkeit, bat um weitere Aufträge, um sie bewerten zu lassen, und blieb manchmal nach Schulschluss im Labor, um an einer Komposition zu arbeiten.

Alain brachte kein Verständnis dafür auf. Schon im Mantel, trat er an diesem Abend im Dezember ins Schullabor, wo sich Anouk in ihrem Kittel mit einer Schutzbrille über eine Essenz beugte. »Funktioniert deine Nase noch nach diesem Tag?«

Anouk schrak zusammen. Sie hatte nicht damit gerechnet, dass jemand das Schullabor betrat. Madame Bernard hatte ihr den Schlüssel überlassen, weil sie Anouks Engagement begrüßte. Sie lächelte Alain zu. »Zum Glück, ja. Ich will etwas fertig mischen, damit ich es morgen vorführen kann.«

»Du willst wohl unbedingt früher die Ausbildung abschließen, was? Warum? Wir haben eine schöne Zeit, und Grasse ist eine Traumstadt. Such dir einen Schatz, damit dein Privatleben spannender wird. Aus eigener Erfahrung kann ich dir das nur empfehlen.«

Anouk verscheuchte ihn grinsend mit einer Handbewegung. Tatsächlich war neben dem Unterricht bei Roure Jean-Paul Bonnet der Grund, warum sie Grasse noch nicht den Rücken gekehrt hatte. Sie wollte diesen Abschluss, und sie wollte ihn so schnell wie möglich, damit sie ihre Zukunft planen und sich aus der Abhängigkeit von den Girards befreien konnte. Die Stunden, die sie außerhalb des Palais Girard mit Jean-Paul verbrachte, waren Balsam für ihre Seele und ihren Körper. Bei ihm löste sich alle Anspannung, traten der Zorn auf die Girards und ihre Übelkeit in den Hintergrund.

Immer häufiger trugen ihre Beine sie nicht mehr, und sie musste sich hinsetzen. Luft holen, ein Glas Wasser trinken. Sie war davon überzeugt, dass die Stimmung im Palais dafür verantwortlich war. Mit Zornesausbrüchen und Streit konnte sie umgehen, die war sie aus der gemeinsamen Zeit mit ihrer Mutter gewohnt. Auf den Magen schlug ihr die Falschheit, die zu den Girards zu gehören schien wie ein Familienwappen. Stéphane hatte sich, wie Anouk mitbekommen hatte, mit Benoîte Nielsen auf eine Affäre eingelassen. Kein Wunder, einer Frau wie ihr lagen die Männer zu Füßen. Schließlich war sie ihm, wie er im Familienkreis zum Besten gab, zu anhänglich geworden, und er hatte ihr den Laufpass gegeben. Ein Mannequin brachte man nicht in den Familienclan, ihrer Schönheit wurde man allzu schnell satt, wie Stéphane es ausdrückte. »Eine Ehefrau muss mir schon mehr zu bieten haben«, sagte er.

»Und was hast du zu bieten außer dem Geld und dem Einfluss einer erfolgreichen Familie?«, brach es aus Anouk heraus.

Vivienne lachte, Madeleine schnappte nach Luft, und Antoine tat so, als hätte er das nicht mitbekommen.

»Ich liebe es, wenn du kratzbürstig wirst. Genau das meine ich, wenn ich mehr von einer Ehefrau erwarte als Schmeicheleien und gutes Aussehen.«

Stets schaffte er es, sich aus brenzligen Situationen herauszuwinden. Nie verlor er die Fassung, überspielte mit Charme und Schlagfertigkeit unangenehme Momente.

»Über den Jahreswechsel, wenn die Schule geschlossen ist, möchte ich nach Paris reisen, um meine Mutter zu besuchen.« Anouk hatte um einen Termin bei Antoine Girard gebeten. Er hatte den thronähnlichen Stuhl seines Vaters gegen einen modernen Ledersessel getauscht.

»Wie bedauerlich! Ich hatte gehofft, du hättest dich gut eingelebt und würdest mit uns die Feiertage verbringen.«

»Ich vermisse meine Mutter. Ich habe ihr versprochen, dass ich zu Weihnachten heimkehre.«

»Dich hat die Auseinandersetzung mit Vivienne verstimmt, nicht wahr?«

Anouk hob den Kopf. »Hatte ich nicht Grund dazu? Alle wissen, dass *Le Miracle de Grasse* von mir ist, keiner spricht es aus. Stattdessen bietest du mir Geld an, damit ich das Familiengeheimnis für mich behalte.«

»Wir wissen, was du geleistet hast und leisten kannst. Stéphane hat dir vielleicht erklärt, wie wichtig es ist, eine echte Girard in den Vordergrund zu rücken.« Er hob die Schultern. »Du hättest eine echte Girard werden können, wenn du Stéphanes Heiratsantrag angenommen hättest. So ist es eben Vivienne geworden. Natürlich war es falsch von ihr, in dein Labor einzudringen und das Rezept zu kopieren. Andererseits heiligt der Zweck die Mittel, nicht wahr? Und das Geld habe ich dir nicht für dein Schweigen angeboten, sondern als Honorar für die Leistung, die du erbringst. Wir rechnen damit, dass du weitere große Düfte entwickelst. Ich verspreche dir bei der Ehre meines Großvaters, dass sie unter deiner Urheberschaft auf den Markt gebracht werden.«

Was von Versprechungen der Girards zu halten war, wusste Anouk nicht sicher. Aber sie wusste, dass ihr so eine Nachlässigkeit nicht noch einmal passieren würde.

»Habe ich deine Erlaubnis, nach Paris zu fahren?«

»Wie sollte ich dir das verbieten? Natürlich fährst du. Obwohl du was verpasst. Grasse ist schön zur Weihnachtszeit, die Leute schmücken ihre Häuser mit Tannengirlanden, stellen Kerzen in die Fenster, und einen Weihnachtsmarkt gibt es auch. Das mehrgängige Menü am Heiligabend im Palais Girard ist legendär.« Seine Zähne blitzten unter seinem pomadierten Schnurrbart.

»Mein Entschluss steht fest.«

Sein Lächeln bröckelte.

»Ich kehre in der zweiten Januarwoche zurück, wenn die Schule wieder öffnet.«

»Gute Reise, Anouk! Komm mit reichlich Inspiration zurück. Mit *Le Miracle de Grasse* hast du uns ein fantastisches Produkt geliefert. Aber dein Talent ist größer. Nächstes Jahr wirst du in vorderster Reihe stehen, nicht Vivienne. Bis dahin wirst du praktisch zur Familie gehören, unser Nesthäkchen, in das wir alle Hoffnungen setzen. Dann bekommst du die Anerkennung, die du verdienst.«

Anouk erhob sich. Sie wusste nicht, ob sie in einem von den Girards geschaffenen Universum die Sonne sein wollte, um die alle kreisten. Jetzt lächelte sie nur über ein Wort wie »Nesthäkchen«, nickte und dachte bei sich: *Unterschätz mich nicht. Niemals.* Beim Aufstehen knickten ihre Beine ein. Ihr schwindelte, als sie das Büro des Firmenchefs verließ.

Drei Tage vor Weihnachten stand Anouks Reisetasche im Foyer des Palais Girards. Sie selbst war abfahrbereit, den hölzernen Aromenkoffer in der Hand, der Chauffeur wartete in der Einfahrt. Er würde sie zum Bahnhof bringen, von wo aus sie zunächst bis nach Cannes reisen würde und von dort aus mit der Bahn nach Paris. Widersprüchliche Gefühle überfielen sie. Einerseits die Freude auf ihre Mutter und Henri. Ob die beiden inzwischen ein Paar waren? In ihren Briefen hatte Isabell darüber kein Wort verloren. Anouk wünschte es ihr von Herzen. Henri war der beste Mann für sie. Nachdem sie nun seine Geschichte kannte, war sie sich dessen noch sicherer. Seine Eltern waren Menschen, die sich nicht hatten verbiegen lassen, charakterstark und zielstrebig. Und so war Henri unter seinem stillen Auftreten auch ein Mann, der ihrer Mutter nur guttun konnte.

In die Vorfreude mischte sich der Abschiedsschmerz. Jean-Paul würde sie vermutlich in jeder Sekunde vermissen, ihr Labor, die Schule, die Gespräche mit Fleur, das Scherzen mit Stéphane, wenn er gute Laune hatte, die Vespa.

Sie starrte aus dem Fenster des Zugs auf die Vororte von Paris, bevor der Zug in den Gare du Lyon einlief. Die Stadt lag unter einer dünnen Schneedecke. Den Bahnhof kannte sie nicht, dennoch war ihr alles vertraut: das Gewimmel der Menschen, das Sprachengemisch, das Kreischen von Eisen auf Eisen, das Odeur von Diesel und Funkenflug.

Anouk sprang als Erste hinaus, ihr Gepäck in der Hand haltend. Sie hatte nur wenig Garderobe mitgenommen, wollte sich in Paris mit winterlicher Kleidung eindecken. Ein Frösteln durchlief sie, als sie den Bahnhof verließ und in die Abenddämmerung hinaustrat. Sie zog den Kragen ihres Mantels enger um den Hals, schaute sich um, wo sich die Métro-Station befand.

Da sprang aus einem taubenblauen Renault ein Mann mit Pullunder, Winterjacke und Béret direkt vor sie. »Anouk! Da bist du ja endlich!«

»Henri!« Sie ließ die Reisetasche fallen, fasste seine Schultern und küsste ihn auf die Wangen. »Wo ist *maman*? Hat sie dich nicht begleitet?«

»Du kennst sie doch. Sie schließt das Geschäft nicht außerhalb der üblichen Zeiten.«

Isabell Romilly stand vor dem mit Lichtern weihnachtlich geschmückten Schaufenster der Apotheke, als der Renault heranbrauste. Offenbar hatte sie eine kurze Pause vom Kundenansturm genutzt, um zu sehen, wo ihre Tochter blieb. Sie winkte, während ihr die Tränen über die Wangen liefen, schluchzte auf, als sie Anouk endlich an sich ziehen konnte. Anouk genoss den vertrauten Duft von *Lubin*. Es war gut, an einen Ort zurückzukehren, an dem man geliebt wurde.

Isabell musterte sie. »Du bist dünner geworden. Isst du genug?«

Anouk lachte auf. »Ja, *maman*, die Girards lassen mich nicht hungern.«

»Geht es dir gut?«

»Alles wunderbar, *maman*, wirklich.«

Sie hatten sich Briefe geschrieben und telefoniert, aber nichts überzeugte Isabell Romilly mehr als ihr eigenes Urteilsvermögen von Angesicht zu Angesicht. Sie hakte Anouk unter, Henri nahm ihr die Tasche ab, den Aromenkoffer behielt sie selbst, und so betraten sie die Apotheke. »Was hast du denn da mitgebracht?« Isabell deutete auf den hölzernen Koffer, von dem Anouk ihr ein Foto geschickt hatte. Sie wusste, dass sie ihn sich von ihrem Geburtstagsgeld gekauft hatte. Aber was transportierte sie darin?

Anouk lächelte. »Das zeige ich euch unterm Weihnachtsbaum.«

Henri wechselte sofort in seinen Apothekerkittel und ließ Mutter und Tochter hoch in die Wohnung vorgehen, aus der es verführerisch nach Hähnchen in Rotweinsauce roch.

Jetzt erst merkte Anouk, wie hungrig sie war. Coq au vin gehörte zu ihren Lieblingsgerichten, wie ihre Mutter wusste. Während sie über die Fahrt und das unterschiedliche Wetter in Paris und in Südfrankreich sprachen, schaute Anouk sich unauffällig um. Die Tür zu ihrem ehemaligen Zimmer stand offen, das Bett war frisch bezogen. Im Schlafzimmer entdeckte sie eine Decke und ein Kopfkissen auf der zweiten Hälfte des Doppelbetts, alles ordentlich aufgeschüttelt und gefaltet und mit einheitlichen Bezügen.

Isabell folgte ihren Blicken und senkte den Kopf. Anouk langte über den Tisch und streichelte ihren Arm.

Nach dem Essen legte Isabell eine Portion des Hähnchengerichts in einen kleinen Topf. »Das kann sich Henri später aufwärmen.« Sie vermied es, Anouk anzusehen. »Magst du einen Spaziergang im Viertel machen? Die Straßen sind schön beleuchtet um diese Zeit.«

Anouk starrte ihre Mutter an. »Du willst das Haus verlassen?«

Isabell zuckte die Schultern, als wäre dies für sie etwas völlig Normales. »Henri und ich gehen oft nach Ladenschluss eine Runde.«

Einem Impuls folgend zog Anouk ihre Mutter an sich und küsste sie auf die Wange. »Ich freue mich, dass es dir so gut geht.«

Kurz darauf wickelte sich Anouk einen Wollschal um den Hals und trat mit ihrer Mutter auf die Rue de Seine. Untergehakt schlenderten sie an den hell erleuchteten Läden und Bistros vorbei. »Du hast deine Entscheidung, nach Grasse zu ziehen, nicht bereut?« Isabell betrachtete sie beim Gehen von der Seite.

»Ich lerne dort genau das, was ich mir gewünscht habe. Immer wieder bekomme ich die Bestätigung, dass ich den richtigen Beruf gewählt habe. Ich werde einmal eine gute Parfümeurin sein, *maman*.« Sie lächelte die Mutter an.

Isabell strich über ihren Arm. »Davon bin ich überzeugt. Mit den Girards kommst du zurecht? Du hast in deinen Briefen und am Telefon wenig von ihnen erzählt.«

»Sie nehmen mich ernst, *maman*«, sagte sie vage.

»Möchtest du eine heiße Schokolade trinken?« Sie hatten

das Café de Flore erreicht. Gelbes Licht fiel auf den Boulevard Saint-Germain.

Kurz darauf saßen Mutter und Tochter an einem der runden Bistrotische und wärmten sich die Hände an den Kakaobechern. Der Kellner mit der bodenlangen weißen Schürze stellte ihnen eine Schale mit Gebäck dazu.

Anouk trank ein paar Schlucke, bevor sie zu erzählen begann, was sie seit Tagen beschäftigte. »Du weißt, ich bin nach Paris zurückgekehrt, um mit euch Weihnachten zu feiern.«

Isabell zuckte zusammen. Kurz standen in ihren Augen die alten Ängste. »Hat sich daran etwas geändert? Reist du wieder ab?«

»Natürlich nicht. Ich bin allerdings nicht nur wegen Weihnachten gekommen. Mir brennt etwas auf der Seele ...«

Isabell wartete.

»In Grasse erlebe ich, welche Bedeutung Familie hat. Nicht nur bei den Girards, auch bei anderen.« Jean-Paul zu erwähnen erschien ihr unpassend. Sie blieb lieber allgemein. »Für mich gab es nur dich. Ich frage mich, was ist mit dem Rest der Familie?«

Isabells Gesicht verschloss sich. Der Löffel klimperte, als sie die Sahne unter den Kakao rührte. »Das weißt du. Deine Großmutter war Ärztin und hat sich im Lazarett mit einer tödlichen Infektion angesteckt. Dein Großvater ist im Krieg gefallen.«

»Ich meine nicht die Familie mütterlicherseits. Was ist mit meinem Vater? Meine Lehrerin an der Parfümschule hat mir erklärt, dass eine olfaktorische Begabung, wie ich sie habe, erblich ist. Hat er irgendetwas mit Düften zu tun gehabt?«

Isabell nahm einen langen Atemzug. »Er war Gärtner, hat es geliebt, mit Blumen zu arbeiten. Ja, manchmal hat er von Rosendüften geschwärmt, aber ob er deswegen eine Begabung hatte? Das weiß ich nicht, Anouk.« Sie lachte auf. »Er hatte diese lästige Angewohnheit, die du von ihm geerbt hast. Er musste an allem riechen, bevor er es aß. Keine Apfelsine, keine Olive, kein Stück Brot, das er nicht beschnüffelt hat, bevor er es sich in den Mund schob.«

Für Anouk war dies ein eindeutiger Hinweis darauf, dass die Nase ihres Vaters wie ihre eigene etwas Besonderes war. »Was ist mit meinen Großeltern väterlicherseits? Du hast nie von ihnen erzählt.«

Isabells Stirn rötete sich. »Aus gutem Grund. Oliviers Mutter Cylia war eine exzentrische Egoistin, die nur ihr eigenes Wohl im Blick hatte. Sie hat Olivier allein in Rouen zurückgelassen und ist mit einem ihrer zahlreichen Geliebten weggezogen. Macht eine Mutter so etwas?«

»Wie alt war Vater da?«

»Achtzehn.«

Anouk lachte auf, griff nach der Hand ihrer Mutter und tätschelte sie. »Es ist nicht ungewöhnlich, einen achtzehnjährigen Mann sein Leben leben zu lassen. Manche Mütter haben da andere Maßstäbe als du. Ich würde ihr das nicht ankreiden.«

»Ich hätte das niemals getan.«

»Ich weiß.«

»Und ich hätte niemals mit verschiedenen Männern herumgemacht, solange ich für ein Kind verantwortlich bin.«

Du erzählst mir nicht einmal, dass Henri und du zusammen seid, ging es Anouk durch den Kopf. Ihre Mutter war eigen, sie kannte sie nicht anders. »Was ist mit dem Vater meines Vaters?«

»Ich fürchte, deine Großmutter weiß nicht, welcher ihrer zahllosen Liebhaber Oliviers Vater ist. Ihr war ihr Sohn egal. Er hat ihr geschrieben, als du auf die Welt kamst. Cylia hat nicht darauf reagiert. Einmal haben wir sie in Reims besucht, ich habe die Stunden bis zu unserer Abreise gezählt. In ihrer Nähe erfriert man entweder, oder man dreht durch.«

»Sie lebt noch?«

»Ich weiß es nicht. Du willst nicht etwa Kontakt zu ihr aufnehmen, oder? Sie wird dich vor die Tür setzen, sobald sie erfährt, wer du bist! Sie will mit uns nichts zu tun haben!«

»Das finde ich lieber selbst heraus. Ja, ich würde sie gern kennenlernen. Hast du ihre Adresse?«

Isabell fasste sich an die Stirn. »Lass doch die alten Geschichten ruhen, Anouk! Du wirkst so ausgeglichen und glücklich, Cylia wird dir nicht guttun, glaub mir!«

Es war nicht leicht, ihre Mutter davon zu überzeugen, dass sie sich nicht abhalten lassen würde, nach Reims zu fahren. Wie überhaupt die Gespräche mit ihr anstrengend waren. Eines jedoch fiel ihr auf, als sie sich später am Abend in ihr Zimmer zurückzog: Sie hatte sie nicht ein einziges Mal *poupée* genannt.

29

Die Weihnachtsfeiertage und Silvester verbrachte Anouk mit Isabell und Henri. Ihr wurde es warm ums Herz, wenn sie sah, wie verliebt Henri ihre Mutter anschaute. Mit seiner Verlässlichkeit und seiner rückhaltlosen Bewunderung war er der perfekte Begleiter für sie. Umgekehrt schien für ihn ein Traum in Erfüllung gegangen zu sein, weil Isabell seine Liebe endlich erwiderte. Unterm Weihnachtsbaum öffnete Anouk zum ersten Mal ihren Aromenkoffer, der zu zwei Dritteln gefüllt war mit Fläschchen voller Probedüfte, an denen Anouk arbeitete. Einige allerdings waren inzwischen so perfekt, dass sie sie verschenken wollte an Menschen, zu denen sie passten. Für Henri wählte sie einen winzigen Flakon mit dem Duft von Nelken und grünem Tee, für ihre Mutter eine Mischung, in der Lilien und Sandelholz dominierten.

Isabell roch an der Flasche und war ein paar Sekunden lang sprachlos. »Das hast du geschaffen?«

Anouk nickte.

»Wie hätte ich ahnen können, dass du so eine Künstlerin bist?«

Anouk umarmte sie. »Dass du das sagst, bedeutet mir viel. Danke, *maman*.«

In der ersten Januarwoche fuhr sie mit der Bahn von Paris in die Champagne und ließ sich im Taxi ins Stadtzentrum von Reims chauffieren. Die Wohnung ihrer Großmutter sollte sich in der Nähe der berühmten Kathedrale befinden. Auch Reims hatte Tage mit Frost und Schnee hinter sich. Tauwetter hatte eingesetzt, der Matsch spritzte von der Straße auf den Bürgersteig. Die Menschen hasteten mit gesenkten Köpfen an ihr vorbei, jeder schien es eilig zu haben, schnell ins Warme zurückzukehren. Obwohl viele Gebäude und Straßen wiederaufgebaut waren, sah man in manchen Ruinen noch die Spuren der Kriegsverwüstung.

Anouk schlenderte an einer Parfümerie vorbei. Ihr Blick fiel ins Schaufenster, noch weihnachtlich geschmückt. Sie lächelte, als sie Duftlinien von Girard entdeckte: *Florence*, *Magie du Soleil* und *Le Miracle de Grasse*. Was für ein berauschendes Gefühl, mit eigenen Augen zu sehen, wie weit der Ruf des Hauses ging. Auch wenn der Verrat der Girards immer noch schmerzte. Ihre Stunde war noch nicht gekommen. Irgendwann würde sie einen Duft erschaffen, der alle anderen in den Schatten stellte.

Cylia wohnte in einem dreistöckigen Haus mit Stuckverzierung. Anouk zog den Zettel aus ihrer Manteltasche und überprüfte die Adresse, die ihre Mutter notiert hatte. Ja, hier war sie richtig, wenn die alte Dame nicht inzwischen umgezogen war.

Sie trat vor die hölzerne Haustür und ließ ihren Blick über die Klingelschilder gleiten. Ihre Mutter hatte ihr erzählt, dass Cylia 1930 mit ihrem Geliebten von Rouen nach Reims gereist war. Sie wusste nicht, ob sie den Mädchennamen Romilly trug oder ob sie geheiratet hatte. Der Mann, mit dem sie damals verschwand, war ein Belgier, Emile Wouters. Anouk blickte über die sechs Namen, keine Romilly dabei, aber in der mittleren Reihe »C. Wouters«. Gleichzeitig schnupperte sie in die Luft, nahm Abgase und feuchten Asphalt wahr, Schneematsch und moderndes Holz und noch etwas. Sie hob die Nase. Schwach umwehte sie der Duft, der sie seit ihrem vierzehnten Lebensjahr nicht mehr losgelassen hatte. *Bienvenue*. Ein Zufall nur. Dennoch pochte ihr Herz schneller. Beim Drücken des Klingelknopfs zitterte ihr Zeigefinger.

Die Sekunden verstrichen. Sie hörte nur ihren Herzschlag und versuchte, den Geruch einzufangen. Sie klingelte erneut. Wartete.

Endlich erklang der Summer. Sie drückte sich gegen die Tür, stand in einem mit schwarzen und weißen Kacheln gefliesten Treppenhaus, ein abgegriffenes Holzgeländer schlang sich über den Stiegen hinauf. Wenn die Klingelknöpfe in der richtigen Reihenfolge angebracht waren, müsste ihr Ziel die erste Etage sein.

Dort stand in der geöffneten Tür der Wohnung zur Straßenseite hin eine hochgewachsene Frau im Kimono. Die Haare hielt sie unter einem pinkfarbenen Turban verborgen, an ihren Ohren baumelten Kreolen. Ihr Gesicht war faltig, doch ihre Augen strahlten im intensivsten Blau, das Anouk je gesehen hatte. Sie waren betont mit einem gewagten Lidstrich, die Augenbrauen zu haarfeinen Halbmonden gezupft. Der Lippenstift war von der gleichen Farbe wie ihr Turban und lief in die senkrechten Fältchen über ihrer Oberlippe. Innerhalb des Bruchteils einer Sekunde hatte Anouk die Frau mit allen Sinnen erfasst. Sie stand ihrer Großmutter gegenüber. Der Duft, der aus ihrer Kleidung und der Wohnung strömte, ließ ihre Knie weich werden, nicht aufdringlich intensiv, blass nur, aber für Anouk so real und klar, als träufelte er von einem Flakon auf ihre Haut. *Bienvenue*. Sie hatte ihn endlich wiedergefunden.

»Du siehst aus wie dein Vater. Wunderschön.« Cylia betrachtete das Gesicht ihrer Enkelin, nachdem Anouk sich vorgestellt hatte. »Schade, dass ich dich nicht habe aufwachsen sehen. Nun, die Zeit kann man nicht mehr zurückdrehen.«
Ihre Wohnung besaß hohe Decken mit Stuck und war ein Sammelsurium an Stoffen, Kissen, Bildern und Krempel. Von einem Sessel musste sie zuerst einen Kleiderberg nehmen, bevor Anouk sich setzte. Auf dem Tisch stapelten sich alte Zeitungen und Bücher. Und überall hing dieser Duft.

»Du hättest Kontakt zu uns halten können.«

Cylia ließ sich auf das Sofa fallen und steckte sich eine Zigarette in eine Spitze. Rauchwölkchen stiegen auf, als sie paffte. Anouk bedauerte, dass der Tabak ihr Parfüm überlagerte. »Hat deine Mutter es so geschildert?«

»Ja.«

»Du liebst sie sehr, nicht wahr?« Aus einer Whiskeyflasche schenkte Cylia sich zwei Finger hoch in ein dickwandiges Glas ein.

»Ja, natürlich.«

»Nun, ich will nichts Schlechtes über Isabell sagen, sie war dir bestimmt eine fürsorgliche Mutter.«

Dazu hätte Anouk eine Menge zu sagen, aber um Isabell ging es an diesem Nachmittag nicht. Also nickte sie nur.

»Liebes, es gibt immer mehrere Wahrheiten. Meine Wahrheit ist eine andere als die deiner Mutter.«

»Sie hat erzählt, dass du meinen Vater allein in der Normandie zurückgelassen hast, weil du mit deinem Liebsten nach Reims gezogen bist.«

»Nun, Olivier war damals alt genug, seine eigenen Entscheidungen zu treffen, und ich war nie eine Mutter, die ihr Kind bevormundet hat. Er kannte Isabell bereits, als ich mit Emile hierherzog. Deine Mutter ist eine enorm ... tüchtige und tonangebende Person, dein Vater hat sich ihr vollkommen unterworfen. Eine Schwiegermutter wie mich hätte deine Mutter niemals geduldet.«

Anouk versuchte, sich die Beziehung ihrer Eltern vorzustellen. Sie wusste, wie bestimmend Isabell sein konnte. Ihre Durchsetzungskraft verbarg sie meistens hinter ihren Ängsten.

»Du lebst mit deinem Mann zusammen?« Anouk sah sich um.

»Emile ist tot. Fast drei Jahre schon. Ich wohne allein.«

»Hat er dir dieses Parfüm geschenkt, das du trägst?« Anouks Puls beschleunigte sich. Sie spürte ihren Herzschlag.

Cylia lachte auf. »Nein, das habe ich von deinem Großvater. Damals habe ich in Cannes gelebt und gearbeitet.«

Anouk fühlte einen Kloß im Hals. »Erzähl mir von meinem Großvater.«

»Ich werde ihn nie vergessen. Ich habe einen Karton mit Briefen, die er mir geschrieben hat, obwohl wir uns eine Zeit lang täglich gesehen haben.«

»Hat er dir diesen Duft gekauft? Weißt du, wo?«

»Den hat er selbst kreiert. Es gibt auf der Welt nur diese eine Flasche, die ich besitze. *Pour Cylia*. Ich halte sie gut verschlossen in einem dunklen Schrank, damit ich bis an mein Lebensende etwas davon habe.«

»Nur eine einzige Flasche ...« In Anouk überschlugen sich die Gedanken. Sie sah sich selbst vor sich, wie sie im Gare du Nord diesen Geruch wahrgenommen und zu halten versucht hatte. Mehr als sechs Jahre waren seitdem vergangen. »Erinnerst du dich an den November 1946?«

Cylia zog die Stirn in Falten. »Das ist lange her. Emile und ich arbeiteten damals hier im Grand Hôtel des Templiers, er als Concierge, ich als Rezeptionistin.«

»Kann es sein, dass ihr nach Paris gefahren seid? Mit der Bahn?«

Cylia schwieg ein paar Sekunden lang. »Ja, das ist möglich. Emile hatte Freunde dort, die wir hin und wieder trafen.«

Anouk ließ sich auf dem Sessel zurückfallen, schüttelte den Kopf. »So ein Zufall. Ich hatte deinen Duft damals in der Nase, als ich mit meiner Mutter im Gare du Nord ankam. Seitdem habe ich versucht, das Parfüm zu finden. Es begleitet mich mein ganzes Leben lang, weil es so ungewöhnlich ist.«

»Ich liebe es auch.« Cylia erhob sich. »Entschuldige mich kurz.«

Als sie zurückkehrte, hielt sie eine braune Apothekerflasche mit Glasstöpsel in den Händen. Anouk bekam Gänsehaut. Cylia stellte sie auf den Tisch vor sie, und Anouk las das Etikett, das mit einem Tintenfüller in schwungvoller Handschrift beschrieben war. *Pour Cylia. Mai 1912*. Behutsam zog sie den Stöpsel ab, wedelte sich mit einer Hand den Duft zu, der aus der Flasche entströmte. Überwältigt schloss sie die Augen, lehnte sich zurück, kostete den Moment aus. Kein Wunder, dass sie bei ihren Versuchen nie in die Nähe dieses Aromas gekommen war. So nah an der Quelle des Duftes erkannte sie, dass *Bienvenue* aus mehr als zweihundert Komponenten bestand. Sie nahm jeden einzelnen Bestandteil wahr, aber um das Geheimnis der Zusammensetzung zu lösen, würde sie länger brauchen. »Es ist das Beste, was ich je gerochen habe«, sagte Anouk.

»Ich hatte zahlreiche Männer. Alle mussten es aushalten, dass ich nur diesen Duft trage. Er hat mich begleitet und an diese Liebe erinnert, durch die mein Dasein aus den Fugen geriet. Er war zehn Jahre jünger als ich, ein leidenschaftlicher Achtzehnjähriger, der mich vergöttert hat. Mit ihm habe ich den schönsten Frühling meines Lebens am Meer verbracht. Er starb so unerwartet.« Sie unterbrach sich, als brächte sie das tragische Erlebnis von damals aus der Fassung. »Erst danach habe ich festgestellt, dass ich von ihm schwanger war.

Bevor Olivier auf die Welt kam, habe ich die Riviera verlassen und das Kind in Rouen geboren, deinen Vater, Anouk. Er war ein fügsamer Junge, bis er sich in deine Mutter verliebte.« Ihr Gesicht nahm einen harten Zug an.

»Und er ist später genauso unerwartet gestorben wie mein Großvater, dein Geliebter aus Cannes. Was schwächt sie so? Eine Herzschwäche? Eine Erbkrankheit?« Anouk spürte ein Flirren in der Brust, eine Ahnung davon, dass der Boden unter ihr schwankte.

Mit einem Seufzen hob Cylia die Schultern. »Ich weiß es nicht.«

»Wie hieß dein junger Geliebter in Cannes?« Seit sie Cylia gegenübergetreten war, wusste Anouk, dass sie hier Antworten finden würde. Sie glaubte ihrer Mutter nicht, dass Cylia nicht einmal seinen Namen kannte.

Ein Lächeln ließ die Haut um Cylias Augen in tausend Fältchen zerspringen. »So eine Liebe vergisst man nicht. Er gehörte zu einem Familienunternehmen aus Grasse, ein Parfümhaus von Weltruf. Er war so etwas wie das schwarze Schaf, weil er sich von seinem Vater nicht vereinnahmen ließ. Sein Name war Gilles. Gilles Girard.«

Teil 6

1912

Gilles & Cylia

30

»Wo willst du hin?«

Gilles starrte auf die Hand seines Vaters, die ihn am Ellbogen gepackt hielt. Er rührte sich nicht von der Stelle, sah Horace ins Gesicht, bis der unter der Kraft seines Blicks losließ. Die Zeiten waren vorbei, in denen Horace Girard seinen Jüngsten zwingen konnte, das Palais nicht zu verlassen.

»Ich will nach Cannes. Die Bahn fährt gleich.«

»Nach Cannes, nach Cannes! Immer nach Cannes! Was willst du in dem versnobten Dorf, in dem es um diese Jahreszeit nur einen Haufen verrückter Engländer gibt? Hier wirst du gebraucht, Gilles! Wach endlich auf!«

»Monsieur Richelieu leistet ausgezeichnete Arbeit! Wozu braucht es da mich?«

»Du bist der Sohn des Hauses, ein Girard. Leite du unsere Parfümeure an und überlasse nicht anderen das Feld.«

»Das wünschst du dir, Vater, nicht wahr? Dass alle in deinem Schatten nach deinen Vorstellungen ihr Leben gestalten. Pardon, ich gehöre nicht dazu. Dafür macht Antoine mit seinem Ehrgeiz alles wett. Auf mich kannst du gut verzichten.«

Er wandte sich um und verließ das Palais durch den Verkaufsraum, in dem sich in dieser Stunde nur Madame Roux aufhielt. Sie rief Gilles einen Gruß zu, den er mit einem Lächeln erwiderte. In seinem grauen Flanellanzug erschien Gilles mit seinen achtzehn Jahren nicht wie einer der Juniorchefs des Hauses Girard. Leute, die ihn nicht kannten, hätten ihn vermutlich für einen Studenten gehalten, mit dem strohblonden Kraushaar, das zu lang war und das er kaum mit Pomade bändigen konnte.

In Grasse kannte ihn jeder. Auf seinem Weg zum Bahnhof begegneten ihm Dutzende Bekannte, die ihm zuwinkten oder ihm einen Gruß zuriefen. In der Stadt war Gilles der beliebteste der Girards, weil er im Gegensatz zu den anderen Familienmitgliedern nicht auf dem hohen Ross zu sitzen schien. Horace Girard trug die Nase weit oben, sein ältester Sohn Antoine machte es ihm nach, und Odette war zu verschlossen und in sich gekehrt, als dass sie viele Sympathien in der Stadt errungen hätte. Verständlich, dass sie nach Paris gezogen war. Das großstädtische Leben bot mehr Raum für Individualisten.

Am Morgen hatte es geregnet. Die Mandelbäume standen kurz vor der Blüte. Die Märzsonne besaß genug Kraft, um die Tropfen auf den Mauern und Palmen, auf den Straßen und Hausdächern verdampfen zu lassen. Mit ihnen stieg der intensive Geruch von Erde und Frühjahrspflanzen auf, der Gilles auf seinem Weg zum Bahnhof begleitete. Das Pfeifen der Dampflok trieb die Fahrgäste zur Eile an.

Gilles spurtete los und erreichte einen Waggon, als der Bahnhofsschaffner die Kelle hob, um dem Lokomotivführer zu signalisieren, dass sie abfahrbereit waren.

Gilles ließ sich auf eine Bank in einem leeren Abteil fallen, erkannte am Geruch von Männerschweiß und einem Rosenbouquet, das auf der Strecke Cannes–Grasse hier vermutlich ein Paar gesessen hatte. Mitten in der Woche war die Eisenbahn selten voll besetzt. Er atmete schwer. Der kurze Lauf hatte ihn erschöpft.

Er kannte die Strecke gut, die bewachsenen und bebauten Berghöhen, er nahm kaum das dichte Grün der Bäume und Wiesen wahr, das jetzt im Frühjahr noch nicht verbrannt war.

Alles zog ihn ans Meer.

Der Wintertourismus in Cannes, die Spieler, die in den Casinos ihr Geld verprassten, die britischen Adeligen und internationalen Millionäre, die die trübe Jahreszeit in ihren Herkunftsländern nur allzu gern mit den milden Wintern an der südfranzösischen Küste tauschten – all diese Menschen und das Flair von Eleganz und Luxus interessierten Gilles nicht. Ihn zog es ans Wasser, wo alles Lebendige seinen Ursprung hatte.

Vom Bahnhof in Cannes waren es nur wenige Minuten Spazierweg zum Boulevard de la Croisette. Der Lärm auf den Baustellen der Luxushotels, die hier errichtet wurden, störte die friedliche Atmosphäre und überdeckte an diesem Nachmittag das Kreischen der Möwen und die Brandung. Gilles freute sich auf die Abendstunden, wenn die Hafenstadt zur Ruhe kam. Der Duft war fantastisch. Das Aroma von Narzissen und Mimosen, von Palmen und Pinienharz mischte sich mit dem Salzgeruch des Meeres.

Gilles zog seine Schuhe aus, bevor er den Strand betrat. Der Sand war von der Märzsonne aufgewärmt. Er genoss das Prickeln unter seinen Fußsohlen und dass er der Einzige war, der auf die Idee kam, dorthin zu gehen, wo die Meereswellen mit ihren Schaumkronen am Strand leckten. Gilles konnte sich nichts Schöneres vorstellen, als dem Meer so nah zu sein. Im Schatten eines Ruderbootes setzte er sich in den trockenen Sand, hielt das Gesicht in den Wind, der von der Meerseite blies. Hinter ihm auf dem Boulevard spazierten die Menschen in ihren langen Kleidern und Anzügen. Die Frauen hielten Sonnenschirme und trugen riesige federgeschmückte Hüte, um ihre Gesichtshaut nicht der Sonne und ihrem schädlichen Einfluss auf den Teint auszusetzen. Er würde einen Skandal auslösen, wenn er sich auszog und ins Wasser lief. Gegen fünf Uhr jedoch nahmen die britischen Besucher ihren Tee in den Hotels ein. Die Flaniermeile würde sich leeren, und er könnte es wagen, verborgen von dem weiß und blau gestrichenen Boot.

Die Briten waren es gewesen, die im kalten Nordosten Englands, wo die See schrecklich düster sein soll, erste Seebäder eröffnet hatten. Kein Wunder, dass es einen Ansturm auslöste, als sich verbreitete, wie herrlich lau die Winter an der französischen Riviera waren. Der hohen Nachfrage würden all die Hotels nachkommen, die in diesen Jahren wie Pilze aus dem Boden schossen und den Boulevard de la Croisette in eine einzige von Palmen gesäumte Baustelle verwandelten. Schiffe aus London brachten englischen Rasen für die Grundstücke der Wintervillen reicher Briten, die nicht darauf warten wollten, dass die Hotels eröffneten, sondern eigenen Grund und Boden an der Côte d'Azur erwarben.

Aus der Innentasche seines Jacketts zog er eine Kladde und den Füllfederhalter von Cartier. Gilles war aller Luxus, an dem sein Vater so hing, verhasst, aber diesen Füller hatte er sich geleistet, weil er fand, seine Gedanken wären es wert, stilvoll zu Papier gebracht zu werden. Die Kladde war zu einem Drittel voll mit Zitaten aus Gedichten von Frédéric Mistral, aus Schriften von Stephen Liégeard, der der Côte d'Azur ihren Namen gegeben hatte, aus Rezeptideen für Parfüms, Sinneseindrücken und eigenen Ideen für kurze Texte. Zwischen Deckel und erster Seite lag säuberlich gefaltet das Spitzentuch mit den Initialen D.A., das seine Mutter Florence ihm in einer Viertelstunde der Zweisamkeit geschenkt hatte. »Es ist nur ein Tuch«, hatte sie gesagt, »es erinnert mich an die Zeiten, als ich die Kunst der Düfte erlernte.« Gilles hielt es für sie in Ehren. Wenn er sich an sie erinnern wollte, schnupperte er an dem nach Lavendel duftenden Tuch. Er wusste, dass der alte Parfümeur Didier Archambauld der Lehrmeister seiner Mutter gewesen war. Sie hatte oft von ihm erzählt und den Stunden reinen Glücks, die sie in der Parfümerie an der Rue Mirabeau verbracht hatte.

Wenn sein Vater wüsste, dass er seine Zeit damit vertrödelte, leere Seiten mit unausgegorenen Ideen zu füllen, würde er toben und ihn einen Faulenzer nennen. Für Horace Girard zählte nur das, was Geld einbrachte. Gilles Girard war davon überzeugt, dass er mit dieser Einstellung seine Mutter ins Grab gebracht hatte. Er hatte sich ihr mehr verbunden gefühlt als seinem Vater. Oft hatten sie sich angeschaut und ohne Worte verstanden.

Gilles schrieb auf, welche Gerüche ihm heute in die Nase geweht waren und wie er den Duft der perlmuttbesetzten Muscheln, der weißen Schaumkronen und des feuchten Sandes mit den kleinen Steinen, Algen und Krebsen empfand. Irgendwann würde er dieses eine Parfüm erschaffen, das die Weite des Meeres und der Freiheit mit sich führte. Auf einmal überfiel ihn Erschöpfung. Er kauerte sich hinter dem Bootsrumpf zusammen, legte seine Wange auf die Kladde im Sand und schlief ein.

Beim Erwachen schmerzte sein Rücken. Er führte es auf die verkrampfte Schlafhaltung zurück. Die Sonne stand tief am Himmel. Ein Blick zur Croisette zeigte ihm, dass sich der Boulevard geleert hatte. Mit seinen steifen Muskeln würde ihm ein Bad guttun. Viele Menschen glaubten an die Heilkraft des Meeres. Vor wenigen Jahrzehnten hatten manche das Salzwasser sogar getrunken.

Die Lufttemperatur war an diesem Abend im März wie ein warmer Hauch auf der nackten Haut. Gilles streifte sich Schuhe und Hose ab, knöpfte sich das Hemd auf und zog sich die Unterwäsche aus. Prüfend warf er einen Blick zurück. Nein, keiner nahm von ihm Notiz.

Er sprintete zu den anbrandenden Wellen. Als das kühle Wasser seine Füße berührte, lief er weiter, bis er sich in die Fluten warf und prustend kraulte. Das Meer umfing ihn, hielt ihn, streichelte ihn, küsste ihn. Er legte sich auf den Rücken, ließ sich treiben, in den Himmel schauend, der sich im Westen lila verfärbte. Erste Sterne blinkten im dunklen Blau.

Er schlotterte, als er kurz darauf zurück an den Strand lief. Der Wind war kühler. Nie hatte er ein Handtuch dabei, er sollte sich eine Notiz in seiner Kladde machen, damit er beim nächsten Mal daran dachte. So zog er seine Kleidung über die feuchte Haut und wartete ein paar Minuten, bis sich seine Körpertemperatur anpasste. Mit gespreizten Fingern strich er sich die Haare aus der Stirn. Vielleicht würde er eine Kleinigkeit essen, bevor er die Bahn zurück nach Grasse nahm. Das Bad im Meer hatte ihn gestärkt, um die Atmosphäre im Palais Girard leichter zu ertragen.

Sein Bruder Antoine hatte Madeleine Bonnet geheiratet, was für Zündstoff in der Familie gesorgt hatte. Nicht weniger Ärger hatte Odette verursacht, als sie im vergangenen Jahr mit Davide Dubois nach Paris gezogen war.

Alle schwärmten sie von der Durchsetzungskraft und dem Kampfgeist des Horace Girard. Nach Gilles' Auffassung war er ein Tyrann. Er wollte weder so kriecherisch sein wie Antoine noch so verschlossen wie Odette, sondern sein eigenes Leben führen, auch wenn er noch nicht wusste, was er machen wollte. Er wusste nur, dass Freiheit dazugehören würde. Freiheit und Unabhängigkeit.

Am Boulevard zog er sich im Licht der Straßenlaternen die Schuhe an, schlenderte eine Weile über die Promenade, schaute in verschiedene Schaufenster und zu den Baustellen, auf denen die Häuser teilweise schwindelerregend in die

Höhe wuchsen. Am Grandhotel, dessen elegante Fassade sich hinter einem Palmengarten und einem weißen Zaun verbarg, hielt er inne. Eine Frau in einem knöchellangen, kunstvoll in Falten gelegten hellblauen Kleid trat heraus. Ihre Haare waren eine wilde Lockenpracht, die in der Farbe von herbstlichen Weinblättern schimmerte. Mit einem Stoffband, an dem eine kunstvoll genähte Blüte befestigt war, hielt sie die Mähne aus ihrem Gesicht.

Gilles' Herz pochte bei ihrem Anblick. Er blieb stehen. In der nächsten Sekunde traf ihn ihr Blick, blau wie der Ozean. Kein Lächeln erhellte ihre Züge, als sie sich abwandte und ihm den Rücken kehrte. Ihre Schritte waren kräftig und grazil, ihr Nacken schlank und weiß.

Gilles konnte nicht anders, als ihr zu folgen. Gleichzeitig schlotterten seine Knie, aber das hielt ihn nicht ab. Wie anmutig diese Frau ausschritt. Ob sie mit ihren Eltern im Grandhotel residierte? Oder etwa mit einem Ehegatten? Ihm wurde der Hals trocken bei der Vorstellung, dass dieses elfenhafte Wesen zu irgendeinem Kerl gehören sollte. Aber würde ein Ehemann sie abends allein über den Boulevard flanieren lassen?

Gilles ging weiter, setzte zwischendurch zum Spurt an, um sich hinter einer Palme oder einem Automobil zu verbergen. Wo mochte sie hingehen?

Sie nahm in einem Café am Hafen Platz. Gilles verbarg sich hinter einer Mauer, lugte nur manchmal hervor, sah, dass sie ein Glas Wein bestellt hatte und wie sie daran nippte, während ihr Blick über den roséfarbenen Horizont und das Meer schweifte.

Gilles rang mit sich. An den Tisch treten und sie ansprechen? Nein, er würde warten.

Eine Stunde später hatte sie ausgetrunken und bezahlt und schlenderte über die Promenade zurück Richtung Hotel, schritt jedoch geradewegs auf den im Licht des Vollmonds leuchtenden Strand zu. Sie zog ihre Stiefeletten aus, hob den Rock an – Gilles schnappte nach Luft, als er ihre schneeweißen Knöchel und Waden sah –, dann kühlte sie ihre Zehen im Wasser. Nach dem ersten Schock über ihre Freizügigkeit beobachtete Gilles sie voller Entzücken und rang mit sich, ob er zu ihr laufen und ihr gestehen sollte, dass sie die bemerkenswerteste Frau war, die er je gesehen hatte. Aber nein, er würde sie vertreiben, wenn er zu couragiert vorging. Was für ein intimer Moment.

Eine Viertelstunde später eilte sie zurück zum Hotel.

Gilles schaute ihr nach, bis sie hinter der Pforte verschwunden war. Er griff in seine Jackentasche und fühlte das Knistern der Francs, die ihm sein Vater monatlich ausbezahlte. Er zählte sie durch und entschied, dass es reichen würde, um ein paar Nächte in einer Pension zu verbringen. Gleich am nächsten Morgen wollte er wieder vor dem Grandhotel stehen, um nicht zu verpassen, wenn diese Frau das Haus verließ.

Unter falschem Namen bezog er ein Zimmer in der Pension Victoria gleich hinter dem Hotel in einer Nebenstraße. Der Name Girard war in der Region und weit darüber hinaus bekannt, es bedeutete ein Stück Freiheit, sich nicht als Junior des Parfümhauses vorzustellen.

Viele Herbergen hießen nach der früheren englischen Königin, nachdem sie sich Ende des vorigen Jahrhunderts mit einem Hofstaat von fünfzig Personen und einem Dudelsackpfeifer an der Riviera von den feuchten Wintern in ihrer Heimat erholt hatte. Das Zimmer war trotz des hochtrabenden Pensionsnamens bescheiden eingerichtet mit einem Einzelbett, einem Waschtisch und einem Schrank. Es genügte Gilles, denn in seinen Träumen war er im Himmel, wenn er die Bilder der Schönen am Strand heraufbeschwor.

Die nächsten beiden Tage harrte er vor dem Hotel aus, bis

sie am Abend ihren Weg ging. Sie schien eine Frau mit festen Ritualen zu sein, denn stets trank sie zunächst den Wein, bevor sie sich am Strand vergnügte. Gilles konnte sich nicht sattsehen an ihrer schlanken Gestalt und ihrer Lebendigkeit. Am dritten Abend war es ihm schon fast zur Routine geworden, die Stunde vor Sonnenuntergang unerkannt in ihrer Gesellschaft zu verbringen. Er wurde nachlässig in seinem Bemühen, sich vor ihr zu verbergen, und vernahm auf einmal eine Stimme hinter sich. »Verfolgen Sie mich, Monsieur?«

Er fuhr herum, blickte in ihre Augen, sog ihren Duft ein. »Bitte verzeihen Sie mir, ich kann nicht anders. Sie sind die schönste Frau, der ich je begegnet bin.«

»Unterlassen Sie das, und hören Sie auf, mich zu belästigen. Sonst wende ich mich an die Gendarmerie.«

Als Cylia Romilly aus der Normandie dem Südfranzosen Pierre an die Riviera folgte, konnte sie nicht ahnen, dass sie zehn Jahre später noch dort wohnen würde, aber für ihren Unterhalt allein aufkommen musste. Pierre hatte sich als Luftikus entpuppt, der jedem Rock hinterherlief, die Trennung fand nicht einmal ein halbes Jahr nach ihrem Umzug statt. Damals hatte Cylia überlegt, wie es sich anfühlen würde, zurück nach Rouen zu reisen, wo sie auf dem Bauernhof ihrer Tante Ernestine gelebt hatte, abseits von aller Kultur und jedweder Gesellschaft. Sie hatte sich geschüttelt bei dem Gedanken, aber die Alternative war, dass sie sich in Cannes eine Arbeit suchen musste. Zumindest so lange, bis sie einen Mann fand, der sie von solcherart Unbill befreite. Cylia war entschlossen, beim nächsten Mann genauer hinzuschauen. Es sollte einer sein, der sie vergötterte und der die nötigen Mittel besaß, um ihr das durch Geschenke und Reisen zu beweisen.

Die Stelle als Empfangsdame im Grandhotel verschaffte

ihr der Restaurantleiter des Hauses, der sie zunächst im Glauben ließ, er trüge sich mit ernsthaften Absichten. Er trennte sich von ihr, weil ihm die Tochter eines französischen Bankiers mit tadellosem Ruf als Ehefrau geeigneter schien.

Cylias unglückliches Händchen in Bezug auf Männer setzte sich in den Jahren darauf fort. Am Empfang im traditionsreichen Grandhotel wurden ihr die Herren auf dem Silbertablett präsentiert. Cylia vervollkommnete ihren Augenaufschlag und ihr Lächeln. Es gelang ihr oft, die Aufmerksamkeit der Männer zu erregen, es gelang ihr nie, sie zu halten. Nach kurzem Techtelmechtel wandten sich die Herren wieder ihren Verlobten oder Ehefrauen zu, und Cylia blieb um eine Erfahrung reicher zurück.

Die Jahre arbeiteten gegen sie. Sie verlor den taufrischen Teint ihrer Jugend, legte ein paar Pfunde zu, und wenn sie nicht aufhörte, grüblerische Gedanken zu wälzen, würde sich die Linie zwischen ihrer Nase und ihren Mundwinkeln vertiefen. Und nun stand dieser junge Kerl vor ihr und behauptete, sie sei die schönste Frau, der er je begegnet sei? Sie schätzte ihn auf höchstens Anfang zwanzig, in seinen Augen lag die Unschuld junger Jahre, seine Wangen waren rund, der blonde Bartwuchs kaum zu sehen. Er himmelte sie an und brachte sie in Verlegenheit mit seinem Starren. Sie wusste, ihre Augen ließen viele Männer träumen, doch keiner hatte es je gewagt, sie dermaßen unverhohlen anzustieren.

»Oh, bitte, weisen Sie mich nicht ab. Geben Sie mir eine Chance, Sie kennenzulernen! Sind Sie Gast im Grandhotel?«

Sie musterte ihn vom Scheitel bis zur Sohle. Groß gewachsen war er, und seine Haltung drückte Stil aus, obwohl seine Kleidung eher salopp war. Vielleicht ein Student oder einer der Arbeiter, der sich für den abendlichen Spaziergang seinen besten Anzug angelegt hatte. »Was, wenn ich Ihnen sage, dass ich mit meinem Ehemann hier residiere?«

Gilles stieg das Blut in die Wangen. »Ein Ehemann würde mich nicht davon abhalten, Sie zu verehren.«

Ihr Lächeln war kaum zu sehen. »Ich arbeite tagsüber am Empfang im Hotel. Und ich lege keinen Wert auf das Gerede, wenn mich jemand mit Ihnen sieht. Das könnte mich meinen Arbeitsplatz kosten. Jetzt entschuldigen Sie mich bitte.« Sie drängte sich an ihm vorbei und eilte auf das Hotel zu. Gilles blickte ihr hinterher, berauscht von ihrer Stimme, obwohl ihre Worte ernüchternd waren.

Wie es schien, wohnte das Hotelpersonal ebenfalls in dem Gebäude. Gilles nahm allen Mut zusammen und eilte ihr hinterher. Ein Page musterte ihn skeptisch. »Die Dame, die soeben das Hotel betreten hat ...«, begann Gilles.

»Mademoiselle Cylia Romilly«, fuhr der junge Mann bereitwillig fort.

»Sie arbeitet am Empfang?« Gilles' Puls brauste. Ein Glück, dass er auf einen auskunftsfreudigen Hotelangestellten gestoßen war.

»Ja, immer bis achtzehn Uhr zum Schichtwechsel.«

»Die Angestellten wohnen im Hotel?«

»In einem abgetrennten Trakt.« Jetzt wurde der junge Mann doch misstrauisch und betrachtete Gilles skeptisch. »Und Sie sind ...?«

Er machte auf dem Absatz kehrt und hob grüßend die Hand. »Ich danke Ihnen vielmals!«

Am selben Abend reiste Gilles nach Grasse zurück. Im Takt mit dem Rattern der Bahn über die Schienen tanzte ihr Name in seinem Verstand. Cylia Romilly. Cylia Romilly.

Monsieur Richelieu hatte feste Gewohnheiten. Zwölf Stunden täglich arbeitete der Parfümeur in dem Labor, das einst Gilles' Mutter gehört hatte. Er begann um sechs in der Früh und hörte abends um Punkt sechs Uhr auf, um zu seiner

Wohnung in der Avenue Sainte-Lorette zu spazieren. Ein Kreativer mit Buchhalterseele. Nun, da Gilles entschlossen war, das Labor zu nutzen, kam ihm die Berechenbarkeit des Parfümeurs gerade recht.

Nach dem Abendessen im Familienkreis täuschte er Müdigkeit vor.

Im Labor wehte ihm kein Aroma entgegen, Richelieu war ein Pedant, der jeden Abend lüftete und den Ventilator anschaltete. Auch von Gilles' Arbeit in dieser Nacht würde am nächsten Morgen nichts mehr zu bemerken sein.

Er drückte die Tür hinter sich zu, lehnte sich gegen den Türrahmen und schloss die Augen, spürte den Düften nach, die Cylia ausgestrahlt hatte und die sich mit dem Aroma von Cannes, dem Mittelmeer, dem Strand und der Eleganz vermischten.

Wie in Trance öffnete er einzelne Flaschen, schnupperte daran und verschloss sie wieder oder träufelte eine Probe auf einen Teststreifen, um herauszufinden, mit welchen Stoffen er am besten kombinierte. Wie es gelingen konnte, Duft und Gedanken eins werden zu lassen. Ein Parfüm, das nicht schmückte, nicht kleidete, nicht schützte. Reine Emotion.

Nach Freiheit sollte sein Parfüm duften, nach Abenteuer, nach einem Versprechen.

Fünf Nächte lang arbeitete Gilles im Labor, feilte an seinem Rezept und verwarf Ideen, die ihn von seiner ursprünglichen Vorstellung fortbrachten. Cylia Romillys Lebensfreude, ihr Stil, ihre Schönheit würden in diesem Parfüm Gestalt annehmen und mit dem Flair der Riviera verschmelzen.

Tagsüber schlief er, nur um gleich nach dem Abendessen weiterzuarbeiten. In der sechsten Nacht war er so im Fluss und kurz davor, den Duft zu vollenden, dass er die Zeit vergaß und zusammenzuckte, als die Tür aufgeschlossen wurde und Monsieur Richelieu im Türrahmen stand.

»Was für ein Duft«, entfuhr es dem Parfümeur statt einer Begrüßung. Er hob das Kinn, seine Nasenflügel bewegten sich, als er den Geruch einatmete. Gilles war zu schockiert, um irgendetwas sagen zu können. Da erwachte Richelieu wie aus einem Traum. »Was geht hier vor? Ich hatte damit gerechnet, einen reinen Raum vorzufinden. Die Luft ist satt von diesem Parfüm. Haben Sie das entworfen?«

Gilles richtete sich auf, warf einen Blick auf die Wanduhr. Es war schon sechs Uhr in der Früh. Er hatte die Zeit vergessen, doch er war der Sohn des Firmenbesitzers und hatte es nicht nötig, sich vor dem Angestellten zu rechtfertigen. Ein paar Sekunden lang sah er nur in undurchdringliche Schwärze. Er umfasste die Tischkante, bis sich seine Sicht geklärt hatte. Er taumelte, blieb aber aufrecht stehen.

Monsieur Richelieu machte einen Satz auf ihn zu, um ihn zu stützen, doch Gilles trat zurück, hob abwehrend eine Hand. »Schon gut. Es ist nur die Müdigkeit.« Er bemühte sich um eine arrogante Miene. »Ich kann diesen Raum nutzen, wann es mir gefällt.«

»Selbstverständlich.« Richelieu hatte seine Fassung wiedergefunden, zog seinen leichten Gehrock aus und hängte ihn an den Garderobenständer. »Ich wundere mich nur. Bislang hatten Sie wenig Interesse am Labor.«

»Ich arbeite zu anderen Zeiten als Sie.«

»Ich hätte das gern vorher gewusst. Ich habe mich gefragt, warum die Flaschen mit Petitgrain und Tonkabohne fast leer sind, ich habe die Düfte in der letzten Zeit gar nicht genutzt. Jetzt erkenne ich«, er hob die Nase, »dass Sie mit den beiden Komponenten gearbeitet haben. Aber da ist viel mehr ...«

Für Gilles fühlte es sich an, als wäre ein Fremder in seine Seele eingedrungen. Er wollte keine Analyse von dem Parfümeur, er wollte nicht, dass jemand anders als er und Cylia das Geheimnis um diesen Duft kannten. Nun war es passiert, und er musste zusehen, wie er den Zauber zurückeroberte.

»Genau genommen sind es fast zweihundert Komponenten, aber dieses Parfüm ist nicht zur Präsentation innerhalb der Familie vorgesehen.«

»Sie würden damit Furore machen. Es ist ein Duft, der Visionen heraufbeschwört. Ihre Familie wäre begeistert.«

»Bitte geben Sie mir das Versprechen, dass Sie für sich behalten, dass ich ein Parfüm kreiert habe.«

»Ihr Vater wäre erleichtert, wenn er erführe, was für ein Genie Sie sind.«

»Ich bin nicht auf der Welt, um meinem Vater zu gefallen.«

Richelieu verneigte sich. »Verzeihung, ich wollte Ihnen nicht zu nahe treten.« Als Duftliebhaber genoss er Gilles' Kreation, als angestellter Parfümeur war es ihm nur recht, wenn ihm niemand eine derartige Konkurrenz machte. Wenn herauskam, zu welchen Meisterwerken Gilles Girard fähig war, wäre er die längste Zeit der unangefochtene Experte im Labor gewesen.

Gilles öffnete das Fenster weit, dann nahm er die braune Apothekerflasche, die sein Parfüm enthielt. Ja, er war verschwenderisch mit den Duftproben umgegangen und hatte nicht auf die Kosten geachtet. Es sollte nicht irgendein Parfüm sein, sondern eines für die Ewigkeit.

»Ich gebe meinem Vater Bescheid, dass die Vorräte der Duftorgel aufgefüllt werden müssen«, sagte er zu Richelieu, bevor er auf sein Zimmer eilte. Er konnte es nicht erwarten, Cylia Romilly mit dem Duft einzuhüllen, den er nur für sie erschaffen hatte. Verführung und Liebesgeständnis in einem. Herzensduft. *Pour Cylia.*

31

Die länglichen Postkarten waren in einem edlen Hellgelb gehalten und aus hochwertigem Papier. Gilles hatte sich in der Papierwarenhandlung an der Kathedrale in Grasse eine Packung davon und die dazu passenden Kuverts besorgt. Ein Parfüm, wie er es geschaffen hatte, träufelte man nicht auf Packpapier.

Cylia, wie er sie bei sich nannte, hatte ihm deutlich zu verstehen gegeben, dass sie kein Interesse an einem Treffen hatte. Also würde er sie nicht überfallen, indem er ihr auflauerte, sondern er würde sie gewinnen mit dem Duft, den er für sie komponiert hatte, und mit Worten.

Seit unserer Begegnung denke ich Tag und Nacht an Sie.
Gilles

In der linken unteren Ecke verrieb er einen Tropfen von *Pour Cylia*, nur einen Hauch von Duft sollte die erste Nachricht verströmen. Er adressierte sie an Mademoiselle Cylia Romilly im Grandhotel von Cannes und zeichnete als Absenderadresse auf die Rückseite ein schwungvolles G.

Es war nur die erste von zahlreichen Nachrichten, die er

ihr in den nächsten Tagen schickte. Er schwärmte von ihrer Anmut, ihrer Lebendigkeit und erzählte ihr, im Lauf der Zeit mutiger werdend, auch von seinen Träumen, in denen er ihre Hand hielt und ihre weiße Schulter küsste. Er wusste nicht, ob sie die Briefe las oder ob sie sie ungeöffnet in den Papierkorb warf. Er vertraute darauf, dass sie, wenn nicht seine Worte, so doch der Duft betören würde.

Zwei Wochen später hielt es ihn nicht mehr in Grasse. Er wollte sie wiedersehen, und er wollte von ihr hören, ob es eine Chance gab, dass sie seine Liebe erwiderte.

Ich werde am Strand von Cannes auf Dich warten und Dich begleiten bei Deinem Abendgruß ans Meer. Wenn Du nicht kommst, weiß ich, dass mein Hoffen vergeblich ist, und ich werde Dir nicht länger schreiben. Du hast für alle Zeit einen Platz in meinem Herzen.
Gilles

Die erste Nachricht, die bei Cylia einging, ließ sie taumeln. Was für ein Duft! So etwas hatte sie nie zuvor gerochen, sie fühlte sich wie beschwipst. Sie hielt das Papier an die Nase, sog die Luft ein. Am Morgen hatte der Postbote das Kuvert gebracht. Sie hatte gewartet, bis sie am Abend allein in ihrem Zimmer im Angestelltentrakt des Hotels saß, bevor sie ihn öffnete. Sie wusste sofort, wer Gilles war, sie sah ihn vor sich mit seiner schlanken Gestalt und dem jungenhaften Lächeln. Es schmeichelte ihr, dass dieser junge Mann so von ihr schwärmte. Mehr noch betörte sie dieses Parfüm. Ein Duft, der ihre Persönlichkeit unterstrich, der ausdrückte, was sie war, fühlte und sein wollte. Sie fieberte danach, wie das Parfüm sich auf ihrer Haut entwickeln würde.

Täglich traf ein Brief von ihm ein, manchmal zwei, und Cylia fragte sich, wann er wieder nach Cannes käme. Sie kannte weder seine Adresse noch seinen vollen Namen. Nur Gilles. Bei jedem abendlichen Spaziergang hielt sie nach ihm Ausschau.

Erst zwei Wochen später bat er, sie ans Meer begleiten zu dürfen, und Cylias Herz machte einen Satz. Dieser Mann, der ihr so unverfroren gefolgt war, der nicht zu den Herren gehörte, für die sie sich normalerweise interessierte, diesem jungen Mann war es gelungen, mit einem Duft und Worten ihr Verlangen zu wecken. Cylia staunte über ihre eigenen Gefühle, als sie Gilles an diesem Abend im April auf der Strandmauer sitzen sah, das Gesicht erhellt von einer der Straßenlampen, die La Croisette säumten.

Er erhob sich, schaute ihr entgegen. Ein Aufruhr tobte in seinem Inneren. Sehnsucht und Nervosität rangen in ihm, Vorfreude und die Angst, sie könnte nur gekommen sein, um ihn zu bitten, ihr nicht mehr zu schreiben.

Ihr Lächeln ließ ihn dahinschmelzen. Er riss sich zusammen, um sich nicht voller Anbetung über ihre Hand zu beugen.

»Du wolltest mich zum Meer begleiten?«

Sein Puls beschleunigte sich, weil sie die vertraute Anrede benutzte. »Wenn ich darf?«

Dicht nebeneinander auf der Mauer sitzend zogen sie sich die Schuhe aus, machten die ersten Schritte durch den noch warmen Sand. Cylia nahm auf halber Strecke seine Hand. Ihre Finger waren kraftvoll.

Gilles ließ ihre Hand keine Sekunde los, auch nicht, als sie sich am Ruderboot niederließen, die Rücken gegen die Planken gelehnt.

»Du hast meine Briefe gelesen?« Er betrachtete ihr Profil, bevor sie sich ihm zuwandte.

»Alle. Ich konnte nicht genug von diesem Duft bekommen. Welches Parfüm ist es?«

Er lächelte, griff in die Innentasche seiner Jacke und zog einen winzigen Flakon hervor, in den er eine Probe des Duftes gefüllt hatte. Die schwere Apothekerflasche nach Cannes mitzunehmen erschien ihm zu gefährlich. Wie leicht konnte sie ihm aus der Hand fallen oder aus der Tasche rutschen. Er hatte zwar das Rezept in seiner Kladde notiert und könnte *Pour Cylia* jederzeit wieder zusammenstellen, aber die Komponenten waren wertvoll. Im Handel würde das Parfüm ein Vermögen kosten.

Er zog den Stöpsel des Flakons auf, nahm ihr Handgelenk und ließ ein paar Tropfen auf ihre Haut fallen, bevor er sie mit dem Daumen verrieb. Den Daumen führte er hinter ihr Ohr und streichelte ihren Hals entlang, sodass sich das Parfüm entfalten konnte. Sie schloss die Augen, gefangen von seiner Berührung und von diesem Duft. Sie umschlang Gilles, küsste ihn. Er verschloss den Flakon, stellte ihn in den Sand, ließ sich mitreißen von ihr, bis sie auf ihm zu liegen kam, verborgen hinter der Längsseite des Bootes. Sie umfasste sein Gesicht mit beiden Händen, fühlte seine Erregung und ihr eigenes Verlangen. »Du dummer Junge, du«, sagte sie, bevor sie ihre Lippen auf seinen Mund senkte.

Ein solches Verlangen hatte Cylia nur mit Pierre erlebt. Gilles stand für alles, was sie nicht mehr wollte: Überbordende Gefühle und eine Liebe, die nur im Schmerz enden konnte. Und dennoch schaffte sie es nicht, sich von ihm zu lösen, fieberte den Abendstunden entgegen, wenn er am Strand auf sie wartete und sie sich ohne Worte umarmten und in den Sand sanken. An diesem Abend weinte sie vor Glück und hielt Gilles umschlungen. Er glitt mit der Nase ihren Hals entlang, zu ihrer Schulter, ihrem Dekolleté, hinauf zu ihrem Mund. »Ich will dich nie mehr verlieren, Cylia. Ich liebe dich.«

»Ich liebe dich auch«, sagte sie, bevor sie noch darüber

nachdenken konnte. Nie hatte sie ein Liebesgeständnis ehrlicher gemeint als in diesem Moment. »Wie heißt das Parfüm?« Das würde ihr Lieblingsduft werden.

»*Pour Cylia.*«

Sie lachte und weinte gleichzeitig. »Ich liebe deinen Humor.« Sie küsste ihn. »Und wie heißt es wirklich?«

»Ich habe diesen Duft kreiert, für dich, und ihm deinen Namen gegeben.«

Sie betrachtete ihn ein paar Sekunden, als wöge sie ab, ob er sie aufziehen wollte. »Bist du Parfümeur?«

»Meinem Vater gehört das Parfümhaus Girard.«

Sie schnappte nach Luft. »Du gehörst zu den Girards aus Grasse?«

»Das ist meine Familie, ja. Aber ob ich Parfümeur bin? Ich liebe Düfte und kann mich lange an sie erinnern. Ich versuche, mich von niemandem vereinnahmen zu lassen. Mein Vater glaubt, alles müsse auf sein Kommando hören. Meine Mutter war anders ... Sie war eine Künstlerin, mein Vater hat sie zu einer Geschäftsfrau gemacht.«

Sie hatte sich in Gilles getäuscht, hatte ihn für einen mittellosen Studenten gehalten und in ihrer stürmischen Liebschaft keine Zukunft gesehen. Nun offenbarte er ihr, dass er zu einem der erfolgreichsten Unternehmen in Frankreich gehörte.

»Meinst du, dein Vater will mich kennenlernen?«

Gilles stieß ein unglückliches Lachen aus. »Er würde dich nie akzeptieren. Und ich würde es dir nie antun, dich von ihm demütigen zu lassen.«

Sie lehnte sich gegen das Bootsholz, spielte mit einer Hand im Sand. »Du schämst dich, weil ich älter bin als du.«

»Um Himmels willen, Cylia, nein! Ich liebe dich für deine Vollkommenheit, ich liebe alles an dir! Aber mein Vater legt Wert darauf, dass sich neue Familienmitglieder der Firma unterwerfen. Meine Schwester hat er praktisch enterbt, als sie mit ihrem Verlobten, einem Wissenschaftler von der Sorbonne, nach Paris gezogen ist. Mir ist es egal, ob er mir das Geld streicht oder nicht. Ich werde ihm nicht die Genugtuung gönnen, die Frau, die ich liebe, zu verletzen.«

Sie betrachtete ihn nachdenklich. »Du bist ein ungewöhnlicher Mann, Gilles.«

Er zog sie an sich, küsste sie, atmete den Duft von *Pour Cylia*.

Am nächsten Abend brachte er ihr die Apothekerflasche mit. Sie hielt sie mit beiden Händen, staunend. »Das reicht für ein Leben.«

»Das soll es auch. Versprichst du mir, nie einen anderen Duft zu tragen?«

»Ja, das verspreche ich dir. Danke, dass du ihn für mich geschaffen hast. Ein größeres Geschenk hat mir nie ein Mann gemacht.«

Sie stellte die Flasche neben sich, als Gilles in seine Innentasche griff und seine Kladde hervorholte. Sie war in feines Leder gebunden, an den Ecken abgegriffen. Es gab nur wenige leere Blätter, alle anderen hatte er mit seinen Lieblingszitaten, Ideen für Parfüms und dem Rezept für *Pour Cylia* beschrieben. »Ich vertraue dir meine Gedanken an, die ich in den vergangenen Monaten aufgeschrieben habe. Ich würde gerne mit dir darüber reden, ob Ruhm tatsächlich nur ein Traum ist, ein toller Rausch aus eitlen Jugendtagen, wie Frédéric Mistral behauptet, und ob, wie er sagt, wirklich alles ein Ende haben muss oder ob es etwas gibt, was für die Ewigkeit geschaffen ist.« Er lächelte, berührte behutsam ihre Lippen mit seinen.

Sie gab sich ihm hin mit Körper und Seele und glaubte, nie genug von seiner Sensibilität und seiner Leidenschaft zu bekommen. Auf einen Mann wie ihn hatte sie nicht gewartet, der Zufall hatte ihn zu ihr geführt. Cylia war bereit, für Gilles alles aufzugeben, was sie sich für ihre Zukunft ausgemalt hatte. Wenn seine Familie sie nicht akzeptierte, würde sie eben weiterhin allein für sich sorgen, aber diese Liebe war für die Ewigkeit.

Schon morgens bei Schichtbeginn im Grandhotel lief ein Schauer ihren Rücken hinab in Vorfreude auf ihre Begegnung am Abend.

An diesem Tag wartete sie vergeblich auf Gilles an der Strandmauer. Sie schaute nach links und rechts, ungeduldig, vorfreudig. Er kam nicht. Gegen neun Uhr kehrte sie zurück in ihr Zimmer. War er aufgehalten worden? Hatte seine Familie von ihr erfahren? Aber Gilles war keiner, der sich davon abhalten ließ. Er wäre trotzdem gekommen.

Den Abend verbrachte sie mit seinem Notizbuch, tauchte ein in seine Welt voller Fantasie und Empfindsamkeit. Ihr Herz flog ihm zu, diesem außergewöhnlichen jungen Mann, der noch nicht wusste, wo er hingehörte. Der eine Tiefe in sich trug, die sie bei einem älteren, reifen Mann vermutet hätte, nicht bei einem, der vor Kurzem erst die Schlaksigkeit seiner Jugend abgelegt hatte.

Am nächsten Tag wartete sie auf eine Nachricht von ihm, eine Erklärung, eine Entschuldigung, weil er sie versetzt hatte, aber es kam keine Post für sie. Gegen Mittag bemerkte sie Aufruhr am Boulevard, ein Automobil der Gendarmerie war vorgefahren, offiziell aussehende Herren schritten den Strand ab. Ob eine der betuchten Hotelbesucherinnen ausgeraubt worden war?

Am Abend, nach einem aufreibenden Arbeitstag mit zahlreichen an- und abreisenden Gästen, stand sie erneut allein am Strand. Das Vergnügen, zum Wasser zu spazieren, war ihr verloren gegangen. Gilles und sie, ihr Duft und das Meer, das war die Einheit, die ihr Glück bedeutete.

In gleichem Maße wuchsen Ärger und Sorge in ihr. Vielleicht war er krank? In dem Fall hätte er ihr geschrieben. Vielleicht war seine Liebe zu ihr abgekühlt? Bei dieser Vorstellung stolperte ihr Herz, die Luft wurde ihr knapp.

Am fünften Tag ohne Gilles fiel Cylia die Tageszeitung in die Hände, die für die Hotelgäste im Empfangsbereich auslag. Die Schlagzeile auf der ersten Seite ließ ihr das Blut in den Adern gefrieren. *Toter am Strand von Cannes: Haus Girard trauert um jüngsten Sohn.*

Sie ließ sich auf einen der Besuchersessel fallen, kraftlos und einer Ohnmacht nah. Mit fiebrigen Augen überflog sie den Artikel, in dem es hieß, ein Verbrechen könne man nach den bisherigen Ermittlungen ausschließen. Die Ärzte vermuteten einen Infarkt oder eine unentdeckte Krankheit, die den jungen Mann aus dem Leben gerissen hatte.

Die nächsten Wochen verbrachte Cylia wie in Trance. Sie kam ihrer Pflicht nach, schenkte den Gästen ihr höflichstes Lächeln. Gleichzeitig drohte sie innerlich zu versteinern. Einige Male spielte sie mit dem Gedanken, sich mit der Familie Girard in Verbindung zu setzen, vielleicht bei seiner Beerdigung dabei sein zu dürfen. Doch immer wieder kamen ihr Gilles' Worte über seinen Vater in den Sinn, der sie niemals demütigen oder verletzen dürfte. Ihm war es wichtig gewesen, dass sie keinen Kontakt zu seiner Familie aufnahm, und daran würde sie sich auch nach seinem Tod halten.

Dieser Gedanke hatte sich in ihr verfestigt, als sie im Juni feststellte, dass sie schwanger war. Ein paar Tage lang weinte Cylia, verbarg sich in ihrem Zimmer und gab keine Erklärung, warum sie nicht an ihrem Arbeitsplatz erschien. Schließlich fasste sie einen Entschluss. Sie würde Cannes den Rücken kehren und nach Rouen reisen, zurück zu ihrer Tante Ernestine. In der Abgeschiedenheit des Bauernhofs würde sie ihr Kind bekommen. Es war niemals ihr Plan gewesen, die Eleganz der Riviera wieder mit der Stumpfheit des Landlebens zu tauschen. Es war aber auch niemals ihr Plan gewesen, sich in einen Mann so zu verlieben, dass ein Schwangerschaftsabbruch nicht infrage kam. Sie wusste nicht, ob sie eine gute Mutter sein konnte, aber sie wusste, dass dieses Kind leben sollte. Gilles hatte ihr die schönste Zeit ihres Lebens geschenkt, einen Duft der Erinnerung, der sie von nun an begleiten würde, und einen Sohn. Olivier Romilly kam im Dezember 1912 zur Welt.

Teil 7

1953

Das Haus der Düfte

32

»Ich kenne die Girards.« Anouk putzte sich die Nase, nachdem Cylia zu Ende erzählt hatte. Wie gut, dass sie nach ihrer Großmutter gesucht und sie gefunden hatte. Sonst hätte sie nie erfahren, dass ihr Großvater nicht etwa einer von zahllosen Affären, sondern ihre große Liebe gewesen war. So intensiv, dass sie bis zum heutigen Tag seinen Duft trug.

»Wer kennt sie nicht? Eines der erfolgreichsten Familienunternehmen Frankreichs. Sie stehen oft in der Zeitung.«

»Ich kenne sie privat. Ich lebe sogar bei den Girards in Grasse.«

»Wie kann das sein? Wissen sie, dass du eine von ihnen bist?«

»Das wissen sie nicht. Einer der jüngeren Girards ist bei seinem Besuch in Paris auf mich und meine Geruchsbegabung aufmerksam geworden. Er ist davon überzeugt, dass meine Zukunft in Grasse liegt. Ich bin das Wagnis eingegangen.«

Als hätte sie plötzlich Angst um ihr Parfüm, zog Cylia die Flasche näher an sich heran. Sie sah, dass Anouk versuchte, auf die Karten und die Kladde zu schauen, und entzog sie ebenfalls ihrem Blick.

»Gilles wollte nicht, dass seine Familie das Rezept für dieses Parfüm kennt. Ich werde mich an seinen Wunsch halten.«

»Keine Sorge, ich werde dich nicht bedrängen, obwohl dieser Duft mich seit meiner Jugend begleitet und ich viele Versuche unternommen habe, ihn zu kopieren. Natürlich würde mich interessieren, welche Inhaltsstoffe mein Großvater verwendet hat, aber ich habe Verständnis dafür, dass du seinen Wunsch respektierst. Wie war er? Was für ein Mensch war Gilles Girard?«

»Ich fand ihn unergründlich, verletzlich einerseits, aber auch kämpferisch. Und auf seine Art ein Genie. Ich habe niemals mehr wieder jemanden getroffen, der sich mit ihm vergleichen ließe. Warum er nicht in das Familienunternehmen einsteigen wollte, habe ich nie verstanden. Vielleicht hätte er seine Meinung im Lauf der Jahre geändert.«

Wärme durchströmte Anouk. Wie gern hätte sie ihren Großvater kennengelernt.

»Er hat sich viele Gedanken gemacht, seine Kladde ist voll von Zitaten und eigenen kleinen philosophischen Texten. Darin findet sich auch die Rezeptur des Parfüms. Ich hätte das Gefühl, ihn zu verraten, wenn ich es dir überlasse.«

Obwohl sie sich danach gesehnt hatte, dem Duft auf die Spur zu kommen, empfand sie Hochachtung für Cylia. Ein letztes Mal inhalierte sie, um *Pour Cylia* in ihrem Geruchsgedächtnis zu beleben, dann nahm sie Abschied von diesem Duft, dem Erbe ihres Großvaters.

»Dies möchte ich dir zur Erinnerung an ihn geben.« Cylia zog das Spitzentuch hervor, das gefaltet in der Kladde lag. Sie fasste es an einem Zipfel und wedelte mit dem Stoff. »Gilles' Herz hing an diesem Tuch, er hat es von seiner Mutter Florence bekommen.«

Anouk nahm es an sich, hielt es sich unter die Nase. Eine

Ahnung von Lavendel wehte daraus hervor, aber nur ganz gering, und der Duft in dem Zimmer war zu kräftig, sodass sie sich täuschen konnte. Sie faltete es auseinander, entdeckte die eingestickten Initialen *D* und *A*. »Für wen stehen diese Buchstaben?«

»Ich weiß es nicht. Es muss jemand sein, der deiner Urgroßmutter wichtig war. Du darfst es behalten.«

Anouk hielt ihre Wange an das Tuch, bevor sie es akribisch faltete und in ihre Tasche legte. »Danke, Cylia, das bedeutet mir viel. Vielleicht finde ich heraus, was die Initialen bedeuten.«

Cylia trank einen Schluck aus ihrem Whiskeyglas. »Ich habe mich nie getraut, die Familie aufzusuchen und ihnen zu sagen, dass ein Girard der Vater meines Kindes ist. Gilles meinte, sie würden mich zum Teufel jagen, wenn sie von uns erführen. Ich wollte sein Andenken nicht zerstören, und so schlecht ging es mir nicht, erst in Rouen auf dem Bauernhof meiner Tante, später dann hier mit Emile. Aber du, Anouk … Sie wollen etwas von dir, du hast sie überzeugt. Also kannst du ihnen erklären, dass du nicht auf Almosen angewiesen bist, sondern den Teil einforderst, der dir zusteht.«

Anouk senkte den Kopf. »Mir geht es nicht um Geld und gesellschaftlichen Status.«

Cylia lächelte versonnen. »Damit bist du deinem Großvater sehr ähnlich.«

»Ich will nur ernst genommen werden und meine Kunst ausüben. Dann bin ich glücklich.«

»Bist du glücklich in Grasse? Bist du verliebt?«

»Ja, und das macht die Angelegenheit nicht unkomplizierter.« Sie dachte an Jean-Paul und wie er darauf reagieren würde, dass sie eine Girard war. Zunächst jedoch würde sie ein langes Gespräch mit ihrer Mutter und Henri führen müssen. Mit dem sie überraschend verwandt war!

»Gib mir deine Hand.«

Anouk streckte Cylia ihr Handgelenk hin, Cylia nahm die braune Flasche, benetzte den Glasstöpsel und strich ihn über Anouks Haut.

»Es hätte Gilles gefallen, eine Enkelin zu haben, die den Düften dieser Welt verfallen ist.«

Henri hielt es nicht auf den Beinen, er musste sich setzen. »Ein Missverständnis ist ausgeschlossen?«

Isabell verschloss die Ladentür. Sie schwankte kaum merklich, hielt sich an Henris Schulter fest. Sie wandte sich an Anouk. »Ich habe gewusst, dass nichts Gutes dabei herauskommt, wenn du zu dieser Frau fährst.«

»Du kennst Cylia gar nicht, unterstellst ihr nur das Schlechteste. Sie sagt, dass du sie nie akzeptieren wolltest und dass sich Olivier dir gegenüber nicht durchsetzen konnte. Bevor du im Leben meines Vaters aufgetaucht bist, hatten meine Großmutter und er eine enge Beziehung zueinander. Es hörte sich an, als hättest du aus Eifersucht den Kontakt unterbunden.«

Ein verletzter Ausdruck zeigte sich auf Isabells Miene. »Du glaubst ihr eher als deiner eigenen Mutter.«

»Es gibt nicht nur eine Wahrheit. Mich hat Cylia berührt.«

»Woher weißt du, ob sie sich die Beziehung zu Gilles Girard nicht ausgedacht hat? Für sie ist es schmeichelhafter, einen berühmten Namen zu nennen, statt zu gestehen, dass sie den Überblick über ihre Männerbekanntschaften verloren hatte.«

Anouks Züge erstarrten. »Sie hat es mir bewiesen. Ich habe seine Geruchsbegabung geerbt, vermutlich genau wie mein Vater. Hast du nicht erzählt, dass er Freude an natürlichen Düften hatte und deswegen Gärtner geworden ist?«

»Dein Vater Olivier war schwer zu durchschauen. Er hat

nicht oft über seine Gefühle und Empfindungen gesprochen. Jedenfalls hat er nicht davon geträumt, Parfümeur zu werden.«

»Das hättest du sowieso nicht zugelassen, nicht wahr, *maman*?«

»Er war ein Mann, der eine starke Frau gesucht hat. Die hat er in mir gefunden. Unsere Ehe war voller Zuneigung und Respekt, bis er starb.«

Henri sprang auf. Er hatte ein paar Minuten gebraucht, um die Nachricht zu verarbeiten. Nun kam Leben in ihn. Er trat auf Anouk zu und küsste ihre Wangen. »Hast du dir schon ausgerechnet, in welchem Verwandtschaftsverhältnis wir stehen?«

Anouk erwiderte sein Grinsen. »Dein Vater und mein Großvater waren Brüder, hm. Irgendwas mit Cousin und Cousine zweiten Grades, oder?«

Er lachte auf. »Vielleicht auch Onkel und Nichte? Egal, ich freue mich, dass wir miteinander verwandt sind. Ich habe schon immer davon geträumt, dass es in der Familie meiner Mutter nicht nur Rindviecher gibt.« Sie umarmten sich, und Isabell gab sich einen Ruck, stellte sich dazu, legte die Arme um beide.

»Ich schätze, das wird deinen Stand verbessern. Du hast erzählt, dass die Girards viel von dir halten und dich mit Anstand behandeln. Jetzt bist du eine von ihnen, das erhöht deinen Wert für sie.«

Isabel blieb skeptisch. »Oder sie jagen sie als Hochstaplerin davon.« Sie hob den Zeigefinger in Anouks Richtung. »Lass dich von denen nicht unterkriegen! Du weißt, wer du bist und wo dein Zuhause ist.«

Ja, das wusste Anouk, aber egal, wie die Girards reagierten, ins Apothekerhaus würde sie nicht mehr zurückkehren.

Mit dem Wissen um ihre Herkunft stand für Anouk fest, dass sie die Schwestern Karine und Manon Bonnet kennenlernen musste. Ob sie sich den beiden zu erkennen geben würde, könnte sie spontan entscheiden, je nachdem, welchen Eindruck sie hatte. Unwahrscheinlich, dass Xavier Bonnet noch lebte, er müsste inzwischen neunzig Jahre alt sein. Und seine Frau Julie, die Parfümeurin?

Sie zog sich sorgfältig an und wählte aus ihrem Aromenkoffer einen Duft mit Zeder-, Zypresse- und Grapefruitessenzen. Sie tupfte sich ihn auf die Handgelenke und hinter die Ohren. Zufrieden machte sie sich auf den Weg.

Etwas hatte sich verändert. Sie merkte es an den Blicken der Passanten. Paris war voller eleganter Frauen, keine Pariserin verließ ungepflegt ihre Wohnung, doch die Leute schienen in ihr etwas Besonderes zu sehen. Sie blickten sie länger an, als es höflich war. Ihre Zeit in Grasse und an der Riviera, bei den Girards und im Zusammensein mit Jean-Paul hatte Spuren hinterlassen. Sie war nicht mehr die ehrgeizige junge Wilde, die mit dem Kopf durch die Wand wollte. Sie war eine Frau, die liebte und geliebt wurde, eine Frau, die dabei war, eine Künstlerin zu werden.

Mit der Métro fuhr sie bis zur Place Vendôme, von dort spazierte sie zu Fuß zur Avenue de l'Opéra, in der die Schwestern Bonnet ihre Parfümerie betrieben.

Im Gegensatz zu den berühmten Häusern im 1. Arrondissement wirkte das Schaufenster bescheiden. Der Name Bonnet stand in schwarzer Schrift auf einer weißen Markise, das Fenster darunter war schmal und nur mit drei verschiedenen Flakons dekoriert. Zwei der ausgestellten Düfte kannte Anouk. Sie öffnete die Tür. Ein Glockenspiel bimmelte. Aus den hinteren Zimmern trat eine Frau, etwa Mitte dreißig, mit einem zimtbraunen Bubikopf. Ihre Augenpartie erinnerte Anouk an Jean-Paul.

»Herzlich willkommen im Parfümhaus Bonnet. Wie kann ich Ihnen helfen?«

Sie erkannte sie an der Stimme. »Sind Sie Karine Bonnet?«

»Das bin ich. Mit wem habe ich das Vergnügen?« Ihr Lächeln blieb unverändert.

Anouk streckte ihr die Hand entgegen. »Sie werden sich nicht an mich erinnern, wir haben im vergangenen Jahr miteinander telefoniert. Ich interessierte mich damals für eine Praktikumsstelle in Ihrem Haus. Ich bin Anouk Romilly.«

»Ja ... ach, ich erinnere mich. Sie haben damals unvermittelt abgesagt, obwohl meine Schwester und ich von Ihrem Anschreiben angetan waren und Sie gern kennengelernt hätten. Haben Sie eine andere Stelle gefunden?« Sie trat einen Schritt näher an sie heran, schnupperte in die Luft und spitzte die Lippen. »Ein herrlicher Duft. Ich kenne ihn nicht. Eine neue Linie von Guerlain?«

»Ich habe ihn selbst entworfen, aber ich bin noch nicht zufrieden. Die Haftbarkeit muss verlängert werden und die frische Note in der Basis ein bisschen zurückgenommen.«

Karine schüttelte den Kopf, ohne den Blick von ihr zu lassen. »Es wird ... schlichtweg perfekt werden. Reservieren Sie mir jetzt schon einen Flakon.«

»Ich finde auch Ihre Düfte interessant.« Anouk hob die Nase. »Sie setzen auf Schwarze Johannisbeerknospen und Freesien? Eine berauschende Komposition in Verbindung mit rosa Pfefferkörnern und Irisbutter.«

»Ich staune, wie gut Ihre Nase trainiert ist.«

»Danke, Madame Bonnet, ich besuche inzwischen die Parfümschule von Roure in Grasse.«

Täuschte sie sich, oder fiel ein Schatten über das Gesicht von Karine Bonnet, als sie Grasse erwähnte? »Ich bin nicht verheiratet, also keine Madame. Wir können uns, wenn es Ihnen recht ist, beim Vornamen nennen. Ich bin Karine.«

»Sehr gern. Sie haben Verwandtschaft in Grasse, nicht wahr?«

Karine musterte sie aufmerksam. »Ja, allerdings ohne Kontakt. Es ist eine lange Geschichte, die um die Jahrhundertwende ihren Anfang nahm.«

Anouk nickte. »Ich kenne einen Teil davon. Ich weiß, dass ihr Vater, Xavier Bonnet, ursprünglich aus Grasse stammt und sich mit seinem Bruder Raymond überworfen hat.«

»Woher wissen Sie davon?«

»Nun, in Grasse sind diese alten Geschichten Teil der Stadtlegende, und ich habe Jean-Paul Bonnet kennengelernt.«

»Das ist erstaunlich. Uns ist es nie gelungen, die alten Feindschaften zu beenden, es gab auch keinen Anlass, da wir keine Berührungspunkte haben.« Sie wies in ein Hinterzimmer mit vier Sesseln und einem niedrigen Tisch.

»Ihre Schwester Manon arbeitet ebenfalls hier?«

Karine nickte. »Sie ist auf Einkaufsfahrt. Sie ist für diese kaufmännischen Angelegenheiten zuständig, ich bin die Parfümeurin und Kundenberaterin.«

»Es ist Ihre einzige Filiale?« Anouk ließ sich in dem Sessel nieder, den Karine ihr anbot. Karine gab einer Sekretärin, die den Kopf zur Tür hereinsteckte, ein Zeichen. Wenig später standen zwei Tassen mit duftendem Kaffee vor ihnen.

»Wir arbeiten mit Nischenprodukten«, erklärte sie. »Immer um einen Hauch am allgemeinen Geschmack vorbei. Für unser Klientel genau das Richtige. Wir haben nur einen kleinen Kreis von Stammkundschaft, aber einen treuen.«

»Ihr Vater hat die Firma gegründet?«

»Eher meine Mutter. Mein Vater Xavier hatte kein leichtes Leben. Nur mit einem alten Koffer und seinem Akkordeon kam er nach Paris. Eine Zeit lang lebte er auf der Straße, hielt sich mit seinem Akkordeonspiel über Wasser. Bergauf ging es erst für ihn, als er meine Mutter Julie kennenlernte.« Sie lächelte Anouk an. »Er hat uns freimütig erzählt, wie unsere Mutter ihn aus dem Sumpf gezogen hat, wie er es nannte. Die beiden haben sich sehr geliebt. Sie wurden ein gutes Gespann; meine Mutter war ausgebildete Parfümeurin, hat lange bei Houbigant gearbeitet, träumte von einer eigenen Parfümerie, und meinem Vater kamen seine Kenntnisse aus der Grasser Destillerie zugute. Er konnte ein gutes Rosenöl von einem herausragenden unterscheiden. Irgendwann haben meine Eltern den Sprung gewagt und die kleine Parfümerie Bonnet gegründet. Leider sind beide früh verstorben. Manon und ich sind ihnen dankbar für dieses Erbe. Es war nie eine Frage, ob wir das Geschäft weiterführen oder nicht.«

Anouk hörte ihr mit angehaltenem Atem zu. Wie gern hätte sie selbst ein solches Erbe angetreten.

»Füllen Sie die Parfüms selbst ab?«

»Ja, wir kaufen die Essenzen ein, betreiben im Hinterhof eine eigene Konditionierungsanlage, in der das Parfüm in Flakons gefüllt wird. Wir verkaufen im Jahr etwa hundert Flaschen unserer diversen Düfte, da lohnt es sich, sie selbst zu befüllen und nicht eine Parfümfabrik damit zu beauftragen. Der letzte Schritt nach dem Etikettieren ist stets die Qualitätskontrolle. Das übernehmen meine Schwester und ich gemeinsam.«

Anouk lächelte. »Es muss schön sein, so selbstständig arbeiten zu können.«

»Wir hätten nichts dagegen zu expandieren und Aufgaben zu delegieren. Wir stecken in der Routine fest. Ja, ich liebe meine Arbeit, freue mich aber über Impulse von Menschen, die ich bewundere.«

»Ich habe das Praktikum damals abgelehnt, weil ich einen Girard kennengelernt habe, der mir in Grasse eine große Chance gab.«

»Einen Girard.« Die Stimmung in dem kleinen Raum

kühlte ab. »Mein Vater hat nie gut von der Familie gesprochen. Sie trägt Schuld daran, dass die Firma Bonnet in Grasse untergegangen ist.«

»Aber sie ist nicht untergegangen!«, widersprach Anouk und rückte vor auf die Kante des Sessels. »Jean-Paul führt einen außergewöhnlichen Betrieb und stellt die besten Öle her. Bonnet hat einen guten Namen in Grasse und darüber hinaus.«

Karines Blick glitt zum Fenster, das in den Hinterhof führte. »Für meinen Vater war es eine Belastung, dass er seinen Sohn nicht zu sich holen konnte.«

»Lucas Bonnet hat sich in Grasse keine Freunde gemacht.« Was für eine Untertreibung, dachte Anouk. Ihre Bekanntschaft mit Karine Bonnet war jung, sie würde tastend herausfinden, wie weit sie sich annähern konnten.

Karine stieß ein freudloses Lachen aus. »Wir kennen die alten Geschichten. Meinen Vater haben sie nie losgelassen. Er hat es bitter bereut, seinen Sohn Lucas nicht mit nach Paris genommen zu haben. Aber wie hätte er mit einem Kind auf der Straße überleben können? Später, als er meine Mutter kennengelernt hat und sein Leben in die Spur kam, wollte Onkel Raymond den Jungen nicht mehr hergeben. Bestimmt nicht aus neu erwachter Liebe!« Wieder lachte sie auf diese trockene Art, bei der ihre Augen traurig blickten. »Er hatte erkannt, dass Lucas eine billige Arbeitskraft war, deswegen wollte er sich nicht mehr von ihm trennen. Ich glaube, Lucas ging es nicht gut zu dieser Zeit.«

»Er wurde zum Mörder an seiner Frau.«

Karine nickte. »Mein Vater hat sich daran die Schuld gegeben. An seinen Enkel Jean-Paul hat er, sobald der Junge lesen konnte, zahlreiche Briefe geschrieben und ihn gebeten, ihn zu besuchen. Bis kurz vor seinem Tod hat mein Vater seinem Enkel in Grasse angeboten, zu uns nach Paris zu kommen. Ein Hersteller von Duftölen hätte beste Voraussetzungen, um selbst als Einkäufer zu arbeiten. Jean-Paul hat abgelehnt.«

»Ich wusste nicht, dass er Verbindung nach Paris hält. Er hat nie davon erzählt.«

»Ich kenne ihn nicht persönlich, aber das, was Sie über seine Firma erzählen, klingt vielversprechend. Er scheint ein ausgewiesener Experte für Duftöle zu sein. Er ist jederzeit bei uns willkommen. Genau wie Sie, liebe Anouk. Wir sind nur ein kleines Unternehmen, können bei den Gehältern, die andere Häuser anbieten, nicht mithalten. Aber wir bieten eine Menge Spielraum für Kreativität und Umsatzbeteiligung. Denken Sie darüber nach.«

Anouk erhob sich. »Ihr Angebot ehrt mich. Vielen Dank! Ich habe in Grasse Wichtiges zu erledigen, vor allem will ich die Schule mit gutem Ergebnis abschließen.«

Als Karine sie zur Tür brachte, betrat eine aufgedrehte Frau mit Lockenkopf den Verkaufsraum. Anouk erkannte sofort, dass es sich um eine Bonnet handelte. Manon Bonnet trug einen Koffer und eine Skizzenmappe bei sich, ihre Wangen waren von der Januarkälte gerötet. Mit dem Handgelenk schob sie sich ihre Brille auf dem Nasenrücken hoch. Sie lächelte Anouk an.

»Erinnerst du dich an die junge Frau, die sich bei uns als Praktikantin beworben und deren Begeisterung für Düfte uns so eingenommen hat? Dies ist diese Dame: Anouk Romilly.«

Statt einer Begrüßung schloss Manon die Augen und schnupperte. »Wundervoller Duft! Houbigant?«

Karine lachte und klopfte ihrer Schwester auf die Schulter. »Das erzähle ich dir gleich ausführlich. Ich weiß jetzt alles über Anouk Romilly.«

Anouk stimmte in ihr Lachen ein, bevor sie sich verabschiedete.

33

Der Winter in der Provence hatte einen eigenen Geruch. Schon am Bahnhof von Grasse nahm Anouk den Frieden und die Leere und diesen Duft von Holzrauch wahr, der durch den Wind und die trockene Luft verstärkt wurde. Aus unsichtbaren Kaminen zog das Aroma von brennenden Buchen- und Eichenscheiten. Anders als in Paris wurde im ländlichen Südfrankreich das offene Feuer genutzt, um darauf zu kochen, sich daran die Füße zu wärmen oder drum herum zu sitzen. In das Holzaroma mischte sich der Geruch von deftigen Kohlgerichten und Hammelfleisch. Um diese Jahreszeit kochte man in der Provence Landmannskost, die auf den Rippen ansetzen sollte.

Vorfreude durchdrang Anouk, als sie sich ausmalte, wie sie gleich am nächsten Morgen zu Jean-Paul laufen und ihm erzählen würde, was sie in Paris erlebt hatte. Und um seine Hände auf ihrem Körper zu spüren und ihn zu küssen. Sie unterdrückte die prickelnden Gefühle mit einem langen Atemzug und schritt zügig aus in Richtung des Palais Girard. Bevor sie sich mit Jean-Paul treffen konnte, stand das Gespräch mit den Girards an. An diesem Abend würde sie die Familie davon in Kenntnis setzen, dass sie eine von ihnen war.

Ihr Magen rebellierte, als sie sich vorstellte, wie Antoine und Madeleine, Stéphane und Vivienne darauf reagieren würden. Vermutlich würden sie ihr zunächst nicht glauben. Aber Anouk hatte einen Beweis. Sie fasste in ihre Manteltasche, fühlte den Spitzenstoff und die gestickten Initialen. Irgendeiner von den Girards würde schon wissen, was die beiden Buchstaben zu bedeuten und was sie mit Florence Girard zu tun hatten.

Wie in den anderen Häusern brannte im Esszimmer der Familie Girard an diesem Abend ein Feuer im Kamin. Diese Behaglichkeit genossen sie nur wenige Wochen im Jahr. Schon Ende Februar würden sie die Gartenmöbel im Patio aufstellen und Sitzkissen auf die Bänke legen.

Das Hausmädchen tischte Schweinsterrine, süße Zwiebeln in einer Marinade aus Tomaten und duftendes Baguette auf. Obwohl es köstlich roch, hatte Anouk das Gefühl, keinen Bissen herunterzubekommen, bevor sie nicht mit ihren Gastgebern gesprochen hatte. Die Reise von Paris hierher war anstrengend gewesen, gern hätte sie sich ins Bett gelegt, aber sie würde kein Auge zubekommen, solange sie die Girards nicht informiert hatte.

Stéphane tunkte seine Sauce mit dem Brot auf, Anouk stocherte in ihrem Fleisch und schob die Zwiebeln von links nach rechts auf dem Teller.

Antoine hob sein Weinglas, und alle taten es ihm nach. »Schön, dass du zurück bist, Anouk. Hast du die Zeit bei deiner Mutter in Paris genossen?«

»Ich freue mich, wieder hier zu sein. Und ich war nicht nur bei meiner Mutter.« Sie nahm einen Schluck Wasser. »Ich habe die Zeit in Paris genutzt, um mehr über meine Herkunft zu erfahren.«

»Es ist gut, wenn man weiß, woher man stammt«, bemerkte

Madeleine, die genau wie Anouk wenig Appetit zu haben schien und nur winzige Stücke vom Fleisch abschnitt.

»Ja, ich habe zu lange allein meine Mutter gekannt. Ich liebe sie, aber sie hat mir eine Kurzfassung der Wahrheit erzählt. Ich weiß, dass die Begabung, Düfte so wahrzunehmen, wie ich es kann, vererbt wird. Also muss es in meiner Familie Menschen gegeben haben, die ebenfalls über diese Fähigkeit verfügten. Meine Mutter gehört nicht dazu.«

Stéphane forschte in ihrem Gesicht. »Was hast du herausgefunden?«

»Mein Vater Olivier Romilly war von Düften angetan. Er hat zwar nie als Parfümeur gearbeitet, sondern als Gärtner, seine Eigenheiten weisen jedoch darauf hin, dass sein Geruchssinn ausgeprägt war.«

»Wie schön zu wissen, dass etwas von deinem Vater in dir weiterlebt«, bemerkte Madeleine.

»Was für ein erhellendes Erlebnis zu erfahren, dass der eigene Vater Gärtner war«, gab Vivienne von sich.

»Ich bitte dich!« Antoine wies seine Tochter scharf zurecht. »Es gibt keinen Grund, auf jemanden herabzuschauen, der so wie Anouk an der eigenen Karriere arbeitet. Sie wird es weit bringen.«

Vivienne hob entschuldigend eine Hand. »Das wollte ich nicht bezweifeln.« Sie lächelte in Anouks Richtung. »Das hast du richtig verstanden, oder?«

»Ich weiß, was du meinst«, gab Anouk mehrdeutig zurück, während sie sich gleichzeitig darum bemühte, ihren rasenden Herzschlag zu beruhigen. »Nun«, sie wandte sich an alle Girards, während das Hausmädchen die Gläser nachfüllte, »wichtiger als mein Vater erscheint mir bezüglich der Vererbung mein Großvater zu sein.«

In ihrer Stimme lag genug Anspannung, dass alle gleichzeitig aufhörten, mit ihrem Besteck auf den Tellern zu klappern. Von einer Sekunde auf die andere trat eine Stille ein, in der man nur das Ticken der Standuhr hörte. »Ich hatte Gelegenheit, meine Großmutter väterlicherseits kennenzulernen, von der ich nur wusste, dass sie eine exzentrische Diva mit zahllosen Affären war. Sie hat mir von ihrer großen Liebe, dem Vater ihres Sohnes Olivier, erzählt. Er war der Mann ihres Lebens, eine unmögliche Liebe, die sich um 1912 herum in Cannes zutrug. Meine Großmutter Cylia hatte damals eine leidenschaftliche Liebschaft mit dem Sohn eines weltbekannten Parfümhauses.« Sie stockte ein letztes Mal, bevor sie den Familienmitgliedern der Reihe nach in die Augen sah. »Mein Großvater ist Gilles Girard.«

Die Schockstarre am Tisch dauerte mehrere Sekunden, bevor die ersten Ausrufe erklangen. »Das kann nicht sein! Gilles hatte nie eine Beziehung. Er starb viel zu jung«, rief Antoine.

Vivienne lachte. »Das klingt wie ein Märchen. Und es passt perfekt, nicht wahr?«

Madeleine starrte Anouk nur an, als versuchte sie herauszufinden, ob man eine Familienähnlichkeit hätte erkennen müssen.

»Wenn das stimmt, wäre das der beste Beweis für meinen guten Riecher, was Parfümeure angeht.« Stéphane öffnete die Arme in Anouks Richtung. »An meine Brust, Mademoiselle Girard!«

Anouk blieb ernst. »Es stimmt. Ich kann es beweisen.« Sie zog das Spitzentaschentuch aus ihrer Rocktasche, reichte es Stéphane zu ihrer Linken. Der hob die Schultern, er konnte mit dem Tuch nichts anfangen, gab es an Antoine weiter.

»Ich kenne es. Es lag lange Zeit auf dem Nachttisch neben dem Bett meiner Mutter. Es gehörte dem Mann, der ihr Talent als Parfümeurin entdeckt und gefördert hat. Ohne Didier Archambauld gäbe es heute das Haus Girard nicht. Er hat ihr nicht nur das Handwerk vermittelt, sondern ihr auch sein Haus und Geld für den Neuaufbau vererbt.«

»Didier Archambauld.« Anouk hatte mit angehaltenem Atem gelauscht. »Das sind die Initialen im Stoff.«

»Und deine Großmutter hatte es woher?«, hakte Madeleine nach.

»Gilles Girard hat es in seinem Notizbuch aufgehoben, das er ihr geschenkt hat. In dieser Kladde findet sich auch das Rezept für das einzige Parfüm, das Gilles je erschaffen hat.«

Antoine schüttelte den Kopf. »Ich kann mich nicht erinnern, ihn je im Labor gesehen zu haben. Unser Vater hatte enorme Hoffnungen auf ihn gesetzt, er hat uns alle enttäuscht.«

»Er muss es heimlich zusammengestellt haben. Dieses Parfüm begleitet mich schon lange. Als ich gleich nach dem Krieg mit meiner Mutter nach Paris reiste, habe ich es zum ersten und einzigen Mal im Gare du Nord gerochen. Dieser Duft hat mir keine Ruhe gelassen. Immer wieder wurde ich daran erinnert. Jetzt hat sich herausgestellt, dass meine Großmutter zu jener Zeit ebenfalls in Paris am Bahnhof war. Ich habe gewusst, dass ich eine spezielle Beziehung zu diesem Duft haben muss.«

»Ein Parfüm, ein fadenscheiniges Taschentuch – das soll reichen, um dich zu einer Girard zu machen?« Viviennes Miene drückte Misstrauen aus.

»Ich habe keinen Zweifel daran. Ich habe die Briefe gesehen, die Gilles Girard an Cylia Romilly geschrieben hat. Er war zehn Jahre jünger als sie, sie hat in einem Hotel gearbeitet, beide wussten, dass ihre Liebe keine Chance hat. Als er tot am Strand aufgefunden wurde, bereitete Cylia ihre Rückkehr nach Rouen vor. Dort wuchs ihr Sohn Olivier unter ihrem Namen auf und lernte als junger Mann meine Mutter kennen.«

»Eine haarsträubende Geschichte.« Vivienne widmete sich dem Mandellikör, der zum Abschluss des Mahls gereicht wurde. Anouk fiel auf, dass sie ihre Entspanntheit nur vortäuschte. Mehrmals strich sie sich durch die Frisur, obwohl die perfekt saß.

»Eine bewegende Geschichte«, widersprach Antoine und wischte sich mit der Hand über die Augen. »Gilles und ich, wir waren als Brüder nie freundschaftlich verbunden. Dazu waren wir zu unterschiedlich. Ich war zuverlässig und ehrgeizig, mein Vater hat mich immer gefördert. An Gilles hat er sich die Zähne ausgebissen. Auf gewisse Art habe ich ihn bewundert, weil er sich nichts vorschreiben ließ und weil es ihm egal zu sein schien, was unsere Eltern von ihm dachten. Ein Freigeist und ein Rebell. Es passt zu ihm, dass er nur ein einziges Parfüm kreiert hat und das auch nur, um die Liebe zu einer Frau auszudrücken. Hast du das Rezept, Anouk?«

Sie schüttelte den Kopf. »Cylia wollte es mir nicht geben, es ist Gilles' Erbe. Und sie hält sich an seinen Wunsch. Es sollte nie in die Hände der Girards geraten.«

Antoine schnalzte mit der Zunge. »Gilles wollte nie Teil dieser Familie sein. Umso schöner, dass du, Anouk, zu uns gefunden hast.« Er hob das Glas.

Vivienne schaute mit Entsetzen von einem Gesicht ins andere. »Das ist nicht euer Ernst, oder? Ihr glaubt ihr doch dieses ungeheuerliche Märchen nicht!« Sie blitzte Anouk an. »Ich muss schon sagen, du entwickelst eine erstaunliche Energie, um dich ins gemachte Nest zu setzen. Hätte es nicht gereicht, Stéphane einzufangen und damit in die Familie einzuheiraten? Musst du gleich eine gebürtige Girard sein?«

Stéphane erhob sich. »Es reicht jetzt, Vivienne. Du machst dich lächerlich. Außer dir hat niemand einen Zweifel daran, dass Anouk die Wahrheit sagt. Es ist ein erstaunlicher Zufall, ja, aber das Schicksal spielt nach seinen eigenen Regeln.«

»Ihr lasst euch alle einwickeln!« In Viviennes Augen trat ein Ausdruck von Panik.

»Ich freue mich, dass die Firma Girard um eine begabte Parfümeurin reicher ist, die mit ihren Kreationen neue Impulse setzen wird«, gab Antoine zurück. »Meiner Meinung nach eignet sich die Geschichte, um in der Presse herausgestellt zu werden. *Verloren geglaubte Tochter der Girards endlich wieder in Grasse.*« Er grinste. »Wie hört sich das an? Und zwei Wochen später schicken wir Anouks neuesten Duft auf den Markt und bewerben ihn mit einer gigantischen Kampagne. Was meinst du, Stéphane?«

Er öffnete den Mund, um zu antworten. Seine Schwester kam ihm zuvor. »So? Glaubst du an eine werbeträchtige Geschichte? Dann erzähl den Reportern auch, dass die neue Girard eine Affäre mit dem Feind der Familie hat. Wusstet ihr etwa nicht, dass Anouk und Jean-Paul Bonnet ein Liebespaar sind?«

In der eintretenden Stille hörte man nur das Knacken der Feuerscheite. Vivienne weidete sich an dem Schock, der sich in den Zügen der anderen zeigte. Ihr eigenes Lächeln wurde breiter. »Mir scheint, da habe ich euch etwas Neues erzählt.«

Anouk fühlte sich, als hätte jemand über ihr einen Eimer Eiswasser ausgeschüttet. Weder Scham noch Schuldbewusstsein wühlten sie innerlich auf. Es war der Widerwillen vor so viel Boshaftigkeit. Falls Vivienne annahm, dies würde sie aufhalten, hatte sie sich getäuscht. Sie würde jederzeit zu Jean-Paul Bonnet und ihrer Liebe zu ihm stehen.

Antoine fand als Erster die Sprache wieder. »Das ändert einiges.«

Stéphane stieß ein Lachen aus. »Und ich dachte, ich hätte dich hinreichend vor dieser Bande gewarnt. Warum schlägst du meinen Rat in den Wind? Nun kann ich dir nicht mehr helfen.« Er schüttelte mit verkniffenen Zügen den Kopf. Vivienne lehnte sich in ihrem Sessel zurück.

»Ich entscheide selbst, in wen ich mich verliebe. Ich habe mit dem alten Familienstreit nichts zu tun. Und Jean-Paul auch nicht.« Anouk schob den Stuhl zurück. Wenn es nicht zu vermeiden war, würde sie hier und jetzt mit den Girards brechen. Ihre Brust hob und senkte sich beim schnellen Atmen. Auf einmal vernahm sie Madeleines Stimme, so fest und laut, wie sie sie nie zuvor gehört hatte. Sie war ebenfalls aufgestanden und sah mit ernster Miene in die Runde, bevor sie sich Anouk zuwandte. In der nächsten Sekunde spürte Anouk, wie Madeleine sie an sich zog. Ihr Griff war stark und entschlossen.

»Du bist eine Girard, Anouk, ich begrüße dich in unserer Familie. Du bist eine Bereicherung, das wissen alle. Du darfst lieben, wen du lieben willst, und keiner wird dich unter Druck setzen. Ich habe mich einmal von meinem Schwiegervater bedrängen lassen und den Kontakt zu meiner eigenen Familie, den Bonnets, abgebrochen. Ich habe diese Entscheidung bitter bereut. Und ich konnte nur zusehen, wie das Unglück über meinen Vater, meinen Halbbruder und meinen Neffen hereinbrach. Ich habe den Hass im Hause Girard gefühlt, als Horace behauptete, der Krieg mit den Bonnets hätte Florence ins Grab gebracht. Ich habe die vielen Gehässigkeiten erlebt und die Missgunst. Damit muss jetzt Schluss sein. Mit dir gibt uns das Schicksal die Möglichkeit, nach fast fünfzig Jahren endlich Frieden zu finden. Ich wünsche mir, dass du Jean-Paul ins Palais Girard bringst und wir zusammen an einem Tisch sitzen.«

Anouk schaute ihr in die Augen, sah die Kraft darin und den Wunsch, mit der Vergangenheit abzuschließen. Sie küsste sie auf die Wange. »Ich danke dir, Madeleine. Deine Worte bedeuten mir viel.«

Antoine erhob sich ebenfalls. Er trat an Anouk heran, nickte seiner Frau zu, Bewunderung in den Augen. »Bring ihn mit«, brachte er hervor. »Er ist uns willkommen.«

Viviennes Stuhl kippte hintenüber, als sie aufsprang. Ihr Gesicht war kirschrot. Mit eiligen Schritten verließ sie das Kaminzimmer. Stéphane blieb sitzen, drehte sein Weinglas am Stiel, ließ sich nicht anmerken, was er von der Entscheidung seiner Eltern hielt, als müsste er die neue Situation erst einmal von allen Seiten betrachten. Endlich glitt ein Lächeln über seine Züge. »Dann mach Ernst, Anouk. Verlobe dich mit ihm, ich sorge für den Wirbel drum herum, Artikel in allen Zeitungen, schöne Bilder von euch auf den Blumenfeldern. Am besten kreierst du dazu gleich das passende Parfüm.«

Anouk grinste ihn an, froh, dass er letztendlich zu ihr hielt. Dass Vivienne die Zusammenkunft im Zorn verlassen hatte, verhieß nichts Gutes für die kommenden Tage. Von Frieden und Harmonie wären sie vermutlich eine Weile entfernt.

Anouk fühlte Dankbarkeit dafür, dass sich Madeleine aus den Schatten herausgewagt und ihre Welt, die Welt der Girards und Bonnets, ein Stück weit geradegerückt hatte.

»Ob ich mich verlobe und wenn ja, wann, das entscheiden Jean-Paul und ich gern allein. Ich bin mir aber sicher, dass er jeden Reklamerummel ablehnen wird.«

Stéphane erhob sich, küsste seine Mutter und streichelte Anouk die Wange. »Tu das Richtige, *chérie*.«

Später am Abend rief Anouk Jean-Paul aus dem Foyer des Palais Girard an, weil sie sich danach sehnte, seine Stimme zu hören. Am Telefon würde sie ihm noch nicht erzählen, was sie in Paris erlebt und erfahren hatte. Sie musste sich bis morgen gedulden. »Ich könnte gleich nach der Schule zu dir kommen.« Sie hielt den Telefonhörer mit beiden Händen.

»Ich kann es kaum erwarten, dich endlich wiederzusehen. Ich habe dich vermisst, Anouk.«

Ihr Herz lief über vor Liebe, nachdem sie aufgelegt hatte. Den Klang seiner Stimme und die Vorfreude auf ihn würde sie an diesem Abend mit in ihre Träume nehmen.

34

»Die freien Tage habe ich genutzt, um mir Ihre Aufzeichnungen anzusehen und sie mit Ihren Duftproben zu vergleichen.« Madame Bernard hatte an diesem Morgen die Schüler und Schülerinnen aus allen Ausbildungsjahren im Konferenzraum zusammengerufen.

»Ich empfehle Ihnen allen, sich mit den Rezepturen von Anouk Romilly auseinanderzusetzen, sich von ihr inspirieren zu lassen. Es gibt viele gute Ansätze bei anderen, Anouk Romilly erscheint mir jedoch wegweisend. Wie sie mit würzigen Akzenten Spannungspunkte setzt und zum Fond der Komposition leitet, wie sie Holznoten nuanciert und damit zum betont sinnlichen Moschus-Komplex führt, wie sie eine eigene Basis von Rosen mit blütig-blumigem Herz komponiert ...« In Madame Bernards Augen trat ein schwärmerischer Ausdruck. Mit einem Lächeln nickte sie Anouk zu. Die zwölf Schüler im Raum applaudierten, einige enthusiastisch, andere eher höflich. Die wenigsten mochten es, wenn ihnen ein Ausnahmetalent präsentiert wurde. Alain neben Anouk legte kurz den Arm um ihre Schulter, drückte sie. »Kleine Streberin«, flüsterte er ihr ins Ohr.

Sie erwiderte sein Grinsen.

Eine der älteren Schülerinnen, Sara Morel aus Lille, meldete sich zu Wort. »Wird Anouk mit ihrem Talent vorzeitig die Prüfung ablegen können? Ist das möglich?«

Anouk blickte zwischen der Mitschülerin – eine klassische Schönheit, die ihre halb langen Haare mit einem gepunkteten Band aus dem Gesicht hielt – und Madame Bernard hin und her. Wie mochte die Dozentin dazu stehen? Anouk besuchte die Schule gern, obwohl sie merkte, dass man ihr bei der Herstellung von Parfüms nur wenig beibringen konnte. Ihr fehlte die Erfahrung, aber die konnte sie außerhalb des Instituts sammeln. Und ihr fehlte der Besuch in internationalen Parfümerien. Von den Roure-Schülern wurde erwartet, dass sie den globalen Markt kannten.

Madame Bernard wiegte den Kopf. »Wir ziehen selten Prüfungen vor. Zwei Dinge müssen zusammenkommen: ein ausgeprägtes Talent, gepaart mit Ehrgeiz und Perfektionismus, und die Aussicht darauf, eine Anstellung als Parfümeurin vor Ablauf der Zeit zu bekommen. Das ist, so fürchte ich, ausgesprochen selten.«

Möglicherweise würden die Girards ihr bescheinigen, dass sie eine Anstellung im Haus bekam. Aber wollte Anouk das? Sie liebte die Vormittage in der Schule mit den anderen jungen Leuten, und Alain war ihr zu einem wichtigen Freund geworden.

Am Nachmittag schien die Sonne zwischen einzelnen Wolken, eine Ahnung von Frühjahr umwehte Anouk, als sie ihren Roller in Richtung des Chemin du Servan lenkte. Ihre Hände, die die Griffe am Lenker umspannten, zitterten, je näher sie dem Bonnet-Haus kam. Jean-Paul kam ihr, ein Küchentuch um Hemd und Hose gebunden, entgegen. Sie nahm sich nicht die Zeit, den Roller abzuschließen, stellte ihn auf den Ständer und fiel Jean-Paul um den Hals. Sie küssten sich mit einem Verlangen, das sie alles vergessen ließ.

Sie verloren nicht viele Worte, wollten sich nur fühlen und nah beieinander sein. Er hob sie hoch und trug sie, ohne seinen Kuss zu unterbrechen, die Treppen ins Haus hinauf und ins Schlafzimmer. Sie liebten sich, bis sie erschöpft nebeneinanderlagen, erfüllt und glücklich.

»Ich habe Lammkoteletts vorbereitet«, sagte er, schlüpfte in Hose und Hemd und eilte barfuß in die Küche. »Kommst du?«

Der Sinnenrausch verflog, wich der Behaglichkeit. Und all dem, was zwischen Anouk und Jean-Paul stand. Wie würde er reagieren, wenn er erfuhr, dass sie eine Girard war? Madeleine hatte Großherzigkeit gezeigt und ihre Familie mitgezogen. Aber der Konflikt saß tief, und Jean-Paul war keiner, der leicht in seinen Gefühlen schwankte. Vielleicht würde sich seine Liebe unter den neuen Verhältnissen abkühlen? Nur das nicht. Die Vorstellung, ihn zu verlieren, machte ihr Angst.

»Wie hast du Weihnachten verbracht?«, fragte sie am Küchentisch.

Er reichte ihr den Korb mit den Baguettescheiben. »Ich war erst bei Alberts Familie.« Er lachte auf. »Mit seiner Frau Bernadette habe ich unterm Weihnachtsbaum einen Tango aufs Parkett gelegt. Ich habe lange nicht mehr getanzt, aber es lief prima. Später bin ich in Jacques' Bistro gegangen. Er hat immer über Weihnachten geöffnet, er lebt allein und ist Anlaufstelle für alle einsamen Herzen in Grasse.« Er grinste schwach.

»Du bist kein einsames Herz mehr.« Sie lächelte ihn über den Rand ihres Weinglases hinweg an und versuchte, ihn sich beim Tangotanzen vorzustellen.

»An Weihnachten war ich es, aber es war alles gut. Und am letzten Tag des Jahres bin ich in die Berge gewandert und habe mir um Mitternacht das Feuerwerk drüben an der

Riviera angesehen. Da hätte ich dich gern bei mir gehabt. Es ist majestätisch, wenn die Lichter über dem Meer explodieren.«

»Ich habe dich auch vermisst, Jean-Paul. Beim nächsten Mal kommst du mit nach Paris, ja?«

Er schwieg einen Moment, während er aß und den Blick aus dem Fenster richtete. »Mein Großvater hat bis kurz vor seinem Tod versucht, mich nach Paris zu holen.«

»Ich weiß.«

Er ließ das Besteck sinken, schaute ihr in die Augen. »Woher?«

»Ich habe mich mit Karine und Manon Bonnet getroffen.«

»Warum?« Sein Gesichtsausdruck wirkte auf einmal verschlossen.

»Ich wollte deine Familie kennenlernen. Beide Frauen sind bezaubernd, und eure Ähnlichkeit ist nicht zu bestreiten. Sie haben mir erzählt, wie sehr dein Großvater darunter gelitten hat, dass er keinen Kontakt zu seinem Sohn halten konnte und später nicht zu dir, seinem Enkel.«

»Er hat sich nicht genug darum bemüht.«

»Ich habe einen anderen Eindruck.« Sie merkte, dass Jean-Paul nicht bereit war, sich mit diesem Teil seiner Biografie zu befassen. Vermutlich hatte seine Ziehmutter Roseline alles darangesetzt, die Familie Bonnet in den Schmutz zu ziehen, und genau wie sie als Kind hatte auch Jean-Paul als kleiner Junge die Ansichten der Menschen übernommen, denen er vertraute. »Ich war nicht nur in der Parfümerie Bonnet.« Sie hielt inne, biss sich auf die Lippe. Jean-Paul aß weiter, ohne den Kopf zu heben. Vermutlich dachte er darüber nach, was es bedeutete, dass Anouk von seiner Familie in Paris so angetan war. »Ich war in der Champagne und habe meine Großmutter väterlicherseits kennengelernt.«

Er sah auf. »Du kanntest sie vorher nicht?«

»Das ist eine lange Geschichte. Meine Mutter mochte sie nicht. Sie mag eine Egozentrikerin sein, eine Diva, aber sie hat eine Lebensfreude in sich, die mich für sie eingenommen hat. Es hieß, sie hätte unzählige Männergeschichten gehabt. Die Wahrheit ist, ihre große Liebe war mein Großvater.« Sie schluckte, sah ihm in die Augen. »Jean-Paul, ich weiß bis heute nicht, was ich davon halten soll, mein Großvater war Gilles Girard. Der jüngste Sohn von Horace und Florence Girard. Ich … ich bin eine Girard.« Ihr Herz fiel in einen rasenden Takt, während sie sein Gesicht musterte. Unterschiedliche Gefühle zeichneten sich auf seinen Zügen ab: Erschrecken, Entsetzen, Erkennen. Und dann – Verachtung?

Unendlich langsam hob er das Weinglas an die Lippen, trank, ohne den Blick von ihr zu lassen.

»Wie fühlt es sich an?«, fragte er trocken.

Anouk stieß die Luft aus. »Nicht anders als vorher. In meinem Herzen bin ich Anouk Romilly.«

»Für mich wirst du Anouk Romilly bleiben. Dass du eine Girard bist – ja, das Leben schlägt manchmal seltsame Kapriolen. Aber die Verbohrtheit der früheren Generation ist vorbei. Ein Name ändert nichts an dem Wesen eines Menschen. Ich liebe dich, Anouk.«

Sie stand auf, umarmte ihn. Er erhob sich, zog sie an sich. Ihr Kuss war innig. »Es muss ein Schock für dich gewesen sein.«

»Zuerst ja, doch je länger ich mich mit dem Gedanken vertraut mache, desto besser geht es mir damit. Mein Großvater war ein Rebell, ein begnadeter Parfümeur. Ich mag die Art, wie er die Dinge infrage gestellt hat und wie er sich auf diese eine Liebe eingelassen hat. Ich hatte Angst, du würdest mir diese Abstammung übel nehmen.«

Er hielt sie an den Schultern ein Stück weit von sich weg. »So gut solltest du mich inzwischen kennen, um zu wissen, dass ich mein Leben nicht auf der Vergangenheit aufgebaut habe.« Er zog sie an sich, drückte sein Gesicht in ihre Halsbeuge, berührte ihre Haut mit den Lippen. »Ich bin so froh, dass wir uns gefunden haben, Anouk. Wie haben die Girards reagiert? Hast du es ihnen schon erzählt?«

»Unterschiedlich. Stéphane hat sich selbst gratuliert zu seiner Menschenkenntnis, weil er mich sozusagen entdeckt hat.« Sie lächelte, wurde dann ernst. »Seine Schwester hat in mir von Anfang an böse Konkurrenz gewittert. In die allgemeine Freude darüber, dass ich als Familienmitglied vollends dem Haus zur Verfügung stehe, hat sie die Bombe platzen lassen: Sie muss uns beobachtet haben, vielleicht am Rosenfeld. Sie hat erzählt, dass wir beide zusammen sind.«

Jean-Paul ließ sich zurück auf den Stuhl fallen. »Du lieber Himmel, das macht dir das Leben bei den Girards bestimmt schwer.«

Anouk nickte. »Zum Glück hat sie nicht erreicht, was sie wollte. Deine Tante Madeleine hat den Aufruhr im Keim erstickt, indem sie mich in der Familie willkommen geheißen hat. Ich soll dir ausrichten, dass du jederzeit ins Palais Girard eingeladen bist. Die Zeit des Familienkriegs sei vorbei.«

Jean-Paul stieß die Luft aus. Ein Lächeln glitt über seine Züge. »Ich wusste nicht, dass meine Tante Madeleine so fabelhaft ist. Vielleicht wird es wirklich Zeit, sie kennenzulernen.«

»Wie schön wäre es, wenn wir beide den Frieden zwischen den Familien herstellen könnten.«

Er hob eine Hand. »Ich will Harmonie, aber Pardon, Anouk, mit Stéphane käme ich auch nicht aus, wenn er kein Girard wäre. Wir stammen aus unterschiedlichen Welten. Wir hätten uns nichts zu sagen, und nach allem, was du über Vivienne erzählt hast, ist sie keine Frau, die ich gerne näher kennenlernen würde. Also bitte, keine pompöse Familienzusammenführung, ja?«

Anouk beugte sich vor, streichelte seine Wange, küsste ihn. »Deine Entscheidung, Jean-Paul.«

Ein Klopfen an der Tür ließ sie innehalten. »Erwartest du jemanden?«, fragte Anouk.

Er schüttelte den Kopf. »Vielleicht meine Haushälterin Marie, die sehen will, wer die zweite Person ist, die das Geschirr im Haus benutzt.« Er grinste über die Schulter, eilte zur Tür. Beim Öffnen wich er instinktiv einen Schritt zurück.

Vor ihm stand ein Mann mit wuchernden kreideweißen Haaren. Er trug eine Weste über dem Hemd, an seinem Bein lehnte ein speckiger Rucksack, an den ein zusammengerollter Schlafsack geknotet war.

»Ja?« Jean-Paul musterte den Mann von oben bis unten. Anouk hinter ihm trat näher, betrachtete den Besucher. Er erschien nur auf den ersten Blick wie ein Greis, seine Augen waren jünger, fast kindlich.

»Das war mal mein Haus«, sagte der Fremde. Seine Stimme klang heiser, von zu viel Pastis und Zigaretten. Das Gesicht war von ledrigen Falten und Flecken übersät. Als er ein Lächeln versuchte, sah man, dass ihm ein Eckzahn fehlte. »Ich möchte die Brennerei sehen. Ich habe sie geliebt.«

Anouk spürte Jean-Pauls Anspannung fast körperlich und wie seine Gedanken rasten. »Wer sind Sie?«

»Mein Name ist Lucas Bonnet.«

Sprachlos starrte Jean-Paul auf seinen Vater, Anouk legte ihm die Hand auf den Unterarm. Seine Muskeln verkrampften. Sie erinnerte sich daran, den Mann in der Kathedrale von Grasse gesehen zu haben, ins Gebet vertieft. In seinen Augen lagen eine stumme Bitte und die Angst, zurückgewiesen zu werden.

»Du bist mein Sohn, eh?«

Jean-Paul presste die Lippen so fest aufeinander, dass sie blutleer wirkten. »Was willst du?«

Weil Jean-Paul keine Anstalten machte, den Mann hereinzubitten, öffnete Anouk mit einer einladenden Handbewegung die Tür. »Kommen Sie. Wir können uns drinnen unterhalten.« Sie warf einen schnellen Blick zu Jean-Paul. Ging sie zu weit? Dies waren sein Haus und seine Vergangenheit. Er ließ es zu, schritt seinem Vater voran ins Terrassenzimmer.

Anouk erkannte an der Verspanntheit seines Nackens, wie sehr ihn diese Begegnung aufwühlte. Er kämpfte mit alten und neuen Gefühlen und wusste wohl selbst nicht, welches am Ende die Oberhand gewinnen würde: Abscheu oder Mitleid?

»Danke«, sagte Lucas und ließ sich mit einem Ächzen im Sessel nieder. Sein Blick flackerte durch den Raum, als schienen sich hinter seiner Stirn Erinnerungsfetzen zusammenzusetzen. »Es ist so lange her ... Du warst klein.« Er sprach ohne Betonung, langsam wie ein Mann, der um die passenden Worte ringen musste.

»Wo warst du all die Jahre? Hat man dich für den Mord an meiner Mutter ins Gefängnis gebracht?«

Lucas schluckte. »Nein, ich war auf der Flucht. Man hat mich vergessen. Es ist so lange her«, wiederholte er.

»Wo hast du gelebt?«

»Am Meer. Als Fischer. Keiner hat gefragt, woher ich komme. Keiner kannte meinen Namen. Es riecht da nicht gut. Es stinkt nach verdorbenen Schollen. Moder von Seetang. Ich bin manchmal heimgekehrt. Habe mich ins Rosenfeld gelegt oder zum Lavendel. Dann musste ich zurück auf das Boot.«

»Du hast kein Zuhause?« Anouk blickte den Mann mitleidig an. Er sah aus wie einer ohne Obdach.

Lucas klopfte auf seinen Rucksack, den er neben dem Sessel abgestellt hatte. »Ich habe alles dabei, was ich brauche.«

»Du hast meine Mutter umgebracht, hast ihr mit einer

Sichel die Kehle durchgeschnitten, und du wagst es, dich hier blicken zu lassen?« Lucas' Atem ging schnell. Anouk erkannte an seiner Blässe, dass alles in ihm in Aufruhr war.

Verzweiflung zeichnete sich auf seinen Gesichtszügen ab. »Das war falsch. Das durfte ich nicht tun. Ich bete oft, dass der Herrgott mir verzeiht. Ich bete auch für Onkel Raymond, der mich zwar geschlagen hat, aber aus gutem Grund. Ich war ein Kind, das Prügel verdient hatte.«

Anouk zuckte zusammen. Eine Welle von Mitgefühl stieg in ihr hoch. Kein Kind hatte Prügel verdient, niemals. Ja, er war ein Mann, der seine Frau umgebracht hatte, eine unverzeihliche Tat, aber er war auch gebrochen. Sein stummes Beten in der Kathedrale von Grasse hatte sie berührt.

»Du meinst, alles wird gut, weil du zum Glauben gefunden hast?« Jean-Paul stieß verächtlich die Luft aus. »Das macht meine Mutter nicht lebendig.«

Lucas nickte und senkte den Kopf. Er griff nach dem Tragegurt seines Rucksacks und erhob sich. »Ich gehöre hier nicht hin.«

»Nein, das tust du nicht«, entfuhr es Jean-Paul.

»Wo willst du hin um die Zeit?«

»Ich finde immer einen Platz zum Schlafen.«

Anouk starrte Jean-Paul eindringlich an. »Er kann in der Brennerei übernachten, oder? Da ist Heu, das er sich unter seinen Schlafsack legen kann.«

Ein Leuchten flog über Lucas' Gesicht, als er zwischen Jean-Paul und Anouk hin und her blickte. »Du bist eine gute Frau. Ich freue mich für meinen Sohn. Danielle war auch eine gute Frau. Sie hat mich erlebt, als ein Feuer in mir brannte, ein Schmerz, der mich selbst versengt hat. Menschen verändern sich.« Er hängte sich den Rucksack über die Schulter.

Anouk sah Jean-Paul beschwörend an.

Schließlich nickte er. »Gut, schlag dein Lager in der Brennerei auf. In drei Tagen bist du verschwunden und lässt dich hier nie mehr blicken. Hast du das verstanden?«

Lucas nickte. »Ja, das habe ich verstanden. Danke.«

Obwohl Anouk darauf brannte zu sehen, wie sich Jean-Paul mit seinem Vater arrangierte, ließ sie die beiden eine Woche lang allein. Der Unterricht in der Parfümschule war fordernd. Die Stimmung im Palais Girard war an der Oberfläche freundlich, aber Anouk spürte Viviennes Missgunst. Auf dem Flur zwischen ihren beiden Laboren hielt sie sie an diesem Nachmittag spontan auf, als sie mit einem Nicken und überheblicher Miene an ihr vorbeistolzieren wollte.

»Vivienne, können wir reden?«

Sie schürzte die Lippen. »Worüber?«

»Ich mag so nicht arbeiten, mit all dem Unausgesprochenen zwischen uns.«

»Ich finde, es ist alles gesagt«, erwiderte Vivienne. »Du ziehst deinen Profit aus der Vergangenheit. Das hast du clever eingefädelt.«

»Ich habe das alles so nicht gewollt. Ich bin nicht weniger überrascht als ihr. Niemals wollte ich mir Vorteile erschleichen.«

»Das brauchst du nun auch nicht mehr. Dir stehen in unserem Haus alle Türen offen.«

»... kommen wir in den Bürobereich der Firma. Dahinter liegen die Werkhallen, die zweifellos spannender sind, abgesehen von den Laboren. Da dürfen Sie gern einen Blick hineinwerfen, nicht wahr, Anouk?« Mit ausladenden Gesten führte Stéphane eine Gruppe von Parfümschülern durch den Flur. Es gab einen Angestellten, der die Betriebsbesichtigungen üblicherweise erledigte. Mit etwas Glück begleitete der Juniorchef die Interessenten, der seinen Charme versprühte und amüsante Anekdoten aus Grasse und der Welt der Luxusartikel erzählte.

»Gerne, Stéphane.« Er küsste sie auf die Wange und winkte Vivienne, die die Gelegenheit nutzte, sich in ihrem eigenen Labor zu verschanzen. In seinem Schatten erkannte Anouk die älteren Jahrgänge aus der Parfümschule von Roure, darunter Sara, die wie üblich ihr gepunktetes Stoffband im Haar trug. Saras Augen schimmerten, während sie Stéphane anschaute. Sie nickte Anouk zu. »Kein Wunder, dass du so eine Überfliegerin in der Schule bist, wenn du dein eigenes Labor hast«, sagte sie. Es klang nur bewundernd, nicht die Spur eifersüchtig. Anouk hatte inzwischen ein feines Gehör für Zwischentöne. Die anderen sechs Teilnehmer der Besichtigung begannen miteinander zu tuscheln. Alle fanden es bemerkenswert, dass eine Schülerin in einem solchen Umfeld arbeiten durfte. Einer mittelmäßigen Parfümeurin hätte man dieses Paradies nicht eingerichtet.

»Ja, ich bin dankbar dafür.« Sie schloss ihr Labor auf und öffnete die Tür einladend. »Bitte schön!«

Der Abend war mild, und so nahmen sie den Aperitif zum ersten Mal in diesem Jahr an den Stehtischen im Innenhof ein. Die Tafel war für später im Esszimmer gedeckt, aber jetzt genossen die Girards mit ihren Pastisgläsern den Abend unter den Bäumen, die zartes Grün austrieben. Vivienne achtete darauf, nicht in Anouks Nähe zu stehen. Eine zermürbende Anspannung. Stéphane unterhielt sich mit seiner Mutter, und Antoine stellte sich zu Anouk, führte sie am Unterarm ein Stück von den anderen weg. Die Luft roch nach den ersten frischen Trieben und Mutterboden, der nach dem Winterregen trocknete.

»Hast du mit Jean-Paul Bonnet geredet? Mag er uns besuchen kommen?«

Anouk nahm einen Schluck aus dem Wasserglas, um Zeit zu gewinnen. »Er freut sich, dass ihr bereit seid, den alten Streit zu vergessen. Sicher wird er gern einmal zu Besuch kommen. Allerdings bereitet er zurzeit seine Felder vor.«

Antoine lächelte. Er wusste, dass um diese Zeit nicht viel zu tun war bei den Duftölherstellern. »Richte ihm beste Grüße aus. Er ist jederzeit willkommen.«

Anouk erwiderte sein Lächeln erleichtert.

»Da ist noch etwas, das ich mit dir besprechen wollte. Als Mitglied unserer Familie ist es unpassend, dass du im Gästezimmer schläfst. Was hältst du davon, wenn wir einen Trakt für dich anbauen, in dem du später mit deiner Familie wohnen kannst?«

Sie zuckte zusammen. »Das ist großzügig, Antoine, vielen Dank, aber das möchte ich nicht. Ich liebe mein Zimmer und die Aussicht, es ist genau richtig für mich.«

»Gib Bescheid, wenn du es dir anders überlegst. Es berührt mich, dass mein Bruder Gilles sein Talent vererbt hat. Er wäre stolz auf dich, Anouk.«

»Danke, Antoine.«

»Wir zahlen dir ein Honorar für deine Arbeit im Labor. Als Girard steht dir eine größere Apanage zur Verfügung.«

»Ich weiß gar nicht, wofür ich das Geld ausgeben soll. Mir reicht das so, Antoine.«

»Du bist eine ungewöhnliche Frau, Anouk. Ich bin froh, dass du zu uns gefunden hast. Was ich sagen will: Wende dich an mich, wenn du etwas brauchst.«

Anouk stellte sich auf die Zehenspitzen und küsste Antoine auf die Wange. »Das ist lieb von dir. Danke.«

Antoines Angebote waren nobel, doch mit jeder Geste war der Wunsch verbunden, sie ans Haus zu binden. Ja, sie konnte sich vorstellen, als Parfümeurin für die Girards zu arbeiten, aber sie würde darauf achten, immer eine Wahl zu haben.

Auf seiner Terrasse stehend beobachtete Jean-Paul, wie Lucas auf Albert zulief. Es war der vierte Tag seit seiner Ankunft. Sein Vater erweckte nicht den Anschein, als wollte er wieder abreisen. Jean-Paul bekam kaum etwas von ihm mit. Er wusste nicht, woher er Brot, Wurst und Wasser bekam, vielleicht hatte er ein paar Francs von seinem Fischerleben übrig. Ihn jedenfalls hatte er um keinen Bissen gebeten. Ob Albert ihm etwas brachte? Bernadette war eine Frau mit großem Herzen.

Jean-Paul wusste, dass Albert und Lucas heute die Destillerie zur Probe befeuern wollten, um festzustellen, ob alle Rohre gut durchlässig waren. Von Weitem sah er das Gesicht seines Vaters vor Glück leuchten und wie Albert ihm auf die Schulter klopfte. Dann verschwanden sie in der Brennerei.

Lucas musste fast fünfzig sein, er selbst war sechsundzwanzig. Er fand es nicht verwunderlich, dass es einen alternden Mann zurück in die Heimat zog. Das Leben auf der Straße war hart.

Und er selbst? Er hatte nie etwas von der Welt gesehen, war wie verwachsen mit seinen Ländereien und dem Brennereibetrieb. Was, wenn es ein alternatives Leben für ihn gab? Was, wenn er alles hinter sich ließ und herausfand, welche Chancen sich ihm boten?

In seinem Magen zwickte es bei dem Gedanken, all das, was seinen Komfort ausmachte, hinter sich zu lassen. Aber schmerzhafter war die Vorstellung, in der Nähe seines Vaters weiterzuleben. Der Mörder und sein Sohn.

Nachdenklich betrachtete er die Urkunden an der Wand, die ihn als einen der besten Duftölhersteller auszeichneten, die Reihen voller Bücher über Pflanzenpflege, das weinrote Sofa vor dem Kamin, auf dem er mit Anouk gelegen hatte.

Er wischte sich über die Stirn und sog tief die Luft ein.

Anouk. Welche Rolle würde sie spielen, wenn er sein Leben komplett auf den Kopf stellen wollte?

An diesem Samstag begleitete Anouk Jean-Paul zu den Lavandinfeldern, um zu überprüfen, wie die Pflanzen die kühlere Jahreszeit überstanden hatten. Er schritt ihr voran durch die Reihen und schnitt mit einer Schere verholzte Stängel ab.

»Dein Vater ist noch da?«, fragte sie, während sie es ihm nachmachte und die Pflanzen untersuchte. Bevor sie Triebe entfernte, wartete sie, dass Jean-Paul mit einem Nicken zustimmte. Seit dem Fußmarsch zum Feld hinauf war er ungewöhnlich schweigsam gewesen. Sein Begrüßungskuss war flüchtig, eine Enttäuschung für Anouk, nachdem sie sich eine Woche lang nicht gesehen hatten. Sie sehnte sich nach seiner Berührung.

»Er hat die Sicheln geschärft und die Anlage gereinigt. Albert meinte, so einen Mitarbeiter könnten wir gut brauchen, und hat mich gebeten, ihn einzustellen.«

»Und was meinst du?«

Jean-Paul richtete sich auf, stützte die Hand in den Rücken, als hätte er Schmerzen. In seinen Augen lag eine Spur von Verzweiflung. »Ich habe die letzten Nächte nicht geschlafen vor lauter Grübelei. Ich weiß nicht, wie ich mit diesem Mann umgehen soll. Ja, er ist tüchtig, und ja, vielleicht hat er sich verändert, aber ... Ich kann nicht, Anouk. Ich kann seine Nähe nicht ertragen. Ich halte es nicht aus, ihn Tag für Tag sehen zu müssen. Andererseits schaffe ich es nicht, ihn wieder auf die Straße zu setzen. Er ist so ... unauffällig und demütig und glücklich, wieder in Grasse zu sein.«

»Müsste er sich nicht bei der Gendarmerie melden?«

Er schüttelte den Kopf. »Die Tat ist verjährt, die weckt niemandes Interesse mehr. Er könnte sich in seinem alten

Zuhause gemütlich einrichten.« Seine Miene verschloss sich. »Aber ohne mich.«

Anouk zuckte zusammen. »Du willst ihm die Brennerei überlassen?«

Er hob den Blick und sah ihr offen in die Augen. »Nicht ihm, sondern Albert. Glaub mir, ich habe das Für und Wider lange abgewogen und mir die Entscheidung nicht leicht gemacht. Aber ich spüre mit jeder Faser meines Körpers, dass ein Wendepunkt in meinem Leben nötig ist. Albert weiß, was die Firma wert ist. Ich würde ihm die Ländereien und die Brennerei verpachten, das Haus vermieten. Und er würde meinen Vater anstellen.« Er senkte den Kopf, starrte auf seine Schuhspitzen. »Er hat unrecht getan, aber er hatte nie eine Chance. Vielleicht ist ihm die Stadt einen neuen Anfang schuldig.«

Anouk lief es kalt den Rücken hinab. »Was wirst du tun?«

»Mir brennt es auf der Seele, mit meiner Vergangenheit abzuschließen. Ich will das Angebot aus dem Parfümhaus Bonnet annehmen und für eine Weile nach Paris ziehen. Ich brauche Abstand von allem.«

Anouk stiegen die Tränen hoch, sie würde nicht weinen. »Auch von mir?«

Jean-Paul trat auf sie zu, zog sie an sich, streichelte ihren Rücken, küsste ihren Hals. Sie blieb verspannt, ließ es über sich ergehen, während ihr Herz in tausend Stücke zersprang. »Ich wünschte, du würdest mich begleiten, aber ich weiß, dass du das nicht kannst. Unsere Liebe ist so stark, Anouk. Wir werden die Zeit überwinden, bis du deine Ausbildung abgeschlossen hast. Ich werde dich so oft wie möglich besuchen, und du schaffst es in den Ferien sicher, nach Paris zu kommen, nicht wahr? Wer weiß, vielleicht treibt mich das Heimweh und ich stehe in zwei Wochen wieder vor dir.« In seinen Augen lag ein Ausdruck von Angst und Hoffnung zugleich.

Anouk fühlte sich wie betäubt. Tausend Kilometer von Jean-Paul entfernt leben? Sie würde vor Sehnsucht nach ihm vergehen. Jetzt liefen die Tränen über ihre Wangen, er tupfte sie mit einem Finger auf. »Wir schaffen das, Liebes.«

»Wann willst du weg?« Ihre Stimme klang in ihren eigenen Ohren fremd.

»Sobald wie möglich. Ich werde heute mit Albert darüber reden, was er davon hält, befristet die Brennerei zu übernehmen. Das Haus ist mindestens doppelt so weitläumig wie sein eigenes, darin hätte seine Familie ausreichend Platz. Er müsste vielleicht für den Anfang einen Kredit aufnehmen. Es würde sich für ihn lohnen. Der Ruf von Bonnet ist tadellos.«

Anouk mochte sich nicht vorstellen, dass Jean-Paul nicht mehr in dem Haus am Chemin du Servan lebte. Für sie war es das Herz dieser Stadt, viel eher ihre Heimat als das Palais Girard. »Und Karine und Manon? Wirst du ihnen schreiben?«

Er schüttelte den Kopf. »Sobald ich Alberts Einverständnis habe, rufe ich sie an und kündige meinen Besuch an. Sie wollten mich gern als Einkäufer einstellen, mein Großvater war davon überzeugt, dass sie von meinem Fachwissen profitieren können. Wir werden abwarten müssen, ob wir uns verstehen.« Er lächelte sie an, strich ihr eine Strähne hinters Ohr.

Anouks Innerstes fühlte sich betäubt an. »Ihr werdet gut zusammenarbeiten.«

Er betrachtete sie sinnend. »Wenn du deine Ausbildung beendet hast und ich noch nicht zurückgekehrt sein sollte, ziehst du zu mir nach Paris. Die Parfümhäuser werden sich um dich reißen.«

»Die Girards zählen auf mich.«

»Du wirst die richtige Entscheidung treffen, wenn die Zeit gekommen ist.«

Zwei Wochen später war es so weit. In Jean-Pauls Haus am Chemin du Servan wimmelte es von fünf Kindern zwischen drei und zwölf Jahren, die sich die besten Verstecke suchten. Albert hatte den Arm um seine Frau Bernadette gelegt. Lucas hielt sich hinter den beiden, überragte sie um einen halben Kopf. Er knetete sein Béret in den Händen. Jean-Paul trug seinen Koffer, an den Eingangsstufen stand Anouk. Sie würde ihn auf ihrer Vespa zum Bahnhof bringen.

»Ich wollte nicht, dass du gehst.« Lucas war blass bis in die Lippen.

Jean-Paul nickte ihm zu. »Ich weiß.«

»Wenn es in Paris nicht so läuft, wie du es dir vorstellst, kommst du jederzeit nach Grasse zurück. Dieses Haus wird immer dein Zuhause sein.« Albert wischte sich mit der Hand unter der Nase entlang, um seine Rührung zu verbergen. Jean-Paul umarmte ihn, küsste seine Frau auf die Wangen.

»Danke.«

Auf dem Weg zum Bahnhof genoss Anouk es, wie sich Jean-Paul auf dem Sozius an sie schmiegte, ihre Taille umschlang. Er wärmte sie durch die leichte Strickjacke hindurch, die sie über Bluse und Jeans trug. Gleichzeitig nahm ihr ein innerer Druck in ihrer Brust fast die Kraft zu atmen.

Sie wollte Jean-Paul nicht verabschieden. Sie wollte im Frühjahr mit ihm in den Blumenfeldern liegen und die Wolken am Himmel zählen.

Sie hatte sich fest vorgenommen, nicht zu weinen, aber nun, da sie den Roller vor dem Bahnhofsgebäude abstellte, saß ihr ein Kloß im Hals.

Jean-Paul schnallte seinen Koffer vom Gepäckträger und nahm Anouks Hand. Der Zug nach Cannes wartete auf den Gleisen. Ein Dutzend Menschen eilte auf ihn zu und stieg ein, vom Bahnhofswärter in seiner Uniform mit der Kelle in der Hand beobachtet. An einer der offenen Türen der hinteren Wagen blieb Jean-Paul stehen, zog Anouk an sich. Sie presste sich an ihn, den Moment auskostend, von dem sie lange Zeit würde zehren müssen. Wie würde sie seine Nähe vermissen. Erst im Sommer bestand die Chance, dass sie in den Schulferien nach Paris reiste, um ihn wiederzusehen. Ob er vorher Zeit finden würde für einen Besuch in Grasse?

Sie küssten sich, der Bahnhofswärter stieß den ersten Pfiff mit der Trillerpfeife aus. Jean-Paul griff in die Innentasche seiner Jacke, zeigte ihr die offene Handfläche, auf der ein Ring lang. Weißgold mit einem winzigen Saphir. Sie starrte auf das Schmuckstück, danach in seine Augen. Er nahm den Reif, hob ihre linke Hand und streifte ihn über den Ringfinger. »Ich will ein Leben lang mit dir zusammen sein, Anouk. Dieser Ring soll dich daran erinnern. Willst du meine Frau werden?«

Sie konnte die Tränen nicht zurückhalten. Diesmal kamen sie allerdings vor Freude. Sie betrachtete ihre Linke mit den gespreizten Fingern, der Saphir schimmerte im Licht der Februarsonne. »Ja, Jean-Paul, ich will. Ich kann es kaum erwarten.« Sie küsste ihn auf den Mund, strahlte ihn an. Das zweite Trillern des Bahnhofswärters beendete ihre Umarmung. Jean-Paul nahm seinen Koffer und wandte sich zur Zugtür. Leichtfüßig sprang er hinein, drehte sich um, warf ihr eine Kusshand zu und eilte durch den Flur zu den Abteilen. Der Schaffner schloss die Türen.

Anouk reckte den Kopf, um Jean-Paul sehen zu können, lief ein Stück am Zug entlang. Die Fenster spiegelten und ließen keinen Blick ins Innere zu. Die Bahn rollte an, langsam erst, dann schneller werdend. Anouk stand auf dem Bahnsteig, winkte, auf Zehenspitzen stehend, bis der Zug verschwand. Sie ließ den Kopf hängen, wischte sich die Tränen von den Wangen. Trotz des Verlobungsrings hatte sie keine Ahnung, wie sie die Zeit ohne Jean-Paul überstehen sollte.

35

Obwohl die Gedanken an Jean-Paul sie in manchen Stunden zu überwältigen drohten, ließ Anouk sich nicht unterkriegen. Manchmal tastete sie nach dem Rosenquarz an ihrer Halskette, hielt den Stein, fühlte seine Wärme.

Vivienne ging sie aus dem Weg, dafür nutzte sie jede freie Minute außerhalb der Schule und des Labors, um mit ihren Freunden zusammen zu sein. Mit Alain und seiner Freundin Lisanne spazierte sie durch die Stadt zu den markantesten Aussichtspunkten, wo die Malerin ihre Staffelei aufstellte und Pinsel und Farben auspackte. Fasziniert beobachte Anouk, wie sie die Dächer der Stadt, die verwinkelten Gassen der Altstadt, die Gärten, die Prachtvillen auf die Leinwand brachte.

Mit Fleur fuhr sie an einem Samstag im März auf ihrem Roller bis nach Nizza zum Einkaufen. Der Frühling kehrte mit all seiner Sonnenkraft zurück, es war Zeit, sich mit Kleidern, Badeanzügen und neuen Sommerschuhen auszustaffieren. Die Fahrt dauerte über zwei Stunden und bot ihnen von den Höhenstraßen atemberaubende Ausblicke. Die Kirschen reiften, die Weinreben an den Hängen trieben glänzend grünes Blattwerk aus, die Berge wirkten majestätisch und weich zugleich.

Hin und wieder stattete Anouk in den Abendstunden Jacques' Bistro einen Besuch ab. Seine Limonade war nach wie vor die beste in Grasse, und wenn er Sardellenfilets anbot, konnte Anouk nicht widerstehen. Manchmal traf sie sich mit Alain und Lisanne dort zum Essen, manchmal ging sie mit Fleur oder allein, und einmal begegnete ihr der Schreiner Philippe Duval. Er fragte, ob er sich zu ihr setzen dürfe. Sie aß Crespéou, einen Omelettekuchen mit Frühlingszwiebeln und Tomaten. Als sie nickte, bestellte er das Gleiche. Sie unterhielten sich über seine neuen Aufträge in der Zimmerei, ihren Unterricht in der Parfümschule und über Jean-Pauls mutigen Schritt, Grasse zu verlassen. Anouk bemühte sich, sich ihre Gefühle nicht anmerken zu lassen. Sie bestellten zwei Gläser gekühlten Weißwein, seine Blicke wurden interessierter. »In der Auberge spielt am Samstag eine Kapelle zum Tanz«, sagte Philippe, als Jacques Geschirr und Besteck abräumte.

Anouk lächelte dem Wirt zu. »Es war wunderbar, Jacques.« Er strich sich geschmeichelt mit zwei Fingern über den Schnauzbart.

»Ich dachte«, fuhr Philippe fort, »vielleicht möchtest du mit mir zusammen hingehen?«

Sie musterte ihn, seine dünne Gestalt, die schmalen Schultern, den klaren Blick. Ein liebenswerter Mann, aber seine Absichten waren zu eindeutig. Sie würde ihm keine Hoffnung machen. »Es tut mir leid, ich kann nicht tanzen.«

Seine Augen leuchteten auf. »Ich bringe es dir bei. Ich bin der beste Tangotänzer der Stadt.«

Sie schüttelte den Kopf. »Wirklich nicht, Philippe. Danke für das Angebot.«

Er senkte den Blick, gekränkt. Sie hatte nur wenig Mitleid, ein Junggeselle wie er mit seinem eigenen Betrieb hatte vermutlich die freie Auswahl unter den ledigen Frauen in Grasse.

Wenn ihr einer das Tangotanzen beibrachte, dann war das Jean-Paul.

Mehrmals in der Woche schaute sie bei Albert und Bernadette vorbei, die jetzt im April gemeinsam mit Lucas die Narzissen ernteten und den Duft herausdestillierten. Jean-Paul konnte zufrieden damit sein, wie sein bester Freund und sein Vater das Geschäft weiterführten. Im Mai würden sie die ersten Rosen ernten können.

Stéphane lud sie Mitte April zu einem Strandtag nach Saint-Tropez ein. Er konnte sich einen Tag Urlaub leisten, der Erfolg von *Le Mircale de Grasse* war ungebrochen, sie lieferten inzwischen bis in die USA. Anouk bewunderte ihn für seine Umtriebigkeit und sein Gespür für wirksame Reklame. In den Städten an der Riviera hingen die Werbeplakate für das neue Parfüm der Girards an jeder Litfaßsäule. Im Fernsehen sah man vor jedem Spielfilm das Mannequin Benoîte Nielsen in ihrem atemberaubenden Bikini aus dem Wasser steigen und sich mit *Le Miracle de Grasse* bestäuben.

Anouk sagte gern zu, Ausflüge mit Stéphane in seinem offenen Sportauto machten ihr Spaß. Zu ihrer Verwunderung blieben sie diesmal nicht zu zweit. Er hatte Sara eingeladen, ihre Mitschülerin bei Roure, die ihn bei der Betriebsführung so angehimmelt hatte. Nach der ersten Überraschung freute sich Anouk, die junge Frau zu sehen. Sie küssten sich auf die Wangen.

»Ihr kennt euch, nicht wahr?« Stéphane schob sich auf dem Weg zum Wagen die Sonnenbrille in die Haare und schaute von einer zur anderen.

»Ja, vom Sehen«, sagte Anouk, und an Sara gewandt: »Ich freue mich.«

Ihre Mitschülerin schien sich in den smarten Reklamemann der Girards verliebt zu haben. Anouk wusste nicht genau, ob sie ihr dazu gratulieren sollte oder nicht. Was mochte Stéphane empfinden? Immerhin vertiefte er ihre Bekanntschaft, indem er sie einlud, wenn auch zu einem Ausflug zu dritt.

Am fast menschenleeren Strand von Saint-Tropez konnte Sara es nicht erwarten, endlich ins Wasser zu laufen. Stéphane und Anouk blieben auf den Strandlaken zurück. »Es ist so herrlich hier. Erstaunlich, dass so wenige Menschen diesen Flecken der Riviera bisher entdeckt haben.«

»Oh, die wenigen schlafen um diese Uhrzeit ihren Rausch aus. Cannes lockt mit seiner klassischen Architektur und Eleganz, Saint-Tropez entwickelt sich zu einem Zentrum für Leute mit freizügiger Moralauffassung.« Er grinste sie an. »Ich schwanke, welcher mein Lieblingsort sein wird.«

Sie lachte. »Ich fühle mich weniger beobachtet als in Cannes.«

»Genau das ist das Geheimnis von Saint-Tropez.« Er blickte zum Wasser, wo Sara über die Wellen sprang. »Ihr scheint es hier zu gefallen.«

»Du interessierst dich für sie?« Anouk musterte Stéphane durch ihre Sonnenbrille hindurch von der Seite. Er lag auf dem Rücken, hielt Gesicht und Körper in die Frühlingssonne.

»Sie ist interessiert an mir.«

»Das weiß ich. Ein Blinder würde das erkennen. Erwiderst du ihre Gefühle?«

»Ich gebe ihr eine Chance.« Ohne seine Lage zu verändern, grinste er. »Nachdem du mir so schnöde den Laufpass gegeben hast. Ich muss mich trösten, oder?«

»Sei nicht albern, Stéphane. Du wolltest mich heiraten, um mich an deine Familie zu binden. Das hatte mit Liebe nichts zu tun.«

Er zuckte die Achseln. »Wer weiß.«

»Es stört mich, dass du nie weißt, wann es Zeit ist, aufrichtig zu sein«, gab sie zurück. »Sara ist verliebt in dich. Sie hat es verdient, dass du sie ernst nimmst.«

»Das tue ich. Sie passt mit ihrem familiären Hintergrund gut an meine Seite und in die Familie Girard. Jetzt muss ich nur herausfinden, welche Vorstellungen von der Zukunft sie hat.«

Anouk schwieg und dachte an das Arrangement, das er ihr vorgeschlagen hatte: eine Ehe mit allen Freiheiten. Würde er Sara vor dieselbe Wahl stellen? Würde sie sich darauf einlassen, in der Hoffnung, dass sie es schaffte, ihn für sich allein zu behalten? Stéphane war es gewohnt, dass sich alles um ihn drehte, aber eine junge Frau wie Sara war in ihrer Verliebtheit so verletzlich. Anouk wünschte ihr, dass sich ihre Träume erfüllten, obwohl sie nur wenig Hoffnung hatte.

»Du wirst uns bald verlassen, nicht wahr?« Stéphanes Stimme drang in ihre Gedanken.

Sie erschrak. »Wie kommst du darauf? Der Plan ist, dass ich für das Haus Girard arbeite, sobald ich die Ausbildung beendet habe.« Das würde allerdings nur gelten, wenn Jean-Paul nach Grasse zurückkehrte. Den letzten Gedanken behielt sie für sich.

»Nein, ist es nicht. Du sehnst dich nach Bonnet. Ich sehe es in deinen Augen und deinem wehmütigen Lächeln, wenn du glaubst, niemand beobachtet dich. Dein Herz ist mit ihm nach Paris gegangen, und du zählst die Stunden, bis ihr euch wiederseht.«

Erstaunlich, wie genau Stéphane Bescheid wusste. »Ja, ich sehne mich nach ihm. Ich habe nie zuvor jemanden so geliebt wie ihn.«

»Was hindert dich, ihm nachzureisen?«

»Ich habe durch dich meinen Traum verwirklicht, zur Parfümeurin ausgebildet zu werden. Und ich habe zugesagt, für die Girards zu arbeiten. Ich stehe in der Pflicht.«

Er drehte sich auf die Seite, schob die Sonnenbrille in die Haare, stützte den Ellbogen in den Sand und den Kopf in die

Hand. »Du bist eine wunderbare Frau, Anouk. Schade, dass wir nicht zueinandergefunden haben. Ich beneide Bonnet um deine Liebe.«

Anouk horchte dem Klang seiner Worte nach. Es hörte sich an, als meinte er es ernst.

»Lass dein Herz sprechen. Werde glücklich, *chérie*.«

Was auch immer er sich davon erhoffte – sein Lächeln war unwiderstehlich, und ihr Herz flog ihm zu. Sie beugte sich hinab und küsste ihn auf die Wange.

Tropfen perlten über Saras Körper, als sie sich die nassen Haare aus dem Gesicht strich. »Was ist los mit euch, ihr Schlafmützen? Das Wasser ist herrlich!« Stéphane ließ sich von ihr hochziehen. Anouk winkte lachend ab. Sie sah den beiden hinterher, wie sie Hand in Hand zum Meer rannten.

Mindestens einmal in der Woche traf ein Brief von Jean-Paul ein, mehrmals rief er an. Am Telefon waren sie atemlos, stammelten Liebeserklärungen und schickten sich Küsse durch den Hörer. In ihren Briefen hielten sie sich über ihren Alltag auf dem Laufenden. Jean-Paul erzählte, wie herzlich ihn die Schwestern Bonnet aufgenommen und dass sie ihm ein Zimmer in ihrer eigenen Wohnung zur Verfügung gestellt hatten.

Ich finde das alles recht beengt. Ich versuche, Karine und Manon zu einem Umzug zu bewegen, aber sie sind ängstlich, was eine Expansion angeht, und setzen weiterhin auf ihre Nischenkundschaft. Natürlich will ich nicht alles umwälzen, was sie sich aufgebaut haben, aber sich zu vergrößern schließt ja nicht aus, dass man weiterhin auf das Außergewöhnliche setzt. Drück mir die Daumen, dass ich mit ihnen ins Gespräch komme.
In Liebe, Jean-Paul

Anouk erzählte ihm, dass die Brennerei wieder befeuert wurde, dass das diesjährige Narzissenduftöl von beispielloser Qualität war und dass sein Freund Albert offenbar einen guten Draht zu Lucas hatte, der seinen Anweisungen folgte.

Versuch doch, Karine und Manon zu überreden, jemanden für die Reklame einzustellen. Das sollten sie wirklich nicht unterschätzen. Nur der außergewöhnliche Duft allein bewirkt keinen Erfolg, es muss jemand da sein, der die Werbetrommel rührt. Ich erlebe das selbst im Haus Girard. Ohne Stéphane hätten sie nie diesen Erfolg.

Den letzten Satz wollte sie zuerst streichen, weil sie sich daran erinnerte, dass Jean-Paul auf Stéphane nicht gut zu sprechen war. Dennoch war es ihre Überzeugung, dass zum Erfolg mehr gehörte als das Talent einer Parfümeurin.

Die Briefe linderten nicht ihre Sehnsucht nach ihm, sie verstärkten sie sogar. Sie spürte, dass er in Paris glücklich war. Sein erster Auftrag bestand darin, sämtliche Duftöle, die die Schwestern verarbeiteten, durch qualitativ hochwertigere zu ersetzen. Mit der Zeit wurden mehr Kunden auf sie aufmerksam, verbreiteten den Ruf des Hauses. Sie stellten eine junge Frau ein, Veronique, die nach einem Wirtschaftsstudium eine Stelle als Werbefachfrau suchte. Mit Schwung stürzte sie sich in die Aufgabe, das Parfümhaus Bonnet mit seinen außergewöhnlichen Düften bekannt zu machen. Sie orderte Anzeigen in den Tageszeitungen, erstellte Plakate für das Schaufenster und Broschüren für die Kunden. Die Düfte der Schwestern Bonnet fanden immer mehr Liebhaber. Sie waren auf einem guten Weg. Um die Produktion steigern zu können, veranlasste Jean-Paul nach einigen Wochen in Absprache mit den beiden Frauen, dass eine Parfümfabrik die Abfüllung der Flakons übernahm. Die eigene Anlage war inzwischen zu klein, um den Bedarf der Kundschaft zu decken. All das erforderte so viel Einsatz, dass er über Ostern nicht nach Grasse reisen konnte, wie sie es ursprünglich geplant hatten.

Ende Mai überredete er die Schwestern, in die Rue Cambon umzuziehen, in ein vierstöckiges Wohnhaus mit größerer Ladenfläche im Erdgeschoss, gleich in der Nachbarschaft von Coco Chanel. Anouk spürte, dass dies der Zeitpunkt war, an dem Jean-Paul entschieden hatte, in Paris zu bleiben.

Du würdest Dich hier wohlfühlen, Anouk. Karine und Manon fragen mich ständig, wann Du nachreist. Ich habe ihnen gesagt, dass Du Deine Ausbildung beenden musst, dass Du in den Sommerferien zu Besuch kommen willst. Das wirst Du, oder? Ich zähle die Stunden bis dahin.

Widersprüchliche Gefühle füllten Anouk aus. Sie liebte ihr Leben in Grasse, doch die Gedanken an Jean-Paul ließen sie nicht los.

Eine Parisreise würde den Schmerz lindern, für kurze Zeit. Aber unausweichlich käme der Abschied auf sie zu, der ihr Innerstes in Stücke reißen würde. Wollte sie eine Liebe über tausend Kilometer hinweg? Konnte sie mit einem solchen Arrangement glücklich sein?

Anfang Juni nahm sie sich ein Herz und bat um ein persönliches Gespräch mit Madame Bernard.

In Madame Bernards Büro fühlte sich Anouk an ihre Aufnahmeprüfung erinnert und wie sie damals gebangt hatte, ob ihr Talent ausreichte oder nicht. An diesem Tag saß sie hier mit neuem Selbstbewusstsein, aber ihr Anliegen war heikel. »Madame Bernard, Sie erwähnten vor einiger Zeit, dass es unter gewissen Bedingungen möglich wäre, die Prüfung als Parfümeurin früher abzulegen.«

»Das ist jetzt nicht Ihr Ernst, Anouk, oder? Sie sind ein knappes Jahr bei uns und überlegen, ob Sie fertig sind? Bei allem Respekt, meine Liebe, eine Parfümeurin braucht nicht nur Talent, sondern auch intensive Schulung. Und die bekommen Sie hier, mindestens für zwei weitere Jahre.«

Anouk sackte auf dem Besucherstuhl zusammen, starrte auf ihre Hände, bevor sie den Kopf hob. »Mein Verlobter musste nach Paris. Ich vermisse ihn sehr.«

Madame Bernard verdrehte die Augen. »Dass ihr jungen Leute immer gleich alles haben wollt. Liebe oder Karriere? Ich dachte, eine Frau wie Sie setzt glasklare Prioritäten.«

»Das mache ich, Madame! Ich dachte nur, Sie wüssten eine Möglichkeit, meinen Abschluss zu beschleunigen. Ich weiß nicht, wie ich es ohne meinen Verlobten die nächsten zwei Jahre aushalten soll.«

Madame Bernard schnalzte mit der Zunge und schüttelte den Kopf. »Ich hatte gehofft, der Konzern Roure könnte nach Ihrer Ausbildung von Ihrem Talent profitieren. Die Girards malen sich vermutlich Ähnliches aus. Und nun höre ich, dass Ihre eigenen Pläne in eine andere Richtung gehen.«

Anouk schluckte. »Ich konnte das nicht vorhersehen.«

»Er hätte bei Ihnen bleiben sollen, bis Sie die Abschlussprüfung abgelegt haben.«

»Das ging nicht.«

Madame hob die Schultern. »Ich halte es für einen Fehler, wenn Sie die Ausbildung abbrechen, um bei dem Liebsten zu sein.«

»Das will ich doch gar nicht!«, rief Anouk. »Ich hatte mir überlegt, ich könnte im Sommer die schriftliche und mündliche Prüfung zumindest versuchen?«

»Das geht nicht. Es gibt Regeln, die gelten auch für eine Anouk Romilly. Lassen Sie mich einen Augenblick nachdenken.« Sie verschränkte die Hände hinter dem Rücken, schlenderte zum Fenster und schaute hinaus. »Also gut, wie Sie meinen. Entwerfen Sie bis Ende Juni einen wirklich großen Duft und erläutern Sie die Herstellung vor den anderen Schülern. Wenn mich Ihre Arbeit zufriedenstellt, gebe ich Ihnen ein Zeugnis und ein Empfehlungsschreiben. Givaudan betreibt die älteste Parfümschule in Paris. Dort könnten Sie Ihre Ausbildung fortsetzen. Ich mache das nicht gern, ein Talent wie Sie übergibt man nicht leichten Herzens an die Mitbewerber. Ohne Zweifel könnten Sie jetzt schon als Parfümeurin arbeiten, und sogar als eine, die die Welt in Staunen versetzt. Ich meine dennoch, ein offizieller Titel ist die Basis für ein Berufsleben. Und in Gottes Namen, machen Sie den Abschluss eben bei Givaudan.«

Anouk konnte nicht anders: Sie sprang auf, eilte auf Madame zu und stoppte in letzter Sekunde kurz vor ihr, weil ihr einfiel, dass es sich nicht gehörte, die Ausbilderin zu umarmen.

Ein Lächeln erhellte Madame Bernards Gesicht, als sie die Arme ausbreitete. »Mein liebes Kind, ich wünsche Ihnen nur das Beste.« Sie lockerte die Umarmung. »Lassen Sie in Ihrem Engagement nicht nach! Verlassen Sie sich darauf, dass ich Sie nicht weiterempfehle, wenn Ihr Duft nur durchschnittlich ist.«

»Sie können sich auf mich verlassen, Madame Bernard. Der Duft, den ich zum Abschluss kreiere, gehört dann Roure?«

»Nein, Ihnen. Wenn Sie sich Mühe geben, wird er der Anfang für Ihr Leben in Paris.«

»Ich danke Ihnen von Herzen, Madame Bernard.« Das Glück pulsierte durch jede Ader in ihrem Körper. Eine sirrende Unruhe und Vorfreude erfasste sie – und die überbordende Lust, gleich an diesem Abend mit ihrer Abschlussarbeit zu beginnen.

Als sie schon an der Tür war, rief Madame sie zurück.

»Bitte, Anouk, hängen Sie es nicht an die große Glocke. Die anderen Schüler sollen nicht annehmen, dass dieser Weg für jeden offensteht.«

»Ich werde niemandem etwas erzählen. Versprochen.«

36

Für ihre Abschlussarbeit wollte Anouk einen symphonischblumigen Duft erschaffen und die Kunst vollbringen, der Natur Aromen hinzuzufügen. Frauen sollten nicht wie Blumen riechen, das war modernes Parfümeurswissen. Anouk hatte die neuen Frauen im Blick, die wie ihre Mutter nach dem Krieg berufstätig waren, sich um die Familie kümmerten und die ein Versprechen für die Zukunft waren. Abstraktion sollte die Seele ihres Parfüms sein, und dazu schöpfte sie aus der Vielzahl der Aroma-Chemikalien. Molekül um Molekül setzte sie zusammen, verwarf Ideen, versuchte Neues, kombinierte und trennte wieder, eine enorme künstlerische Leistung. Anouk liebte diese Herausforderung und wollte Madame Bernard beweisen, dass sie ihre Empfehlung verdient hatte. Sie mischte die beschwipste Süße der Rose mit dem Zitronigen der Magnolie und der Rauheit der Lilie, schuf einen anmutigen Bogen von der Kopfnote bis zur Basis.

Der Juni war geprägt von ihren Vorbereitungen, nur an den Sonntagen gestattete sie es sich, sich mit ihren Freunden zu treffen. Fleur machte sich Sorgen um sie. »Du arbeitest zu viel, Anouk. Das Leben zieht an dir vorbei.« Die Freundin steckte den Kopf durch die Tür zum Labor. Anouk sah auf und lächelte. »Ich werde das Leben wieder einholen. Diese Arbeit ist das Wichtigste, was ich schaffen muss.«

Fleur hob die Nase. »Ist da eine Pilznote dabei?«

»Klasse, dass du das herausriechst. Die Note stammt ursprünglich von der Gardenie, ein chemischer Riechstoff. Ich habe versucht, sie einzubauen.«

»Ich glaube, das wird dein Meisterwerk.«

Ein schöneres Kompliment hätte Fleur ihr nicht machen können. Am liebsten hätte Anouk sie in ihre Pläne eingeweiht. Keiner in Grasse wusste, dass sie beabsichtigte, die Stadt zu verlassen. Erst wenn sie das Zeugnis von Madame Bernard hatte, konnte sie allen erzählen, dass sie Jean-Paul nach Paris folgen würde.

Ein Hauch von Wehmut schlich sich in ihr Herz. Sie würde die Stadt der Düfte vermissen. Grasse hatte ihr so viel gegeben, so viel war hier geschehen, diese Stadt hatte sie zur Parfümeurin heranreifen lassen. Die Aromen der Provence würden in ihrem Gedächtnis bleiben und sie an die Zeiten erinnern, als sie auf die bunten Dächer der Stadt, die Blumenfelder, die bewaldeten Berge geschaut hatte. Nicht ohne Schmerz würde sie diesen Ort verlassen, aber es wäre der richtige Schritt.

Das Leben der Girards würde ohne sie weiterlaufen, wie es seit Generationen geschah. Neue Menschen würden auftauchen, wie Sara, die Stunden damit verbrachte, Vivienne in ihrem Labor über die Schulter zu schauen. Sara bewunderte die Chefparfümeurin der Girards und ließ sie das in jedem zweiten Satz wissen. »Mit welchem Stoff schaffst du diesen dramatischen Ton in der Komposition?«, fragte sie, oder: »Dieser Leder-Aprikosen-Duft ist einmalig. Zeigst du mir, wie du ihn komponiert hast?« Sara war eine Frau, die gern angeleitet wurde und eine hohe Anpassungsbereitschaft mitbrachte. Anouk staunte, wie souverän Vivienne in die Rolle der Lehrmeisterin schlüpfte und wie sehr sie Saras Anerkennung genoss, während Anouk ihr von Anfang an als Konkurrentin präsentiert worden war. Die Vorzeichen standen diesmal günstiger, dass die beiden gut zusammenarbeiten würden. Lief es darauf hinaus? Wollte Stéphane der Firma eine weitere Kandidatin als Parfümeurin präsentieren, weil Anouk ihnen entglitt?

Sara erweckte den Eindruck, als würde sie auf alles eingehen, was Stéphane ihr vorschlug. Anouk spürte einen Hauch von Mitgefühl bei dieser Vorstellung. Stéphane war intelligent, kreativ und charismatisch, aber kein Mann, der Sara auf Dauer glücklich machen konnte.

Bei den Familienzusammenkünften hatten sie nicht mehr darüber geredet, wie sich Anouk ihre Zukunft vorstellte. Unausgesprochen schwang die Frage stets mit. Würde sie Jean-Paul Bonnet nach Paris folgen? Und wenn ja, wann? Würde sie ihre Ausbildung bei Roure zu Ende bringen oder alles zurücklassen, um blind vor Liebe ihre Karriere zu beenden? Anouk würde die Entscheidung allein treffen.

Es war der heißeste Tag des Jahres, die Luft war satt von Milliarden Blüten. Anouk fuhr mit ihrem Roller zum Roure-Institut, in ihrer Ledermappe die Aufzeichnungen für ihre Präsentation, in einer Schachtel geschützt die Flasche mit dem Parfüm, das sie in den letzten Monaten komponiert hatte. Bei sich nannte sie es *L'Espoir*, die Hoffnung, aber über den Namen würden, wenn ihr Plan aufging, andere entscheiden.

Das Papier raschelte in ihren Händen, als sie im Konferenzraum vor ihre Mitschüler trat. Die jungen Frauen und Männer nahmen an, dass Anouk einen Vortrag halten würde, weil Madame Bernard glaubte, alle könnten von ihr lernen. Dass es sich um ihre Abschlussprüfung handelte, wussten sie nicht.

Madame Bernard saß in einem Stuhl der letzten Reihe. Mit

im Schoß gefalteten Händen und durchgedrücktem Rücken nickte sie Anouk zu.

Zuerst glaubte Anouk, nicht einen Ton herauszubekommen. Ein Schweißtropfen löste sich an ihrer Schläfe, sie wischte ihn weg. Dann begann sie zu erzählen. Zunächst klang ihre Stimme belegt, sie räusperte sich, geriet aus dem Takt. Je weiter sie vorankam in ihrer Präsentation, desto selbstsicherer wurde sie. Sie berichtete, wie sie die Moleküle miteinander kombiniert hatte, wie sie um die Kopf-, Herz- und Basisnote einen harmonischen Bogen geschlagen hatte, sodass der Duftablauf eine Einheit bildete und nicht stufenweise auseinanderfiel. Wie sie Fixateure so eingesetzt hatte, dass die schwer flüchtigen, länger haftenden Bestandteile die leichteren festhielten. Sie erzählte von den Aldehyden, die von Chemikern abgespalten werden, flüchtige Stoffe, die schnell verblassen, aber die Aromen eines Parfüms verstärken und den Menschen berühren. »Manchmal fühlt man eine bitzelnde Frische oder einen Schauder durch einen elektrisierenden Funken, wie Champagnerbläschen, die zerplatzen.« An einigen Stellen ihres Vortrags wurde sie konkret, an anderen blieb sie vage, sodass niemand das Parfüm kopieren konnte. Dennoch schrieben die jungen Frauen und Männer ununterbrochen mit.

Anouk hatte den wichtigsten Moment hinausgezögert, um die Spannung zu steigern. Sie nahm den Parfümflakon aus ihrer Tasche, es wurde still im Raum. Sie ließ sich Zeit, bevor sie die Flasche öffnete und einen Fächer von Teststreifen nach und nach eintunkte. Damit schritt sie durch die Reihen, verteilte die Proben, bis sie zuletzt bei Madame Bernard ankam. Ahs und Ohs erklangen, begeistertes Flüstern und Murmeln, ein Staunen. Madame wedelte mit geschlossenen Augen den Streifen vor ihrer Nase, ihr Gesicht entspannt, als glitte sie in einen Traum.

Fragen kamen auf, wie sie jene Nuance kreiert, welche natürlichen Riechstoffe sie verwendet, wie lange sie gebraucht hatte. Einige wollten unbedingt Proben mitnehmen. Ein reges Gespräch entstand, und zum Abschluss bekundeten alle lautstark ihren Beifall durch Klopfen auf die Tische. Nur Madame Bernard erhob sich und klatschte in die Hände. Anouk fühlte ein Prickeln im Nacken und wie ihr Herz tanzte. Sie hatte es geschafft! Das verriet ihr dieser entrückte Ausdruck auf dem Gesicht ihrer strengen Prüferin.

Die schriftliche Jahresabschlussprüfung war nur eine Formsache. Anouk hatte sich so gut vorbereitet, dass sie als eine der Ersten ihren Prüfungsbogen abgeben konnte.

Wenige Tage später bat Madame Bernard sie vor den anderen Schülern nach vorn. »Meine Lieben, Sie haben alle Anouks Vortrag miterlebt. Möglicherweise haben Sie sich gefragt, warum sie zu einem so frühen Zeitpunkt eine Arbeit präsentiert. Ich darf Ihnen verraten, dass Anouk unser Institut verlassen wird. Sie folgt, wie man so schön sagt, der Stimme ihres Herzens und zieht zurück nach Paris, zu ihrem Verlobten. Sie wird ihre Ausbildung mit meiner Empfehlung bei Givaudan fortsetzen.« Gemurmel zog sich durch die Reihen. Das Pariser Institut verfügte genau wie Roure über einen exzellenten Ruf. Anouk sah, dass Alain ihr den erhobenen Daumen zeigte. Sara in der vordersten Reihe lächelte und nickte ihr zu. »Ich bin stolz darauf, ein Ausnahmetalent wie Sie auf den ersten Schritten zur Parfümeurskünstlerin begleitet zu haben.« Sie wandte sich Anouk zu, nahm beide Hände in ihre. »Ich wünsche Ihnen nur das Beste, Mademoiselle Romilly. Wir werden Sie nicht vergessen.«

Anouk lächelte die Tränen weg, umarmte ihre Lehrerin.

Draußen vor dem Institut war sie an ihrem Roller sofort von den anderen umringt. Alain küsste ihre Wangen. »Du wagst es, mich alleinzulassen? Und das ohne Ankündigung!« Seine freundliche Miene entkräftete seine Vorwürfe.

»Es tut mir leid, Alain, ich wollte es so gern erzählen. Ich hatte aber Madame Bernard versprochen zu schweigen. Bitte nimm es mir nicht übel.«

»Ich hoffe, es dauert ein paar Monate, bevor du nach Paris reist? Ich will den Sommer mit dir verbringen.«

Anouk stieß ein Seufzen aus. »Wenn alles gut geht, werde ich diesen Monat meinen Koffer packen.«

»Muss Liebe schön sein«, rief eine junge Frau am Außenrand des Pulks um Anouk, und alle lachten auf.

»Wissen die Girards von deinen Plänen?« Sara hatte sich nah an Anouk gestellt, ihre Schultern berührten sich.

Anouk sah ihr beschwörend ins Gesicht. »Noch nicht. Kann ich mich darauf verlassen, dass du es nicht vorher erzählst? Ich will heute mit allen sprechen.«

»Keine Sorge, meine Lippen sind versiegelt«, erwiderte Sara mit ernster Miene. »Es wird ein Schock für die Familie.«

»Ja.« Anouk winkte den anderen zu und brauste davon, von Schmerz und Freude gleichermaßen erfüllt.

Der Tisch war an diesem Juliabend im Garten der Girards unter Mandelbäumen und Pinien gedeckt. Bougainvilleen, Clematis und Lilien standen in voller Blüte und verströmten den Duft des Hochsommers. Der Himmel spannte sich blassblau über die Seealpen, die Berghöhen lagen im leichten Dunst. In der Luft lag noch die Schwüle des Tags. Ab und zu strich eine Brise durch die Baumkronen und brachte Abkühlung.

Stéphane sah ihr entgegen, als sie als Letzte am Tisch eintraf. Anouk hatte den Aperitif ausgelassen, weil sie sich sammeln wollte, bevor sie die Girards mit ihren Plänen konfrontierte. Sie versuchte, sich ihre innere Unruhe nicht anmerken zu lassen, als sie sich eine Scheibe Brot mit Aoili bestrich und hineinbiss. Der Weißwein war so kühl, dass die Gläser beschlugen.

»Wie war dein Tag im Institut?«, erkundigte sich Madeleine.

Anouk schluckte. Sie hätte sich ein bisschen mehr Zeit gewünscht. Nun konnte sie es nicht länger zurückhalten. »Ich habe heute die Prüfung bestanden.«

»Das ist wunderbar!«, rief Antoine. »Also mit voller Kraft ins zweite Lehrjahr?«

»Ja, allerdings nicht bei Roure und nicht in Grasse. Es war meine Abschlussprüfung bei Madame Bernard.«

Alle hatten aufgehört zu essen, starrten sie an. »Das heißt?« Stéphane fand als Erster die Sprache wieder.

»Madame Bernard sorgt dafür, dass ich meine Ausbildung in Paris bei Gauvidan fortsetzen kann.«

»Aber ...« In einer hilflosen Geste lockerte Antoine seine Krawatte wie unter Atemnot. »Du hast bei uns das Paradies auf Erden, wir haben dich eingeplant für die Zukunft. Wir haben in dich investiert, Anouk, und das ist dein Dank?«

Madeleine legte beruhigend eine Hand auf seinen Ellbogen, er schüttelte sie ab.

»Ich bin euch allen dankbar. Ihr habt mir geholfen, meinen Traum zu verwirklichen.«

»Trotzdem kehrst du uns den Rücken.« Stéphanes Züge verhärteten sich. Seine Augen wirkten auf einmal kalt. War es wieder einmal nur so dahingesagt, dass er ihr Glück wünschte? Sie erinnerte sich an seine Worte am Strand von Saint-Tropez. *Lass dein Herz sprechen*, hatte er gesagt. Nun tat sie es, und er war gekränkt.

»So eine Überraschung«, bemerkte Vivienne spöttisch.

Madeleine hob die Stimme. »Es kommt für uns alle nicht unerwartet. Natürlich will sie dem Mann, den sie liebt, folgen.« Sie wandte sich an Antoine. »Wir waren damals auch entschlossen. Hast du das vergessen?«

»Das war etwas anderes«, murmelte Antoine. Sein Tonfall änderte sich, als er sich an Anouk wandte. »Ich habe dich ins Herz geschlossen, nicht nur, weil du die talentierteste Parfümeurin bist, die ich je kennengelernt habe. Es zerreißt mich, dich gehen zu lassen. Ich hatte Hoffnungen auf dich gesetzt.«

»Eine Tür schließt sich, die andere öffnet sich«, bemerkte Vivienne. »Mit Sara haben wir eine Parfümeurin, die im nächsten Jahr ihren Abschluss machen wird. Sie entwickelt sich zu einem Talent. Und sie passt in unsere Familie.«

Der Seitenhieb schmerzte nicht. Anouk wusste selbst, dass sie zu eigensinnig war, um sich von den Girards vereinnahmen zu lassen. Sorgen bereitete ihr Stéphanes Verstimmung. Sie wollte sich nicht im Streit von ihm trennen. »Wir können in Kontakt bleiben«, sagte sie leise zu ihm, als die anderen wieder zu essen begannen.

»Ich weiß nicht. Du wirst eine begnadete Parfümeurin werden und zu unserer schärfsten Konkurrentin. Das hatten wir uns anders ausgemalt, oder? Ich hätte nie vermutet, dass du es ernst meinst mit deinen Abreiseplänen.«

Sie senkte den Kopf, bevor sie ihm offen in die Augen schaute. »Ich werde nicht vergessen, was die Girards für mich getan haben. Gerade du, Stéphane.«

Er legte die Hand auf ihre, drückte sie. Seine Traurigkeit und Enttäuschung schnitten ihr ins Herz. Die Sehnsucht nach Jean-Paul aber überwog.

Am nächsten Morgen gab sie an der Poststelle am Marktplatz von Grasse ein Telegramm an Jean-Paul auf. Telefonieren im Foyer der Girards erschien ihr unpassend.

Prüfung bestanden. Stopp. Ankomme am Samstag 19 Uhr im Gare du Lyon. Stopp. Ich liebe Dich. Anouk.

Rastlosigkeit trieb sie an, innerer Aufruhr, Herzklopfen und der leise Zweifel, ob all ihre Pläne für ihre Zukunft aufgehen würden.

Sie lenkte den Roller in den Chemin du Servan. Das Haus lag verlassen da. Von den entfernt liegenden Blumenfeldern drang Gesang und Gelächter zu ihr. Sie wählte den Pfad, der hinauf zu den Ländereien führte. Schon von Weitem sah sie, dass die Ernte des Lavandin in vollem Gange war. Albert, ein gutes Dutzend Tagelöhner und die älteren seiner Kinder schritten durch die Reihen, die Sicheln im Takt schwingend. Anouk stellte den Roller ab und lief auf Albert zu. »Ich will mich verabschieden und dir und deiner Familie alles Gute wünschen.«

Er grinste. »Bestell Jean-Paul die besten Grüße. Sag ihm, der Rohstoffhändler Bonnet in Grasse ist im Aufwind.«

»Das wird er gern hören.« Anouk wandte den Kopf suchend um. »Wo ist Lucas?«

Albert wies mit dem Kinn auf einen gefällten Baumstamm, weiter entfernt am Rande des Felds, auf dem Lucas hockte. Neben ihm saß eine Frau, die nicht in die Szene passte. Anouk kniff die Augen zusammen, um sie erkennen zu können. Madeleine trug ein schlichtes Kostüm, war jedoch sofort als wohlhabende, einflussreiche Frau erkennbar. Sie saßen weit auseinander, unterhielten sich, hin und wieder nickte Lucas. Anouk beobachtete, wie Madeleine nach seiner Hand griff und sie drückte.

»Er ist der beste Arbeiter, den ich mir wünschen kann. Er isst jetzt bei uns mit, könnte ein Zimmer haben, aber er will die Brennerei nicht verlassen. Dort hat er sein Lager aufgeschlagen.« Albert zuckte die Schultern. »Manche Leute brauchen das Gefühl, kein Dach über dem Kopf zu haben. Mir soll es recht sein. Er kümmert sich fachkundig um die Destillerie.«

Anouks nächster Besuch galt Alain und Lisanne in ihrer Atelierwohnung. Sie nahm beiden das Versprechen ab, bald nach Paris zu kommen. Danach verabschiedete sie sich von Philippe Duval in seiner Tischlerei. »Schade, dass wir uns nie besser kennengelernt haben. Grüß Bonnet von mir.«

Bei Jacques trank sie zum letzten Mal ihre Orangenlimonade und zahlte die Monatsrechnung, bevor sie den Wirt links und rechts auf die Wangen küsste. Die Männer an den Tischen klatschten und riefen ihr gute Wünsche zu.

Das Palais Girard betrat sie durch die Verkaufsräume, wo Fleur sie gleich in einen der Lagerräume zog. »Sag mal, träume ich?«, fuhr sie sie an. »Stimmt es, was man sich erzählt, dass du dich klammheimlich davonmachen willst?«

»Hat es sich schon herumgesprochen?« Anouk lächelte sie entschuldigend an.

»Ja, und ich wäre gern vorher informiert worden, wie es sich für eine gute Freundin gehört.«

»Ich konnte nicht, Fleur. Ich musste erst die Prüfung im Institut bestehen und mit den Girards sprechen. Vorher war alles nur ein wackeliger Plan.«

Fleurs Zorn verflog, ihr Gesichtsausdruck wurde milde. »Ich werde dich vermissen.« Ein schelmisches Grinsen flog über ihr Gesicht. »Aber gut, eine Anlaufstelle in Paris zu haben, wenn einen das Reisefieber packt.«

»Du bist jederzeit willkommen. Danke für die schöne Zeit, für deine Hilfe und überhaupt für alles, Fleur.«

Ein letztes Mal betrat sie ihr Labor. Sie nahm ein weißes Blatt Briefpapier und schrieb in akkurater Handschrift die exakten Maßangaben für die Rezeptur ihres Abschlussparfüms auf. Ihre Schrift war klein, dennoch füllte sie mit all den verschiedenen Komponenten die Seite aus. Danach räumte sie alles penibel auf, jede Essenz war an ihrem Platz, jedes Werkzeug gereinigt. Sie schaute sich ein letztes Mal um und spürte die Wehmut, diesen Ort zu verlassen. Sie hatte hier Höhen und Tiefen erlebt, in diesem Refugium hatte sie sich zu einer Künstlerin entwickelt. Schließlich nahm sie den Laborkittel mit dem eingestickten Familienwappen der Girards und ihrem Namen und hängte ihn sich über den Arm. Sie würde ihn in Ehren halten.

An ihrem letzten Morgen im Palais wählte Anouk ein zimtfarbenes Reisekostüm mit engem Rock und kurzer Jacke mit halblangen Ärmeln. Der Tag war erst angebrochen. Durch die weit geöffneten Fenster strömte milde Morgenluft in ihr Zimmer. Sie nahm ihre Reisetasche, ihre Handtasche und den Aromenkoffer und trat hinaus in den Flur. Sie hatte sich verabschiedet, sie würde um diese Uhrzeit niemanden wecken. Alles war gesagt. Auf den Beistelltisch im Foyer breitete sie das Briefpapier mit der Rezeptur für ihr Abschlussparfüm aus. Darauf stellte sie den Flakon mit der Duftprobe, die sie erstellt hatte. Aus ihrer Handtasche zog sie einen Füllfederhalter und schrieb unter das Rezept mit schwungvoller Schrift. *Danke für alles. Anouk.*

Sie fühlte Schwäche in den Beinen, einen dumpfen Schmerz im seitlichen Rücken. Kein Wunder, wenn ihr Körper auf die Anspannung reagierte. Kurz ließ sie sich auf einem Sessel nieder, kam zur Ruhe, dann war sie bereit. Sie verließ das Palais, umrundete es, um zur Garage zu gelangen. An ihrem Roller befestigte sie ein Stück Papier. *Für Sara.*

Den Weg zum Bahnhof ging sie zu Fuß. Sie war früh genug aufgestanden, konnte schlendern, die Luft genießen und die Frische des Morgens. Wer auf den Feldern arbeitete, war schon unterwegs oder hatte die Arbeit des Tages bereits erledigt, die Jasminblüten geerntet, die Rosen geschnitten. Andere brachen mit ihren Sicheln und Scheren zu den Lavandinfeldern auf, zu den Zitronenbäumen und Mimosen. Der Duft über Grasse war an einem Sommermorgen unvergleichlich. Ein Teil von Anouk fühlte den stechenden Abschiedsschmerz und die traurige Gewissheit, nicht mehr zu dieser Stadt zu gehören. Der andere fieberte Paris entgegen und allem, was sie dort erwartete.

Die Erschöpfung von der langen Bahnfahrt war vergessen, als der Zug in den Bahnhof Gare du Lyon einfuhr. Hier war der Himmel bewölkt, aber die Sommerhitze drang durch die geschlossenen Fenster. Sie drückte ihre Nase an die Scheibe, beschirmte die Augen seitlich mit den Händen, um besser sehen zu können. Auf den Bahnsteigen standen Hunderte Menschen. Anouks Blick flog über alle hinweg, auf der Suche nach Jean-Pauls schwarzem Haarschopf. Ob er sich verändert hatte? Was machte es mit einem Lavendelbauern aus Grasse, wenn er in Paris lebte? Ihre Enttäuschung wuchs, als sie ihn nirgendwo entdeckte. Sie würde sich ein Taxi in die Rue Cambon nehmen.

Der Zug kam mit quietschenden Bremsen zum Stillstand, die Türen glitten auf. Anouk nahm ihr Gepäck und eilte den Gang hinaus auf den Bahnsteig. Die Menschen um sie herum fielen sich um den Hals, küssten sich, zogen untergehakt davon. Anouk hatte die Reisetasche neben sich gestellt, die Handtasche in der einen Hand, den Aromenkoffer in der anderen. Sie sah sich um, während sich der Bahnhof leerte.

Da hörte sie ihren Namen. »Anouk!« Er rannte, riss sich im Laufen das Béret vom Kopf, damit es ihm nicht davonwehte.

Freude und Erleichterung durchströmten sie. Sie blieb neben ihrem Gepäck stehen, schaute Jean-Paul entgegen. Als er fast vor ihr stand, flog sie in seine Arme. Er küsste sie auf Wangen und Hals, bis er ihre Lippen fand. Anouk roch seinen Duft und wusste: Nichts hatte sich zwischen ihnen verändert.

»Es tut mir so leid, dass du warten musstest! Ich habe draußen keinen Parkplatz gefunden.«

»Ich dachte, du hättest mich vergessen.«

»Ich habe nicht arbeiten können, weil ich so aufgeregt war. Ist es wahr? Du bleibst in Paris?«

»Ich hoffe es. Ich werde mich gleich am Montag bei Givaudan vorstellen und fragen, ob ich bei Ihnen meine Ausbildung zur Parfümeurin fortsetzen kann.«

»Du wirst in das Geschäft der Bonnets einsteigen, oder?«

»Ich muss mit Karine und Manon reden. Ob sie mich noch wollen …«

»Ich habe nicht geahnt, wie leicht es sich ohne die Last der Vergangenheit leben lässt. In Grasse habe ich ständig die Vorbehalte der Menschen gespürt. Die Arbeit hier macht mir Freude. Sie ist abwechslungsreicher als alles, was ich in Grasse getan habe. Und Karine und Manon sind wunderbare Partnerinnen. Kommt Albert mit der Firma zurecht?«

»Ich soll dir ausrichten, dass Bonnet im Aufwind ist. Er ist sehr tüchtig. Mit Lucas hat er sich gut arrangiert. Der hat sich übrigens mit Madeleine Girard vertragen. Ich bin froh darüber, obwohl die Tat deines Vaters nie in Vergessenheit geraten wird. Ich glaube, dass er recht hat: Menschen können sich ändern.«

Er legte den Arm um sie und nahm ihren Koffer, führte sie vom Bahnhof auf den Vorplatz. »Ja, das glaube ich auch. Und jetzt bringe ich dich zu unserem gemeinsamen Zuhause und deiner neuen Wirkungsstätte. Paris hat eine Parfümeurin wie Anouk Romilly verdient.«

Epilog

Mit seinen Ideen hatte Jean-Paul den Boden bereitet, um das Parfümhaus Bonnet zu weltweitem Ruhm zu führen. Letzten Endes war es Anouk, die mit ihrer Begabung und ihrem Aromenkoffer als Grundlage Parfüms komponierte, die ein breites Publikum ansprachen.

Werbefrau Veronique hatte sich in ihre Aufgabe mit Elan eingearbeitet und sorgte mit einem Bündel an Maßnahmen dafür, dass jedes neue Produkt in der Öffentlichkeit bekannt wurde. Sie führte die Terminkalender der Bonnet-Schwestern und wusste, bei welchen kulturellen Veranstaltungen sie sich zeigen sollten. Manon Bonnet besuchte oft gemeinsam mit Jean-Paul die Händler, Karine arbeitete mit einem halben Dutzend junger Frauen im Verkaufsladen, der aus drei lichtdurchfluteten, mit Spiegeln und Kronleuchtern ausgestatteten Räumen bestand. Karine kreierte ab und zu eigene Düfte, um die ältere Stammkundschaft zu halten.

Die Girards hatten Anouks Abschiedsgeschenk in ihr Sortiment aufgenommen und vermarktet. Es erheiterte Anouk, als sie in der Parfümabteilung der Galeries Lafayette sah, dass sie es *Mademoiselle Girard* genannt hatten. Es sprach vor allem ein jugendliches Publikum an.

Anouk bereute es nicht einen einzigen Tag, von Südfrankreich zurück nach Paris gezogen zu sein. Andere Prominente wählten den umgekehrten Weg. Françoise Sagan hatte mit »Bonjour Tristesse« einen Bestseller voller heikler Passagen geschrieben und floh vor ihrem Pariser Ruhm nach Cannes. Ihr extravaganter Lebensstil an der Riviera war legendär. Roger Vadim hatte in Saint-Tropez den Film »Und Gott schuf das Weib« mit Brigitte Bardot gedreht. Die Schauspielerin verliebte sich in das ehemalige Fischerdorf und sorgte mit vielen anderen Millionären, Filmstars und Snobs dafür, dass Saint-Tropez zu dem Paradies der Hemmungslosigkeit und des süßen Lebens wurde, wie Stéphane Girard es prophezeit hatte.

In der Pariser Nachbarschaft in der Rue Cambon hatte die inzwischen über siebzigjährige Coco Chanel in ihrem Modegeschäft eine neue Kollektion ausgestellt, die die Presse als Fiasko verspottete. Anouk liebte die Qualität und schlichte Eleganz der Chanel-Kostüme und trug sie genau wie die Bonnet-Schwestern mit Begeisterung. Später zeigte sich die internationale Prominenz darin: Stilikonen wie Ingrid Bergman, Elizabeth Taylor und Grace Kelly präsentierten sich mit der Mode aus der Rue Cambon in der Öffentlichkeit.

Für ihre tägliche Fahrt mit der Métro zur Parfümschule von Givaudan kombinierte Anouk allerdings Hosen mit Blusen oder lässigen Pullovern. Den Mitschülern gegenüber wollte sie nicht wie eine Privilegierte erscheinen, weil sie eine Empfehlung aus Grasse vorzuweisen hatte und die Mitarbeit in einem Parfümhaus, dessen Erfolgskurs jeder mitverfolgen konnte. Die Abschlussprüfung legte sie nach zwei Jahren mit Auszeichnung ab und tanzte mit Jean-Paul vor Freude durch die Pariser Nacht.

Erst danach bestimmten sie den Hochzeitstermin, ein Samstag im Oktober 1955. Anouk wählte ein Chanel-Kostüm in Cremefarbe mit eingenähter Goldkette im Saum. Es war der Tag, der ihre Liebe besiegelte, aber Anouk und Jean-Paul hatten schon in Grasse gewusst, dass sie zusammengehörten. Die Feier fand im kleinsten Rahmen statt. Für Jean-Paul stellte sich Manon Bonnet, begleitet von ihrer Schwester, als Trauzeugin zur Verfügung. Isabell Romilly, ununterbrochen vor Freude weinend, erschien an Henris Seite, um Anouks Heiratsversprechen zu bezeugen. Anouk fand es amüsant, dass ihre prinzipientreue Mutter nach all den Jahren in wilder Ehe mit Henri lebte. Die beiden schienen ihr Leben zu genießen, seit die verlorene Tochter heimgekehrt war.

Anouk und Jean-Paul bewohnten die erste Etage des Wohnhauses über der Parfümerie. Ein eleganter Salon, ein Essbereich mit Küche und ein Schlafzimmer mit einem Baldachinbett mitten im Raum, ihr privater Rückzugsort, an dem sie miteinander flüsterten und lachten, sich küssten und liebten, wenn ihnen der Trubel um das Parfümhaus zu viel wurde. In Jean-Pauls Nähe vergaß Anouk den Kopfschmerz und den Schwindel und ihre häufigen Erkältungen. Über ihren Gesundheitszustand sprach sie mit niemandem, obwohl Jean-Paul ihre Schwächeanfälle nicht entgingen. Sie versuchte, sich einzureden, wenn sie diese unspezifischen Symptome nicht beachtete, würden sie vergehen. Eine Stimme in ihrem Inneren meldete sich, erinnerte sie an die ungeklärten Todesfälle bei den Girards, dieses plötzliche Sterben im jungen Alter. Ein Taubheitsgefühl breitete sich in ihrer Brust aus. Sie liebte ihr Leben! Sie hatte Pläne.

Wie besessen arbeitete Anouk im Labor. Neben vereinzelten Düften aus ihrem Aromenkoffer, die sie vervollkommnete, tüftelte sie an dem einen Parfüm, das sie *Lebenstraum* nannte, *Rêve de Vie*. Basis war das Duftwasser, das sie an dem Abend aufgetupft hatte, als Jean-Paul und sie sich zum ersten Mal geliebt hatten. Sie hatte wunderbare Parfüms kreiert.

Eines war ihr gestohlen worden, mit einem hatte sie die Prüfung im Roure-Institut bestanden und es den Girards überlassen, mit einem war sie bei Givaudan zur Parfümeurin ernannt worden. Dieses eine, an dem sie jahrelang arbeitete, das würde der Duft sein, der mit ihrer Persönlichkeit in Verbindung stehen würde. Unmittelbar, bezwingend, unwiderstehlich. Ein Kaleidoskop von Moschus- und Sandelholzaromen, das um ein Veilchenjuwel kreiste. In ihrem Kopf war die Vorstellung glasklar, in der Praxis dauerte es Jahre, bis es für sie perfekt war.

»Meine Liebe, was hast du da geschaffen!« Karine flüsterte fast andächtig, als Anouk ihr die erste Duftprobe zufächelte.

Auch Manon war begeistert, und Jean-Paul küsste sie. »Mich erinnert das Parfüm an irgendwas.«

Anouk lächelte. »Du weißt doch, jeder Duft ist eine Poesie der Erinnerung.«

Nachdem der Flakon, die Verpackung und die Beschriftung gewählt waren – Anouk setzte ihren Wunsch nach schlichter Sachlichkeit durch –, begann die Vermarktung zwei Wochen später. Der Reklamefrau Veronique wurde ein Assistent zur Seite gestellt. Die beiden übertrafen sich gegenseitig bei der Organisation von Presseterminen, Fotokampagnen und Werbemaßnahmen.

Ein Jahr danach gehörte *Rêve de Vie* zu den zehn erfolgreichsten Parfüms der Welt. Die Bonnet-Schwestern, Jean-Paul und Anouk ließen die Champagnerkorken knallen und jubelten. Sie hatten es geschafft.

Nach dem ersten Überschwang trat Karine an Anouk und Jean-Paul heran, die einander umarmt hielten, erhitzt von der Freude über ihren Erfolg. Manon folgte ihr. »Anouk, wir haben Jean-Paul und dich von Anfang an am Umsatz beteiligt. Ihr wart unsere Partner und Freunde zugleich. Zeit, ein Zeichen zu setzen und der Welt zu zeigen, wem dieses Haus der Düfte seinen Erfolg verdankt. Wir möchten gerne deinen Namen aufnehmen: *Bonnet-Romilly*. Wie würde dir das gefallen?«

Anouk löste sich von Jean-Paul, fiel erst Karine, dann Manon um den Hals. »Was für eine Ehre! Ich bin so stolz auf uns!«

Einen Tag lang schlossen sie das Geschäft, um nötige Dekorationen vorzunehmen. Den Schriftzug »Bonnet« an der Markise ersetzten sie durch »Haus der Düfte – Bonnet-Romilly«. Anouk fühlte ein Flattern wie von einem Dutzend Kolibris in ihrem Magen, als sie die Außenfassade des Geschäfts betrachtete, das ihren Mädchennamen trug. Obwohl sie nach ihrer Heirat eine Bonnet war, würde sie in der Öffentlichkeit unter Anouk Romilly in Erscheinung treten. Sie hatte sich gewünscht, Parfümeurin zu werden, sich jedoch niemals ausgemalt, selbst Unternehmerin zu sein, mit dem besten aller Männer an ihrer Seite. Sie lehnte ihren Kopf an seine Schulter. »Bist du glücklich, Liebling?«, fragte er.

»Ich war nie glücklicher.« Auf eine Art stimmte das. Der Wermutstropfen war, dass sie nach wie vor diese Schwäche fühlte. An manchen Tagen kostete es sie höchste Willenskraft, sich aus dem Bett zu quälen. An diesem Morgen war ihr ein Schrecken in die Glieder gefahren. Sie hatte Blut in ihrem Urin entdeckt. Die Eröffnungsfeier überstehen und danach gleich zum Arzt, beschloss sie. Sie fürchtete sich vor der Wahrheit, aber sie konnte sie nicht länger verdrängen.

Die Eröffnungsfeier des Parfümhauses Bonnet-Romilly war ein gesellschaftliches und kulturelles Ereignis in Paris. Nicht nur ihre Stammkundschaft strömte an diesem warmen Sommerabend im Juli 1962 in den Laden an der Rue Cambon. Auch Coco Chanel aus der Nachbarschaft und Vertreter aller berühmten Parfümhäuser der Stadt ließen sich blicken und prosteten den Gastgebern mit Champagnerschalen zu. Die

Blitzlichter der Pressefotografen, die Veronique und ihr Mitarbeiter angeschrieben hatten, zuckten im warmen Abendlicht. Anouks Mutter erschien mit Henri, in ihrer Begleitung Odette und Davide, Henris Eltern, die Anouk nach ihrer Zeit in Grasse mit Interesse betrachtete. Odette trug eine eng geschnittene Hose, eine Schlaufenbluse dazu und bequeme Schuhe ohne Absatz. Anouk lächelte darüber, wie sehr sie sich von den anderen Girards unterschied. Ihre Augen strahlten. Sie hatte ihren eigenen Weg gewählt, und es schien ihr nicht geschadet zu haben.

Besonders freute es sie, dass ihre Freunde aus Grasse gekommen waren. Fleur hatte die Einladung zur Eröffnungsparty für einen Kurzurlaub mit ihrem Mann in der französischen Hauptstadt genutzt, Alain war mit Lisanne angereist und erzählte von seiner Arbeit als Parfümeur bei Molinard. Sein Wunsch, in Grasse bleiben zu können, war in Erfüllung gegangen.

»Die neue Frisur steht Ihnen ausgezeichnet.« Coco Chanel stellte sich mit ihrem Glas neben Anouk, nickte hierhin und dorthin und lächelte, wenn sich eine Kamera auf sie richtete. Anouk in ihrem schwarzen Etuikleid machte es ihr nach, strahlte die Reporter an.

»Vielen Dank. Ich fand, es war Zeit für eine Veränderung.« Sie hatte sich eine Bobfrisur schneiden lassen, die ihr ebenmäßiges Gesicht zur Geltung brachte.

»Ich habe vom ersten Augenblick an gewusst, dass Sie Ihre Ziele erreichen werden. Damals bei unserem Zusammentreffen im Ritz habe ich es in Ihren Augen gesehen.«

Anouk wandte ihr das Gesicht zu. »Sie erinnern sich daran?« Zehn Jahre waren seitdem vergangen. Damals war sie eine stürmische Zwanzigjährige gewesen, heute mit dreißig stand sie als Künstlerin und Geschäftsfrau im Zenit ihres Erfolgs.

Coco lächelte erneut, als ein Reporter sie bat, in seine Richtung zu schauen. Für einen Moment legte die berühmte Modeschöpferin die Hand auf Anouks Schulter, ein Foto, das um die Welt gehen sollte.

Als Stéphane Girard das hell erleuchtete Geschäft betrat, aus dem leise Musik und laute Gespräche erklangen, sah Anouk ihn sofort. Mit drei Schritten war sie bei ihm, ließ dafür sogar Jean-Pauls Hand los, und umarmte ihn. »Wie wunderbar, dass du kommen konntest.« An seiner Seite hielt sich Sara, ein bisschen fraulicher, als Anouk sie in Erinnerung hatte. Sie trug einen vielleicht zweijährigen Jungen auf der Hüfte, in Flanellhose, weißem Hemd und Hosenträgern wie ein kleiner Horace gekleidet. »Das ist Richard Horace«, sagte Sara. Anouk wusste, dass sie geheiratet und eine Familie gegründet hatten. Vielleicht war Stéphane doch in der Lage, eine Frau glücklich zu machen. Auf jeden Fall war er offenbar in der Lage, der Familie Girard das Überleben in der nächsten Generation zu sichern.

Ebenfalls etwas später als die übrigen Gäste erschien Anouks Großmutter Cylia aus Reims, von einer Wolke ihres Parfüms umweht. Sie trug ein regenbogenbuntes wallendes Kleid und einen Turban und sicherte sich im Nu alle Aufmerksamkeit, als sie Anouk überschwänglich begrüßte und ihr zu ihrem Erfolg gratulierte.

Man stand in Gruppen zusammen, drinnen und draußen, plauderte, lachte, trank, und nur jemand, der sie alle kannte, wusste, dass nicht nur Harmonie die Gesellschaft prägte. Anouk merkte, dass ihre Mutter Cylia mied, und Stéphane hielt sich von allen Bonnets fern. Die Welt war keine Oase des Glücks, Spannungen und Zerwürfnisse würde es immer geben, man durfte sie nur nicht das eigene Leben bestimmen lassen. Das wusste Anouk seit ihrer Zeit in Grasse.

»Man wartet auf dich, Liebling«, flüsterte Jean-Paul in

Anouks Ohr und führte sie zu einem Podest, das eigens für ihre Ansprache errichtet worden war. Veronique im Hintergrund läutete ein Glöckchen, und alle drängelten sich in ihre Richtung.

Anouks Knie waren weich, sie schob es auf das Lampenfieber. Sie musste ein paarmal blinzeln, um klar zu sehen. Jean-Paul stand neben ihr, hielt sie an der Taille, bemerkte ihr Schwanken. »Alles gut, Liebling?«

Sie nickte, wischte sich über die Stirn. »Ich werde es schaffen.«

Entgegen ihrer Absprache blieb er auf dem Podest an ihrer Seite. Es fühlte sich sicherer an.

Für Anouk klang ihre eigene Stimme fremd in den Ohren, als sie alle Kundinnen und Freunde, Verwandte und Prominente begrüßte. »Ich habe von Kindheit an davon geträumt, Parfümeurin zu werden. Dass ich es in diesem Haus und an der Seite meines Ehemanns sein darf, erfüllt mich mit Dankbarkeit. Mit Karine und Manon Bonnet haben wir die besten Partnerinnen, die man sich wünschen kann. Ich danke euch allen für eure Unterstützung und …« In der nächsten Sekunde senkte sich ein schwarzer Vorhang über Anouk. Aufgeregte Stimmen dröhnten gedämpft zu ihr. Jean-Paul fing sie auf. »Was ist mit ihr?« – »Ist hier ein Arzt?« – Ruft den Krankenwagen!«

Dann glitt sie in die Dunkelheit, und alles war Stille.

»Sie leiden unter genetisch bedingten Zystennieren, eine tödliche Erbkrankheit.«

Anouk war so blass wie die Laken im Krankenbett. Auf dem Besucherstuhl saß Jean-Paul, der nur zu den Untersuchungen von ihrer Seite weichen musste. »Was bedeutet das? Was können Sie für meine Frau tun?«

Der junge Chefarzt war eine Koryphäe, umso erschreckender war seine Antwort. »Es gibt kein Heilmittel dagegen. Wir können nur mit Medikamenten und der Dialyse Linderung schaffen. Es tut mir leid.«

»Erblich, sagen Sie?« Anouks Stimme war kraftlos.

Florence, ihre Urgroßmutter, war frühzeitig gestorben, ohne dass jemand eine Ursache ausmachen konnte, ihr Großvater Gilles, ihr Vater Olivier.

»Wir forschen über diese Krankheit und wie man sie behandeln könnte, erst seit ein paar Jahren, seit es die Sonografie gibt.«

»Gibt es keine Heilungsmöglichkeit?« In Jean-Pauls Augen lag ein Flehen.

Der Arzt schob sich die Brille hoch. »Es gibt erste Versuche mit Transplantationen von Nieren.«

Anouk richtete sich auf die Ellbogen auf. »Haben Sie so eine Operation schon gemacht?«

»In den USA ist es vor einigen Jahren gelungen, eine Niere von einem Zwillingsbruder auf den anderen zu übertragen. Ich war einer der Ärzte.«

»Das heißt, es müsste ein Verwandter sein?« Anouks Mut sank. Außer ihrer Mutter und ihrer Großmutter hatte sie keinen Blutsverwandten.

»Im besten Fall ja. Die Forschung arbeitet an Medikamenten, die das Immunsystem unterdrücken, sodass der Körper ein fremdes Organ nicht abstößt. Erste Erfolge wecken Hoffnung, dass bald vielen Menschen geholfen werden kann. Wir stehen erst am Anfang der Forschung, noch ist es eine riskante Operation.«

Anouk richtete sich auf. »Ich wäre bereit, es auszuprobieren.«

»Das ist mutig von Ihnen. Das Problem ist: Wir haben keine Spenderniere.«

»Anouk! Ich könnte dir eine Niere spenden!«, rief Jean-Paul.

»Wenn es möglich ist, mit nur einer Niere zu leben, könnten wir uns das Leid teilen.«

Sie schüttelte heftig den Kopf. »Niemals. Das Risiko ist zu groß.«

Er legte die Stirn in ihre Halsbeuge. »Ich liebe dich, Anouk.«

Seine Tränen an ihrer Haut kitzelten, ihre Unterlippe zitterte.

Anouk blieb für Wochen im Krankenhaus, bis der Arzt sie eines Nachts weckte. »Es gab einen Unfall, der junge Motorradfahrer ist tot. Ich würde es wagen, eine seiner Nieren Ihnen zu geben. Sie müssen sich nur jetzt entscheiden.«

»Ja«, sagte sie, »ich bin bereit.«

Drei Wochen später quoll Anouks Krankenzimmer über vor all den Blumen. Der Duft überlagerte den Klinikgeruch von Linoleum und Essig.

Anouk hatte den Eingriff gut überstanden, was niemanden stolzer machte als Dr. Leclerc, der die Operation voller Pioniergeist durchgeführt hatte.

An diesem Nachmittag empfing Anouk zum ersten Mal Besucher. »Wirst du ein normales Leben führen können mit der fremden Niere?« Isabell tupfte sich die Augen mit einem Taschentuch ab. Sie hatte um ihre Tochter gebangt.

»Dr. Leclerc ist zuversichtlich. Wie lange das fremde Organ arbeitet, konnte er mir nicht sagen. Ich habe einen Aufschub bekommen. Ich werde jeden einzelnen Tag nutzen, als wäre es mein letzter.« Jean-Paul an ihrer Seite drückte ihre Hand.

»Du wirst dich schonen«, bemerkte Karine Bonnet. »Die Parfümerie floriert. Dein Foto mit Coco Chanel war in allen Tageszeitungen zu sehen, wir haben breite Aufmerksamkeit. Erst gestern haben wir eine neue Charge *Rêve de Vie* beim Abfüller geordert.«

Alle wandten die Köpfe, als jemand an der Tür des Krankenzimmers klopfte und eintrat. Wie eine Königin schwebte Cylia in einem zitronengelben Kleid mit einer weißen Stola und Perlenketten bis zur Taille herein. In ihrer Hand hielt sie ein Buch. Sie grüßte mit hoheitsvoll geneigtem Kopf in die Runde. Ihr Blick fiel auf Isabell. Beide Frauen schürzten die Lippen, nickten sich zu und wandten sich gleichzeitig ab. Mit einem warmherzigen Lächeln legte Cylia das Buch auf das weiße Laken. Anouk erkannte die Kladde sofort. »Das sind die Notizen von Gilles Girard.«

Cylia nickte. »Du weißt, was du darin findest?«

Etwas rauschte in ihrem Inneren. Erinnerungsfetzen, wie sie *Bienvenue* zum ersten Mal im Gare du Nord gerochen hatte, wie sie davon geträumt hatte, diesen Duft selbst zu komponieren. Sie hatte andere gleichwertige Parfüms erschaffen. *Bienvenue* hatte sein Geheimnis nie preisgegeben.

»Ich möchte, dass du in eurem Parfümhaus diesen Duft nachstellst und auf den Markt bringst. Die Welt soll in einen Sinnenrausch fallen und die Erinnerung an eine große Liebe fühlen.« Anouk griff nach ihrer Hand. Cylia senkte den Kopf, im Krankenzimmer war es still. »Und ich möchte, dass ihr das Geld, das dieser Duft einbringt, der Erforschung von Erbkrankheiten zur Verfügung stellt, vielleicht mit einer Stiftung. Ich glaube, das wäre in Gilles' Sinn gewesen.«

»Ich denke, es gibt keinen besseren Grund, so schnell wie möglich in die Rue Cambon zurückzukehren.«

Jean-Paul beugte sich zu ihr und küsste sie. Anouk ging mit dem Mund dicht an sein Ohr. »Ich freue mich auf das Leben mit dir.«

Nachwort

Recherchereisen liebe ich, aber in Zeiten der Pandemie sind sie schwer zu verwirklichen. Mein Roman *Das Haus der Düfte* spielt in der Parfümstadt Grasse, an der französischen Riviera und in Paris. All diese Orte kenne ich von zahlreichen Reisen in den letzten dreißig Jahren. Ich schwärme von den Städten, der Landschaft, der Kultur und verbinde mit ihnen persönliche Erinnerungen: Mit meiner besten Freundin gönne ich mir, wenn der Alltag müde macht, eine Auszeit in der Provence, in Cannes habe ich mit zwanzig Jahren eine erste Liebe erlebt, in Paris die Flitterwochen verbracht.

Düfte erinnern mich an diese wunderbaren Zeiten, kein Sinn ist mehr mit unseren Gefühlen verbunden als der Geruchssinn. Ein Aroma kann Menschen in eine lang zurückliegende Situation versetzen, wie ich es in meinem Roman beschrieben habe.

Jeder hat seine eigene Geschichte dazu: der Duft des ersten Apfels im September aus dem Garten des Großvaters, der Geschmack von Milch mit Honig, die die Mutter ans Krankenbett bringt, der Geruch der Straße nach dem warmen Sommerregen … Immer haben diese Duftgeschichten etwas Berührendes.

In den vergangenen Jahren reifte mein Wunsch, der Parfümindustrie ein Denkmal zu setzen, und welche Stadt wäre – neben Paris – besser geeignet als Grasse?

Nach einem Abendessen mit dem Ehepaar Urban, die in Berlin die Parfüm-Werkstatt UrbanScents besitzen, meinem Agenten und einer Dame vom Verlag entstand während einer sehr angeregten Unterhaltung über die Kunst der Parfümeure die Idee zu diesem Roman. Alexander Urban, der 2014 mit seiner Frau, der Parfümeurin Marie Urban Le Febvre, die exquisite Duftmanufaktur gründete, erzählte, dass die Parfümindustrie im vorigen Jahrhundert eine Männerdomäne war. Als junge Frau ohne familiären Hintergrund sei es enorm schwierig gewesen, in der Branche Fuß zu fassen. Eingeschworene Familiengemeinschaften beherrschten die Luxusindustrie. Für mich war es verlockend, in dieses Setting eine junge Frau wie Anouk Romilly einzufügen. Mit ihrem Genie und ihrem Drängen nach Selbstbestimmung sollte sie ein solches Familienunternehmen in Grasse durcheinanderwirbeln. Die kleine Gemeinde im Département Alpes-Maritimes war bis ins 17. Jahrhundert für ihr Gerberhandwerk bekannt. Als man begann, Handschuhe zu parfümieren, entwickelte sich die Herstellung von Duftölstoffen – zunächst aus Jasmin und Orangen, die in diesem Landstrich besonders gut gedeihen – zum Hauptgeschäft.

In Grasse haben die großen Parfümhäuser ihren Sitz, die in meinem Roman erwähnt werden. Galimard entstand 1747. Jean de Galimard war Mitglied der Zunft für Handschuhmacher und Parfümeure, er belieferte den Hof Ludwigs XV. mit Pomaden und Parfüms, deren Formeln er selbst entwickelte. Damals wurden die Grundsteine der Parfümindustrie in der Provence gelegt.

Molinard wurde rund hundert Jahre später, 1849, gegründet. In ihrer Parfümerie verkauften sie Duftwasser und das

Eau de Cologne, das den Parfümmarkt bis Ende des 19. Jahrhunderts dominierte und nach dem die junge Johanna Rust in diesem Roman auf gar keinen Fall riechen mochte. Obwohl Köln und Johann Maria Farina, Schöpfer des Eau de Cologne, keine größere Rolle im Roman spielen, war es eine schöne Gelegenheit, dem Duftmuseum in meiner Heimatstadt einen Besuch abzustatten. Dort ließ ich mich in die Geheimnisse von Duftorgeln und der Duftherstellung einweihen und mit Proben von Bergamotte, Mandarine und Zeder umwehen.

Wie in meinem Roman erzählt, war Fragonard ein Nachzügler in der Riege der großen Parfümfamilien: Gründer der Firma war Eugène Fuchs. Die Wahl des Namens des aus Grasse stammenden Malers Jean-Honoré Fragonard war eine Hommage an die Stadt.

Zwischen diese drei Giganten der Parfümeurskunst habe ich das fiktive Parfümhaus Girard gesetzt, inspiriert von seinen realen Konkurrenten. Die hochbegabte Florence gründet gegen Ende des 19. Jahrhunderts mit ihrem ehrgeizigen Mann Horace ihre Duft-Dynastie. Obwohl Florence talentiert ist, müssen die beiden das Handwerk erst einmal erlernen. Einen faszinierenden Überblick über die Geschichte der Duftherstellung in Grasse bietet dazu die Arte-Doku »Die Welt der Düfte«, die bei YouTube zu finden ist und die mir geholfen hat, mich in die Umstände vor weit über hundert Jahren hineinzuversetzen. Darin auch die Erklärung, warum der Lavendel, der erst seit Anfang des 20. Jahrhunderts das Bild der Provence prägt, eigentlich Lavandin heißt und eine Kreuzung aus dem echten Lavendel in den Bergen und dem Speiklavendel ist, der auch in tieferen Lagen wächst.

Meine Figuren sind beeinflusst von dem Denken der jeweils unterschiedlichen Zeiten, der Mode, den geschichtlichen Ereignissen wie den Weltkriegen oder der Weltwirtschaftskrise. Aber sie sind fiktiv, von mir erschaffen. Die realen historischen Persönlichkeiten und Begebenheiten bilden die Kulisse für ihr Leben und ihre Liebe. Nur Coco Chanel tritt als reale Person in Erscheinung. Ich fand es beflügelnd für Anouk, im Hotel Ritz an der Place Verdôme die berühmte Modeschöpferin kennenzulernen. Chanel N° 5 gehört noch heute zu den meistverkauften Parfüms der Welt. Fiktiv sind auch die Namen der Parfüms aus dem Haus Girard. Kein leichtes Unterfangen bei den vielen existierenden Parfüms. Ähnlichkeiten wären rein zufällig. Alle anderen erwähnten Parfüms gibt es tatsächlich.

Gern habe ich im Zuge meiner Recherchen ein weiteres Mal *Das Parfüm* von Patrick Süskind gelesen, hauptsächlich, um mich in die Parfümherstellung im 18. Jahrhundert einzufühlen. Während in Süskinds Roman der Duft der Liebe aus dem Tod hervorgeht, ist er in meinem Roman der Beginn von allem. Hilfreiche Informationen über die historische Parfümeurskunst fand ich in exquisiten antiquarischen Schätzchen wie *Die Schule des modernen Parfümeurs* (hrsg. von H. Mann, Augsburg, 1912).

Impressionen von der Côte d'Azur, als sie noch nicht vom Tourismus und den Reichen und Schönen, den Künstlern und Intellektuellen der Welt überlaufen war, bietet *Das Buch von der Riviera* von Erika und Thomas Mann (Hamburg, 2019), die Erstausgabe erschien 1931. Für die Jahrzehnte danach dienten mir als Quelle meiner Recherchen die Fotos und Erinnerungen von Edward Quinn (*Riviera Cocktail. Die Goldenen Fünfziger an der Cote d'Azur*, Herrsching, 1980). Seine Fotos hatten Einfluss auf die Erlebnisse meiner Anouk Romilly, die nicht nur mit einem Ausnahmetalent ausgestattet ist, sondern auch mit einer guten Portion Lebensfreude und Dickköpfigkeit.

Ein olfaktorisches Talent vererbt sich, wie ich es im Roman erzählt habe. Es liegt allerdings an jedem selbst, was er aus dieser Begabung macht und ob er Leidenschaft für Düfte entwickelt. Die Folgen der Nierenkrankheit hingegen, die sich über die Generationen hinweg bis zu Anouk vererbt, konnte kein Betroffener ignorieren. Zystennieren waren bis in die 1950er-Jahre hinein weitgehend unbekannt und tödlich. Erst die Fortschritte in der Nierentransplantation ab den 1960er-Jahren brachten den Patienten Hoffnung.

In meinem Roman will ich die Leserinnen und Leser mit auf eine sinnliche Gedankenreise nehmen: an die Ufer der Seine und in die malerischen Gassen von Saint-Germain-de-Prés, an den Talkessel, in dem sich die erdfarbenen Häuser von Grasse um die Kathedrale Notre-Dame-du-Puy schmiegen. Auf die Blumenfelder und Berge, in die Gärten und Pinienwälder rund um die Stadt, in das mondäne Cannes und das noch verschlafene Fischerdorf Saint-Tropez der 1950er-Jahre.

Im Juli 2020 konnte ich einen befristeten Zeitraum zwischen den Reisebeschränkungen nutzen, um mich in Paris in Saint-Germain-de-Prés in einer kleinen Pension einzuquartieren. Dort fand ich die Apotheke, die Anouk Romilly und ihre Mutter Isabell im Jahr 1946 erben. Das Schaufenster ist mit grün gestrichenem Holz umrahmt, der Schriftzug »Pharmacie« in goldenen Lettern angepinselt. Immer wieder ein Vergnügen, sich von der Wirklichkeit zu Geschichten verführen zu lassen. In Saint-Germain-de-Prés habe ich im Gemüseladen eingekauft und im Secondhandshop gestöbert, mich mit Croissants in der Patisserie versorgt und im Café de Flore Rotwein getrunken. Ich bin ins benachbarte Quartier Latin spaziert, um den Jardin du Luxembourg zu besuchen, wo in meinem Roman Anouk vor den Gerüchen der Stadt ihre Ruhe findet. Ich bin, in Gedanken tief in der Geschichte versunken, am Seineufer flaniert, wo Anouk Stéphane Girard von ihrer Geruchsbegabung überzeugt. Auf der gegenüberliegenden Seite habe ich den pompösen Parfümerieaufbau der Galeries Lafayette bestaunt, die offenen Stockwerke und das goldverzierte Stuckgewölbe im Jugendstil, das an eine Kathedrale erinnert.

Viele Gespräche mit Produzenten und Verkäufern von Parfüms und Duftstoffen sind in diesen Roman eingeflossen. Aber auch umfangreiche Lektüre. Besonders empfehlen möchte ich ein unterhaltsames Buch über die Geschichte der schönen Düfte: Andrea Hurton, *Die Erotik des Parfums* (Frankfurt a.M., 1994). Daraus stammt das Bild, das ich der deutschen Industriellengattin Margarete Rust zu Beginn des 20. Jahrhunderts in der Beletage des Hauses Girard mit anderen Worten in den Mund gelegt habe: »*Mein Gott, hier riecht es dermaßen orientalisch! Jeden Augenblick rechnet man mit einem Kamel, das durch den Laden trampelt!*«

Eine der heiteren Geschichten aus diesem Buch, die von dem sogenannten »Schnüffler«, der Anfang des 20. Jahrhundert von einer wohlriechenden Dame so besessen war, dass er ihr bis nach Amerika folgte, wo er dem Wahnsinn verfiel, habe ich mit Vergnügen Stéphane nacherzählen lassen.

Besonders beeindruckt hat mich der Zauberer des Wohlgeruchs, Jean-Claude Ellena. 1947 in Grasse geboren, war Ellena viele Jahre die »Nase« von Hermès. Sein Buch *Parfum. Ein Führer durch die Welt der Düfte* (München, 2012) war beim Schreiben ein hilfreicher Begleiter. In einem anderen seiner Werke über die Parfümeurskunst, *Der geträumte Duft* (Berlin, 2012), fasst er in einem Satz den Zauber zusammen, der mich bei der Arbeit an diesem Roman getragen hat: »Der Duft ist ein Wort, das Parfüm ist die Literatur.«

Ich danke meinem Agenten Michael Meller für viele ermutigende Telefonate, für sein Engagement, seine Zuverlässigkeit. Mit seinen Kenntnissen über das Parfümeurshandwerk und über moderne Düfte hat er mich sehr unterstützt. Mein Dank geht auch an das komplette Team der Meller Agency. Ich fühle mich bei euch bestens aufgehoben.

Meiner Lektorin Monika Boese danke ich für ihre Brillanz, ihr Einfühlungsvermögen und ihr Talent, gemeinsam das Beste aus einem Manuskript herauszuholen. Allen Verlagsmitarbeitern danke ich dafür, dass sie an dieses Buch geglaubt haben und bei Gestaltung, Vertrieb, Pressearbeit und Marketing großartigen Einsatz gezeigt haben.

Ich danke Natascha Sommer für ihre hilfreichen Ersteindrücke als Leserin.

Ein dickes Dankeschön geht auch an meinen Mann Frank, der mir während aller Höhen und Tiefen des Schreibprozesses zur Seite stand.

Ihre
Martina Sahler, im Juni 2021